letras mexicanas

OBRAS DE JUAN RULFO

JUAN RULFO

Obras

letras mexicanas

FONDO DE CULTURA ECONÓMICA

Primera edición,   1987
Primera reimpresión, 1987

PROEMIO

En marzo de 1956, J. M. Cohen, afable crítico literario del *Times Literary Supplement* y asesor de Penguin Books, me escribió desde Londres una larga carta en la que comentaba, de modo informal, los que él juzgaba "mejores aciertos" de la *Revista de la Universidad de México*, que yo dirigía entonces. Entre otras amabilidades, mi corresponsal aplaudía las versiones de Propercio consumadas por Rubén Bonifaz, y aprobaba sendas notas acerca de Borges y Blas de Otero. Además, al final de su carta, cuya sustancia decidí reproducir en la *Revista*, añadía: "Me complace que se encomie a Juan Rulfo, haciéndose las necesarias reservas a propósito de sus repetidos *cross fadings* —expresión usual en el vocabulario radiofónico y que significa que unas voces se desvanecen a medida que otras voces van escuchándose—; la técnica de Rulfo me parece un poco demasiado sutil; pienso, sin embargo, que llegará a ser un escritor importante."

Diez años más tarde, fui a visitar a Jack Cohen, quien ya se había quedado casi ciego, a su pequeña casa de campo en los alrededores de Reading. La pérdida de la vista no lo había privado del sentido del gusto, ni le había cancelado los placeres de la conversación. En su modesto jardincillo bebimos buen jerez y vinos franceses de óptimas cosechas. Me enseñó su biblioteca pretérita, con abundante material mexicano, y sus flamantes ediciones en braille. Palpando en la estantería, no sé cómo pero con obvia precisión, localizó su ejemplar de *Pedro Páramo*, por supuesto en español, y señalándolo dijo: "Tuve tiempo de releer esta hermosa novela poco antes de mis achaques. La he estado repasando de memoria. Ahora puedo advertir cuán maravilloso libro es. . . o sigue siendo." □

Puntualicemos. La crítica extranjera, lejos de ensañarse en un principio con Rulfo, no demoró en entusiasmarse, y prosiguió, con creciente admiración, llenándolo de honores. Fue en México donde *Pedro Páramo* alcanzó en sus inicios una llovizna de reparos y objeciones. Se trataba, en la mayor parte de los casos, de observaciones de buena fe. Pero hubo algunas voces que tomaron el camino de la acusación consabida y grotesca; hubo incluso quien me colmó —por carambola— de paradójicos reproches: ¿cómo era posible que el director de la *Revista de la Universidad de México*, enemigo permanente del nacionalismo, trajera a cuentas los comentarios de un escritor británico? ¿Cabía mayor prueba de malinchismo? ¿Por qué no se admitían, de preferencia, los dictámenes de la crítica nativa, que insistía en los mimos que Rulfo hacía de la novelística estadunidense?

Triste es recordar aquellos desvaríos, en estos momentos ya de suyo amargos por la reciente desaparición de Juan Rulfo. Con todo, estimo necesario evocarlos, aunque hayamos borrado los nombres de los culpables, y bien que sólo sea para comprobar lo efímero de los juicios ideológicos. Eran formales, y no ideológicas, las reservas de Cohen, compartidas de buena fe por nuestros letrados compatriotas. No obstante, también ellas se tornaron laudanza, sin que Rulfo hiciera nada para lograr tal viraje, puesto que no volvió a publicar nada nuevo (salvo un par de cuentos y un argumento cinematográfico) y apenas si corrigió menudencias insignificantes.

Lo cual demuestra varias cosas. En primer término, que el eventual gusto literario acaba adaptándose a la verdadera grandeza, y no al revés. Y en segundo lugar, que el encuentro con la escurridiza imagen nacional no deriva de estrategias ni deliberaciones, sin perjuicio de que unas y otras lo ayuden a formularse; pero ocurre por instinto, y en lo medular no suele prestarse a inmediata digestión por el intelecto. □

Por cierto, Rulfo distaba de soslayar los problemas técnicos de la expresión. Tengo muy presente nuestra primera charla, previa a la aparición de *El Llano en llamas*, y cuando andaba cocinando los tempranos borradores de *Pedro Páramo*. Juan abrió el diálogo —frente al amigo común que acababa de presentarnos— con estas palabras: "Es que yo escribo como la gente habla." Ello no impidió que en ulteriores, siempre cordiales pláticas me hiciera la crónica minuciosa de sus cotidianos ejercicios de prosa narrativa; ejercicios atentos a contemporáneos modelos anglosajones, y cumplidos, en un momento dado, con la guía y el auxilio de Donald Demarest (becario compañero suyo en el Centro Mexicano de Escritores).

La verdad es que *elaboró*, literaria y pacientemente, no sólo un lenguaje popular sino toda una mitología entrañablemente nacional. Faulkner y los experimentos lingüísticos de Joyce y sus seguidores, aunados a su sólida familiaridad con la novela cristera y fenómenos similares, le sirvieron a manera de trampolines para un salto mortal; mortal en más de un sentido.

¿Qué sucedió después?

Nadie lo sabe, a pesar de que muchos consignan hacernos creer que poseen la llave del enigma. Desconfiemos de las soluciones simplistas. No hay explicación de este caso. O mejor dicho, no hay una explicación única. Múltiples circunstancias y factores se confabularon, hicieron crisis y culminaron abatiendo la fragilidad de un hombre vulnerable como pocos ante las angustias, confusiones y frustraciones que depara el mundo llamado normal. ¿Cuál fue la gota que derramó el torturado vaso? Jamás lo sabremos. Ni sé qué importancia tendría o adónde nos conduciría el averiguarlo.

Hoy resulta que el mitógrafo se ha trocado a su vez en mito. No me parece mal. Pero tampoco pretendo contribuir a su hagiografía; y mucho menos disminuir su pedestal. A largo plazo, es una fatalidad que la historia acabe siempre confinando el anecdotario personal a recuentos especializados, para quedarse, de preferencia, con la obra desnuda. Y pues tal es lo que importa, en lugar de acrecer el registro —que ya se antoja abusivo— de dichos, gestos e intercambios triviales, voy

9

a proponer una breve razón de la durabilidad literaria de Rulfo.

J. M. G. Le Clézio, tras minuciosa y selectiva lectura del género, a partir de *Las mil y una noches*, ha descubierto que el arte supremo del narrador radica en el dominio de las ambigüedades. ¿No es ésta, precisamente, la clave del relato rulfiano?

Toda vida humana, individual o colectiva, gira en torno a un vago núcleo de contradicciones y sentimientos equívocos, los cuales a menudo ignora —aunque le sean esenciales— el hombre ordinario. La solitaria, esbelta novela y los escasos cuentos que nos legó Juan Rulfo acertaron a penetrar y animar uno de esos núcleos, enalteciéndolo en páginas que lo despliegan sin mermar su ambivalencia. Me abstengo de dar ejemplos confirmatorios que el lector localizará por sí mismo en este volumen. Pensemos, sin embargo, en sus actitudes frente a la muerte, la tierra, el cacicazgo erótico... qué sé yo. Lugares comunes y trillados en tantas otras manos, que Rulfo supo ahondar hasta la médula y exponer con catártica nobleza. Como quiera, semejante logro, irreductible a cualquier interpretación unilateral, a cualquier exégesis biográfica, hará, sin duda, que el legado sobreviva, mientras nuestro mundo perdure, así al escritor como a sus críticos. ■

JAIME GARCÍA TERRÉS

A MANERA DE PRESENTACIÓN

Ahí tienes que había una vez un muchacho más loco, que toda la vida se la había pasado sueñe y sueñe. Y sus sueños eran, como todos los sueños, puras cosas imaginarias. Primero soñó en que se encontraba de pronto con la bolsa llena de dinero y que compraba todos los dulces de todos los sabores que había en todas las tiendas del mundo. Así era de rico. Después soñó en tener una bicicleta y unos patines y una buena bola de canicas. Más tarde, soñó en ser chofer o maquinista de un tren para recorrer lugares. Y se pasaba las tardes tirado de barriga en el suelo, soñando en las cosas interesantes que habría más allá de los cerros que tenía enfrente. En el pueblo de él había unos cerros muy altos. Y a veces soñaba ser un zopilote y volar, muy suavemente como vuelan los zopilotes hasta dejar atrás aquel pueblo donde no sucedía nunca nada interesante.

Una vez vinieron los Reyes Magos y le trajeron un libro lleno de monitos donde se contaban historias de piratas que recorrían las tierras y los mares más raros que tú o yo hayamos visto. Desde entonces no tuvo otro quehacer que estarse leyendo aquella clase de libros donde él encontraba un relato parecido al de sus sueños.

Se volvió muy flojo. Porque a todos los que les gusta leer mucho, de tanto estar sentados, les da flojera hacer cualquier otra cosa. Y tú sabes que el estarse sentado y quieto le llena a uno la cabeza de pensamientos. Y esos pensamientos viven y toman formas extrañas y se enredan de tal modo que, al cabo del tiempo, a la gente que eso le ocurre se vuelve loca.

Aquí tienes un ejemplo: Yo.

Juan Rulfo

11

El Llano en llamas

A
CLARA

NOS HAN DADO LA TIERRA

Después de tantas horas de caminar sin encontrar ni una sombra de árbol, ni una semilla de árbol, ni una raíz de nada, se oye el ladrar de los perros.

Uno ha creído a veces, en medio de este camino sin orillas, que nada habría después; que no se podría encontrar nada al otro lado, al final de esta llanura rajada de grietas y de arroyos secos. Pero sí, hay algo. Hay un pueblo. Se oye que ladran los perros y se siente en el aire el olor del humo, y se saborea ese olor de la gente como si fuera una esperanza.

Pero el pueblo está todavía muy allá. Es el viento el que lo acerca.

Hemos venido caminando desde el amanecer. Ahorita son algo así como las cuatro de la tarde. Alguien se asoma al cielo, estira los ojos hacia donde está colgado el sol y dice:

—Son como las cuatro de la tarde.

Ese alguien es Melitón. Junto con él, vamos Faustino, Esteban y yo. Somos cuatro. Yo los cuento: dos adelante, otros dos atrás. Miro más atrás y no veo a nadie. Entonces me digo: "Somos cuatro." Hace rato, como a eso de las once, éramos veintitantos; pero puñito a puñito se han ido desperdigando hasta quedar nada más este nudo que somos nosotros.

Faustino dice:

—Puede que llueva.

Todos levantamos la cara y miramos una nube negra y pesada que pasa por encima de nuestras cabezas. Y pensamos: "Puede que sí."

No decimos lo que pensamos. Hace ya tiempo que se nos acabaron las ganas de hablar. Se nos acabaron con el calor. Uno platicaría muy a gusto en otra parte, pero aquí cuesta trabajo. Uno platica aquí y las palabras se calientan en la boca con el

17

calor de afuera, y se le resecan a uno en la lengua hasta que acaban con el resuello.

Aquí así son las cosas. Por eso a nadie le da por platicar.

Cae una gota de agua, grande, gorda, haciendo un agujero en la tierra y dejando una plasta como la de un salivazo. Cae sola. Nosotros esperamos a que sigan cayendo más. No llueve. Ahora si se mira el cielo se ve a la nube aguacera corriéndose muy lejos, a toda prisa. El viento que viene del pueblo se le arrima empujándola contra las sombras azules de los cerros. Y a la gota caída por equivocación se la come la tierra y la desaparece en su sed.

¿Quién diablos haría este llano tan grande? ¿Para qué sirve, eh?

Hemos vuelto a caminar. Nos habíamos detenido para ver llover. No llovió. Ahora volvemos a caminar. Y a mí se me ocurre que hemos caminado más de lo que llevamos andado. Se me ocurre eso. De haber llovido quizá se me ocurrieran otras cosas. Con todo, yo sé que desde que yo era muchacho, no vi llover nunca sobre el Llano, lo que se llama llover.

No, el Llano no es cosa que sirva. No hay ni conejos ni pájaros. No hay nada. A no ser unos cuantos huizaches trespeleques y una que otra manchita de zacate con las hojas enroscadas; a no ser eso, no hay nada.

Y por aquí vamos nosotros. Los cuatro a pie. Antes andábamos a caballo y traíamos terciada una carabina. Ahora no traemos ni siquiera la carabina.

Yo siempre he pensado que en eso de quitarnos la carabina hicieron bien. Por acá resulta peligroso andar armado. Lo matan a uno sin avisarle, viéndolo a toda hora con "la 30" amarrada a las correas. Pero los caballos son otro asunto. De venir a caballo ya hubiéramos probado el agua verde del río, y paseado nuestros estómagos por las calles del pueblo para que se les bajara la comida. Ya lo hubiéramos hecho de tener todos aquellos caballos que teníamos. Pero también nos quitaron los caballos junto con la carabina.

Vuelvo hacia todos lados y miro el Llano. Tanta y tamaña

tierra para nada. Se le resbalan a uno los ojos al no encontrar cosa que los detenga. Sólo unas cuantas lagartijas salen a asomar la cabeza por encima de sus agujeros, y luego que sienten la tatema del sol corren a esconderse en la sombrita de una piedra. Pero nosotros, cuando tengamos que trabajar aquí, ¿qué haremos para enfriarnos del sol, eh? Porque a nosotros nos dieron esta costra de tepetate para que la sembráramos.

Nos dijeron:

—Del pueblo para acá es de ustedes.

Nosotros preguntamos:

—¿El Llano?

—Sí, el Llano. Todo el Llano Grande.

Nosotros paramos la jeta para decir que el Llano no lo queríamos. Que queríamos lo que estaba junto al río. Del río para allá, por las vegas, donde están esos árboles llamados casuarinas y las paraneras y la tierra buena. No este duro pellejo de vaca que se llama el Llano.

Pero no nos dejaron decir nuestras cosas. El delegado no venía a conversar con nosotros. Nos puso los papeles en la mano y nos dijo:

—No se vayan a asustar por tener tanto terreno para ustedes solos.

—Es que el Llano, señor delegado. . .

—Son miles y miles de yuntas.

—Pero no hay agua. Ni siquiera para hacer un buche hay agua.

—¿Y el temporal? Nadie les dijo que se les iba a dotar con tierras de riego. En cuanto allí llueva, se levantará el maíz como si lo estiraran.

—Pero, señor delegado, la tierra está deslavada, dura. No creemos que el arado se entierre en esa como cantera que es la tierra del Llano. Habría que hacer agujeros con el azadón para sembrar la semilla y ni aun así es positivo que nazca nada; ni maíz ni nada nacerá.

—Eso manifiéstenlo por escrito. Y ahora váyanse. Es al latifundio al que tienen que atacar, no al Gobierno que les da la tierra.

—Espérenos usted, señor delegado. Nosotros no hemos dicho nada contra el Centro. Todo es contra el Llano... No se puede contra lo que no se puede. Eso es lo que hemos dicho... Espérenos usted para explicarle. Mire, vamos a comenzar por donde íbamos...

Pero él no nos quiso oír.

Así nos han dado esta tierra. Y en este comal acalorado quieren que sembremos semillas de algo, para ver si algo retoña y se levanta. Pero nada se levantará de aquí. Ni zopilotes. Uno los ve allá cada y cuando, muy arriba, volando a la carrera; tratando de salir lo más pronto posible de este blanco terregal endurecido, donde nada se mueve y por donde uno camina como reculando.

Melitón dice:

—Ésta es la tierra que nos han dado.

Faustino dice:

—¿Qué?

Yo no digo nada. Yo pienso: "Melitón no tiene la cabeza en su lugar. Ha de ser el calor el que lo hace hablar así. El calor que le ha traspasado el sombrero y le ha calentado la cabeza. Y si no, ¿por qué dice lo que dice? ¿Cuál tierra nos han dado, Melitón? Aquí no hay ni la tantita que necesitaría el viento para jugar a los remolinos."

Melitón vuelve a decir:

—Servirá de algo. Servirá aunque sea para correr yeguas.

—¿Cuáles yeguas? —le pregunta Esteban.

Yo no me había fijado bien a bien en Esteban. Ahora que habla, me fijo en él. Lleva puesto un gabán que le llega al ombligo, y debajo del gabán saca la cabeza algo así como una gallina.

Sí, es una gallina colorada la que lleva Esteban debajo del gabán. Se le ven los ojos dormidos y el pico abierto como si bostezara. Yo le pregunto:

—Oye, Teban, ¿dónde pepenaste esa gallina?

20

—Es la mía —dice él.

—No la traías antes. ¿Dónde la mercaste, eh?

—No la merqué, es la gallina de mi corral.

—Entonces te la trajiste de bastimento, ¿no?

—No, la traigo para cuidarla. Mi casa se quedó sola y sin nadie para que le diera de comer; por eso me la traje. Siempre que salgo lejos cargo con ella.

—Allí escondida se te va a ahogar. Mejor sácala al aire.

Él se la acomoda debajo del brazo y le sopla el aire caliente de su boca. Luego dice:

—Estamos llegando al derrumbadero.

Yo ya no oigo lo que sigue diciendo Esteban. Nos hemos puesto en fila para bajar la barranca y él va mero adelante. Se ve que ha agarrado a la gallina por las patas y la zangolotea a cada rato, para no golpearle la cabeza contra las piedras.

Conforme bajamos, la tierra se hace buena. Sube polvo desde nosotros como si fuera un atajo de mulas lo que bajara por allí; pero nos gusta llenarnos de polvo. Nos gusta. Después de venir durante once horas pisando la dureza del Llano, nos sentimos muy a gusto envueltos en aquella cosa que brinca sobre nosotros y sabe a tierra.

Por encima del río, sobre las copas verdes de las casuarinas, vuelan parvadas de chachalacas verdes. Eso también es lo que nos gusta.

Ahora los ladridos de los perros se oyen aquí, junto a nosotros, y es que el viento que viene del pueblo retacha en la barranca y la llena de todos sus ruidos.

Esteban ha vuelto a abrazar su gallina cuando nos acercamos a las primeras casas. Le desata las patas para desentumecerla, y luego él y su gallina desaparecen detrás de unos tepemezquites.

—¡Por aquí arriendo yo! —nos dice Esteban.

Nosotros seguimos adelante, más adentro del pueblo.

La tierra que nos han dado está allá arriba. ■

LA CUESTA DE LAS COMADRES

Los difuntos Torricos siempre fueron buenos amigos míos. Tal vez en Zapotlán no los quisieran pero, lo que es de mí, siempre fueron buenos amigos, hasta tantito antes de morirse. Ahora eso de que no los quisieran en Zapotlán no tenía ninguna importancia, porque tampoco a mí me querían allí, y tengo entendido que a nadie de los que vivíamos en la Cuesta de las Comadres nos pudieron ver con buenos ojos los de Zapotlán. Esto era desde viejos tiempos.

Por otra parte, en la Cuesta de las Comadres los Torricos no la llevaban bien con todo mundo. Seguido había desavenencias. Y si no es mucho decir, ellos eran allí los dueños de la tierra y de las casas que estaban encima de la tierra, con todo y que, cuando el reparto, la mayor parte de la Cuesta de las Comadres nos había tocado por igual a los sesenta que allí vivíamos, y a ellos, a los Torricos, nada más un pedazo de monte, con una mezcalera nada más, pero donde estaban desperdigadas casi todas las casas. A pesar de eso, la Cuesta de las Comadres era de los Torricos. El coamil que yo trabajaba era también de ellos: de Odilón y Remigio Torrico, y la docena y media de lomas verdes que se veían allá abajo eran juntamente de ellos. No había por qué averiguar nada. Todo mundo sabía que así era.

Sin embargo, de aquellos días a esta parte, la Cuesta de las Comadres se había ido deshabitando. De tiempo en tiempo, alguien se iba; atravesaba el guardaganado donde está el palo alto, y desaparecía entre los encinos y no volvía a aparecer ya nunca. Se iban, eso era todo.

Y yo también hubiera ido de buena gana a asomarme a ver qué había tan atrás del monte que no dejaba volver a nadie; pero me gustaba el terrenito de la Cuesta, y además era buen amigo de los Torricos.

El coamil donde yo sembraba todos los años un tantito de maíz para tener elotes, y otro tantito de frijol, quedaba por el lado de arriba, allí donde la ladera baja hasta esa barranca que le dicen Cabeza del Toro.

El lugar no era feo; pero la tierra se hacía pegajosa desde que comenzaba a llover, y luego había un desparramadero de piedras duras y filosas como troncones que parecían crecer con el tiempo. Sin embargo, el maíz se pegaba bien y los elotes que allí se daban eran muy dulces. Los Torricos, que para todo lo que se comían necesitaban la sal de tequesquite, para mis elotes no; nunca buscaron ni hablaron de echarle tequesquite a mis elotes, que eran de los que se daban en Cabeza del Toro.

Y con todo y eso, y con todo y que las lomas verdes de allá abajo eran mejores, la gente se fue acabando. No se iban para el lado de Zapotlán, sino por este otro rumbo, por donde llega a cada rato ese viento lleno del olor de los encinos y del ruido del monte. Se iban callados la boca, sin decir nada ni pelearse con nadie. Es seguro que les sobraban ganas de pelearse con los Torricos para desquitarse de todo el mal que les habían hecho; pero no tuvieron ánimos.

Seguro eso pasó.

La cosa es que todavía después de que murieron los Torricos nadie volvió más por aquí. Yo estuve esperando. Pero nadie regresó. Primero les cuidé sus casas; remendé los techos y les puse ramas a los agujeros de sus paredes; pero viendo que tardaban en regresar, las dejé por la paz. Los únicos que no dejaron nunca de venir fueron los aguaceros de mediados de año, y esos ventarrones que soplan en febrero y que le vuelan a uno la cobija a cada rato. De vez en cuando, también, venían los cuervos volando muy bajito y graznando fuerte como si creyeran estar en algún lugar deshabitado.

Así siguieron las cosas todavía después de que se murieron los Torricos.

Antes, desde aquí, sentado donde ahora estoy, se veía claramente Zapotlán. En cualquier hora del día y de la noche podía verse la manchita blanca de Zapotlán allá lejos. Pero ahora las jarillas han crecido muy tupido y, por más que el aire las mueve de un lado para otro, no dejan ver nada de nada.

Me acuerdo de antes, cuando los Torricos venían a sentarse aquí también y se estaban acuclillados horas y horas hasta el oscurecer, mirando para allá sin cansarse, como si el lugar este les sacudiera sus pensamientos o el mitote de ir a pasearse a Zapotlán. Sólo después supe que no pensaban en eso. Únicamente se ponían a ver el camino: aquel ancho callejón arenoso que se podía seguir con la mirada desde el comienzo hasta que se perdía entre los ocotes del cerro de la Media Luna.

Yo nunca conocí a nadie que tuviera un alcance de vista como el de Remigio Torrico. Era tuerto. Pero el ojo negro y medio cerrado que le quedaba parecía acercar tanto las cosas, que casi las traía junto a sus manos. Y de allí a saber qué bultos se movían por el camino no había ninguna diferencia. Así, cuando su ojo se sentía a gusto teniendo en quién recargar la mirada, los dos se levantaban de su divisadero y desaparecían de la Cuesta de las Comadres por algún tiempo.

Eran los días en que todo se ponía de otro modo aquí entre nosotros. La gente sacaba de las cuevas del monte sus animalitos y los traía a amarrar en sus corrales. Entonces se sabía que había borregos y guajolotes. Y era fácil ver cuántos montones de maíz y de calabazas amarillas amanecían asoleándose en los patios. El viento que atravesaba los cerros era más frío que otras veces; pero, no se sabía por qué, todos allí decían que hacía muy buen tiempo. Y uno oía en la madrugada que cantaban los gallos como en cualquier lugar tranquilo, y aquello parecía como si siempre hubiera habido paz en la Cuesta de las Comadres.

Luego volvían los Torricos. Avisaban que venían desde antes que llegaran, porque sus perros salían a la carrera y no paraban de ladrar hasta encontrarlos. Y nada más por los ladridos todos calculaban la distancia y el rumbo por donde irían a llegar. Entonces la gente se apuraba a esconder otra vez sus cosas. Siempre fue así el miedo que traían los difuntos Torricos cada vez que regresaban a la Cuesta de las Comadres.

24

Pero yo nunca llegué a tenerles miedo. Era buen amigo de los dos y a veces hubiera querido ser un poco menos viejo para meterme en los trabajos en que ellos andaban. Sin embargo, ya no servía yo para mucho. Me di cuenta aquella noche en que les ayudé a robar a un arriero. Entonces me di cuenta de que me faltaba algo. Como que la vida que yo tenía estaba ya muy desperdiciada y no aguantaba más estirones. De eso me di cuenta.

Fue como a mediados de las aguas cuando los Torricos me convidaron para que les ayudara a traer unos tercios de azúcar. Yo iba un poco asustado. Primero, porque estaba cayendo una tormenta de ésas en que el agua parece escarbarle a uno por debajo de los pies. Después, porque no sabía adónde iba. De cualquier modo, allí vi yo la señal de que no estaba hecho ya para andar en andanzas.

Los Torricos me dijeron que no estaba lejos el lugar adonde íbamos. "En cosa de un cuarto de hora estamos allá", me dijeron. Pero cuando alcanzamos el camino de la Media Luna comenzó a oscurecer y cuando llegamos a donde estaba el arriero era ya alta la noche.

El arriero no se paró a ver quién venía. Seguramente estaba esperando a los Torricos y por eso no le llamó la atención vernos llegar. Eso pensé. Pero todo el rato que trajinamos de aquí para allá con los tercios de azúcar, el arriero se estuvo quieto, agazapado entre el zacatal. Entonces le dije eso a los Torricos. Les dije:

—Ese que está allí tirado parece estar muerto o algo por el estilo.

—No, nada más ha de estar dormido —me dijeron ellos—. Lo dejamos aquí cuidando, pero se ha de haber cansado de esperar y se durmió.

Yo fui y le di una patada en las costillas para que despertara; pero el hombre siguió igual de tirante.

—Está bien muerto —les volví a decir.

—No, no te creas, nomás está tantito atarantado porque Odilón le dio con un leño en la cabeza, pero después se levantará. Ya verás que en cuanto salga el sol y sienta el calorcito, se levantará muy aprisa y se irá en seguida para su casa. ¡Agárrate ese tercio de allí y vámonos! —fue todo lo que me dijeron.

Ya por último le di una última patada al muertito y sonó igual que si se la hubiera dado a un tronco seco. Luego me eché la carga al hombro y me vine por delante. Los Torricos me venían siguiendo. Los oí que cantaban durante largo rato, hasta que amaneció. Cuando amaneció dejé de oírlos. Ese aire que sopla tantito antes de la madrugada se llevó los gritos de su canción y ya no pude saber si me seguían, hasta que oí pasar por todos lados los ladridos encarrerados de sus perros.

De ese modo fue como supe qué cosas iban a espiar todas las tardes los Torricos, sentados junto a mi casa de la Cuesta de las Comadres. □

A Remigio Torrico yo lo maté.

Ya para entonces quedaba poca gente entre los ranchos. Primero se habían ido de uno en uno; pero los últimos casi se fueron en manada. Ganaron y se fueron, aprovechando la llegada de las heladas. En años pasados llegaron las heladas y acabaron con las siembras en una sola noche. Y este año también. Por eso se fueron. Creyeron seguramente que el año siguiente sería lo mismo y parece que ya no se sintieron con ganas de seguir soportando las calamidades del tiempo todos los años y la calamidad de los Torricos todo el tiempo.

Así que, cuando yo maté a Remigio Torrico, ya estaban bien vacías de gente la Cuesta de las Comadres y las lomas de los alrededores.

Esto sucedió como en octubre. Me acuerdo que había una luna muy grande y muy llena de luz, porque yo me senté afuerita de mi casa a remendar un costal todo agujerado, aprovechando la buena luz de la luna, cuando llegó el Torrico.

Ha de haber andado borracho. Se me puso enfrente y se bamboleaba de un lado para otro, tapándome y destapándome la luz que yo necesitaba de la luna.

—Ir ladereando no es bueno —me dijo después de mucho

rato—. A mí me gustan las cosas derechas, y si a ti no te gustan, ahi te lo haiga, porque yo he venido aquí a enderezarlas.

Yo seguí remendando mi costal. Tenía puestos todos mis ojos en coserle los agujeros, y la aguja de arria trabajaba muy bien cuando la alumbraba la luz de la luna. Seguro por eso creyó que yo no me preocupaba de lo que decía:

—A ti te estoy hablando —me gritó, ahora sí ya corajudo—. Bien sabes a lo que he venido.

Me espanté un poco cuando se me acercó y me gritó aquello casi a boca de jarro. Sin embargo, traté de verle la cara para saber de qué tamaño era su coraje y me le quedé mirando, como preguntándole a qué había venido.

Eso sirvió. Ya más calmado se soltó diciendo que a la gente como yo había que agarrarla desprevenida.

—Se me seca la boca al estarte hablando después de lo que hiciste —me dijo—; pero era tan amigo mío mi hermano como tú y sólo por eso vine a verte, a ver cómo sacas en claro lo de la muerte de Odilón.

Yo lo oía ya muy bien. Dejé a un lado el costal y me quedé oyéndolo sin hacer otra cosa.

Supe cómo me echaba a mí la culpa de haber matado a su hermano. Pero no había sido yo. Me acordaba quién había sido, y yo se lo hubiera dicho, aunque parecía que él no me dejaría lugar para platicarle cómo estaban las cosas.

—Odilón y yo llegamos a pelearnos muchas veces —siguió diciéndome—. Era algo duro de entendederas y le gustaba encararse con todos, pero no pasaba de allí. Con unos cuantos golpes se calmaba. Y eso es lo que quiero saber: si te dijo algo, o te quiso quitar algo o qué fue lo que pasó. Pudo ser que te haya querido golpear y tú le madrugaste. Algo de eso ha de haber sucedido.

Yo sacudí la cabeza para decirle que no, que yo no tenía nada que ver...

—Oye —me atajó el Torrico—, Odilón llevaba ese día catorce pesos en la bolsa de la camisa. Cuando lo levanté, lo esculqué y no encontré esos catorce pesos. Luego ayer supe que te habías comprado una frazada.

Y eso era cierto. Yo me había comprado una frazada. Vi que se venían muy aprisa los fríos y el gabán que yo tenía estaba ya todito hecho garras, por eso fui a Zapotlán a conseguir una frazada. Pero para eso había vendido el par de chivos que tenía, y no fue con los catorce pesos de Odilón con lo que la compré. Él podía ver que si el costal se había llenado de agujeros se debió a que tuve que llevarme al chivito chiquito allí metido, porque todavía no podía caminar como yo quería.

—Sábete de una vez por todas que pienso pagarme lo que le hicieron a Odilón, sea quien sea el que lo mató. Y yo sé quién fue —oí que me decía casi encima de mi cabeza.

—¿De modo que fui yo? —le pregunté.

—¿Y quién más? Odilón y yo éramos sinvergüenzas y lo que tú quieras, y no digo que no llegamos a matar a nadie; pero nunca lo hicimos por tan poco. Eso sí te lo digo a ti.

La luna grande de octubre pegaba de lleno sobre el corral y mandaba hasta la pared de mi casa la sombra larga de Remigio. Lo vi que se movía en dirección de un tejocote y que agarraba el guango que yo siempre tenía recargado allí. Luego vi que regresaba con el guango en la mano.

Pero al quitarse él de enfrente, la luz de la luna hizo brillar la aguja de arria, que yo había clavado en el costal. Y no sé por qué, pero de pronto comencé a tener una fe muy grande en aquella aguja. Por eso, al pasar Remigio Torrico por mi lado, desensarté la aguja y sin esperar otra cosa se la hundí a él cerquita del ombligo. Se la hundí hasta donde le cupo. Y allí la dejé.

Luego luego se engarruñó como cuando da el cólico y comenzó a acalambrarse hasta doblarse poco a poco sobre las corvas y quedar sentado en el suelo, todo entelerido y con el susto asomándosele por el ojo.

Por un momento pareció como que se iba a enderezar para darme un machetazo con el guango; pero seguro se arrepintió o no supo ya qué hacer, soltó el guango y volvió a engarruñarse. Nada más eso hizo.

28

Entonces vi que se le iba entristeciendo la mirada como si comenzara a sentirse enfermo. Hacía mucho que no me tocaba ver una mirada así de triste y me entró la lástima. Por eso aproveché para sacarle la aguja de arria del ombligo y metérsela más arribita, allí donde pensé que tendría el corazón. Y sí, allí lo tenía, porque nomás dio dos o tres respingos como un pollo descabezado y luego se quedó quieto.

Ya debía haber estado muerto cuando le dije:

—Mira, Remigio, me has de dispensar, pero yo no maté a Odilón. Fueron los Alcaraces. Yo andaba por allí cuando él se murió, pero me acuerdo bien de que yo no lo maté. Fueron ellos, toda la familia entera de los Alcaraces. Se le dejaron ir encima, y cuando yo me di cuenta, Odilón estaba agonizando. Y ¿sabes por qué? Comenzando porque Odilón no debía haber ido a Zapotlán. Eso tú lo sabes. Tarde o temprano tenía que pasarle algo en ese pueblo, donde había tantos que se acordaban mucho de él. Y tampoco los Alcaraces lo querían. Ni tú ni yo podemos saber qué fue a hacer él a meterse con ellos.

"Fue cosa de un de repente. Yo acababa de comprar mi sarape y ya iba de salida cuando tu hermano le escupió un trago de mezcal en la cara a uno de los Alcaraces. Él lo hizo por jugar. Se veía que lo había hecho por divertirse, porque los hizo reír a todos. Pero todos estaban borrachos. Odilón y los Alcaraces y todos. Y de pronto se le echaron encima. Sacaron sus cuchillos y se le apeñuscaron y lo aporrearon hasta no dejar de Odilón cosa que sirviera. De eso murió.

"Como ves, no fui yo el que lo mató. Quisiera que te dieras cabal cuenta de que yo no me entrometí para nada."

Eso le dije al difunto Remigio.

Ya la luna se había metido del otro lado de los encinos cuando yo regresé a la Cuesta de las Comadres con la canasta pizcadora vacía. Antes de volverla a guardar, le di unas cuantas zambullidas en el arroyo para que se le enjuagara la sangre. Yo la iba a necesitar muy seguido y no me hubiera gustado ver la sangre de Remigio a cada rato.

Me acuerdo que eso pasó allá por octubre, a la altura de las fiestas de Zapotlán. Y digo que me acuerdo que fue por esos días, porque en Zapotlán estaban quemando cohetes, mientras que por el rumbo donde tiré a Remigio se levantaba una gran parvada de zopilotes a cada tronido que daban los cohetes.

De eso me acuerdo. ■

ES QUE SOMOS MUY POBRES

Aquí todo va de mal en peor. La semana pasada se murió mi tía Jacinta, y el sábado, cuando ya la habíamos enterrado y comenzaba a bajársenos la tristeza, comenzó a llover como nunca. A mi papá eso le dio coraje, porque toda la cosecha de cebada estaba asoleándose en el solar. Y el aguacero llegó de repente, en grandes olas de agua, sin darnos tiempo ni siquiera a esconder aunque fuera un manojo; lo único que pudimos hacer, todos los de mi casa, fue estarnos arrimados debajo del tejaván, viendo cómo el agua fría que caía del cielo quemaba aquella cebada amarilla tan recién cortada.

Y apenas ayer, cuando mi hermana Tacha acababa de cumplir doce años, supimos que la vaca que mi papá le regaló para el día de su santo se la había llevado el río.

El río comenzó a crecer hace tres noches, a eso de la madrugada. Yo estaba muy dormido y, sin embargo, el estruendo que traía el río al arrastrarse me hizo despertar en seguida y pegar el brinco de la cama con mi cobija en la mano, como si hubiera creído que se estaba derrumbando el techo de mi casa. Pero después me volví a dormir, porque reconocí el sonido del río y porque ese sonido se fue haciendo igual hasta traerme otra vez el sueño.

Cuando me levanté, la mañana estaba llena de nublazones y parecía que había seguido lloviendo sin parar. Se notaba en que el ruido del río era más fuerte y se oía más cerca. Se olía, como se huele una quemazón, el olor a podrido del agua revuelta.

A la hora en que me fui a asomar, el río ya había perdido sus orillas. Iba subiendo poco a poco por la calle real, y estaba metiéndose a toda prisa en la casa de esa mujer que le dicen *la Tambora*. El chapaleo del agua se oía al entrar por el corral y al salir en grandes chorros por la puerta. *La Tambora* iba y venía caminando por lo que era ya un pedazo de río, echando a la calle sus gallinas para que se fueran a esconder a algún lugar donde no les llegara la corriente.

Y por el otro lado, por donde está el recodo, el río se debía de haber llevado, quién sabe desde cuándo, el tamarindo que estaba en el solar de mi tía Jacinta, porque ahora ya no se ve ningún tamarindo. Era el único que había en el pueblo, y por eso nomás la gente se da cuenta de que la creciente esta que vemos es la más grande de todas las que ha bajado el río en muchos años.

Mi hermana y yo volvimos a ir por la tarde a mirar aquel amontonadero de agua que cada vez se hace más espesa y oscura y que pasa ya muy por encima de donde debe estar el puente. Allí nos estuvimos horas y horas sin cansarnos viendo la cosa aquella. Después nos subimos por la barranca, porque queríamos oír bien lo que decía la gente, pues abajo, junto al río, hay un gran ruidazal y sólo se ven las bocas de muchos que se abren y se cierran y como que quieren decir algo; pero no se oye nada. Por eso nos subimos por la barranca, donde también hay gente mirando el río y contando los perjuicios que ha hecho. Allí fue donde supimos que el río se había llevado a *la Serpentina*, la vaca esa que era de mi hermana Tacha porque mi papá se la regaló para el día de su cumpleaños y que tenía una oreja blanca y otra colorada y muy bonitos ojos.

No acabo de saber por qué se le ocurriría a *la Serpentina* pasar el río este, cuando sabía que no era el mismo río que ella conocía de a diario. *La Serpentina* nunca fue tan atarantada. Lo más seguro es que ha de haber venido dormida para dejarse matar así nomás por nomás. A mí muchas veces me tocó despertarla cuando le abría la puerta del corral, porque si no, de su cuenta, allí se hubiera estado el día entero con los ojos cerrados, bien quieta y suspirando, como se oye suspirar a las vacas cuando duermen.

Y aquí ha de haber sucedido eso de que se durmió. Tal vez se le ocurrió despertar al sentir que el agua pesada le golpeaba las costillas. Tal vez entonces se asustó y trató de regresar; pero al volverse se encontró entreverada y acalambrada entre aquella agua negra y dura como tierra corrediza. Tal vez bramó pidiendo que le ayudaran. Bramó como sólo Dios sabe cómo.

Yo le pregunté a un señor que vio cuando la arrastraba el río si no había visto también al becerrito que andaba con ella. Pero el hombre dijo que no sabía si lo había visto. Sólo dijo que la vaca manchada pasó patas arriba muy cerquita de donde él estaba y que allí dio una voltereta y luego no volvió a ver ni los cuernos ni las patas ni ninguna señal de vaca. Por el río rodaban muchos troncos de árboles con todo y raíces y él estaba muy ocupado en sacar leña, de modo que no podía fijarse si eran animales o troncos los que arrastraba.

Nomás por eso, no sabemos si el becerro está vivo, o si se fue detrás de su madre río abajo. Si así fue, que Dios los ampare a los dos.

La apuración que tienen en mi casa es lo que pueda suceder el día de mañana, ahora que mi hermana Tacha se quedó sin nada. Porque mi papá con muchos trabajos había conseguido a *la Serpentina*, desde que era una vaquilla, para dársela a mi hermana, con el fin de que ella tuviera un capitalito y no se fuera a ir de piruja como lo hicieron mis otras dos hermanas, las más grandes.

Según mi papá, ellas se habían echado a perder porque éramos muy pobres en mi casa y ellas eran muy retobadas. Desde chiquillas ya eran rezongonas. Y tan luego que crecieron les dio por andar con hombres de lo peor, que les enseñaron cosas malas. Ellas aprendieron pronto y entendían muy bien los chiflidos, cuando las llamaban a altas horas de la noche. Después salían hasta de día. Iban cada rato por agua al río y a veces, cuando uno menos se lo esperaba, allí estaban en el corral, revolcándose en el suelo, todas encueradas y cada una con un hombre trepado encima.

Entonces mi papá las corrió a las dos. Primero les aguantó todo lo que pudo; pero más tarde ya no pudo aguantarlas más y les dio carrera para la calle. Ellas se fueron para Ayutla o no sé para dónde; pero andan de pirujas.

33

Por eso le entra la mortificación a mi papá, ahora por la Tacha, que no quiere vaya a resultar como sus otras dos hermanas, al sentir que se quedó muy pobre viendo la falta de su vaca, viendo que ya no va a tener con qué entretenerse mientras le da por crecer y pueda casarse con un hombre bueno, que la pueda querer para siempre. Y eso ahora va a estar difícil. Con la vaca era distinto, pues no hubiera faltado quien se hiciera el ánimo de casarse con ella, sólo por llevarse también aquella vaca tan bonita.

La única esperanza que nos queda es que el becerro esté todavía vivo. Ojalá no se le haya ocurrido pasar el río detrás de su madre. Porque si así fue, mi hermana Tacha está tantito así de retirado de hacerse piruja. Y mamá no quiere.

Mi mamá no sabe por qué Dios la ha castigado tanto al darle unas hijas de ese modo, cuando en su familia, desde su abuela para acá, nunca ha habido gente mala. Todos fueron criados en el temor de Dios y eran muy obedientes y no le cometían irreverencias a nadie. Todos fueron por el estilo. Quién sabe de dónde les vendría a ese par de hijas suyas aquel mal ejemplo. Ella no se acuerda. Le da vueltas a todos sus recuerdos y no ve claro dónde estuvo su mal o el pecado de nacerle una hija tras otra con la misma mala costumbre. No se acuerda. Y cada vez que piensa en ellas, llora y dice: "Que Dios las ampare a las dos."

Pero mi papá alega que aquello ya no tiene remedio. La peligrosa es la que queda aquí, la Tacha, que va como palo de ocote crece y crece y que ya tiene unos comienzos de senos que prometen ser como los de sus hermanas: puntiagudos y altos y medio alborotados para llamar la atención.

—Sí —dice—, le llenará los ojos a cualquiera dondequiera que la vean. Y acabará mal; como que estoy viendo que acabará mal.

Ésa es la mortificación de mi papá.

Y Tacha llora al sentir que su vaca no volverá porque se la ha matado el río. Está aquí, a mi lado, con su vestido color de rosa, mirando el río desde la barranca y sin dejar de llorar. Por su cara corren chorretes de agua sucia como si el río se hubiera metido dentro de ella.

Yo la abrazo tratando de consolarla, pero ella no entiende. Llora con más ganas. De su boca sale un ruido semejante al que se arrastra por las orillas del río, que la hace temblar y sacudirse todita, y, mientras, la creciente sigue subiendo. El sabor a podrido que viene de allá salpica la cara mojada de Tacha y los dos pechitos de ella se mueven de arriba abajo, sin parar, como si de repente comenzaran a hincharse para empezar a trabajar por su perdición.

EL HOMBRE

Los pies del hombre se hundieron en la arena, dejando una huella sin forma, como si fuera la pezuña de algún animal. Treparon sobre las piedras, engarruñándose al sentir la inclinación de la subida; luego caminaron hacia arriba, buscando el horizonte.

"Pies planos —dijo el que lo seguía—. Y un dedo de menos. Le falta el dedo gordo en el pie izquierdo. No abundan fulanos con estas señas. Así que será fácil."

La vereda subía, entre yerbas, llena de espinas y de malasmujeres. Parecía un camino de hormigas de tan angosta. Subía sin rodeos hacia el cielo. Se perdía allá y luego volvía a aparecer más lejos, bajo un cielo más lejano.

Los pies siguieron la vereda, sin desviarse. El hombre caminó apoyándose en los callos de sus talones, raspando las piedras con las uñas de sus pies, rasguñándose los brazos, deteniéndose en cada horizonte para medir su fin: *No el mío, sino el de él*", dijo. Y volvió la cabeza para ver quién había hablado.

Ni una gota de aire, sólo el eco de su ruido entre las ramas rotas. Desvanecido a fuerza de ir a tientas, calculando sus pasos, aguantando hasta la respiración: *"Voy a lo que voy"*, volvió a decir. Y supo que era él el que hablaba.

"Subió por aquí, rastrillando el monte —dijo el que lo perseguía—. Cortó las ramas con un machete. Se conoce que lo arrastraba el ansia. Y el ansia deja huellas siempre. Eso lo perderá."

Comenzó a perder el ánimo cuando las horas se alargaron y detrás de un horizonte estaba otro y el cerro por donde subía no terminaba. Sacó el machete y cortó las ramas duras como raíces y tronchó la yerba desde la raíz. Mascó un gargajo mugroso y lo arrojó a la tierra con coraje. Se chupó los dientes y

36

volvió a escupir. El cielo estaba tranquilo allá arriba, quieto, trasluciendo sus nubes entre la silueta de los palos guajes, sin hojas. No era tiempo de hojas. Era ese tiempo seco y roñoso de espinas y de espigas secas y silvestres. Golpeaba con ansia los matojos con el machete: *"Se amellará con este trabajito, más te vale dejar en paz las cosas."*

Oyó allá atrás su propia voz.

"Lo señaló su propio coraje —dijo el perseguidor—. Él ha dicho quién es, ahora sólo falta saber dónde está. Terminaré de subir por donde subió, después bajaré por donde bajó, rastreándolo hasta cansarlo. Y donde yo me detenga, allí estará. Se arrodillará y me pedirá perdón. Y yo le dejaré ir un balazo en la nuca... Eso sucederá cuando yo te encuentre."

Llegó al final. Sólo el puro cielo, cenizo, medio quemado por la nublazón de la noche. La tierra se había caído para el otro lado. Miró la casa enfrente de él, de la que salía el último humo del rescoldo. Se enterró en la tierra blanda, recién removida. Tocó la puerta sin querer, con el mango del machete. Un perro llegó y le lamió las rodillas, otro más corrió a su alrededor moviendo la cola. Entonces empujó la puerta sólo cerrada a la noche.

El que lo perseguía dijo: "Hizo un buen trabajo. Ni siquiera los despertó. Debió llegar a eso de la una, cuando el sueño es más pesado; cuando comienzan los sueños; después del 'Descansen en paz', cuando se suelta la vida en manos de la noche y cuando el cansancio del cuerpo raspa las cuerdas de la desconfianza y las rompe."

"No debí matarlos a todos —dijo el hombre—. Al menos no a todos." Eso fue lo que dijo.

La madrugada estaba gris, llena de aire frío. Bajó hacia el otro lado, resbalándose por el zacatal. Soltó el machete que llevaba todavía apretado en la mano cuando el frío le entumeció las manos. Lo dejó allí. Lo vio brillar como un pedazo de culebra sin vida, entre las espigas secas.

El hombre bajó buscando el río, abriendo una nueva brecha entre el monte.

Muy abajo el río corre mullendo sus aguas entre sabinos florecidos; meciendo su espesa corriente en silencio. Camina y da vueltas sobre sí mismo. Va y viene como una serpentina enroscada sobre la tierra verde. No hace ruido. Uno podría dormir allí, junto a él, y alguien oiría la respiración de uno, pero no la del río. La yedra baja desde los altos sabinos y se hunde en el agua, junta sus manos y forma telarañas que el río no deshace en ningún tiempo.

El hombre encontró la línea del río por el color amarillo de los sabinos. No lo oía. Sólo lo veía retorcerse bajo las sombras. Vio venir las chachalacas. La tarde anterior se habían ido siguiendo el sol, volando en parvadas detrás de la luz. Ahora el sol estaba por salir y ellas regresaban de nuevo.

Se persignó hasta tres veces. "Discúlpenme", les dijo. Y comenzó su tarea. Cuando llegó al tercero, le salían chorretes de lágrimas. O tal vez era sudor. Cuesta trabajo matar. El cuero es correoso. Se defiende aunque se haga a la resignación. Y el machete estaba mellado: "Ustedes me han de perdonar", volvió a decirles.

"Se sentó en la arena de la playa —eso dijo el que lo perseguía—. Se sentó aquí y no se movió por un largo rato. Esperó a que despejaran las nubes. Pero el sol no salió ese día, ni al siguiente. Me acuerdo. Fue el domingo aquel en que se me murió el recién nacido y fuimos a enterrarlo. No teníamos tristeza, sólo tengo memoria de que el cielo estaba gris y de que las flores que llevamos estaban desteñidas y marchitas como si sintieran la falta del sol.

"El hombre ese se quedó aquí, esperando. Allí estaban sus huellas: el nido que hizo junto a los matorrales; el calor de su cuerpo abriendo un pozo en la tierra húmeda."

"No debí haberme salido de la vereda —pensó el hombre—. Por allá ya hubiera llegado. Pero es peligroso caminar por donde todos caminan, sobre todo llevando este peso que yo llevo. Este peso se ha de ver por cualquier ojo que me mire; se ha de ver como si fuera una hinchazón rara. Yo así lo siento. Cuando sentí que me había cortado un dedo, la gente lo vio y yo no,

hasta después. Así ahora, aunque no quiera, tengo que tener alguna señal. Así lo siento, por el peso, o tal vez el esfuerzo me cansó." Luego añadió: *"No debí matarlos a todos; me hubiera conformado con el que tenía que matar; pero estaba oscuro y los bultos eran iguales. . . Después de todo, así de a muchos les costará menos el entierro."*

"Te cansarás primero que yo. Llegaré a donde quieres llegar antes que tú estés allí —dijo el que iba detrás de él—. Me sé de memoria tus intenciones, quién eres y de dónde eres y adónde vas. Llegaré antes que tú llegues."

"Éste no es el lugar —dijo el hombre al ver el río—. Lo cruzaré aquí y luego más allá y quizá salga a la misma orilla. Tengo que estar al otro lado, donde no me conocen, donde nunca he estado y nadie sabe de mí; luego caminaré derecho, hasta llegar. De allí nadie me sacará nunca."

Pasaron más parvadas de chachalacas, graznando con gritos que ensordecían.

"Caminaré más abajo. Aquí el río se hace un enredijo y puede devolverme a donde no quiero regresar."

"Nadie te hará daño nunca, hijo. Estoy aquí para protegerte. Por eso nací antes que tú y mis huesos se endurecieron primero que los tuyos."

Oía su voz, su propia voz, saliendo despacio de su boca. La sentía sonar como una cosa falsa y sin sentido.

¿Por qué habría dicho aquello? Ahora su hijo se estaría burlando de él. O tal vez no. "Tal vez esté lleno de rencor conmigo por haberlo dejado solo en nuestra última hora. Porque era también la mía; era únicamente la mía. Él vino por mí. No los buscaba a ustedes, simplemente era yo el final de su viaje, la cara que él soñaba ver muerta, restregada contra el lodo, pateada y pisoteada hasta la desfiguración. Igual que lo que yo hice con su hermano; pero lo hice cara a cara, José Alcancía, frente a él y frente a ti y tú nomás llorabas y temblabas de miedo. Desde entonces supe quién eras y cómo vendrías a buscarme. Te esperé un mes, despierto de día y de noche, sabiendo que llegarías a rastras, escondido como una mala víbora. Y llegaste tarde. Y yo también llegué tarde. Llegué detrás de ti. Me entretuvo el entierro del recién nacido. Ahora entiendo. Ahora entiendo por qué se me marchitaron las flores en la mano."

"*No debí matarlos a todos* —iba pensando el hombre—. *No valía la pena echarme ese tercio tan pesado en mi espalda. Los muertos pesan más que los vivos; lo aplastan a uno. Debía de haberlos tentaleado de uno por uno hasta dar con él; lo hubiera conocido por el bigote; aunque estaba oscuro hubiera sabido dónde pegarle antes que se levantara... Después de todo, así estuvo mejor. Nadie los llorará y yo viviré en paz. La cosa es encontrar el paso para irme de aquí antes que me agarre la noche.*"

El hombre entró a la angostura del río por la tarde. El sol no había salido en todo el día, pero la luz se había borneado, volteando las sombras; por eso supo que era después del mediodía.

"Estás atrapado —dijo el que iba detrás de él y que ahora estaba sentado a la orilla del río—. Te has metido en un atolladero. Primero haciendo tu fechoría y ahora yendo hacia los cajones, hacia tu propio cajón. No tiene caso que te siga hasta allá. Tendrás que regresar en cuanto te veas encañonado. Te esperaré aquí. Aprovecharé el tiempo para medir la puntería, para saber dónde te voy a colocar la bala. Tengo paciencia y tú no la tienes, así que ésa es mi ventaja. Tengo mi corazón que resbala y da vueltas en su propia sangre, y el tuyo está desbaratado, revenido y lleno de pudrición. Ésa es también mi ventaja. Mañana estarás muerto, o tal vez pasado mañana o dentro de ocho días. No importa el tiempo. Tengo paciencia."

El hombre vio que el río se encajonaba entre altas paredes y se detuvo. "*Tendré que regresar*", dijo.

El río en estos lugares es ancho y hondo y no tropieza con ninguna piedra. Se resbala en un cauce como de aceite espeso y sucio. Y de vez en cuando se traga alguna rama en sus remolinos, sorbiéndola sin que se oiga ningún quejido.

"Hijo —dijo el que estaba sentado esperando—: no tiene caso que te diga que el que te mató está muerto desde ahora.

¿Acaso yo ganaré algo con eso? La cosa es que yo no estuve contigo. ¿De qué sirve explicar nada? No estaba contigo. Eso es todo. Ni con ella. Ni con él. No estaba con nadie; porque el recién nacido no me dejó ninguna señal de recuerdo."

El hombre recorrió un largo tramo río arriba.

En la cabeza le rebotaban burbujas de sangre. *"Creí que el primero iba a despertar a los demás con su estertor, por eso me di prisa."* "Discúlpenme la apuración", les dijo. Y después sintió que el gorgoreo aquel era igual al ronquido de la gente dormida; por eso se puso tan en calma cuando salió a la noche de afuera, al frío de aquella noche nublada. ☐

Parecía venir huyendo. Traía una porción de lodo en las zancas, que ya ni se sabía cuál era el color de sus pantalones.

Lo vi desde que se zambulló en el río. Apechugó el cuerpo y luego se dejó ir corriente abajo, sin manotear, como si caminara pisando en el fondo. Después rebasó la orilla y puso sus trapos a secar. Lo vi que temblaba de frío. Hacía aire y estaba nublado.

Me estuve asomando desde el boquete de la cerca donde me tenía el patrón al encargo de sus borregos. Volvía y miraba a aquel hombre sin que él se maliciara que alguien lo estaba espiando.

Se apalancó en sus brazos y se estuvo estirando y aflojando su humanidad, dejando orear el cuerpo para que se secara. Luego se enjaretó la camisa y los pantalones agujerados. Vi que no traía machete ni ningún arma. Sólo la pura funda que le colgaba de la cintura, huérfana.

Miró y remiró para todos lados y se fue. Y ya iba yo a enderezarme para arriar mis borregos, cuando lo vi volver con la misma traza de desorientado.

Se metió otra vez al río, en el brazo de en medio, de regreso.

"¿Qué traerá este hombre?", me pregunté.

Y nada. Se echó de vuelta al río y la corriente se soltó zangoloteándolo como un reguilete, y hasta por poco y se ahoga

Dio muchos manotazos y por fin no pudo pasar y salió allá abajo, echando buches de agua hasta desentriparse.

Volvió a hacer la operación de secarse en pelota y luego
arrendó río arriba por el rumbo de donde había venido.

Que me lo dieran ahorita. De saber lo que había hecho lo hubiera apachurrado a pedradas y ni siquiera me entraría el remordimiento.

Ya lo decía yo que era un juilón. Con sólo verle la cara. Pero
no soy adivino, señor licenciado. Sólo soy un cuidador de borregos y hasta si usted quiere algo miedoso cuando da la ocasión.
Aunque, como usted dice, lo pude muy bien agarrar desprevenido y una pedrada bien dada en la cabeza lo hubiera dejado
allí tieso. Usted ni quien se lo quite que tiene la razón.

Eso que me cuenta de todas las muertes que debía y que acababa de efectuar, no me lo perdono. Me gusta matar matones,
créame usted. No es la costumbre; pero se ha de sentir sabroso
ayudarle a Dios a acabar con esos hijos del mal.

La cosa es que no todo quedó allí. Lo vi venir de nueva cuenta al día siguiente. Pero yo todavía no sabía nada. ¡De haberlo
sabido!

Lo vi venir más flaco que el día antes, con los huesos afuerita
del pellejo, con la camisa rasgada. No creí que fuera él, así
estaba de desconocido.

Lo conocí por el arrastre de sus ojos: medio duros, como que
lastimaban. Lo vi beber agua y luego hacer buches como quien
está enjuagándose la boca; pero lo que pasaba era que se había
tragado un buen puño de ajolotes, porque el charco donde se
puso a sorber era bajito y estaba plagado de ajolotes. Debía
de tener hambre.

Le vi los ojos, que eran dos agujeros oscuros como de cueva.
Se me arrimó y me dijo: "¿Son tuyas esas borregas?" Y yo le
dije que no. "Son de quien las parió", eso le dije.

No le hizo gracia la cosa. Ni siquiera peló el diente. Se pegó
a la más hobachona de mis borregas y con sus manos como te-
nazas le agarró las patas y le sorbió el pezón. Hasta acá se oían
los balidos del animal; pero él no la soltaba, seguía chupe y

chupe hasta que se hastió de mamar. Con decirle que tuve que echarle criolina en las ubres para que se le desinflamaran y no se le fueran a infestar los mordiscos que el hombre les había dado.

¿Dice usted que mató a'toditita la familia de los Urquidi? De haberlo sabido lo atajo a puros leñazos.

Pero uno es ignorante. Uno vive remontado en el cerro, sin más trato que los borregos, y los borregos no saben de chismes. Y al otro día se volvió a aparecer. Al llegar yo, llegó él. Y hasta entramos en amistad.

Me contó que no era de por aquí, que era de un lugar muy lejos; pero que no podía andar ya porque le fallaban las piernas: "Camino y camino y no ando nada. Se me doblan las piernas de la debilidad. Y mi tierra está lejos, más allá de aquellos cerros." Me contó que se había pasado dos días sin comer más que puros yerbajos. Eso me dijo.

¿Dice usted que ni piedad le entró cuando mató a los familiares de los Urquidi? De haberlo sabido se habría quedado en juicio y con la boca abierta mientras estaba bebiéndose la leche de mis borregas.

Pero no parecía malo. Me contaba de su mujer y de sus chamacos. Y de lo lejos que estaban de él. Se sorbía los mocos al acordarse de ellos.

Y estaba reflaco, como trasijado. Todavía ayer se comió un pedazo de animal que se había muerto del relámpago. Parte amaneció comida de seguro por las hormigas arrieras y la parte que quedó él la tatemó en las brasas que yo prendía para calentarme las tortillas y le dio fin. Ruñó los huesos hasta dejarlos pelones.

"El animalito murió de enfermedad", le dije yo.

Pero como si ni me oyera. Se lo tragó enterito. Tenía hambre.

Pero dice usted que acabó con la vida de esa gente. De haberlo sabido. Lo que es ser ignorante y confiado. Yo no soy más que borreguero y de ahi en más no sé nada. ¡Con decirle que se comía mis mismas tortillas y que las embarraba en mi mismo plato!

¿De modo que ora que vengo a decirle lo que sé, yo salgo encubridor? Pos ora sí. ¿Y dice usted que me va a meter en la cárcel por esconder a ese individuo? Ni que yo fuera el que mató a la familia esa. Yo sólo vengo a decirle que allí en un charco del río está un difunto. Y usted me alega que desde cuándo y cómo es y de qué modo es ese difunto. Y ora que yo se lo digo, salgo encubridor. Pos ora sí.

Créame usted, señor licenciado, que de haber sabido quién era aquel hombre no me hubiera faltado el modo de hacerlo perdedizo. ¿Pero yo qué sabía? Yo no soy adivino.

Él sólo me pedía de comer y me platicaba de sus muchachos, chorreando lágrimas.

Y ahora se ha muerto. Yo creí que había puesto a secar sus trapos entre las piedras del río; pero era él, enterito, el que estaba allí boca abajo, con la cara metida en el agua. Primero creí que se había doblado al empinarse sobre el río y no había podido ya enderezar la cabeza y que luego se había puesto a resollar agua, hasta que le vi la sangre coagulada que le salía por la boca y la nuca repleta de agujeros como si lo hubieran taladrado.

Yo no voy a averiguar eso. Sólo vengo a decirle lo que pasó, sin quitar ni poner nada. Soy borreguero y no sé de otras cosas. ■

EN LA MADRUGADA

SAN GABRIEL sale de la niebla húmedo de rocío. Las nubes de la noche durmieron sobre el pueblo buscando el calor de la gente. Ahora está por salir el sol y la niebla se levanta despacio, enrollando su sábana, dejando hebras blancas encima de los tejados. Un vapor gris, apenas visible, sube de los árboles y de la tierra mojada atraído por las nubes; pero se desvanece en seguida. Y detrás de él aparece el humo negro de las cocinas, oloroso a encino quemado, cubriendo el cielo de cenizas.

Allá lejos los cerros están todavía en sombras.

Una golondrina cruzó las calles y luego sonó el primer toque del alba.

Las luces se apagaron. Entonces una mancha como de tierra envolvió al pueblo, que siguió roncando un poco más, adormecido en el calor del amanecer. ◻

Por el camino de Jiquilpan, bordeado de camichines, el viejo Esteban viene montado en el lomo de una vaca, arreando el ganado de la ordeña. Se ha subido allí para que no le brinquen a la cara los chapulines. Se espanta los zancudos con su sombrero y de vez en cuando intenta chiflar, con su boca sin dientes, a las vacas, para que no se queden rezagadas. Ellas caminan rumiando, salpicándose con el rocío de la hierba. La mañana está aclarando. Oye las campanadas del alba en San Gabriel y se baja de la vaca, arrodillándose en el suelo y haciendo la señal de la cruz con los brazos extendidos.

Una lechuza grazna en el hueco de los árboles y entonces él brinca de nuevo al lomo de la vaca, se quita la camisa para que con el aire se le vaya el susto, y sigue su camino.

"Una, dos, diez", cuenta las vacas al estar pasando el guarda-ganado que hay a la entrada del pueblo. A una de ellas la de-

45

tiene por las orejas y le dice estirando la trompa: "Ora te van a desahijar, motilona. Llora si quieres; pero es el último día que verás a tu becerro." La vaca lo mira con sus ojos tranquilos, se lo sacude con la cola y camina hacia adelante.

Están dando la última campanada del alba.

No se sabe si las golondrinas vienen de Jiquilpan o salen de San Gabriel; sólo se sabe que van y vienen zigzagueando, mojándose el pecho en el lodo de los charcos sin perder el vuelo; algunas llevan algo en el pico, recogen el lodo con las plumas timoneras y se alejan, saliéndose del camino, perdiéndose en el sombrío horizonte.

Las nubes están ya sobre las montañas, tan distantes que sólo parecen parches grises prendidos a las faldas de aquellos cerros azules.

El viejo Esteban mira las serpentinas de colores que corren por el cielo: rojas, anaranjadas, amarillas. Las estrellas se van haciendo blancas. Las últimas chispas se apagan y brota el sol, entero, poniendo gotas de vidrio en la punta de la hierba. □

"Yo tenía el ombligo frío de traerlo al aire. Ya no me acuerdo por qué. Llegué al zaguán del corral y no me abrieron. Se quebró la piedra con la que estuve tocando la puerta y nadie salió. Entonces creí que mi patrón don Justo se había quedado dormido. No les dije nada a las vacas, ni les expliqué nada; me fui sin que me vieran, para que no fueran a seguirme. Busqué donde estuviera bajita la barda y por allí me trepé y caí al otro lado, entre los becerros. Y ya estaba yo quitando la tranca del zaguán cuando vi al patrón don Justo que salía de donde estaba el tapanco, con la niña Margarita dormida en sus brazos y que atravesaba el corral sin verme. Yo me escondí hasta hacerme perdedizo arrejolándome contra la pared, y de seguro no me vio. Al menos eso creí."

El viejo Esteban dejó entrar las vacas una por una, mientras las ordeñaba. Dejó al último a la desahijada, que se estuvo brame y brame, hasta que por pura lástima la dejó entrar. "Por última vez —le dijo—; míralo y lengüetéalo; míralo como si fuera a morir. Estás ya por parir y todavía te encariñas con este grandulón." Y a él: "Saboréalas nomás, que ya no son tuyas; te darás cuenta de que esta leche es leche tierna como para un recién nacido." Y le dio de patadas cuando vio que mamaba de las cuatro tetas. "Te romperé las jetas, hijo de res." ☐

"Y le hubiera roto el hocico si no hubiera surgido por allí el patrón don Justo, que me dio de patadas a mí para que me calmara. Me zurró una sarta de porrazos que hasta me quedé dormido entre las piedras, con los huesos tronándome de tan zafados que los tenía. Me acuerdo que duré todo ese día entelerido y sin poder moverme por la hinchazón que me resultó después y por el mucho dolor que todavía me dura.

"¿Qué pasó luego? Yo no lo supe. No volví a trabajar con él. Ni yo ni nadie, porque ese mismo día se murió. ¿No lo sabía usted? Me lo vinieron a decir a mi casa, mientras estaba acostado en el catre, con la vieja allí a mi lado poniéndome fomentos y cataplasmas. Me llegaron con ese aviso. Y que dizque yo lo había matado, dijeron los díceres. Bien pudo ser; pero yo no me acuerdo. ¿No cree usted que matar a un prójimo deja rastros? Los debe de dejar, y más tratándose de un superior de uno. Pero desde el momento que me tienen aquí en la cárcel por algo ha de ser, ¿no cree usted? Aunque, mire, yo bien que me acuerdo de hasta el momento que le pegué al becerro y de cuando el patrón se me vino encima, hasta allí va muy bien la memoria; después todo está borroso. Siento que me quedé dormido de a tiro y que cuando desperté estaba en mi catre, con la vieja allí a mi lado consolándome de mis dolencias como si yo fuera un chiquillo y no este viejo desportillado que yo soy. Hasta le dije: ¡Ya cállate! Me acuerdo muy bien que se lo dije, ¿cómo no iba a acordarme de que había matado a un hombre? Y, sin embargo, dicen que maté a don Justo. ¿Con qué dicen que lo maté? ¿Que dizque con una piedra, verdad? Vaya, menos mal, porque si dijeran que había sido con un cuchillo estarían zafados, porque yo no cargo cuchillo desde que era muchacho y de eso hace ya una buena hilera de años." ☐

47

Justo Brambila dejó a su sobrina Margarita sobre la cama, cuidando de no hacer ruido. En la pieza contigua dormía su hermana, tullida desde hacía dos años, inmóvil, con su cuerpo hecho de trapo; pero siempre despierta. Solamente tenía un rato de sueño, al amanecer; entonces se dormía como si se entregara a la muerte.

Despertaba al salir el sol, ahora. Cuando Justo Brambila dejaba el cuerpo dormido de Margarita sobre la cama, ella comenzaba a abrir los ojos. Oyó la respiración de su hija y preguntó: "¿Dónde has estado anoche, Margarita?" Y antes que comenzaran los gritos que acabarían por despertarla, Justo Brambila abandonó el cuarto, en silencio.

Eran las seis de la mañana.

Se dirigió al corral para abrirle el zaguán al viejo Esteban. Pensó también en subir al tapanco, para deshacer la cama donde él y Margarita habían pasado la noche. "Si el señor cura autorizara esto, yo me casaría con ella; pero estoy seguro de que armará un escándalo si se lo pido. Dirá que es un incesto y nos excomulgará a los dos. Más vale dejar las cosas en secreto." En eso iba pensando cuando se encontró al viejo Esteban peleándose con el becerro, metiendo sus manos como de alambre en el hocico del animal y dándole de patadas en la cabeza. Parecía que el becerro ya estaba derrengado porque restregaba sus patas en el suelo sin poder enderezarse.

Corrió y agarró al viejo por el cuello y lo tiró contra las piedras, dándole de puntapiés y gritándole cosas de las que él nunca conoció su alcance. Después sintió que se le nublaba la cabeza y caía rebotando contra el empedrado del corral. Quiso levantarse y volvió a caer, y al tercer intento se quedó quieto. Una nublazón negra le cubrió la mirada cuando quiso abrir los ojos. No sentía dolor, sólo una cosa negra que le fue oscureciendo el pensamiento hasta la oscuridad. ☐

El viejo Esteban se levantó ya alto el sol. Se fue caminando a tientas, quejándose. No se supo cómo abrió la puerta y se echó a la calle. No se supo cómo llegó a su casa, llevando los ojos cerrados, dejando aquel reguero de sangre por todo el camino. Llegó y se recostó en su catre y volvió a dormirse.

Serían las once de la mañana cuando entró Margarita en el corral, buscando a Justo Brambila, llorando porque su madre le había dicho después de mucho sermonearla que era una prostituta.

Encontró a Justo Brambila muerto. □

"Que dizque yo lo maté. Bien pudo ser. Pero también pudo ser que él se haya muerto de coraje. Tenía muy mal genio. Todo le parecía mal: que estaban sucios los pesebres; que las pilas no tenían agua; que las vacas estaban reflacas. Todo le parecía mal; hasta que yo estuviera flaco no le gustaba. Y cómo no iba a estar flaco si apenas comía. Si me la pasaba en un puro viaje con las vacas: las llevaba a Jiquilpan, donde él había comprado un potrero de pasturas; esperaba a que comieran y luego me las traía de vuelta para llegar con ellas de madrugada. Aquello parecía una eterna peregrinación.

"Y ahora ya ve usted, me tienen detenido en la cárcel y que me van a juzgar la semana que entra porque criminé a don Justo. Yo no me acuerdo; pero bien pudo ser. Quizá los dos estábamos ciegos y no nos dimos cuenta de que nos matábamos uno al otro. Bien pudo ser. La memoria, a esta edad mía, es engañosa; por eso yo le doy gracias a Dios, porque si acaba con todas mis facultades, ya no pierdo mucho, ya que casi no me queda ninguna. Y en cuanto a mi alma, pues ahi también a Él se la encomiendo." □

Sobre San Gabriel estaba bajando otra vez la niebla. En los cerros azules brillaba todavía el sol. Una mancha de tierra cubría el pueblo. Después vino la oscuridad. Esa noche no encendieron las luces, de luto, pues don Justo era el dueño de la luz.

Los perros aullaron hasta el amanecer. Los vidrios de colores de la iglesia estuvieron encendidos hasta el amanecer con la luz de los cirios, mientras velaban el cuerpo del difunto. Voces de mujeres cantaban en el semisueño de la noche: "Salgan, salgan, salgan, ánimas, de penas" con voz de falsete. Y las campanas estuvieron doblando a muerto toda la noche, hasta el amanecer, hasta que fueron cortadas por el toque del alba. ■

TALPA

NATALIA se metió entre los brazos de su madre y lloró largamente allí con un llanto quedito. Era un llanto aguantado por muchos días, guardado hasta ahora que regresamos a Zenzontla y vio a su madre y comenzó a sentirse con ganas de consuelo.

Sin embargo, antes, entre los trabajos de tantos días difíciles, cuando tuvimos que enterrar a Tanilo en un pozo de la tierra de Talpa, sin que nadie nos ayudara, cuando ella y yo, los dos solos, juntamos nuestras fuerzas y nos pusimos a escarbar la sepultura desenterrando los terrones con nuestras manos —dándonos prisa para esconder pronto a Tanilo dentro del pozo y que no siguiera espantando ya a nadie con el olor de su aire lleno de muerte—, entonces no lloró.

Ni después, al regreso, cuando nos vinimos caminando de noche sin conocer el sosiego, andando a tientas como dormidos y pisando con pasos que parecían golpes sobre la sepultura de Tanilo. En ese entonces, Natalia parecía estar endurecida y traer el corazón apretado para no sentirlo bullir dentro de ella. Pero de sus ojos no salió ninguna lágrima.

Vino a llorar hasta aquí, arrimada a su madre; sólo para acongojarla y que supiera que sufría, acongojándonos de paso a todos, porque yo también sentí ese llanto de ella dentro de mí como si estuviera exprimiendo el trapo de nuestros pecados.

Porque la cosa es que a Tanilo Santos entre Natalia y yo lo matamos. Lo llevamos a Talpa para que se muriera. Y se murió. Sabíamos que no aguantaría tanto camino; pero, así y todo, lo llevamos empujándolo entre los dos, pensando acabar con él para siempre. Eso hicimos.   □

La idea de ir a Talpa salió de mi hermano Tanilo. A él se le ocurrió primero que a nadie. Desde hacía años que estaba pi-

51

diendo que lo llevaran. Desde hacía años. Desde aquel día en que amaneció con unas ampollas moradas repartidas en los brazos y las piernas. Cuando después las ampollas se le convirtieron en llagas por donde no salía nada de sangre y sí una cosa amarilla como goma de copal que destilaba agua espesa. Desde entonces me acuerdo muy bien que nos dijo cuánto miedo sentía de no tener ya remedio. Para eso quería ir a ver a la Virgen de Talpa; para que Ella con su mirada le curara sus llagas. Aunque sabía que Talpa estaba lejos y que tendríamos que caminar mucho debajo del sol de los días y del frío de las noches de marzo, así y todo quería ir. La Virgencita le daría el remedio para aliviarse de aquellas cosas que nunca se secaban. Ella sabía hacer eso: lavar las cosas, ponerlo todo nuevo de nueva cuenta como un campo recién llovido. Ya allí, frente a Ella, se acabarían sus males; nada le dolería ni le volvería a doler más. Eso pensaba él.

Y de eso nos agarramos Natalia y yo para llevarlo. Yo tenía que acompañar a Tanilo porque era mi hermano. Natalia tendría que ir también, de todos modos, porque era su mujer. Tenía que ayudarlo llevándolo del brazo, sopesándolo a la ida y tal vez a la vuelta sobre sus hombros, mientras él arrastrara su esperanza.

Yo ya sabía desde antes lo que había dentro de Natalia. Conocía algo de ella. Sabía, por ejemplo, que sus piernas redondas, duras y calientes como piedras al sol del mediodía, estaban solas desde hacía tiempo. Ya conocía yo eso. Habíamos estado juntos muchas veces; pero siempre la sombra de Tanilo nos separaba; sentíamos que sus manos ampolladas se metían entre nosotros y se llevaban a Natalia para que lo siguiera cuidando. Y así sería siempre mientras él estuviera vivo.

Yo sé ahora que Natalia está arrepentida de lo que pasó. Y yo también lo estoy; pero eso no nos salvará del remordimiento ni nos dará ninguna paz ya nunca. No podrá tranquilizarnos saber que Tanilo se hubiera muerto de todos modos porque ya le tocaba, y que de nada había servido ir a Talpa, tan allá, tan lejos; pues casi es seguro de que se hubiera muerto

52

igual allá que aquí, o quizás tantito después aquí que allá, porque todo lo que se mortificó por el camino, y la sangre que perdió de más, y el coraje y todo, todas esas cosas juntas fueron las que lo mataron más pronto. Lo malo está en que Natalia y yo lo llevamos a empujones, cuando él ya no quería seguir, cuando sintió que era inútil seguir y nos pidió que lo regresáramos. A estirones lo levantábamos del suelo para que siguiera caminando, diciéndole que ya no podíamos volver atrás. "Está ya más cerca Talpa que Zenzontla." Eso le decíamos. Pero entonces Talpa estaba todavía lejos; más allá de muchos días.

Lo que queríamos era que se muriera. No está por demás decir que eso era lo que queríamos desde antes de salir de Zenzontla y en cada una de las noches que pasamos en el camino de Talpa. Es algo que no podemos entender ahora; pero entonces era lo que queríamos. Me acuerdo muy bien.

Me acuerdo muy bien de esas noches. Primero nos alumbrábamos con ocotes. Después dejábamos que la ceniza oscureciera la lumbrada y luego buscábamos Natalia y yo la sombra de algo para escondernos de la luz del cielo. Así nos arrimábamos a la soledad del campo, fuera de los ojos de Tanilo y desaparecidos en la noche. Y la soledad aquella nos empujaba uno al otro. A mí me ponía entre los brazos el cuerpo de Natalia y a ella eso le servía de remedio. Sentía como si descansara; se olvidaba de muchas cosas y luego se quedaba adormecida y con el cuerpo sumido en un gran alivio.

Siempre sucedía que la tierra sobre la que dormíamos estaba caliente. Y la carne de Natalia, la esposa de mi hermano Tanilo, se calentaba en seguida con el calor de la tierra. Luego aquellos dos calores juntos quemaban y lo hacían a uno despertar de su sueño. Entonces mis manos iban detrás de ella; iban y venían por encima de ese como rescoldo que era ella; primero suavemente, pero después la apretaban como si quisieran exprimirle la sangre. Así una y otra vez, noche tras noche, hasta que llegaba la madrugada y el viento frío apagaba la lumbre de nuestros cuerpos. Eso hacíamos Natalia y yo a un lado del camino de Talpa, cuando llevamos a Tanilo para que la Virgen lo aliviara.

53

Ahora todo ha pasado. Tanilo se alivió hasta de vivir. Ya no podrá decir nada del trabajo tan grande que le costaba vivir, teniendo aquel cuerpo como emponzoñado, lleno por dentro de agua podrida que le salía por cada rajadura de sus piernas o de sus brazos. Unas llagas así de grandes, que se abrían despacito, muy despacito, para luego dejar salir a borbotones un aire como de cosa echada a perder que a todos nos tenía asustados.

Pero ahora que está muerto la cosa se ve de otro modo. Ahora Natalia llora por él, tal vez para que él vea, desde donde está, todo el gran remordimiento que lleva encima de su alma. Ella dice que ha sentido la cara de Tanilo estos últimos días. Era lo único que servía de él para ella; la cara de Tanilo, humedecida siempre por el sudor en que lo dejaba el esfuerzo para aguantar sus dolores. La sintió acercándose hasta su boca, escondiéndose entre sus cabellos, pidiéndole, con una voz apenitas, que lo ayudara. Dice que le dijo que ya se había curado por fin; que ya no le molestaba ningún dolor. "Ya puedo estar contigo, Natalia. Ayúdame a estar contigo", dizque eso le dijo.

Acabábamos de salir de Talpa, de dejarlo allí enterrado bien hondo en aquel como surco profundo que hicimos para sepultarlo.

Y Natalia se olvidó de mí desde entonces. Yo sé cómo le brillaban antes los ojos como si fueran charcos alumbrados por la luna. Pero de pronto se destiñeron, se le borró la mirada como si la hubiera revolcado en la tierra. Y pareció no ver ya nada. Todo lo que existía para ella era el Tanilo de ella, que ella había cuidado mientras estuvo vivo y lo había enterrado cuando tuvo que morirse. □

Tardamos veinte días en encontrar el camino real de Talpa. Hasta entonces habíamos venido los tres solos. Desde allí comenzamos a juntarnos con gente que salía de todas partes; que había desembocado como nosotros en aquel camino ancho parecido a la corriente de un río, que nos hacía andar a rastras, empujados por todos lados como si nos llevaran amarrados con hebras de polvo. Porque de la tierra se levantaba, con el bullir de la gente, un polvo blanco como tamo de maíz que subía muy alto y volvía a caer; pero los pies al caminar lo devolvían y lo hacían subir de nuevo; así a todas horas estaba aquel polvo por encima y debajo de nosotros. Y arriba de esta tierra estaba el cielo vacío, sin nubes, sólo el polvo; pero el polvo no da ninguna sombra.

Teníamos que esperar a la noche para descansar del sol y de aquella luz blanca del camino.

Luego los días fueron haciéndose más largos. Habíamos salido de Zenzontla a mediados de febrero, y ahora que comenzaba marzo amanecía muy pronto. Apenas si cerrábamos los ojos al oscurecer, cuando nos volvía a despertar el sol, el mismo sol que parecía acabarse de poner hacía un rato.

Nunca había sentido que fuera más lenta y violenta la vida como caminar entre un amontonadero de gente; igual que si fuéramos un hervidero de gusanos apelotonados bajo el sol, retorciéndonos entre la cerrazón del polvo que nos encerraba a todos en la misma vereda y nos llevaba como acorralados. Los ojos seguían la polvareda; daban en el polvo como si tropezaran contra algo que no se podía traspasar. Y el cielo siempre gris, como una mancha gris y pesada que nos aplastaba a todos desde arriba. Sólo a veces, cuando cruzábamos algún río, el polvo era más alto y más claro. Zambullíamos la cabeza acalenturada y renegrida en el agua verde, y por un momento de todos nosotros salía un humo azul, parecido al vapor que sale de la boca con el frío. Pero poquito después desaparecíamos otra vez entreverados en el polvo, cobijándonos unos a otros del sol, de aquel calor del sol repartido entre todos.

Algún día llegará la noche. En eso pensábamos. Llegará la noche y nos pondremos a descansar. Ahora se trata de cruzar el día, de atravesarlo como sea para correr del calor y del sol. Después nos detendremos. Después. Lo que tenemos que hacer por lo pronto es esfuerzo tras esfuerzo para ir de prisa detrás de tantos como nosotros y delante de otros muchos. De eso se trata. Ya descansaremos bien a bien cuando estemos muertos.

En eso pensábamos Natalia y yo y quizá también Tanilo,

cuando íbamos por el camino real de Talpa, entre la procesión; queriendo llegar los primeros hasta la Virgen, antes que se le acabaran los milagros.

Pero Tanilo comenzó a ponerse más malo. Llegó un rato en que ya no quería seguir. La carne de sus pies se había reventado y por la reventazón aquella empezó a salírsele la sangre. Lo cuidamos hasta que se puso bueno. Pero, así y todo, ya no quería seguir:

"Me quedaré aquí sentado un día o dos y luego me volveré a Zenzontla." Eso nos dijo.

Pero Natalia y yo no quisimos. Había algo dentro de nosotros que no nos dejaba sentir ninguna lástima por ningún Tanilo. Queríamos llegar con él a Talpa, porque a esas alturas, así como estaba, todavía le sobraba vida. Por eso mientras Natalia le enjuagaba los pies con aguardiente para que se le deshincharan, le daba ánimos. Le decía que sólo la Virgen de Talpa lo curaría. Ella era la única que podía hacer que él se aliviara para siempre. Ella nada más. Había otras muchas Vírgenes; pero sólo la de Talpa era la buena. Eso le decía Natalia.

Y entonces Tanilo se ponía a llorar con lágrimas que hacían surco entre el sudor de su cara y después se maldecía por haber sido malo. Natalia le limpiaba los chorretes de lágrimas con su rebozo, y entre ella y yo lo levantábamos del suelo para que caminara otro rato más, antes que llegara la noche.

Así, a tirones, fue como llegamos con él a Talpa.

Ya en los últimos días también nosotros nos sentíamos cansados. Natalia y yo sentíamos que se nos iba doblando el cuerpo entre más y más. Era como si algo nos detuviera y cargara un pesado bulto sobre nosotros. Tanilo se nos caía más seguido y teníamos que levantarlo y a veces llevarlo sobre los hombros. Tal vez de eso estábamos como estábamos: con el cuerpo flojo y lleno de flojera para caminar. Pero la gente que iba allí junto a nosotros nos hacía andar más aprisa.

Por las noches, aquel mundo desbocado se calmaba. Desperdigadas por todas partes brillaban las fogatas y en derredor de la lumbre la gente de la peregrinación rezaba el rosario, con

56

los brazos en cruz, mirando hacia el cielo de Talpa. Y se oía cómo el viento llevaba y traía aquel rumor, revolviéndolo, hasta hacer de él un solo mugido. Poco después todo se quedaba quieto. A eso de la medianoche podía oírse que alguien cantaba muy lejos de nosotros. Luego se cerraban los ojos y se esperaba sin dormir a que amaneciera. □

Entramos a Talpa cantando el Alabado.

Habíamos salido a mediados de febrero y llegamos a Talpa en los últimos días de marzo, cuando ya mucha gente venía de regreso. Todo se debió a que Tanilo se puso a hacer penitencia. En cuanto se vio rodeado de hombres que llevaban pencas de nopal colgadas como escapulario, él también pensó en llevar las suyas. Dio en amarrarse los pies uno con otro con las mangas de su camisa para que sus pasos se hicieran más desesperados. Después quiso llevar una corona de espinas. Tantito después se vendó los ojos, y más tarde, en los últimos trechos del camino, se hincó en la tierra, y así, andando sobre los huesos de sus rodillas y con las manos cruzadas hacia atrás, llegó a Talpa aquella cosa que era mi hermano Tanilo Santos; aquella cosa tan llena de cataplasmas y de hilos oscuros de sangre que dejaba en el aire, al pasar, un olor agrio como de animal muerto.

Y cuando menos acordamos lo vimos metido entre las danzas. Apenas si nos dimos cuenta y ya estaba allí, con la larga sonaja en la mano, dando duros golpes en el suelo con sus pies amoratados y descalzos. Parecía todo enfurecido, como si estuviera sacudiendo el coraje que llevaba encima desde hacía tiempo; o como si estuviera haciendo un último esfuerzo por conseguir vivir un poco más.

Tal vez al ver las danzas se acordó de cuando iba todos los años a Tolimán, en el novenario del Señor, y bailaba la noche entera hasta que sus huesos se aflojaban, pero sin cansarse. Tal vez de eso se acordó y quiso revivir su antigua fuerza.

Natalia y yo lo vimos así por un momento. En seguida lo vimos alzar los brazos y azotar su cuerpo contra el suelo, todavía con la sonaja repicando entre sus manos salpicadas de sangre.

Lo sacamos a rastras, esperando defenderlo de los pisotones de los danzantes; de entre la furia de aquellos pies que rodaban sobre las piedras y brincaban aplastando la tierra sin saber que algo se había caído en medio de ellos.

A horcajadas, como si estuviera tullido, entramos con él en la iglesia. Natalia lo arrodilló junto a ella, enfrentito de aquella figurita dorada que era la Virgen de Talpa. Y Tanilo comenzó a rezar y dejó que se le cayera una lágrima grande, salida de muy adentro, apagándole la vela que Natalia le había puesto entre sus manos. Pero no se dio cuenta de esto; la luminaria de tantas velas prendidas que allí había le cortó esa cosa con la que uno se sabe dar cuenta de lo que pasa junto a uno. Siguió rezando con su vela apagada. Rezando a gritos para oír que rezaba.

Pero no le valió. Se murió de todos modos.

". . .Desde nuestros corazones sale para Ella una súplica igual, envuelta en el dolor. Muchas lamentaciones revueltas con esperanza. No se ensordece su ternura ni ante los lamentos ni las lágrimas, pues Ella sufre con nosotros. Ella sabe borrar esa mancha y dejar que el corazón se haga blandito y puro para recibir su misericordia y su caridad. La Virgen nuestra, nuestra madre, que no quiere saber nada de nuestros pecados; que se echa la culpa de nuestros pecados; la que quisiera llevarnos en sus brazos para que no nos lastime la vida, está aquí junto a nosotros, aliviándonos el cansancio y las enfermedades del alma y de nuestro cuerpo ahuatado, herido y suplicante. Ella sabe que cada día nuestra fe es mejor porque está hecha de sacrificios. . ."

Eso decía el señor cura desde allá arriba del púlpito. Y después que dejó de hablar, la gente se soltó rezando toda al mismo tiempo, con un ruido igual al de muchas avispas espantadas por el humo.

Pero Tanilo ya no oyó lo que había dicho el señor cura. Se había quedado quieto, con la cabeza recargada en sus rodillas. Y cuando Natalia lo movió para que se levantara ya estaba muerto.

Afuera se oía el ruido de las danzas; los tambores y la chirimía; el repique de las campanas. Y entonces fue cuando me dio a mí tristeza. Ver tantas cosas vivas; ver a la Virgen allí, mero enfrente de nosotros dándonos su sonrisa, y ver por el otro lado a Tanilo, como si fuera un estorbo. Me dio tristeza.

Pero nosotros lo llevamos allí para que se muriera, eso es lo que no se me olvida.   □

Ahora estamos los dos en Zenzontla. Hemos vuelto sin él. Y la madre de Natalia no me ha preguntado nada; ni qué hice con mi hermano Tanilo, ni nada. Natalia se ha puesto a llorar sobre sus hombros y le ha contado de esa manera todo lo que pasó.

Y yo comienzo a sentir como si no hubiéramos llegado a ninguna parte, que estamos aquí de paso, para descansar, y que luego seguiremos caminando. No sé para dónde; pero tendremos que seguir, porque aquí estamos muy cerca del remordimiento y del recuerdo de Tanilo.

Quizá hasta empecemos a tenernos miedo uno al otro. Esa cosa de no decirnos nada desde que salimos de Talpa tal vez quiera decir eso. Tal vez los dos tenemos muy cerca el cuerpo de Tanilo, tendido en el petate enrollado; lleno por dentro y por fuera de un hervidero de moscas azules que zumbaban como si fuera un gran ronquido que saliera de la boca de él; de aquella boca que no pudo cerrarse a pesar de los esfuerzos de Natalia y míos, y que parecía querer respirar todavía sin encontrar resuello. De aquel Tanilo a quien ya nada le dolía, pero que estaba como adolorido, con las manos y los pies engarruñados y los ojos muy abiertos como mirando su propia muerte. Y por aquí y por allá todas sus llagas goteando un agua amarilla, llena de aquel olor que se derramaba por todos lados y se sentía en la boca, como si se estuviera saboreando una miel espesa y amarga que se derretía en la sangre de uno a cada bocanada de aire.

Es de eso de lo que quizá nos acordemos aquí más seguido: de aquel Tanilo que nosotros enterramos en el camposanto de Talpa; al que Natalia y yo echamos tierra y piedras encima para que no lo fueran a desenterrar los animales del cerro. ∎

MACARIO

ESTOY sentado junto a la alcantarilla aguardando a que salgan las ranas. Anoche, mientras estábamos cenando, comenzaron a armar el gran alboroto y no pararon de cantar hasta que amaneció. Mi madrina también dice eso: que la gritería de las ranas le espantó el sueño. Y ahora ella bien quisiera dormir. Por eso me mandó a que me sentara aquí, junto a la alcantarilla, y me pusiera con una tabla en la mano para que cuanta rana saliera a pegar de brincos afuera, la apalcuachara a tablazos... Las ranas son verdes de todo a todo, menos en la panza. Los sapos son negros. También los ojos de mi madrina son negros. Las ranas son buenas para hacer de comer con ellas. Los sapos no se comen; pero yo me los he comido también, aunque no se coman, y saben igual que las ranas. Felipa es la que dice que es malo comer sapos. Felipa tiene los ojos verdes como los ojos de los gatos. Ella es la que me da de comer en la cocina cada vez que me toca comer. Ella no quiere que yo perjudique a las ranas. Pero, a todo esto, es mi madrina la que me manda hacer las cosas... Yo quiero más a Felipa que a mi madrina. Pero es mi madrina la que saca el dinero de su bolsa para que Felipa compre todo lo de la comedera. Felipa sólo se está en la cocina arreglando la comida de los tres. No hace otra cosa desde que yo la conozco. Lo de lavar los trastes a mí me toca. Lo de acarrear leña para prender el fogón también a mí me toca. Luego es mi madrina la que nos reparte la comida. Después de comer ella, hace con sus manos dos montoncitos, uno para Felipa y otro para mí. Pero a veces Felipa no tiene ganas de comer y entonces son para mí los dos montoncitos. Por eso quiero yo a Felipa, porque yo siempre tengo hambre y no me lleno nunca, ni aun comiéndome la comida de ella. Aunque digan que uno se llena comiendo, yo sé bien que no me lleno por más que coma todo lo que me den. Y Felipa también sabe eso... Dicen en la calle que yo estoy loco porque jamás se me acaba el hambre. Mi madrina ha oído que eso dicen. Yo no lo he oído. Mi madrina no me deja salir solo a la calle. Cuando me saca a dar la vuelta es para llevarme a la iglesia a oír misa. Allí me acomoda cerquita de ella y me amarra las manos con las barbas de su rebozo. Yo no sé por qué me amarrará mis manos; pero dice que porque dizque luego hago locuras. Un día inventaron que yo andaba ahorcando a alguien; que le apreté el pescuezo a una señora nada más por nomás. Yo no me acuerdo. Pero, a todo esto, es mi madrina la que dice lo que yo hago y ella nunca anda con mentiras. Cuando me llama a comer, es para darme mi parte de comida, y no como otra gente que me invitaba a comer con ellos y luego que me les acercaba me apedreaban hasta hacerme correr sin comida ni nada. No, mi madrina me trata bien. Por eso estoy contento en su casa. Además, aquí vive Felipa. Felipa es muy buena conmigo. Por eso la quiero... La leche de Felipa es dulce como las flores del obelisco. Yo he bebido leche de chiva y también de puerca recién parida; pero no, no es igual de buena que la leche de Felipa... Ahora ya hace mucho tiempo que no me da a chupar de los bultos esos que ella tiene donde tenemos solamente las costillas, y de donde le sale, sabiendo sacarla, una leche mejor que la que nos da mi madrina en el almuerzo de los domingos... Felipa antes iba todas las noches al cuarto donde yo duermo, y se arrimaba conmigo, acostándose encima de mí o echándose a un ladito. Luego se las ajuareaba para que yo pudiera chupar de aquella leche dulce y caliente que se dejaba venir en chorros por la lengua... Muchas veces he comido flores de obelisco para entretener el hambre. Y la leche de Felipa era de ese sabor, sólo que a mí me gustaba más, porque, al mismo tiempo que me pasaba los tragos, Felipa me hacía cosquillas por todas partes. Luego sucedía que casi siempre se quedaba dormida junto a mí, hasta la madrugada. Y eso me servía de mucho; porque yo no me apuraba del frío ni de ningún miedo a condenarme en el infierno si me moría yo solo allí, en alguna noche... A veces no le tengo tanto miedo al in-

61

fierno. Pero a veces sí. Luego me gusta darme mis buenos sustos con eso de que me voy a ir al infierno cualquier día de éstos, por tener la cabeza tan dura y por gustarme dar de cabezazos contra lo primero que encuentro. Pero viene Felipa y me espanta mis miedos. Me hace cosquillas con sus manos como ella sabe hacerlo y me ataja el miedo ese que tengo de morirme. Y por un ratito hasta se me olvida... Felipa dice, cuando tiene ganas de estar conmigo, que ella le contará al Señor todos mis pecados. Que irá al cielo muy pronto y platicará con Él pidiéndole que me perdone toda la mucha maldad que me llena el cuerpo de arriba abajo. Ella le dirá que me perdone, para que yo no me preocupe más. Por eso se confiesa todos los días. No porque ella sea mala, sino porque yo estoy repleto por dentro de demonios, y tiene que sacarme esos chamucos del cuerpo confesándose por mí. Todos los días. Todas las tardes de todos los días. Por toda la vida ella me hará ese favor. Eso dice Felipa. Por eso yo la quiero tanto... Sin embargo, lo de tener la cabeza así de dura es la gran cosa. Uno da de topes contra los pilares del corredor horas enteras y la cabeza no se hace nada, aguanta sin quebrarse. Y uno da de topes contra el suelo; primero despacito, después más recio y aquello suena como un tambor. Igual que el tambor que anda con la chirimía, cuando viene la chirimía a la función del Señor. Y entonces uno está en la iglesia, amarrado a la madrina, oyendo afuera el tum tum del tambor... Y mi madrina dice que si en mi cuarto hay chinches y cucarachas y alacranes es porque me voy a ir a arder en el infierno si sigo con mis mañas de pegarle al suelo con mi cabeza. Pero lo que yo quiero es oír el tambor. Eso es lo que ella debería saber. Oírlo, como cuando uno está en la iglesia, esperando salir pronto a la calle para ver cómo es que aquel tambor se oye de tan lejos, hasta lo hondo de la iglesia y por encima de las condenaciones del señor cura...: "El camino de las cosas buenas está lleno de luz. El camino de las cosas malas es oscuro." Eso dice el señor cura... Yo me levanto y salgo de mi cuarto cuando todavía está a oscuras. Barro la calle y me meto otra vez en mi cuarto antes que me agarre la luz del día. En la calle suceden cosas. Sobra quien lo descalabre a pedradas apenas lo ven a uno. Llueven piedras grandes y filosas por todas partes. Y luego hay que remendar la camisa y esperar muchos días a que se remienden las rajaduras de la cara o de las rodillas. Y aguantar otra vez que le amarren a uno las manos, porque si no ellas corren a arrancar la costra del remiendo y vuelve a salir el chorro de sangre. Ora que la sangre también tiene buen sabor aunque, eso sí, no se parece al sabor de la leche de Felipa... Yo por eso, para que no me apedreen, me vivo siempre metido en mi casa. En seguida que me dan de comer me encierro en mi cuarto y atranco bien la puerta para que no den conmigo los pecados mirando que aquello está a oscuras. Y ni siquiera prendo el ocote para ver por dónde se me andan subiendo las cucarachas. Ahora me estoy quietecito. Me acuesto sobre mis costales, y en cuanto siento alguna cucaracha caminar con sus patas rasposas por mi pescuezo le doy un manotazo y la aplasto. Pero no prendo el ocote. No vaya a suceder que me encuentren desprevenido los pecados por andar con el ocote prendido buscando todas las cucarachas que se meten por debajo de mi cobija... Las cucarachas truenan como saltapericos cuando uno las destripa. Los grillos no sé si truenen. A los grillos nunca los mato. Felipa dice que los grillos hacen ruido siempre, sin pararse ni a respirar, para que no se oigan los gritos de las ánimas que están penando en el purgatorio. El día en que se acaben los grillos, el mundo se llenará de los gritos de las ánimas santas y todos echaremos a correr espantados por el susto. Además, a mí me gusta mucho estarme con la oreja parada oyendo el ruido de los grillos. En mi cuarto hay muchos. Tal vez haya más grillos que cucarachas aquí entre las arrugas de los costales donde yo me acuesto. También hay alacranes. Cada rato se dejan caer del techo y uno tiene que esperar sin resollar a que ellos hagan su recorrido por encima de uno hasta llegar al suelo. Porque si algún brazo se mueve o empiezan a temblarle a uno los huesos, se siente en seguida el ardor del piquete. Eso duele. A Felipa le picó una vez uno en una nalga. Se puso a llorar y a gritarle con gritos queditos a la Virgen Santísima para que no se le echara a perder su nalga.

Yo le unté saliva. Toda la noche me la pasé untándole saliva y rezando con ella, y hubo un rato, cuando vi que no se aliviaba con mi remedio, en que yo también le ayudé a llorar con mis ojos todo lo que pude... De cualquier modo, yo estoy más a gusto en mi cuarto que si anduviera en la calle, llamando la atención de los amantes de aporrear gente. Aquí nadie me hace nada. Mi madrina no me regaña porque me vea comiéndome las flores de su obelisco, o sus arrayanes, o sus granadas. Ella sabe lo entrado en ganas de comer que estoy siempre. Ella sabe que no se me acaba el hambre. Que no me ajusta ninguna comida para llenar mis tripas aunque ande a cada rato pellizcando aquí y allá cosas de comer. Ella sabe que me como el garbanzo remojado que le doy a los puercos gordos y el maíz seco que le doy a los puercos flacos. Así que ella ya sabe con cuánta hambre ando desde que me amanece hasta que me anochece. Y mientras encuentre de comer aquí en esta casa, aquí me estaré. Porque yo creo que el día en que deje de comer me voy a morir, y entonces me iré con toda seguridad derechito al infierno. Y de allí ya no me sacará nadie, ni Felipa, aunque sea tan buena conmigo, ni el escapulario que me regaló mi madrina y que traigo enredado en el pescuezo... Ahora estoy junto a la alcantarilla esperando a que salgan las ranas. Y no ha salido ninguna en todo este rato que llevo platicando. Si tardan más en salir, puede suceder que me duerma, y luego ya no habrá modo de matarlas, y a mi madrina no le llegará por ningún lado el sueño si las oye cantar, y se llenará de coraje. Y entonces le pedirá a alguno de toda la hilera de santos que tiene en su cuarto, que mande a los diablos por mí, para que me lleven a rastras a la condenación eterna, derechito, sin pasar ni siquiera por el purgatorio, y yo no podré ver entonces ni a mi papá ni a mi mamá, que es allí donde están... Mejor seguiré platicando... De lo que más ganas tengo es de volver a probar algunos tragos de la leche de Felipa, aquella leche buena y dulce como la miel que le sale por debajo a las flores del obelisco... ∎

64

EL LLANO EN LLAMAS

> Ya mataron a la perra,
> pero quedan los perritos...
>
> *Corrido popular*

"¡VIVA Petronilo Flores!"

El grito se vino rebotando por los paredones de la barranca y subió hasta donde estábamos nosotros. Luego se deshizo.

Por un rato, el viento que soplaba desde abajo nos trajo un tumulto de voces amontonadas, haciendo un ruido igual al que hace el agua crecida cuando rueda sobre pedregales.

En seguida, saliendo de allá mismo, otro grito torció por el recodo de la barranca, volvió a rebotar en los paredones y llegó todavía con fuerza junto a nosotros:

"¡Viva mi general Petronilo Flores!"

Nosotros nos miramos.

La Perra se levantó despacio, quitó el cartucho a la carga de su carabina y se lo guardó en la bolsa de la camisa. Después se arrimó a donde estaban *los Cuatro* y les dijo: "¡Síganme, muchachos, vamos a ver qué toritos toreamos!" Los cuatro hermanos Benavides se fueron detrás de él, agachados; solamente *la Perra* iba bien tieso, asomando la mitad de su cuerpo flaco por encima de la cerca.

Nosotros seguimos allí, sin movernos. Estábamos alineados al pie del lienzo, tirados panza arriba, como iguanas calentándose al sol.

La cerca de piedra culebreaba mucho al subir y bajar por las lomas, y ellos, *la Perra* y *los Cuatro*, iban también culebreando como si fueran con los pies trabados. Así los vimos perderse de nuestros ojos. Luego volvimos la cara para ver otra vez hacia arriba y miramos las ramas bajas de los amoles que nos daban tantita sombra.

Olía a eso: a sombra recalentada por el sol. A amoles podridos.

Se sentía el sueño del mediodía.

La boruca que venía de allá abajo se salía a cada rato de la barranca y nos sacudía el cuerpo para que no nos durmiéramos. Y aunque queríamos oír, parando bien la oreja, sólo nos llegaba la boruca: un remolino de murmullos, como si se estuviera oyendo de muy lejos el rumor que hacen las carretas al pasar por un callejón pedregoso.

De repente sonó un tiro. Lo repitió la barranca como si estuviera derrumbándose. Eso hizo que las cosas despertaran: volaron los totochilos, esos pájaros colorados que habíamos estado viendo jugar entre los amoles. En seguida las chicharras, que se habían dormido a ras del mediodía, también despertaron llenando la tierra de rechinidos.

—¿Qué fue? —preguntó Pedro Zamora, todavía medio amodorrado por la siesta.

Entonces *el Chihuila* se levantó y, arrastrando su carabina como si fuera un leño, se encaminó detrás de los que se habían ido.

—Voy a ver qué fue lo que fue —dijo perdiéndose también como los otros.

El chirriar de las chicharras aumentó de tal modo que nos dejó sordos y no nos dimos cuenta de la hora en que ellos aparecieron por allí. Cuando menos acordamos aquí estaban ya, mero enfrente de nosotros, todos desguarnecidos. Parecían ir de paso, ajuareados para otros apuros y no para éste de ahorita.

Nos dimos vuelta y los miramos por la mira de las troneras.

Pasaron los primeros, luego los segundos y otros más, con el cuerpo echado para adelante, jorobados de sueño. Les relumbraba la cara de sudor, como si la hubieran zambullido en el agua al pasar por el arroyo.

Siguieron pasando.

Llegó la señal. Se oyó un chiflido largo y comenzó la tracatera allá lejos, por donde se había ido *la Perra*. Luego siguió aquí. Fue fácil. Casi tapaban el agujero de las troneras con su bulto, de modo que aquello era como tirarles a boca de jarro y hacerles pegar tamaño respingo de la vida a la muerte sin que apenas se dieran cuenta.

Pero esto duró muy poquito. Si acaso la primera y la segunda descarga. Pronto quedó vacío el hueco de la tronera por donde, asomándose uno, sólo se veía a los que estaban acostados en mitad del camino, medio torcidos, como si alguien los hubiera venido a tirar allí. Los vivos desaparecieron. Después volvieron a aparecer, pero por lo pronto ya no estaban allí.

Para la siguiente descarga tuvimos que esperar.

Alguno de nosotros gritó: "¡Viva Pedro Zamora!"

Del otro lado respondieron, casi en secreto: "¡Sálvame patroncito! ¡Sálvame! ¡Santo Niño de Atocha, socórreme!"

Pasaron los pájaros. Bandadas de tordos cruzaron por encima de nosotros hacia los cerros.

La tercera descarga nos llegó por detrás. Brotó de ellos, haciéndonos brincar hasta el otro lado de la cerca, hasta más allá de los muertos que nosotros habíamos matado.

Luego comenzó la correteza por entre los matorrales. Sentíamos las balas pajueleándonos los talones, como si hubiéramos caído sobre un enjambre de chapulines. Y de vez en cuando, y cada vez más seguido, pegando mero en medio de alguno de nosotros que se quebraba con un crujido de huesos.

Corrimos. Llegamos al borde de la barranca y nos dejamos descolgar por allí como si nos despeñáramos.

Ellos seguían disparando. Siguieron disparando todavía después que habíamos subido hasta el otro lado, a gatas, como tejones espantados por la lumbre.

"¡Viva mi general Petronilo Flores, hijos de la tal por cual!", nos gritaron otra vez. Y el grito se fue, rebotando como el trueno de una tormenta, barranca abajo. □

Nos quedamos agazapados detrás de unas piedras grandes y boludas, todavía resollando fuerte por la carrera. Solamente mirábamos a Pedro Zamora preguntándole con los ojos qué era lo que nos había pasado. Pero él también nos miraba sin decirnos nada. Era como si se nos hubiera acabado el habla a todos o como si la lengua se nos hubiera hecho bola como la de los pericos y nos costara trabajo soltarla para que dijera algo.

Pedro Zamora nos seguía mirando. Estaba haciendo sus cuentas con los ojos; con aquellos ojos que él tenía, todos enrojecidos, como si los trajera siempre desvelados. Nos contaba de uno en uno. Sabía ya cuántos éramos los que estábamos allí, pero parecía no estar seguro todavía; por eso nos repasaba una vez y otra y otra.

Faltaban algunos: once o doce, sin contar a *la Perra* y al *Chihuila* y a los que habían arrendado con ellos. *El Chihuila* bien pudiera ser que estuviera horquetado arriba de algún amole, acostado sobre su retrocarga, aguardando a que se fueran los federales.

Los Joseses, los dos hijos de *la Perra*, fueron los primeros en levantar la cabeza, luego el cuerpo. Por fin caminaron de un lado a otro esperando que Pedro Zamora les dijera algo. Y dijo:

—Otro agarre como éste y nos acaban.

En seguida, atragantándose como si tragara un buche de coraje, les gritó a los Joseses:

—¡Ya sé que falta su padre, pero aguántense, aguántense tantito! ¡Iremos por él!

Una bala disparada de allá hizo volar una parvada de tildíos en la ladera de enfrente. Los pájaros cayeron sobre la barranca y revolotearon hasta cerca de nosotros; luego, al vernos, se asustaron, dieron media vuelta relumbrando contra el sol y volvieron a llenar de gritos los árboles de la ladera de enfrente.

Los Joseses volvieron al lugar de antes y se acuclillaron en silencio.

Así estuvimos toda la tarde. Cuando empezó a bajar la noche llegó *el Chihuila* acompañado de uno de *los Cuatro*. Nos dijeron que venían de allá abajo, de la Piedra Lisa, pero no supieron decirnos si ya se habían retirado los federales. Lo cierto es que

todo parecía estar en calma. De vez en cuando se oían los aullidos de los coyotes.

—¡Epa tú, *Pichón!* —me dijo Pedro Zamora—. Te voy a dar
la encomienda de que vayas con los Joseses hasta Piedra Lisa y
vean a ver qué le pasó a *la Perra*. Si está muerto, pos entiérren-
lo. Y hagan lo mismo con los otros. A los heridos déjenlos encima de algo para que los vean los guachos; pero no se traigan
a nadie.

—Eso haremos.

Y nos fuimos.

Los coyotes se oían más cerquita cuando llegamos al corral
donde habíamos encerrado la caballada.

Ya no había caballos, sólo estaba un burro trasijado que ya
vivía allí desde antes que nosotros viniéramos. De seguro los
federales habían cargado con los caballos.

Encontramos al resto de *los Cuatro* detrasito de unos matojos,
los tres juntos, encaramados uno encima de otro como si los hubieran apilado allí. Les alzamos la cabeza y se la zangoloteamos
un poquito para ver si alguno daba todavía señales; pero no,
ya estaban bien difuntos. En el aguaje estaba otro de los nuestros con las costillas de fuera como si lo hubieran macheteado.
Y recorriendo el lienzo de arriba abajo encontramos uno aquí y
otro más allá, casi todos con la cara renegrida.

—A éstos los remataron, no tiene ni qué —dijo uno de los
Joseses.

Nos pusimos a buscar a *la Perra*; a no hacer caso de ningún
otro sino de encontrar a la mentada *Perra*.

No dimos con él.

"Se lo han de haber llevado —pensamos—. Se lo han de haber llevado para enseñárselo al gobierno"; pero, aun así, seguimos buscando por todas partes, entre el rastrojo. Los coyotes seguían aullando.

Siguieron aullando toda la noche. ☐

Pocos días después, en el Armería, al ir pasando el río, nos volvimos a encontrar con Petronilo Flores. Dimos marcha atrás,

pero ya era tarde. Fue como si nos fusilaran. Pedro Zamora pasó por delante haciendo galopar aquel macho barcino y chaparrito que era el mejor animal que yo había conocido. Y detrás de él, nosotros, en manada, agachados sobre el pescuezo de los caballos. De todos modos la matazón fue grande. No me di cuenta de pronto porque me hundí en el río debajo de mi caballo muerto, y la corriente nos arrastró a los dos, lejos, hasta un remanso bajito de agua y lleno de arena.

Aquél fue el último agarre que tuvimos con las fuerzas de Petronilo Flores. Después ya no peleamos. Para decir mejor las cosas, ya teníamos algún tiempo sin pelear, sólo de andar huyendo el bulto; por eso resolvimos remontarnos los pocos que quedamos, echándonos al cerro para escondernos de la persecución. Y acabamos por ser unos grupitos tan ralos que ya nadie nos tenía miedo. Ya nadie corría gritando: "¡Allí vienen los de Zamora!"

Había vuelto la paz al Llano Grande. ☐

Pero no por mucho tiempo.

Hacía cosa de ocho meses que estábamos escondidos en el escondrijo del cañón del Tozín, allí donde el río Armería se encajona durante muchas horas para dejarse caer sobre la costa. Esperábamos dejar pasar los años para luego volver al mundo, cuando ya nadie se acordara de nosotros. Habíamos comenzado a criar gallinas y de vez en cuando subíamos a la sierra en busca de venados. Éramos cinco, casi cuatro, porque a uno de los Joseses se le había gangrenado una pierna por el balazo que le dieron abajito de la nalga, allá, cuando nos balacearon por detrás.

Estábamos allí, empezando a sentir que ya no servíamos para nada. Y de no saber que nos colgarían a todos, hubiéramos ido a pacificarnos.

Pero en eso apareció un tal Armancio Alcalá, que era el que le hacía los recados y las cartas a Pedro Zamora.

Fue de mañanita, mientras nos ocupábamos en destazar una vaca, cuando oímos el pitido del cuerno. Venía de muy lejos, por el rumbo del Llano. Pasado un rato volvió a oírse. Era como el bramido de un toro: primero agudo, luego ronco, luego otra vez agudo. El eco lo alargaba más y más y lo traía aquí cerca, hasta que el ronroneo del río lo apagaba.

Y ya estaba para salir el sol, cuando el tal Alcalá se dejó ver asomándose por entre los sabinos. Traía terciadas dos carrilleras con cartuchos del "44" y en las ancas de su caballo venía atravesado un montón de rifles como si fuera una maleta.

Se apeó del macho. Nos repartió las carabinas y volvió a hacer la maleta con las que le sobraban.

—Si no tienen nada urgente que hacer de hoy a mañana, pónganse listos para salir a San Buenaventura. Allí los está aguardando Pedro Zamora. En mientras, yo voy un poquito más abajo a buscar a *los Zanates*. Luego volveré.

Al día siguiente volvió, ya de atardecida. Y sí, con él venían *los Zanates*. Se les veía la cara prieta entre el pardear de la tarde. También venían otros tres que no conocíamos.

—En el camino conseguiremos caballos —nos dijo. Y lo seguimos.

Desde mucho antes de llegar a San Buenaventura nos dimos cuenta de que los ranchos estaban ardiendo. De las trojes de la hacienda se alzaba más alta la llamarada, como si estuviera quemándose un charco de aguarrás. Las chispas volaban y se hacían rosca en la oscuridad del cielo formando grandes nubes alumbradas.

Seguimos caminando de frente, encandilados por la luminaria de San Buenaventura, como si algo nos dijera que nuestro trabajo era estar allí, para acabar con lo que quedara.

Pero no habíamos alcanzado a llegar cuando encontramos a los primeros de a caballo que venían al trote, con la soga morreada en la cabeza de la silla y tirando, unos, de hombres pialados que, en ratos, todavía caminaban sobre sus manos, y otros, de hombres a los que ya se les habían caído las manos y traían descolgada la cabeza. Los miramos pasar. Más atrás venían Pedro Zamora y mucha gente a caballo. Mucha más gente que nunca. Nos dio gusto.

Daba gusto mirar aquella larga fila de hombres cruzando el Llano Grande otra vez, como en los tiempos buenos. Como al principio, cuando nos habíamos levantado de la tierra como huizapoles maduros aventados por el viento, para llenar de terror todos los alrededores del Llano. Hubo un tiempo que así fue. Y ahora parecía volver. ▫

De allí nos encaminamos hacia San Pedro. Le prendimos fuego y luego la emprendimos rumbo al Petacal. Era la época en que el maíz ya estaba por pizcarse y las milpas se veían secas y dobladas por los ventarrones que soplan por este tiempo sobre el Llano. Así que se veía muy bonito ver caminar el fuego en los potreros; ver hecho una pura brasa casi todo el Llano en la quemazón aquella, con el humo ondulado por arriba; aquel humo oloroso a carrizo y a miel, porque la lumbre había llegado también a los cañaverales.

Y de entre el humo íbamos saliendo nosotros, como espantajos, con la cara tiznada, arreando ganado de aquí y de allá para juntarlo en algún lugar y quitarle el pellejo. Ése era ahora nuestro negocio: los cueros de ganado.

Porque, como nos dijo Pedro Zamora: "Esta revolución la vamos a hacer con el dinero de los ricos. Ellos pagarán las armas y los gastos que cueste esta revolución que estamos haciendo. Y aunque no tenemos por ahorita ninguna bandera por qué pelear, debemos apurarnos a amontonar dinero, para que cuando vengan las tropas del gobierno vean que somos poderosos." Eso nos dijo.

Y cuando al fin volvieron las tropas, se soltaron matándonos otra vez como antes, aunque no con la misma facilidad. Ahora se veía a leguas que nos tenían miedo.

Pero nosotros también les teníamos miedo. Era de verse cómo se nos atoraban los güevos en el pescuezo con sólo oír el ruido que hacían sus guarniciones o las pezuñas de sus caballos al golpear las piedras de algún camino, donde estábamos esperando para tenderles una emboscada. Al verlos pasar, casi sentía-

72

mos que nos miraban de reojo y como diciendo: "Ya los venteamos, nomás nos estamos haciendo disimulados."

Y así parecía ser, porque de buenas a primeras se echaban sobre el suelo, afortinados detrás de sus caballos y nos resistían allí, hasta que otros nos iban cercando poquito a poco, agarrándonos como a gallinas acorraladas. Desde entonces supimos que a ese paso no íbamos a durar mucho, aunque éramos muchos.

Y es que ya no se trataba de aquella gente del general Urbano, que nos habían echado al principio y que se asustaban a puros gritos y sombrerazos; aquellos hombres sacados a la fuerza de sus ranchos para que nos combatieran y que sólo cuando nos veían poquitos se iban sobre nosotros. Ésos ya se habían acabado. Después vinieron otros; pero estos últimos eran los peores. Ahora era un tal Olachea, con gente aguantadora y entrona; con alteños traídos desde Teocaltiche, revueltos con indios tepehuanes: unos indios mechudos, acostumbrados a no comer en muchos días y que a veces se estaban horas enteras espiándolo a uno con el ojo fijo y sin parpadear, esperando a que uno asomara la cabeza para dejar ir, derechito a uno, una de esas balas largas de "30-30" que quebraban el espinazo como si se rompiera una rama podrida.

No tiene ni qué, que era más fácil caer sobre los ranchos en lugar de estar emboscando a las tropas del gobierno. Por eso nos desperdigamos, y con un puñito aquí y otro más allá hicimos más perjuicios que nunca, siempre a la carrera, pegando la patada y corriendo como mulas brutas.

Y así, mientras en las faldas del volcán se estaban quemando los ranchos del Jazmín, otros bajábamos de repente sobre los destacamentos, arrastrando ramas de huizache y haciendo creer a la gente que éramos muchos, escondidos entre la polvareda y la gritería que armábamos.

Los soldados mejor se quedaban quietos, esperando. Estuvieron un tiempo yendo de un lado para otro, y ora iban para adelante y ora para atrás, como atarantados. Y desde aquí se veían las fogatas en la sierra, grandes incendios como si estuvieran quemando los desmontes. Desde aquí veíamos arder día y noche

73

las cuadrillas y los ranchos y a veces algunos pueblos más grandes, como Tuzamilpa y Zapotitlán, que iluminaban la noche. Y los hombres de Olachea salían para allá, forzando la marcha; pero cuando llegaban, comenzaba a arder Totolimispa, muy acá, muy atrás de ellos.

Era bonito ver aquello. Salir de pronto de la maraña de los tepemezquites cuando ya los soldados se iban con sus ganas de pelear, y verlos atravesar el Llano vacío, sin enemigo al frente, como si se zambulleran en el agua honda y sin fondo que era aquella gran herradura del Llano encerrada entre montañas. ▢

Quemamos el Cuastecomate y jugamos allí a los toros. A Pedro Zamora le gustaba mucho este juego del toro.

Los federales se habían ido por el rumbo de Autlán, en busca de un lugar que le dicen La Purificación, donde según ellos estaba la nidada de bandidos de donde habíamos salido nosotros. Se fueron y nos dejaron solos en el Cuastecomate.

Allí hubo modo de jugar al toro. Se les habían quedado olvidados ocho soldados, además del administrador y el caporal de la hacienda. Fueron dos días de toros.

Tuvimos que hacer un corralito redondo como esos que se usan para encerrar chivas, para que sirviera de plaza. Y nosotros nos sentamos sobre las trancas para no dejar salir a los toreros, que corrían muy fuerte en cuanto veían el verduguillo con que los quería cornear Pedro Zamora.

Los ocho soldaditos sirvieron para una tarde. Los otros dos para la otra. Y el que costó más trabajo fue aquel caporal flaco y largo como garrocha de otate, que escurría el bulto sólo con ladearse un poquito. En cambio, el administrador se murió luego luego. Estaba chaparrito y hobachón y no usó ninguna maña para sacarle el cuerpo al verduguillo. Se murió muy callado, casi sin moverse y como si él mismo hubiera querido ensartarse. Pero el caporal sí costó trabajo.

Pedro Zamora les había prestado una cobija a cada uno, y ésa fue la causa de que al menos el caporal se haya defendido tan bien de los verduguillos con aquella pesada y gruesa cobija;

74

pues en cuanto supo a qué atenerse, se dedicó a zangolotear la cobija contra el verduguillo que se le dejaba ir derecho, y así lo capoteó hasta cansar a Pedro Zamora. Se veía a las claras lo cansado que ya estaba de andar correteando al caporal, sin poder darle sino unos cuantos pespuntes. Y perdió la paciencia. Dejó las cosas como estaban y, de repente, en lugar de tirar derecho como lo hacen los toros, le buscó al del Cuastecomate las costillas con el verduguillo, haciéndole a un lado la cobija con la otra mano. El caporal pareció no darse cuenta de lo que había pasado, porque todavía anduvo un buen rato sacudiendo la frazada de arriba abajo como si se anduviera espantando las avispas. Sólo cuando vio su sangre dándole vueltas por la cintura dejó de moverse. Se asustó y trató de taparse con sus dedos el agujero que se le había hecho en las costillas, por donde le salía en un solo chorro la cosa aquella colorada que lo hacía ponerse más descolorido. Luego se quedó tirado en medio del corral mirándonos a todos. Y allí se estuvo hasta que lo colgamos, porque de otra manera hubiera tardado mucho en morirse.

Desde entonces, Pedro Zamora jugó al toro más seguido, mientras hubo modo. □

Por ese tiempo casi todos éramos "abajeños", desde Pedro Zamora para abajo; después se nos juntó gente de otras partes: los indios güeros de Zacoalco, zanconzotes y con caras como de requesón. Y aquellos otros de la tierra fría, que se decían de Mazamitla y que siempre andaban ensarapados como si a todas horas estuvieran cayendo las aguasnieves. A estos últimos se les quitaba el hambre con el calor, y por eso Pedro Zamora los mandó a cuidar el puerto de los Volcanes, allá arriba, donde no había sino pura arena y rocas lavadas por el viento. Pero los indios güeros pronto se encariñaron con Pedro Zamora y no se quisieron separar de él. Iban siempre pegaditos a él, haciéndole sombra y todos los mandados que él quería que hicieran. A veces hasta se robaban las mejores muchachas que había en los pueblos para que él se encargara de ellas.

Me acuerdo muy bien de todo. De las noches que pasábamos

en la sierra, caminando sin hacer ruido y con muchas ganas de dormir, cuando ya las tropas nos seguían de muy cerquita el rastro. Todavía veo a Pedro Zamora con su cobija solferina enrollada en los hombros cuidando que ninguno se quedara rezagado:

—¡Epa, tú, Pitasio, métele espuelas a ese caballo! ¡Y usté no se me duerma, Reséndiz, que lo necesito para platicar!

Sí, él nos cuidaba. Íbamos caminando mero en medio de la noche, con los ojos aturdidos de sueño y con la idea ida; pero él, que nos conocía a todos, nos hablaba para que levantáramos la cabeza. Sentíamos aquellos ojos bien abiertos de él, que no dormían y que estaban acostumbrados a ver de noche y a conocernos en lo oscuro. Nos contaba a todos, de uno en uno, como quien está contando dinero. Luego se iba a nuestro lado. Oíamos las pisadas de su caballo y sabíamos que sus ojos estaban siempre alertas; por eso todos, sin quejarnos del frío ni del sueño que hacía, callados, lo seguíamos como si estuviéramos ciegos. □

Pero la cosa se descompuso por completo desde el descarrilamiento del tren en la cuesta de Sayula. De no haber sucedido eso, quizá todavía estuvieran vivos Pedro Zamora y *el Chino* Arias y *el Chihuila* y tantos otros, y la revuelta hubiera seguido por el buen camino. Pero Pedro Zamora le picó la cresta al gobierno con el descarrilamiento del tren de Sayula.

Todavía veo las luces de las llamaradas que se alzaban allí donde apilaron a los muertos. Los juntaban con palas o los hacían rodar como troncos hasta el fondo de la cuesta, y cuando el montón se hacía grande, lo empapaban con petróleo y le prendían fuego. La jedentina se la llevaba el aire muy lejos, y muchos días después todavía se sentía el olor a muerto chamuscado.

Tantito antes no sabíamos bien a bien lo que iba a suceder. Habíamos regado de cuernos y huesos de vaca un tramo largo de la vía y, por si esto fuera poco, habíamos abierto los rieles allí donde el tren iría a entrar en la curva. Hicimos eso y esperamos.

La madrugada estaba comenzando a dar luz a las cosas. Se

veía ya casi claramente a la gente apeñuscada en el techo de los carros. Se oía que algunos cantaban. Eran voces de hombres y de mujeres. Pasaron frente a nosotros todavía medio ensombrecidos por la noche, pero pudimos ver que eran soldados con sus galletas. Esperamos. El tren no se detuvo.

De haber querido lo hubiéramos tiroteado, porque el tren caminaba despacio y jadeaba como si a puros pujidos quisiera subir la cuesta. Hubiéramos podido hasta platicar con ellos un rato. Pero las cosas eran de otro modo.

Ellos empezaron a darse cuenta de lo que les pasaba cuando sintieron bambolearse los carros, cimbrarse el tren como si alguien lo estuviera sacudiendo. Luego la máquina se vino para atrás, arrastrada y fuera de la vía por los carros pesados y llenos de gente. Daba unos silbatazos roncos y tristes y muy largos. Pero nadie la ayudaba. Seguía hacia atrás, arrastrada por aquel tren al que no se le veía fin, hasta que le faltó tierra y yéndose de lado cayó al fondo de la barranca. Entonces los carros la siguieron, uno tras otro, a toda prisa, tumbándose cada uno en su lugar allá abajo. Después todo se quedó en silencio como si todos, hasta nosotros, nos hubiéramos muerto.

Así pasó aquello.

Cuando los vivos comenzaron a salir de entre las astillas de los carros, nosotros nos retiramos de allí, acalambrados de miedo.

Estuvimos escondidos varios días; pero los federales nos fueron a sacar de nuestro escondite. Ya no nos dieron paz; ni siquiera para mascar un pedazo de cecina en paz. Hicieron que se nos acabaran las horas de dormir y de comer, y que los días y las noches fueran iguales para nosotros. Quisimos llegar al cañón del Tozín; pero el gobierno llegó primero que nosotros. Faldeamos el volcán. Subimos a los montes más altos y allí, en ese lugar que le dicen el Camino de Dios, encontramos otra vez al gobierno tirando a matar. Sentíamos cómo bajaban las balas sobre nosotros, en rachas apretadas, calentando el aire que nos rodeaba. Y hasta las piedras detrás de las que nos escondíamos se hacían trizas una tras otra como si fueran terrones. Después supimos que eran ametralladoras aquellas carabinas con que disparaban ahora sobre nosotros y que dejaban hecho una coladera el cuerpo de uno; pero entonces creímos que eran muchos soldados, por miles, y todo lo que queríamos era correr de ellos.

Corrimos los que pudimos. En el Camino de Dios se quedó *el Chihuila*, atejonado detrás de un madroño, con la cobija envuelta en el pescuezo como si se estuviera defendiendo del frío. Se nos quedó mirando cuando nos íbamos cada quien por su lado para repartirnos la muerte. Y él parecía estar riéndose de nosotros, con sus dientes pelones, colorados de sangre.

Aquella desparramada que nos dimos fue buena para muchos; pero a otros les fue mal. Era raro que no viéramos colgado de los pies a alguno de los nuestros en cualquier palo de algún camino. Allí duraban hasta que se hacían viejos y se arriscaban como pellejos sin curtir. Los zopilotes se los comían por dentro, sacándoles las tripas, hasta dejar la pura cáscara. Y como los colgaban alto, allá se estaban campaneándose al soplo del aire muchos días, a veces meses, a veces ya nada más las puras tilangas de los pantalones bulléndose con el viento como si alguien las hubiera puesto a secar allí. Y uno sentía que la cosa ahora sí iba de veras al ver aquello.

Algunos ganamos para el Cerro Grande y arrastrándonos como víboras pasábamos el tiempo mirando hacia el Llano, hacia aquella tierra de allá abajo donde habíamos nacido y vivido y donde ahora nos estaban aguardando para matarnos. A veces hasta nos asustaba la sombra de las nubes.

Hubiéramos ido de buena gana a decirle a alguien que ya no éramos gente de pleito y que nos dejaran estar en paz; pero, de tanto daño que hicimos por un lado y otro, la gente se había vuelto matrera y lo único que habíamos logrado era agenciarnos enemigos. Hasta los indios de acá arriba ya no nos querían. Dijeron que les habíamos matado sus animalitos. Y ahora cargan armas que les dio el gobierno y nos han mandado decir que nos matarán en cuanto nos vean.

"No queremos verlos; pero si los vemos los matamos", nos mandaron decir.

De este modo se nos fue acabando la tierra. Casi no nos quedaba ya ni el pedazo que pudiéramos necesitar para que nos enterraran. Por eso decidimos separarnos los últimos, cada quien arrendando por distinto rumbo. □

Con Pedro Zamora anduve cosa de cinco años. Días buenos, días malos, se ajustaron cinco años. Después ya no lo volví a ver. Dicen que se fue a México detrás de una mujer y que por allá lo mataron. Algunos estuvimos esperando a que regresara, que cualquier día apareciera de nuevo para volvernos a levantar en armas; pero nos cansamos de esperar. Es todavía la hora en que no ha vuelto. Lo mataron por allá. Uno que estuvo conmigo en la cárcel me contó eso de que lo habían matado.

Yo salí de la cárcel hace tres años. Me castigaron allí por muchos delitos; pero no porque hubiera andado con Pedro Zamora. Eso no lo supieron ellos. Me agarraron por otras cosas, entre otras por la mala costumbre que yo tenía de robar muchachas. Ahora vive conmigo una de ellas, quizá la mejor y más buena de todas las mujeres que hay en el mundo. La que estaba allí, afuerita de la cárcel, esperando quién sabe desde cuándo a que me soltaran.

—¡*Pichón*, te estoy esperando a ti! —me dijo—. ¡Te he estado esperando desde hace mucho tiempo!

Yo entonces pensé que me esperaba para matarme. Allá como entre sueños me acordé de quién era ella. Volví a sentir el agua fría de la tormenta que estaba cayendo sobre Telcampana, esa noche que entramos allí y arrasamos el pueblo. Casi estaba seguro de que su padre era aquel viejo al que le dimos su aplaque cuando ya íbamos de salida; al que alguno de nosotros le descerrajó un tiro en la cabeza mientras yo me echaba a su hija sobre la silla del caballo y le daba unos cuantos coscorrones para que se calmara y no me siguiera mordiendo. Era una muchachita de unos catorce años, de ojos bonitos, que me dio mucha guerra y me costó buen trabajo amansarla.

—Tengo un hijo tuyo —me dijo después—. Allí está.

Y apuntó con el dedo a un muchacho largo con los ojos azorados:

—¡Quítate el sombrero, para que te vea tu padre!

Y el muchacho se quitó el sombrero. Era igualito a mí y con algo de maldad en la mirada. Algo de eso tenía que haber sacado de su padre.

—También a él le dicen *el Pichón* —volvió a decir la mujer, aquella que ahora es mi mujer—. Pero él no es ningún bandido ni ningún asesino. Él es gente buena.

Yo agaché la cabeza. ∎

¡DILES QUE NO ME MATEN!

—¡DILES que no me maten, Justino! Anda, vete a decirles eso. Que por caridad. Así diles. Diles que lo hagan por caridad.

—No puedo. Hay allí un sargento que no quiere oír hablar nada de ti.

—Haz que te oiga. Date tus mañas y dile que para sustos ya ha estado bueno. Dile que lo haga por caridad de Dios.

—No se trata de sustos. Parece que te van a matar de a de veras. Y yo ya no quiero volver allá.

—Anda otra vez. Solamente otra vez, a ver qué consigues.

—No. No tengo ganas de ir. Según eso, yo soy tu hijo. Y si voy mucho con ellos, acabarán por saber quién soy y les dará por afusilarme a mí también. Es mejor dejar las cosas de este tamaño.

—Anda, Justino. Diles que tengan tantita lástima de mí. Nomás eso diles.

Justino apretó los dientes y movió la cabeza diciendo:

—No.

Y siguió sacudiendo la cabeza durante mucho rato.

—Dile al sargento que te deje ver al coronel. Y cuéntale lo viejo que estoy. Lo poco que valgo. ¿Qué ganancia sacará con matarme? Ninguna ganancia. Al fin y al cabo él debe de tener un alma. Dile que lo haga por la bendita salvación de su alma.

Justino se levantó de la pila de piedras en que estaba sentado y caminó hasta la puerta del corral. Luego se dio vuelta para decir:

—Voy, pues. Pero si de perdida me afusilan a mí también, ¿quién cuidará de mi mujer y de los hijos?

—La Providencia, Justino. Ella se encargará de ellos. Ocúpate de ir allá y ver qué cosas haces por mí. Eso es lo que urge. □

81

Lo habían traído de madrugada. Y ahora era ya entrada la mañana y él seguía todavía allí, amarrado a un horcón, esperando. No se podía estar quieto. Había hecho el intento de dormir un rato para apaciguarse, pero el sueño se le había ido. También se le había ido el hambre. No tenía ganas de nada. Sólo de vivir. Ahora que sabía bien a bien que lo iban a matar, le habían entrado unas ganas tan grandes de vivir como sólo las puede sentir un recién resucitado.

Quién le iba a decir que volvería aquel asunto tan viejo, tan rancio, tan enterrado como creía que estaba. Aquel asunto de cuando tuvo que matar a don Lupe. No nada más por nomás como quisieron hacerle ver los de Alima, sino porque tuvo sus razones. Él se acordaba:

Don Lupe Terreros, el dueño de la Puerta de Piedra, por más señas su compadre Al que él, Juvencio Nava, tuvo que matar por eso; por ser el dueño de la Puerta de Piedra y que, siendo también su compadre, le negó el pasto para sus animales.

Primero se aguantó por puro compromiso. Pero después, cuando la sequía, en que vio cómo se le morían uno tras otro sus animales hostigados por el hambre y que su compadre don Lupe seguía negándole la yerba de sus potreros, entonces fue cuando se puso a romper la cerca y a arrear la bola de animales flacos hasta las paraneras para que se hartaran de comer. Y eso no le había gustado a don Lupe, que mandó tapar otra vez la cerca para que él, Juvencio Nava, le volviera a abrir otra vez el agujero.

Así, de día se tapaba el agujero y de noche se volvía a abrir, mientras el ganado estaba allí, siempre pegado a la cerca, siempre esperando; aquel ganado suyo que antes nomás se vivía oliendo el pasto sin poder probarlo.

Y él y don Lupe alegaban y volvían a alegar sin llegar a ponerse de acuerdo.

Hasta que una vez don Lupe le dijo:

—Mira, Juvencio, otro animal más que metas al potrero y te lo mato.

Y él contestó:

—Mire, don Lupe, yo no tengo la culpa de que los animales busquen su acomodo. Ellos son inocentes. Ahi se lo haiga si me los mata. □

"Y me mató un novillo.

"Esto pasó hace treinta y cinco años, por marzo, porque ya en abril andaba yo en el monte, corriendo del exhorto. No me valieron ni las diez vacas que le di al juez, ni el embargo de mi casa para pagarle la salida de la cárcel. Todavía después se pagaron con lo que quedaba nomás por no perseguirme, aunque de todos modos me perseguían. Por eso me vine a vivir junto con mi hijo a este otro terrenito que yo tenía y que se nombra Palo de Venado. Y mi hijo creció y se casó con la nuera Ignacia y tuvo ya ocho hijos. Así que la cosa ya va para viejo, y según eso debería estar olvidado. Pero, según eso, no lo está.

"Yo entonces calculé que con unos cien pesos quedaba arreglado todo. El difunto don Lupe era solo, solamente con su mujer y los dos muchachitos todavía de a gatas. Y la viuda pronto murió también dizque de pena. Y a los muchachitos se los llevaron lejos, donde unos parientes. Así que, por parte de ellos, no había que tener miedo.

"Pero los demás se atuvieron a que yo andaba exhortado y enjuiciado para asustarme y seguir robándome. Cada que llegaba alguien al pueblo me avisaban:

"—Por ahi andan unos fuereños, Juvencio.

"Y yo echaba pal monte, entreverándome entre los madroños y pasándome los días comiendo sólo verdolagas. A veces tenía que salir a la medianoche, como si me fueran correteando los perros. Eso duró toda la vida. No fue un año ni dos. Fue toda la vida."

Y ahora habían ido por él, cuando no esperaba ya a nadie, confiado en el olvido en que lo tenía la gente; creyendo que al menos sus últimos días los pasaría tranquilo. "Al menos esto —pensó— conseguiré con estar viejo. Me dejarán en paz."

Se había dado a esta esperanza por entero. Por eso era que le costaba trabajo imaginar morir así, de repente, a estas alturas de su vida, después de tanto pelear para librarse de la muerte; de haberse pasado su mejor tiempo tirando de un lado para otro arrastrado por los sobresaltos y cuando su cuerpo había acabado por ser un puro pellejo correoso curtido por los malos días en que tuvo que andar escondiéndose de todos.

Por si acaso, ¿no había dejado hasta que se le fuera su mujer? Aquel día en que amaneció con la nueva de que su mujer se le había ido, ni siquiera le pasó por la cabeza la intención de salir a buscarla. Dejó que se fuera sin indagar para nada ni con quién ni para dónde, con tal de no bajar al pueblo. Dejó que se fuera como se le había ido todo lo demás, sin meter las manos. Ya lo único que le quedaba para cuidar era la vida, y ésta la conservaría a como diera lugar. No podía dejar que lo mataran. No podía. Mucho menos ahora.

Pero para eso lo habían traído de allá, de Palo de Venado. No necesitaron amarrarlo para que los siguiera. Él anduvo solo, únicamente maniatado por el miedo. Ellos se dieron cuenta de que no podía correr con aquel cuerpo viejo, con aquellas piernas flacas como sicuas secas, acalambradas por el miedo de morir. Porque a eso iba. A morir. Se lo dijeron.

Desde entonces lo supo. Comenzó a sentir esa comezón en el estómago, que le llegaba de pronto siempre que veía de cerca la muerte y que le sacaba el ansia por los ojos, y que le hinchaba la boca con aquellos buches de agua agria que tenía que tragarse sin querer. Y esa cosa que le hacía los pies pesados mientras su cabeza se le ablandaba y el corazón le pegaba con todas sus fuerzas en las costillas. No, no podía acostumbrarse a la idea de que lo mataran.

Tenía que haber alguna esperanza. En algún lugar podría aún quedar alguna esperanza. Tal vez ellos se hubieran equivocado. Quizá buscaban a otro Juvencio Nava y no al Juvencio Nava que era él.

Caminó entre aquellos hombres en silencio, con los brazos caídos. La madrugada era oscura, sin estrellas. El viento soplaba despacio, se llevaba la tierra seca y traía más, llena de ese olor como de orines que tiene el polvo de los caminos.

84

Sus ojos, que se habían apeñuscado con los años, venían viendo la tierra, aquí, debajo de sus pies, a pesar de la oscuridad. Allí en la tierra estaba toda su vida. Sesenta años de vivir sobre de ella, de encerrarla entre sus manos, de haberla probado como se prueba el sabor de la carne.

Se vino largo rato desmenuzándola con los ojos, saboreando cada pedazo como si fuera el último, sabiendo casi que sería el último.

Luego, como queriendo decir algo, miraba a los hombres que iban junto a él. Iba a decirles que lo soltaran, que lo dejaran que se fuera: "Yo no le he hecho daño a nadie, muchachos", iba a decirles, pero se quedaba callado. "Mas adelantito se lo diré", pensaba.

Y sólo los veía. Podía hasta imaginar que eran sus amigos; pero no quería hacerlo. No lo eran. No sabía quiénes eran. Los veía a su lado ladeándose y agachándose de vez en cuando para ver por dónde seguía el camino.

Los había visto por primera vez al pardear de la tarde, en esa hora desteñida en que todo parece chamuscado. Habían atravesado los surcos pisando la milpa tierna. Y él había bajado a eso: a decirles que allí estaba comenzando a crecer la milpa. Pero ellos no se detuvieron.

Los había visto con tiempo. Siempre tuvo la suerte de ver con tiempo todo. Pudo haberse escondido, caminar unas cuantas horas por el cerro mientras ellos se iban y después volver a bajar. Al fin y al cabo la milpa no se lograría de ningún modo. Ya era tiempo de que hubieran venido las aguas y las aguas no aparecían y la milpa comenzaba a marchitarse. No tardaría en estar seca del todo.

Así que ni valía la pena de haber bajado; haberse metido entre aquellos hombres como en un agujero, para ya no volver a salir.

Y ahora seguía junto a ellos, aguantándose las ganas de decirles que lo soltaran. No les veía la cara; sólo veía los bultos que se repegaban o se separaban de él. De manera que cuando se puso a hablar, no supo si lo habían oído. Dijo:

—Yo nunca le he hecho daño a nadie —eso dijo. Pero nada cambió. Ninguno de los bultos pareció darse cuenta. Las caras no se volvieron a verlo. Siguieron igual, como si hubieran venido dormidos.

Entonces pensó que no tenía nada más que decir, que tendría que buscar la esperanza en algún otro lado. Dejó caer otra vez los brazos y entró en las primeras casas del pueblo en medio de aquellos cuatro hombres oscurecidos por el color negro de la noche. □

—Mi coronel, aquí está el hombre.

Se habían detenido delante del boquete de la puerta. Él, con el sombrero en la mano, por respeto, esperando ver salir a alguien. Pero sólo salió la voz:

—¿Cuál hombre? —preguntaron.

—El de Palo de Venado, mi coronel. El que usted nos mandó a traer.

—Pregúntale que si ha vivido alguna vez en Alima —volvió a decir la voz de allá adentro.

—¡Ey, tú! ¿Que si has habitado en Alima? —repitió la pregunta el sargento que estaba frente a él.

—Sí. Dile al coronel que de allá mismo soy. Y que allí he vivido hasta hace poco.

—Pregúntale que si conoció a Guadalupe Terreros.

—Que dizque si conociste a Guadalupe Terreros.

—¿A don Lupe? Sí. Dile que sí lo conocí. Ya murió.

Entonces la voz de allá adentro cambió de tono:

—Ya sé que murió —dijo. Y siguió hablando como si platicara con alguien allá, al otro lado de la pared de carrizos:

—Guadalupe Terreros era mi padre. Cuando crecí y lo busqué me dijeron que estaba muerto. Es algo difícil crecer sabiendo que la cosa de donde podemos agarrarnos para enraizar está muerta. Con nosotros, eso pasó.

"Luego supe que lo habían matado a machetazos, clavándole después una pica de buey en el estómago. Me contaron que duró más de dos días perdido y que, cuando lo encontraron, tirado en un arroyo, todavía estaba agonizando y pidiendo el encargo de que le cuidaran a su familia.

"Esto, con el tiempo, parece olvidarse. Uno trata de olvidarlo. Lo que no se olvida es llegar a saber que el que hizo aquello está aún vivo, alimentando su alma podrida con la ilusión de la vida eterna. No podría perdonar a ése, aunque no lo conozco; pero el hecho de que se haya puesto en el lugar donde yo sé que está, me da ánimos para acabar con él. No puedo perdonarle que siga viviendo. No debía haber nacido nunca."

Desde acá, desde afuera, se oyó bien claro cuanto dijo. Después ordenó:

—¡Llévenselo y amárrenlo un rato, para que padezca, y luego fusílenlo!

—¡Mírame, coronel! —pidió él—. Ya no valgo nada. No tardaré en morirme solito, derrengado de viejo. ¡No me mates...!

—¡Llévenselo! —volvió a decir la voz de adentro.

—...Ya he pagado, coronel. He pagado muchas veces. Todo me lo quitaron. Me castigaron de muchos modos. Me he pasado cosa de cuarenta años escondido como un apestado, siempre con el pálpito de que en cualquier rato me matarían. No merezco morir así, coronel. Déjame que, al menos, el Señor me perdone. ¡No me mates! ¡Diles que no me maten!

Estaba allí, como si lo hubieran golpeado, sacudiendo su sombrero contra la tierra. Gritando.

En seguida la voz de allá adentro dijo:

—Amárrenlo y denle algo de beber hasta que se emborrache para que no le duelan los tiros. □

Ahora, por fin, se había apaciguado. Estaba allí arrinconado al pie del horcón. Había venido su hijo Justino y su hijo Justino se había ido y había vuelto y ahora otra vez venía.

Lo echó encima del burro. Lo apretaló bien apretado al aparejo para que no se fuese a caer por el camino. Le metió su cabeza dentro de un costal para que no diera mala impresión. Y luego le hizo pelos al burro y se fueron, arrebiatados, de prisa, para llegar a Palo de Venado todavía con tiempo para arreglar el velorio del difunto.

—Tu nuera y los nietos te extrañarán —iba diciéndole—. Te mirarán a la cara y creerán que no eres tú. Se les afigurará que te ha comido el coyote, cuando te vean con esa cara tan llena de boquetes por tanto tiro de gracia como te dieron. ∎

LUVINA

—De los cerros altos del sur, el de Luvina es el más alto y el más pedregoso. Está plagado de esa piedra gris con la que hacen la cal, pero en Luvina no hacen cal con ella ni le sacan ningún provecho. Allí la llaman piedra cruda, y la loma que sube hacia Luvina la nombran cuesta de la Piedra Cruda. El aire y el sol se han encargado de desmenuzarla, de modo que la tierra de por allí es blanca y brillante como si estuviera rociada siempre por el rocío del amanecer; aunque esto es un puro decir, porque en Luvina los días son tan fríos como las noches y el rocío se cuaja en el cielo antes que llegue a caer sobre la tierra.

"...Y la tierra es empinada. Se desgaja por todos lados en barrancas hondas, de un fondo que se pierde de tan lejano. Dicen los de Luvina que de aquellas barrancas suben los sueños; pero yo lo único que vi subir fue el viento, en tremolina, como si allá abajo lo tuvieran encañonado en tubos de carrizo. Un viento que no deja crecer ni a las dulcamaras: esas plantitas tristes que apenas si pueden vivir un poco untadas a la tierra, agarradas con todas sus manos al despeñadero de los montes. Sólo a veces, allí donde hay un poco de sombra, escondido entre las piedras, florece el chicalote con sus amapolas blancas. Pero el chicalote pronto se marchita. Entonces uno lo oye rasguñando el aire con sus ramas espinosas, haciendo un ruido como el de un cuchillo sobre una piedra de afilar.

"Ya mirará usted ese viento que sopla sobre Luvina. Es pardo. Dicen que porque arrastra arena de volcán; pero lo cierto es que es un aire negro. Ya lo verá usted. Se planta en Luvina prendiéndose de las cosas como si las mordiera. Y sobran días en que se lleva el techo de las casas como si se llevara un sombrero de petate, dejando los paredones lisos, descobijados. Luego rasca como si tuviera uñas: uno lo oye a mañana y tarde, hora tras hora, sin descanso, raspando las paredes, arrancando tecatas de tierra, escarbando con su pala picuda por debajo de las puertas, hasta sentirlo bullir dentro de uno como si se pusiera a remover los goznes de nuestros mismos huesos. Ya lo verá usted."

El hombre aquel que hablaba se quedó callado un rato, mirando hacia afuera.

Hasta ellos llegaban el sonido del río pasando sus crecidas aguas por las ramas de los camichines; el rumor del aire moviendo suavemente las hojas de los almendros, y los gritos de los niños jugando en el pequeño espacio iluminado por la luz que salía de la tienda.

Los comejenes entraban y rebotaban contra la lámpara de petróleo, cayendo al suelo con las alas chamuscadas.

Y afuera seguía avanzando la noche.

—¡Oye, Camilo, mándanos otras dos cervezas más! —volvió a decir el hombre. Después añadió:

—Otra cosa, señor. Nunca verá usted un cielo azul en Luvina. Allí todo el horizonte está desteñido; nublado siempre por una mancha caliginosa que no se borra nunca. Todo el lomerío pelón, sin un árbol, sin una cosa verde para descansar los ojos; todo envuelto en el calín ceniciento. Usted verá eso: aquellos cerros apagados como si estuvieran muertos y a Luvina en el más alto, coronándolo con su blanco caserío como si fuera una corona de muerto...

Los gritos de los niños se acercaron hasta meterse dentro de la tienda. Eso hizo que el hombre se levantara, fuera hacia la puerta y les dijera: "¡Váyanse más lejos! ¡No interrumpan! Sigan jugando, pero sin armar alboroto."

Luego, dirigiéndose otra vez a la mesa, se sentó y dijo:

—Pues sí, como le estaba diciendo. Allá llueve poco. A mediados de año llegan unas cuantas tormentas que azotan la tierra y la desgarran, dejando nada más el pedregal flotando encima del tepetate. Es bueno ver entonces cómo se arrastran las nubes, cómo andan de un cerro a otro dando tumbos como si fueran vejigas infladas; rebotando y pegando de truenos igual que si se quebraran en el filo de las barrancas. Pero después de diez o doce días se van y no regresan sino al año siguiente, y a veces se da el caso de que no regresen en varios años.

"...Sí, llueve poco. Tan poco o casi nada, tanto que la tierra, además de estar reseca y achicada como cuero viejo, se ha llenado de rajaduras y de esa cosa que allí llaman 'pasojos de agua', que no son sino terrones endurecidos como piedras filosas, que se clavan en los pies de uno al caminar, como si allí hasta a la tierra le hubieran crecido espinas. Como si así fuera."

Bebió la cerveza hasta dejar sólo burbujas de espuma en la botella y siguió diciendo:

—Por cualquier lado que se le mire, Luvina es un lugar muy triste. Usted que va para allá se dará cuenta. Yo diría que es el lugar donde anida la tristeza. Donde no se conoce la sonrisa, como si a toda la gente le hubieran entablado la cara. Y usted, si quiere puede ver esa tristeza a la hora que quiera. El aire que allí sopla la revuelve, pero no se la lleva nunca. Está allí como si allí hubiera nacido. Y hasta se puede probar y sentir, porque está siempre encima de uno, apretada contra de uno, y porque es oprimente como una gran cataplasma sobre la viva carne del corazón.

"...Dicen los de allí que cuando llena la luna, ven de bulto la figura del viento recorriendo las calles de Luvina, llevando a rastras una cobija negra; pero yo siempre lo que llegué a ver, cuando había luna en Luvina, fue la imagen del desconsuelo... siempre.

"...Pero tómese su cerveza. Veo que no le ha dado ni siquiera una probadita. Tómesela. O tal vez no le guste así tibia como está. Y es que aquí no hay de otra. Yo sé que así sabe mal; que agarra un sabor como a meados de burro. Aquí uno se acostumbra. A fe que allá ni siquiera esto se consigue. Cuando vaya a Luvina la extrañará. Allí no podrá probar sino un mezcal que ellos hacen con una yerba llamada hojasé, y que a los primeros tragos estará usted dando de volteretas como si lo chacamotearan. Mejor tómese su cerveza. Yo sé lo que le digo."

Allá afuera seguía oyéndose el batallar del río. El rumor del aire. Los niños jugando. Parecía ser aún temprano, en la noche.

El hombre se había ido a asomar una vez más a la puerta y había vuelto.

Ahora venía diciendo:

—Resulta fácil ver las cosas desde aquí, meramente traídas por el recuerdo, donde no tienen parecido ninguno. Pero a mí no me cuesta ningún trabajo seguir hablándole de lo que sé, tratándose de Luvina. Allá viví. Allá dejé la vida... Fui a ese lugar con mis ilusiones cabales y volví viejo y acabado. Y ahora usted va para allá... Está bien. Me parece recordar el principio. Me pongo en su lugar y pienso... Mire usted, cuando yo llegué por primera vez a Luvina... ¿Pero me permite antes que me tome su cerveza? Veo que usted no le hace caso. Y a mí me sirve de mucho. Me alivia. Siento como si me enjuagaran la cabeza con aceite alcanforado... Bueno, le contaba que cuando llegué por primera vez a Luvina, el arriero que nos llevó no quiso dejar ni siquiera que descansaran las bestias. En cuanto nos puso en el suelo, se dio media vuelta:

"—Yo me vuelvo —nos dijo.

"—Espera, ¿no vas a dejar sestear tus animales? Están muy aporreados.

"—Aquí se fregarían más —nos dijo—. Mejor me vuelvo.

"Y se fue, dejándose caer por la cuesta de la Piedra Cruda, espoleando sus caballos como si se alejara de algún lugar endemoniado.

"Nosotros, mi mujer y mis tres hijos, nos quedamos allí, parados en mitad de la plaza, con todos nuestros ajuares en los brazos. En medio de aquel lugar donde sólo se oía el viento...

"Una plaza sola, sin una sola yerba para detener el aire. Allí nos quedamos.

"Entonces yo le pregunté a mi mujer:

"—¿En qué país estamos, Agripina?

"Y ella se alzó de hombros.

"—Bueno, si no te importa, ve a buscar dónde comer y dónde pasar la noche. Aquí te aguardamos —le dije.

92

"Ella agarró al más pequeño de sus hijos y se fue. Pero no regresó.

"Al atardecer, cuando el sol alumbraba sólo las puntas de los cerros, fuimos a buscarla. Anduvimos por los callejones de Luvina, hasta que la encontramos metida en la iglesia: sentada mero en medio de aquella iglesia solitaria, con el niño dormido entre sus piernas.

"—¿Qué haces aquí, Agripina?

"—Entré a rezar —nos dijo.

"—¿Para qué? —le pregunté yo.

"Y ella se alzó de hombros.

"Allí no había a quién rezarle. Era un jacalón vacío, sin puertas, nada más con unos socavones abiertos y un techo resquebrajado por donde se colaba el aire como por un cedazo.

"—¿Dónde está la fonda?

"—No hay ninguna fonda.

"—¿Y el mesón?

"—No hay ningún mesón.

"—¿Viste a alguien? ¿Vive alguien aquí? —le pregunté.

"—Sí, allí enfrente... Unas mujeres... Las sigo viendo. Mira, allí tras las rendijas de esa puerta veo brillar los ojos que nos miran... Han estado asomándose para acá... Míralas. Veo las bolas brillantes de sus ojos... Pero no tienen qué darnos de comer. Me dijeron sin sacar la cabeza que en este pueblo no había de comer... Entonces entré aquí a rezar, a pedirle a Dios por nosotros.

"—¿Por qué no regresaste allí? Te estuvimos esperando.

"—Entré aquí a rezar. No he terminado todavía.

"—¿Qué país es éste, Agripina?

"Y ella volvió a alzarse de hombros.

"Aquella noche nos acomodamos para dormir en un rincón de la iglesia, detrás del altar desmantelado. Hasta allí llegaba el viento, aunque un poco menos fuerte. Lo estuvimos oyendo pasar por encima de nosotros, con sus largos aullidos; lo estuvimos oyendo entrar y salir por los huecos socavones de las puertas; golpeando con sus manos de aire las cruces del viacrucis:

93

unas cruces grandes y duras hechas con palo de mezquite que colgaban de las paredes a todo lo largo de la iglesia, amarradas con alambres que rechinaban a cada sacudida del viento como si fuera un rechinar de dientes.

"Los niños lloraban porque no los dejaba dormir el miedo. Y mi mujer, tratando de retenerlos a todos entre sus brazos. Abrazando su manojo de hijos. Y yo allí, sin saber qué hacer.

"Poco antes del amanecer se calmó el viento. Después regresó. Pero hubo un momento en esa madrugada en que todo se quedó tranquilo, como si el cielo se hubiera juntado con la tierra, aplastando los ruidos con su peso... Se oía la respiración de los niños ya descansada. Oía el resuello de mi mujer ahí a mi lado:

"—¿Qué es? —me dijo.

"—¿Qué es qué? —le pregunté.

"—Eso, el ruido ese.

"—Es el silencio. Duérmete. Descansa, aunque sea un poquito, que ya va a amanecer.

"Pero al rato oí yo también. Era como un aletear de murciélagos en la oscuridad, muy cerca de nosotros. De murciélagos de grandes alas que rozaban el suelo. Me levanté y se oyó el aletear más fuerte, como si la parvada de murciélagos se hubiera espantado y volara hacia los agujeros de las puertas. Entonces caminé de puntitas hacia allá, sintiendo delante de mí aquel murmullo sordo. Me detuve en la puerta y las vi. Vi a todas las mujeres de Luvina con su cántaro al hombro, con el rebozo colgado de su cabeza y sus figuras negras sobre el negro fondo de la noche.

"—¿Qué quieren? —les pregunté—. ¿Qué buscan a estas horas?

"Una de ellas respondió:

"—Vamos por agua.

"Las vi paradas frente a mí, mirándome. Luego, como si fueran sombras, echaron a caminar calle abajo con sus negros cántaros.

"No, no se me olvidará jamás esa primera noche que pasé en Luvina.

"...¿No cree usted que esto se merece otro trago? Aunque sea nomás para que se me quite el mal sabor del recuerdo." □

—Me parece que usted me preguntó cuántos años estuve en Luvina, ¿verdad...? La verdad es que no lo sé. Perdí la noción del tiempo desde que las fiebres me lo enrevesaron; pero debió haber sido una eternidad... Y es que allá el tiempo es muy largo. Nadie lleva la cuenta de las horas ni a nadie le preocupa cómo van amontonándose los años. Los días comienzan y se acaban. Luego viene la noche. Solamente el día y la noche hasta el día de la muerte, que para ellos es una esperanza.

"Usted ha de pensar que le estoy dando vueltas a una misma idea. Y así es, sí señor... Estar sentado en el umbral de la puerta, mirando la salida y la puesta del sol, subiendo y bajando la cabeza, hasta que acaban aflojándose los resortes y entonces todo se queda quieto, sin tiempo, como si se viviera siempre en la eternidad. Esto hacen allí los viejos.

"Porque en Luvina sólo viven los puros viejos y los que todavía no han nacido, como quien dice... Y mujeres sin fuerzas, casi trabadas de tan flacas. Los niños que han nacido allí se han ido... Apenas les clarea el alba y ya son hombres. Como quien dice, pegan el brinco del pecho de la madre al azadón y desaparecen de Luvina. Así es allí la cosa.

"Sólo quedan los puros viejos y las mujeres solas, o con un marido que anda donde sólo Dios sabe dónde... Vienen de vez en cuando como las tormentas de que le hablaba; se oye un murmullo en todo el pueblo cuando regresan y uno como gruñido cuando se van... Dejan el costal del bastimento para los viejos y plantan otro hijo en el vientre de sus mujeres, y ya nadie vuelve a saber de ellos sino al año siguiente, y a veces nunca... Es la costumbre. Allí le dicen la ley, pero es lo mismo. Los hijos se pasan la vida trabajando para los padres como ellos trabajaron para los suyos y como quién sabe cuántos atrás de ellos cumplieron con su ley...

"Mientras tanto, los viejos aguardan por ellos y por el día de la muerte, sentados en sus puertas, con los brazos caídos, movidos sólo por esa gracia que es la gratitud del hijo... Solos, en aquella soledad de Luvina.

"Un día traté de convencerlos de que se fueran a otro lugar, donde la tierra fuera buena. '¡Vámonos de aquí! —les dije—. No faltará modo de acomodarnos en alguna parte. El gobierno nos ayudará.'

"Ellos me oyeron, sin parpadear, mirándome desde el fondo de sus ojos, de los que sólo se asomaba una lucecita allá muy adentro.

"—¿Dices que el gobierno nos ayudará, profesor? ¿Tú no conoces al gobierno?

"Les dije que sí.

"—También nosotros lo conocemos. Da esa casualidad. De lo que no sabemos nada es de la madre del gobierno.

"Yo les dije que era la Patria. Ellos movieron la cabeza diciendo que no. Y se rieron. Fue la única vez que he visto reír a la gente de Luvina. Pelaron sus dientes molenques y me dijeron que no, que el gobierno no tenía madre.

"Y tienen razón, ¿sabe usted? El señor ese sólo se acuerda de ellos cuando alguno de sus muchachos ha hecho alguna fechoría acá abajo. Entonces manda por él hasta Luvina y se lo matan. De ahí en más no saben si existe.

"—Tú nos quieres decir que dejemos Luvina porque, según tú, ya estuvo bueno de aguantar hambres sin necesidad —me dijeron—. Pero si nosotros nos vamos, ¿quién se llevará a nuestros muertos? Ellos viven aquí y no podemos dejarlos solos.

"Y allá siguen. Usted los verá ahora que vaya. Mascando bagazos de mezquite seco y tragándose su propia saliva para engañar el hambre. Los mirará pasar como sombras, repegados al muro de las casas, casi arrastrados por el viento.

"—¿No oyen ese viento? —les acabé por decir—. Él acabará con ustedes.

"—Dura lo que debe de durar. Es el mandato de Dios —me contestaron—. Malo cuando deja de hacer aire. Cuando eso sucede, el sol se arrima mucho a Luvina y nos chupa la sangre

96

y la poca agua que tenemos en el pellejo. El aire hace que el sol se esté allá arriba. Así es mejor.

"Ya no les volví a decir nada. Me salí de Luvina y no he vuelto ni pienso regresar.

". . .Pero mire las maromas que da el mundo. Usted va para allá ahora, dentro de pocas horas. Tal vez ya se cumplieron quince años que me dijeron a mí lo mismo: 'Usted va a ir a San Juan Luvina.' En esa época tenía yo mis fuerzas. Estaba cargado de ideas. . . Usted sabe que a todos nosotros nos infunden ideas. Y uno va con esa plasta encima para plasmarla en todas partes. Pero en Luvina no cuajó eso. Hice el experimento y se deshizo. . .

"San Juan Luvina. Me sonaba a nombre de cielo aquel nombre. Pero aquello es el purgatorio. Un lugar moribundo donde se han muerto hasta los perros y ya no hay ni quien le ladre al silencio; pues en cuanto uno se acostumbra al vendaval que allí sopla, no se oye sino el silencio que hay en todas las soledades. Y eso acaba con uno. Míreme a mí. Conmigo acabó. Usted que va para allá comprenderá pronto lo que le digo. . .

"¿Qué opina usted si le pedimos a este señor que nos matice unos mezcalitos? Con la cerveza se levanta uno a cada rato y eso interrumpe mucho la plática. ¡Oye, Camilo, mándanos ahora unos mezcales!

"Pues sí, como le estaba yo diciendo. . ." ☐

Pero no dijo nada. Se quedó mirando un punto fijo sobre la mesa donde los comejenes ya sin sus alas rondaban como gusanitos desnudos.

Afuera seguía oyéndose cómo avanzaba la noche. El chapoteo del río contra los troncos de los camichines. El griterío ya muy lejano de los niños. Por el pequeño cielo de la puerta se asomaban las estrellas.

El hombre que miraba a los comejenes se recostó sobre la mesa y se quedó dormido.

LA NOCHE QUE LO DEJARON SOLO

—¿Por qué van tan despacio? —les preguntó Feliciano Ruelas a los de adelante—. Así acabaremos por dormirnos. ¿Acaso no les urge llegar pronto?

—Llegaremos mañana amaneciendo —le contestaron.

Fue lo último que les oyó decir. Sus últimas palabras. Pero de eso se acordaría después, al día siguiente.

Allí iban los tres, con la mirada en el suelo, tratando de aprovechar la poca claridad de la noche.

"Es mejor que esté oscuro. Así no nos verán." También habían dicho eso, un poco antes, o quizá la noche anterior. No se acordaba. El sueño le nublaba el pensamiento.

Ahora, en la subida, lo vio venir de nuevo. Sintió cuando se le acercaba, rodeándolo como buscándole la parte más cansada. Hasta que lo tuvo encima, sobre su espalda, donde llevaba terciados los rifles.

Mientras el terreno estuvo parejo, caminó de prisa. Al comenzar la subida, se retrasó; su cabeza empezó a moverse despacio, más lentamente conforme se acortaban sus pasos. Los otros pasaron junto a él, ahora iban muy adelante y él seguía balanceando su cabeza dormida.

Se fue rezagando. Tenía el camino enfrente, casi a la altura de sus ojos. Y el peso de los rifles. Y el sueño trepado allí donde su espalda se encorvaba.

Oyó cuando se le perdían los pasos: aquellos huecos talonazos que había venido oyendo quién sabe desde cuándo, durante quién sabe cuántas noches: "De la Magdalena para acá, la primera noche; después de allá para acá, la segunda, y ésta es la tercera. No serían muchas —pensó—, si al menos hubiéramos dormido de día. Pero ellos no quisieron: 'Nos pueden agarrar dormidos —dijeron—. Y eso sería lo peor'."

98

—¿Lo peor para quién?

Ahora el sueño le hacía hablar. "Les dije que esperaran: vamos dejando este día para descansar. Mañana caminaremos de filo y con más ganas y con más fuerzas, por si tenemos que correr. Puede darse el caso."

Se detuvo con los ojos cerrados. "Es mucho —dijo—. ¿Qué ganamos con apurarnos? Una jornada. Después de tantas que hemos perdido, no vale la pena." En seguida gritó: "¿Dónde andan?"

Y casi en secreto: "Váyanse, pues. ¡Váyanse!"

Se recostó en el tronco de un árbol. Allí estaba la tierra fría y el sudor convertido en agua fría. Ésta debía de ser la sierra de que le habían hablado. Allá abajo el tiempo tibio, y ahora acá arriba este frío que se le metía por debajo del gabán: "Como si me levantaran la camisa y me manosearan el pellejo con manos heladas."

Se fue sentando sobre el musgo. Abrió los brazos como si quisiera medir el tamaño de la noche y encontró una cerca de árboles. Respiró un aire oloroso a trementina. Luego se dejó resbalar en el sueño, sobre el cochal, sintiendo cómo se le iba entumeciendo el cuerpo. □

Lo despertó el frío de la madrugada. La humedad del rocío.

Abrió los ojos. Vio estrellas transparentes en un cielo claro, por encima de las ramas oscuras.

"Está oscureciendo", pensó. Y se volvió a dormir.

Se levantó al oír gritos y el apretado golpeteo de pezuñas sobre el seco tepetate del camino. Una luz amarilla bordeaba el horizonte.

Los arrieros pasaron junto a él, mirándolo. Lo saludaron: "Buenos días", le dijeron. Pero él no contestó.

Se acordó de lo que tenía que hacer. Era ya de día. Y él debía de haber atravesado la sierra por la noche para evitar a los vigías. Este paso era el más resguardado. Se lo habían dicho.

Tomó el tercio de carabinas y se las echó a la espalda. Se hizo a un lado del camino y cortó por el monte, hacia donde estaba saliendo el sol. Subió y bajó, cruzando lomas terregosas.

Le parecía oír a los arrieros que decían: "Lo vimos allá arriba. Es así y asado, y trae muchas armas."

Tiró los rifles. Después se deshizo de las carrilleras. Entonces se sintió livianito y comenzó a correr como si quisiera ganarles a los arrieros la bajada.

Había que "encumbrar, rodear la meseta y luego bajar". Eso estaba haciendo. Obre Dios. Estaba haciendo lo que le dijeron que hiciera, aunque no a las mismas horas.

Llegó al borde de las barrancas. Miró allá lejos la gran llanura gris.

"Ellos deben estar allá. Descansando al sol, ya sin ningún pendiente", pensó.

Y se dejó caer barranca abajo, rodando y corriendo y volviendo a rodar.

"Obre Dios", decía. Y rodaba cada vez más en su carrera.

Le parecía seguir oyendo a los arrieros cuando le dijeron: "¡Buenos días!" Sintió que sus ojos eran engañosos. Llegarán al primer vigía y le dirán: "Lo vimos en tal y tal parte. No tardará en estar por aquí."

De pronto se quedó quieto.

"¡Cristo!", dijo. Y ya iba a gritar: "¡Viva Cristo Rey'!", pero se contuvo. Sacó la pistola de la costalilla y se la acomodó por dentro debajo de la camisa, para sentirla cerquita de su carne. Eso le dio valor. Se fue acercando hasta los ranchos del Agua Zarca a pasos queditos, mirando el bullicio de los soldados que se calentaban junto a grandes fogatas.

Llegó hasta las bardas del corral y pudo verlos mejor; reconocerles la cara: eran ellos, su tío Tanis y su tío Librado. Mientras los soldados daban vuelta alrededor de la lumbre, ellos se mecían, colgados de un mezquite, en mitad del corral. No parecían ya darse cuenta del humo que subía de las fogatas, que les nublaba los ojos vidriosos y les ennegrecía la cara.

No quiso seguir viéndolos. Se arrastró a lo largo de la barda

100

y se arrinconó en una esquina, descansando el cuerpo, aunque sentía que un gusano se le retorcía en el estómago.

Arriba de él, oyó que alguien decía:

—¿Qué esperan para descolgar a ésos?

—Estamos esperando que llegue el otro. Dicen que eran tres, así que tienen que ser tres. Dicen que el que falta es un muchachito; pero muchachito y todo, fue el que le tendió la emboscada a mi teniente Parra y le acabó su gente. Tiene que caer por aquí, como cayeron esos otros que eran más viejos y más colmilludos. Mi mayor dice que si no viene de hoy a mañana, acabalamos con el primero que pase y así se cumplirán las órdenes.

—¿Y por qué no salimos mejor a buscarlo? Así hasta se nos quitaría un poco lo aburrido.

—No hace falta. Tiene que venir. Todos están arrendando para la sierra de Comanja a juntarse con los cristeros del *Catorce*. Éstos son ya de los últimos. Lo bueno sería dejarlos pasar para que les dieran guerra a los compañeros de los Altos.

—Eso sería lo bueno. A ver si no a resultas de eso nos enfilan también a nosotros por aquel rumbo.

Feliciano Ruelas esperó todavía un rato a que se le calmara el bullicio que sentía cosquillearle el estómago. Luego sorbió tantito aire como si se fuera a zambullir en el agua y, agazapado hasta arrastrarse por el suelo, se fue caminando, empujando el cuerpo con las manos.

Cuando llegó al reliz del arroyo, enderezó la cabeza y se echó a correr, abriéndose paso entre los pajonales. No miró para atrás ni paró en su carrera hasta que sintió que el arroyo se disolvía en la llanura.

Entonces se detuvo. Respiró fuerte y temblorosamente. ■

PASO DEL NORTE

—ME VOY lejos, padre; por eso vengo a darle el aviso.

—¿Y pa ónde te vas, si se puede saber?

—Me voy pal Norte.

—¿Y allá pos pa qué? ¿No tienes aquí tu negocio? ¿No estás metido en la merca de puercos?

—Estaba. Ora ya no. No deja. La semana pasada no conseguimos pa comer y en la antepasada comimos puros quelites. Hay hambre, padre; usté ni se las huele porque vive bien.

—¿Qué estás ahi diciendo?

—Pos que hay hambre. Usté no lo siente. Usté vende sus cuetes y sus saltapericos y la pólvora y con eso la va pasando. Mientras haiga funciones, le lloverá el dinero; pero uno no, padre. Ya naide cría puercos en este tiempo. Y si los cría pos se los come. Y si los vende, los vende caros. Y no hay dinero para mercarlos, demás de esto. Se acabó el negocio, padre.

—Y ¿qué diablos vas a hacer al Norte?

—Pos a ganar dinero. Ya ve usté, el Carmelo volvió rico, trajo hasta un gramófono y cobra la música a cinco centavos. De a parejo, desde un danzón hasta la Anderson esa que canta canciones tristes; de a todo, por igual, y gana su buen dinerito y hasta hacen cola pa oír. Así que usté ve; no hay más que ir y volver. Por eso me voy.

—¿Y ónde vas a guardar a tu mujer con los muchachos?

—Pos por eso vengo a darle el aviso, pa que usté se encargue de ellos.

—¿Y quién crees que soy yo, tu pilmama? Si te vas, pos ahi que Dios se las ajuarié con ellos. Yo ya no estoy pa criar muchachos; con haberte criado a ti y a tu hermana, que en paz descanse, con eso tuve de sobra. De hoy en delante no quiero tener compromisos. Y como dice el dicho: "Si la campana no repica es porque no tiene badajo."

—No hallo qué decir, padre, hasta lo desconozco. ¿Qué me gané con que usté me criara?, puros trabajos. Nomás me trajo al mundo al averíguatelas como puedas. Ni siquiera me enseñó el oficio de cuetero, como pa que no le fuera a hacer a usté la competencia. Me puso unos calzones y una camisa y me echó a los caminos pa que aprendiera a vivir por mi cuenta y ya casi me echaba de su casa con una mano adelante y otra atrás. Mire usté, éste es el resultado: nos estamos muriendo de hambre. La nuera y los nietos y éste su hijo, como quien dice toda su descendencia, estamos ya por parar las patas y caernos bien muertos. Y el coraje que da es que es de hambre. ¿Usté cree que eso es legal y justo?

—Y a mí qué diablos me va o me viene. ¿Pa qué te casaste? Te fuiste de la casa y ni siquiera me pediste el permiso.

—Eso lo hice porque a usté nunca le pareció buena la Tránsito. Me la malorió siempre que se la truje y, recuérdeselo, ni siquiera voltió a verla la primera vez que vino: "Mire, papá, ésta es la muchachita con la que me voy a coyuntar." Usté se soltó hablando en verso y que dizque la conocía de íntimo, como si ella fuera una mujer de la calle. Y dijo una bola de cosas que ni yo se las entendí. Por eso ni se la volví a traer. Así que por eso no me debe usté guardar rencor. Ora sólo quiero que me la cuide, porque me voy en serio. Aquí no hay ya ni qué hacer, ni de qué modo buscarle.

—Ésos son rumores. Trabajando se come y comiendo se vive. Apréndete mi sabiduría. Yo estoy viejo y ni me quejo. De muchacho ya ni se diga; tenía hasta pa conseguir mujeres de a rato. El trabajo da pa todo y contimás pa las urgencias del cuerpo. Lo que pasa es que eres tonto. Y no me digas que eso yo te lo enseñé.

—Pero usté me nació. Y usté tenía que haberme encaminado, no nomás soltarme como caballo entre las milpas.

—Ya estabas bien largo cuando te fuiste. ¿O a poco querías

103

que te mantuviera pa siempre? Sólo las lagartijas buscan la misma covacha hasta cuando mueren. Di que te fue bien y que conociste mujer y que tuviste hijos; otros ni siquiera eso han tenido en su vida; han pasado como las aguas de los ríos, sin comerse ni beberse.

—Ni siquiera me enseñó usted a hacer versos, ya que los sabía. Aunque sea con eso hubiera ganado algo divirtiendo a la gente como usté hace. Y el día que se lo pedí me dijo: "Anda a mercar güevos, eso deja más." Y en un principio me volví güevero y aluego gallinero y después merqué puercos y, hasta eso, no me iba mal, si se puede decir. Pero el dinero se acaba; vienen los hijos y se lo sorben como agua y no queda nada después pal negocio y naide quiere fiar. Ya le digo, la semana pasada comimos quelites, y ésta, pos ni eso. Por eso me voy.

"Y me voy entristecido, padre, aunque usté no lo quiera creer, porque yo quiero a mis muchachos, no como usté que nomás los crió y los corrió."

—Apréndete esto, hijo: en el nidal nuevo, hay que dejar un güevo. Cuando te aletié la vejez aprenderás a vivir, sabrás que los hijos se te van, que no te agradecen nada; que se comen hasta tu recuerdo.

—Eso es puro verso.

—Lo será, pero es la verdá.

—Yo de usté no me he olvidado, como usté ve.

—Me vienes a buscar en la necesidá. Si estuvieras tranquilo te olvidarías de mí. Desde que tu madre murió me sentí solo; cuando murió tu hermana, más solo; cuando tú te fuiste vi que estaba ya solo pa siempre. Ora vienes y me quieres remover el sentimiento; pero no sabes que es más dificultoso resucitar un muerto que dar la vida de nuevo. Aprende algo. Andar por los caminos enseña mucho. Restriégate con tu propio estropajo, eso es lo que has de hacer.

—¿Entonces no me los cuidará?

—Ahi déjalos, nadie se muere de hambre.

—Dígame si me guarda el encargo, no quiero irme sin estar seguro.

104

—¿Cuántos son?

—Pos nomás tres niños y dos niñas y la nuera que está re-joven.

—Rejodida, dirás.

—Yo fui su primer marido. Era nueva. Es buena. Quiérala, padre.

—¿Y cuándo volverás?

—Pronto, padre. Nomás arrejunto el dinero y me regreso. Le pagaré al doble lo que usté haga por ellos. Déles de comer, es todo lo que le encomiendo.

De los ranchos bajaba la gente a los pueblos; la gente de los pueblos se iba a las ciudades. En las ciudades la gente se perdía; se disolvía entre la gente. "¿No sabe ónde me darán trabajo?" "Sí, vete a Ciudá Juárez. Yo te paso por doscientos pesos. Busca a fulano de tal y dile que yo te mando. Nomás no se lo digas a nadie." "Está bien, señor, mañana se los traigo."   ☐

—Señor, aquí le traigo los doscientos pesos.

—Está bien. Te voy a dar un papelito pa nuestro amigo de Ciudá Juárez. No lo pierdas. Él te pasará la frontera y de ven-taja llevas hasta la contrata. Aquí va el domicilio y el teléfono pa que lo localices más pronto. No, no vas a ir a Tejas. ¿Has oído hablar de Oregón? Bien, dile a él que quieres ir a Oregón. A cosechar manzanas, eso es, nada de algodonales. Se ve que tú eres un hombre listo. Allá te presentas con Fernández. ¿No lo conoces? Bueno, preguntas por él. Y si no quieres cosechar man-zanas, te pones a pegar durmientes. Eso deja más y es más dura-ble. Volverás con muchos dólares. No pierdas la tarjeta.   ☐

—Padre, nos mataron.

—¿A quiénes?

—A nosotros. Al pasar el río. Nos zumbaron las balas hasta que nos mataron a todos.

—¿En dónde?

—Allá, en el Paso del Norte, mientras nos encandilaban las linternas, cuando íbamos cruzando el río.

—¿Y por qué?

—Pos no lo supe, padre. ¿Se acuerda de Estanislado? Él fue el que me encampanó pa irnos pa allá. Me dijo cómo estaba el teje y maneje del asunto y nos fuimos primero a México y de allí al Paso. Y estábamos pasando el río cuando nos fusilaron con los máuseres. Me devolví porque él me dijo: "Sácame de aquí, paisano, no me dejes." Y entonces estaba ya panza arriba, con el cuerpo todo agujerado, sin músculos. Lo arrastré como pude, a tirones, haciéndomele a un lado a las linternas que nos alumbraban buscándonos. Le dije: "Estás vivo", y él me contestó: "Sácame de aquí, paisano." Y luego me dijo: "Me dieron." Yo tenía un brazo quebrado por un golpe de bala y el güeso se había ido de allí de donde se salta del codo. Por eso lo agarré con la mano buena y le dije: "Agárrate fuerte de aquí." Y se me murió en la orilla, frente a las luces de un lugar que le dicen la Ojinaga, ya de este lado, entre los tules que siguieron peinando el río como si nada hubiera pasado.

"Lo subí a la orilla y le hablé: '¿Todavía estás vivo?' Y él no me respondió. Estuve haciendo la lucha por revivir al Estanislado hasta que amaneció; le di friegas y le sobé los pulmones pa que resollara, pero ni pío volvió a decir.

"El de la migración se me arrimó por la tarde.

"—¡Ey, tú!, ¿qué haces aquí?

"—Pos estoy cuidando este muertito.

"—¿Tú lo mataste?

"—No, mi sargento —le dije.

"—Yo no soy ningún sargento. ¿Entonces quién?

"Como lo vi uniformado y con las aguilitas esas, me lo figuré del ejército, y traía tamaño pistolón que ni lo dudé.

"Me siguió preguntando: '¿Entonces quién, eh?' Y así se estuvo dale y dale hasta que me zarandió de los cabellos y yo ni metí las manos, por eso del codo dañado que ni defenderme pude.

"Le dije: —No me pegue, que estoy manco.

106

"Y hasta entonces le paró a los golpes.

"—¿Qué pasó?, dime —me dijo.

"—Pos nos clarearon anoche. Íbamos regustosos, chifle y chifle del gusto de que ya íbamos pal otro lado cuando merito en medio del agua se soltó la balacera. Y ni quién se las quitara. Éste y yo fuimos los únicos que logramos salir y a medias, porque mire, él ya hasta aflojó el cuerpo.

"—¿Y quiénes fueron los que los balacearon?

"—Pos ni siquiera los vimos. Sólo nos aluzaron con sus linternas, y pácatelas y pácatelas, oímos los riflonazos, hasta que yo sentí que se me voltiaba el codo y oí a éste que me decía: 'Sácame del agua, paisano.' Aunque de nada nos hubiera servido haberlos visto.

"—Entonces han de haber sido los apaches.

"—¿Cuáles apaches?

"—Pos unos que así les dicen y que viven del otro lado.

"—¿Pos que no están las Tejas del otro lado?

"—Sí, pero está llena de apaches, como no tienes una idea. Les voy a hablar a Ojinaga para que recojan a tu amigo y tú prevente pa que regreses a tu tierra. ¿De dónde eres? No debías de haber salido de allá. ¿Tienes dinero?

"—Le quité al muerto este tantito. A ver si me ajusta.

"—Tengo ahi una partida pa los repatriados. Te daré lo del pasaje; pero si te vuelvo a devisar por aquí, te dejo a que revientes. No me gusta ver una cara dos veces. ¡Ándale, vete!

"Y yo me vine y aquí estoy, padre, pa contárselo a usté."

—Eso te ganaste por creido y por tarugo. Y ya verás cuando te asomes por tu casa; ya verás la ganancia que sacaste con irte.

—¿Pasó algo malo? ¿Se me murió algún chamaco?

—Se te fue la Tránsito con un arriero. Dizque era rebuena, ¿verdá? Tus muchachos están acá atrás dormidos. Y tú vete buscando onde pasar la noche, porque tu casa la vendí pa pagarme lo de los gastos. Y todavía me sales debiendo treinta pesos del valor de las escrituras.

—Está bien, padre, no me le voy a poner renegado. Quizá mañana encuentre por aquí algún trabajito pa pagarle todo lo que le debo. ¿Por qué rumbo dice usté que arrendó el arriero con la Tránsito?

—Pos por ahi. No me fijé.

—Entonces orita vengo, voy por ella.

—¿Y por ónde vas?

—Pos por ahi, padre, por onde usté dice que se fue.   ■

ACUÉRDATE

ACUÉRDATE de Urbano Gómez, hijo de don Urbano, nieto de Dimas, aquel que dirigía las pastorelas y que murió recitando el "rezonga, ángel maldito" cuando la época de la influencia. De esto hace ya años, quizá quince. Pero te debes acordar de él. Acuérdate que le decíamos *el Abuelo* por aquello de que su otro hijo, Fidencio Gómez, tenía dos hijas muy juguetonas: una prieta y chaparrita, que por mal nombre le decían *la Arremangada*, y la otra que era rete alta y que tenía los ojos zarcos y que hasta se decía que ni era suya y que por más señas estaba enferma del hipo. Acuérdate del relajo que armaba cuando estábamos en misa y que a la mera hora de la Elevación soltaba su ataque de hipo, que parecía como si se estuviera riendo y llorando a la vez, hasta que la sacaban afuera y le daban tantita agua con azúcar y entonces se calmaba. Ésa acabó casándose con Lucio Chico, dueño de la mezcalera que antes fue de Librado, río arriba, por donde está el molino de linaza de los Teódulos.

Acuérdate que a su madre le decían *la Berenjena* porque siempre andaba metida en líos y de cada lío salía con un muchacho. Se dice que tuvo su dinerito, pero se lo acabó en los entierros, pues todos los hijos se le morían de recién nacidos y siempre les mandaba cantar alabanzas, llevándolos al panteón entre músicas y coros de monaguillos que cantaban "hosannas" y "glorias" y la canción esa de "ahi te mando, Señor, otro angelito". De eso se quedó pobre, porque le resultaba caro cada funeral, por eso de las canelas que les daba a los invitados del velorio. Sólo le vivieron dos, el Urbano y la Natalia, que ya nacieron pobres y a los que ella no vio crecer, porque se murió en el último parto que tuvo, ya de grande, pegada a los cincuenta años.

La debes haber conocido, pues era realegadora y cada rato andaba en pleito con las marchantas en la plaza del mercado porque le querían dar muy caro los jitomates; pegaba de gritos y decía que la estaban robando. Después, ya de pobre, se le veía rondando entre la basura, juntando rabos de cebolla, ejotes ya sancochados y alguno que otro cañuto de caña "para que se les endulzara la boca a sus hijos". Tenía dos, como ya te digo, que fueron los únicos que se le lograron. Después no se supo ya de ella.

Ese Urbano Gómez era más o menos de nuestra edad, apenas unos meses más grande, muy bueno para jugar a la rayuela y para las trácalas. Acuérdate que nos vendía clavellinas y nosotros se las comprábamos, cuando lo más fácil era ir a cortarlas al cerro. Nos vendía mangos verdes que se robaba del mango que estaba en el patio de la escuela y naranjas con chile que compraba en la portería a dos centavos y que luego nos las revendía a cinco. Rifaba cuanta porquería y media traía en la bolsa: canicas ágatas, trompos y zumbadores y hasta mayates verdes, de esos a los que se les amarra un hilo en una pata para que no vuelen muy lejos.

Nos traficaba a todos, acuérdate.

Era cuñado de Nachito Rivero, aquel que se volvió menso a los pocos días de casado y que Natalia, su mujer, para mantenerse, tuvo que poner un puesto de tepache en la garita del camino real, mientras Nachito se vivía tocando canciones todas desafinadas en una mandolina que le prestaban en la peluquería de don Refugio.

Y nosotros íbamos con Urbano a ver a su hermana, a bebernos el tepache que siempre le quedábamos a deber y que nunca le pagábamos, porque nunca teníamos dinero. Después hasta se quedó sin amigos, porque todos, al verlo, le sacábamos la vuelta para que no fuera a cobrarnos.

Quizá entonces se volvió malo, o quizá ya era de nacimiento.

Lo expulsaron de la escuela antes del quinto año, porque lo encontraron con su prima *la Arremangada* jugando a marido y mujer detrás de los lavaderos, metidos en un aljibe seco. Lo sacaron de las orejas por la puerta grande entre la risión de todos, pasándolo por en medio de una fila de muchachos y muchachas para avergonzarlo. Y él pasó por allí, con la cara levantada, amenazándonos a todos con la mano y como diciendo: "Ya me las pagarán caro."

Y después a ella, que salió haciendo pucheros y con la mirada raspando los ladrillos, hasta que ya en la puerta soltó el llanto; un chillido que se estuvo oyendo toda la tarde como si fuera un aullido de coyote.

Sólo que te falle mucho la memoria, no te has de acordar de eso.

Dicen que su tío Fidencio, el del trapiche, le arrimó una paliza que por poco y lo deja parálisis, y que él, de coraje, se fue del pueblo.

Lo cierto es que no lo volvimos a ver sino cuando apareció de vuelta por aquí convertido en policía. Siempre estaba en la plaza de armas, sentado en una banca con la carabina entre las piernas y mirando con mucho odio a todos. No hablaba con nadie. No saludaba a nadie. Y si uno lo miraba, él se hacía el desentendido como si no conociera a la gente.

Fue entonces cuando mató a su cuñado, el de la mandolina. Al Nachito se le ocurrió ir a darle una serenata, ya de noche, poquito después de las ocho y cuando todavía estaban tocando las campanas el toque de Ánimas. Entonces se oyeron los gritos, y la gente que estaba en la iglesia rezando el rosario salió a la carrera y allí los vieron: al Nachito defendiéndose patas arriba con la mandolina y al Urbano mandándole un culatazo tras otro con el máuser, sin oír lo que le gritaba la gente, rabioso, como perro del mal.

Hasta que un fulano que no era ni de por aquí se desprendió de la muchedumbre y fue y le quitó la carabina y le dio con ella en la espalda, doblándolo sobre la banca del jardín donde se estuvo tendido.

Allí lo dejaron pasar la noche. Cuando amaneció se fue. Dicen que antes estuvo en el curato y que hasta le pidió la bendición al padre cura, pero que él no se la dio.

Lo detuvieron en el camino. Iba cojeando, y mientras se sentó a descansar llegaron a él. No se opuso. Dicen que él mismo se amarró la soga en el pescuezo y que hasta escogió el árbol que más le gustaba para que lo ahorcaran.

Tú te debes acordar de él, pues fuimos compañeros de escuela y lo conociste como yo. ∎

NO OYES LADRAR LOS PERROS

—TÚ QUE vas allá arriba, Ignacio, dime si no oyes alguna señal de algo o si ves alguna luz en alguna parte.

—No se ve nada.

—Ya debemos estar cerca.

—Sí, pero no se oye nada.

—Mira bien.

—No se ve nada.

—Pobre de ti, Ignacio.

La sombra larga y negra de los hombres siguió moviéndose de arriba abajo, trepándose a las piedras, disminuyendo y creciendo según avanzaba por la orilla del arroyo. Era una sola sombra, tambaleante.

La luna venía saliendo de la tierra, como una llamarada redonda.

—Ya debemos estar llegando a ese pueblo, Ignacio. Tú que llevas las orejas de fuera, fíjate a ver si no oyes ladrar los perros. Acuérdate que nos dijeron que Tonaya estaba detrasito del monte. Y desde qué horas que hemos dejado el monte. Acuérdate, Ignacio.

—Sí, pero no veo rastro de nada.

—Me estoy cansando.

—Bájame.

El viejo se fue reculando hasta encontrarse con el paredón y se recargó allí, sin soltar la carga de sus hombros. Aunque se le doblaban las piernas, no quería sentarse, porque después no hubiera podido levantar el cuerpo de su hijo, al que allá atrás, horas antes, le habían ayudado a echárselo a la espalda. Y así lo había traído desde entonces.

—¿Cómo te sientes?

—Mal.

Hablaba poco. Cada vez menos. En ratos parecía dormir. En ratos parecía tener frío. Temblaba. Sabía cuándo le agarraba a su hijo el temblor por las sacudidas que le daba, y porque los pies se le encajaban en los ijares como espuelas. Luego las manos del hijo, que traía trabadas en su pescuezo, le zarandeaban la cabeza como si fuera una sonaja.

Él apretaba los dientes para no morderse la lengua y cuando acababa aquello le preguntaba:

—¿Te duele mucho?

—Algo —contestaba él.

Primero le había dicho: "Apéame aquí... Déjame aquí... Vete tú solo. Yo te alcanzaré mañana o en cuanto me reponga un poco." Se lo había dicho como cincuenta veces. Ahora ni siquiera eso decía.

Allí estaba la luna. Enfrente de ellos. Una luna grande y colorada que les llenaba de luz los ojos y que estiraba y oscurecía más su sombra sobre la tierra.

—No veo ya por dónde voy —decía él.

Pero nadie le contestaba.

El otro iba allá arriba, todo iluminado por la luna, con su cara descolorida, sin sangre, reflejando una luz opaca. Y él acá abajo.

—¿Me oíste, Ignacio? Te digo que no veo bien.

Y el otro se quedaba callado.

Siguió caminando, a tropezones. Encogía el cuerpo y luego se enderezaba para volver a tropezar de nuevo.

—Éste no es ningún camino. Nos dijeron que detrás del cerro estaba Tonaya. Ya hemos pasado el cerro. Y Tonaya no se ve, ni se oye ningún ruido que nos diga que está cerca. ¿Por qué no quieres decirme qué ves, tú que vas allá arriba, Ignacio?

—Bájame, padre.

—¿Te sientes mal?

—Sí.

—Te llevaré a Tonaya a como dé lugar. Allí encontraré quién te cuide. Dicen que allí hay un doctor. Yo te llevaré con él. Te he traído cargando desde hace horas y no te dejaré tirado aquí para que acaben contigo quienes sean.

Se tambaleó un poco. Dio dos o tres pasos de lado y volvió a enderezarse.

—Te llevaré a Tonaya.

—Bájame.

Su voz se hizo quedita, apenas murmurada:

—Quiero acostarme un rato.

—Duérmete allí arriba. Al cabo te llevo bien agarrado.

La luna iba subiendo, casi azul, sobre un cielo claro. La cara del viejo, mojada en sudor, se llenó de luz. Escondió los ojos para no mirar de frente, ya que no podía agachar la cabeza agarrotada entre las manos de su hijo.

—Todo esto que hago, no lo hago por usted. Lo hago por su difunta madre. Porque usted fue su hijo. Por eso lo hago. Ella me reconvendría si yo lo hubiera dejado tirado allí, donde lo encontré, y no lo hubiera recogido para llevarlo a que lo curen, como estoy haciéndolo. Es ella la que me da ánimos, no usted. Comenzando porque a usted no le debo más que puras dificultades, puras mortificaciones, puras vergüenzas.

Sudaba al hablar. Pero el viento de la noche le secaba el sudor. Y sobre el sudor seco, volvía a sudar.

—Me derrengaré, pero llegaré con usted a Tonaya, para que le alivien esas heridas que le han hecho. Y estoy seguro de que, en cuanto se sienta usted bien, volverá a sus malos pasos. Eso ya no me importa. Con tal que se vaya lejos, donde yo no vuelva a saber de usted. Con tal de eso... Porque para mí usted ya no es mi hijo. He maldecido la sangre que usted tiene de mí. La parte que a mí me tocaba la he maldecido. He dicho: "¡Que se le pudra en los riñones la sangre que yo le di!" Lo dije desde que supe que usted andaba trajinando por los caminos, viviendo del robo y matando gente... Y gente buena. Y si no, allí está mi compadre Tranquilino. El que lo bautizó a usted. El que le dio su nombre. A él también le tocó la mala suerte de encontrarse con usted. Desde entonces dije: "Ése no puede ser mi hijo."

—Mira a ver si ya ves algo. O si oyes algo. Tú que puedes hacerlo desde allá arriba, porque yo me siento sordo.

—No veo nada.

—Peor para ti, Ignacio.

—Tengo sed.

—¡Aguántate! Ya debemos estar cerca. Lo que pasa es que ya es muy noche y han de haber apagado la luz en el pueblo. Pero al menos debías de oír si ladran los perros. Haz por oír.

—Dame agua.

—Aquí no hay agua. No hay más que piedras. Aguántate. Y aunque la hubiera, no te bajaría a tomar agua. Nadie me ayudaría a subirte otra vez y yo solo no puedo.

—Tengo mucha sed y mucho sueño.

—Me acuerdo cuando naciste. Así eras entonces. Despertabas con hambre y comías para volver a dormirte. Y tu madre te daba agua, porque ya te habías acabado la leche de ella. No tenías llenadero. Y eras muy rabioso. Nunca pensé que con el tiempo se te fuera a subir aquella rabia a la cabeza... Pero así fue. Tu madre, que descanse en paz, quería que te criaras fuerte. Creía que cuando tú crecieras irías a ser su sostén. No te tuvo más que a ti. El otro hijo que iba a tener la mató. Y tú la hubieras matado otra vez si ella estuviera viva a estas alturas.

Sintió que el hombre aquel que llevaba sobre sus hombros dejó de apretar las rodillas y comenzó a soltar los pies, balanceándolos de un lado para otro. Y le pareció que la cabeza, allá arriba, se sacudía como si sollozara.

Sobre su cabello sintió que caían gruesas gotas, como de lágrimas.

—¿Lloras, Ignacio? Lo hace llorar a usted el recuerdo de su madre, ¿verdad? Pero nunca hizo usted nada por ella. Nos pagó siempre mal. Parece que, en lugar de cariño, le hubiéramos retacado el cuerpo de maldad. ¿Y ya ve? Ahora lo han herido. ¿Qué pasó con sus amigos? Los mataron a todos. Pero ellos no tenían a nadie. Ellos bien hubieran podido decir: "No tenemos a quién darle nuestra lástima." ¿Pero usted, Ignacio?   □

Allí estaba ya el pueblo. Vio brillar los tejados bajo la luz de la luna. Tuvo la impresión de que lo aplastaba el peso de su hijo al sentir que las corvas se le doblaban en el último esfuerzo. Al llegar al primer tejaván, se recostó sobre el pretil de la acera y soltó el cuerpo, flojo, como si lo hubieran descoyuntado.

Destrabó difícilmente los dedos con que su hijo había venido sosteniéndose de su cuello y, al quedar libre, oyó cómo por todas partes ladraban los perros.

—¿Y tú no los oías, Ignacio? —dijo—. No me ayudaste ni siquiera con esta esperanza. ■

EL DÍA DEL DERRUMBE

—Esto pasó en septiembre. No en el septiembre de este año sino en el del año pasado. ¿O fue el antepasado, Melitón?

—No, fue el pasado.

—Sí, si yo me acordaba bien. Fue en septiembre del año pasado, por el día veintiuno. Óyeme, Melitón, ¿no fue el veintiuno de septiembre el mero día del temblor?

—Fue un poco antes. Tengo entendido que fue por el dieciocho.

—Tienes razón. Yo por esos días andaba en Tuzcacuexco. Hasta vi cuando se derrumbaban las casas como si estuvieran hechas de melcocha; nomás se retorcían así, haciendo muecas y se venían las paredes enteras contra el suelo. Y la gente salía de los escombros toda aterrorizada corriendo derecho a la iglesia dando de gritos. Pero espérense. Oye, Melitón, se me hace como que en Tuzcacuexco no existe ninguna iglesia. ¿Tú no te acuerdas?

—No la hay. Allí no quedan más que unas paredes cuarteadas que dicen fue la iglesia hace algo así como doscientos años; pero nadie se acuerda de ella, ni de cómo era; aquello más bien parece un corral abandonado plagado de higuerillas.

—Dices bien. Entonces no fue en Tuzcacuexco donde me agarró el temblor, ha de haber sido en El Pochote. ¿Pero El Pochote es un rancho, no?

—Sí, pero tiene una capillita que allí le dicen la iglesia; está un poco más allá de la hacienda de Los Alcatraces.

—Entonces fue allí ni más ni menos donde me agarró el temblor ese que les digo y cuando la tierra se pandeaba todita como si por dentro la estuvieran rebullendo. Bueno, unos pocos días después; porque me acuerdo que todavía estábamos apuntalando paredes, llegó el gobernador; venía a ver qué ayuda podía

118

prestar con su presencia. Todos ustedes saben que nomás con que se presente el gobernador, con tal de que la gente lo mire, todo se queda arreglado. La cuestión está en que al menos venga a ver lo que sucede, y no que se esté allá metido en su casa, nomás dando órdenes. En viniendo él, todo se arregla, y la gente, aunque se le haya caído la casa encima, queda muy contenta con haberlo conocido. ¿O no es así, Melitón?

—Eso que ni qué.

—Bueno, como les estaba diciendo, en septiembre del año pasado, un poquito después de los temblores cayó por aquí el gobernador para ver cómo nos había tratado el terremoto. Traía geólogo y gente conocedora, no crean ustedes que venía solo. Oye, Melitón, ¿cómo cuánto dinero nos costó darles de comer a los acompañantes del gobernador?

—Algo así como cuatro mil pesos.

—Y eso que nomás estuvieron un día y en cuanto se les hizo de noche se fueron, si no, quién sabe hasta qué alturas hubiéramos salido desfalcados, aunque eso sí, estuvimos muy contentos: la gente estaba que se le reventaba el pescuezo de tanto estirarlo para poder ver al gobernador y haciendo comentarios de cómo se había comido el guajolote y de que si había chupado los huesos, y de cómo era de rápido para levantar una tortilla tras otra rociándolas con salsa de guacamole; en todo se fijaron. Y él tan tranquilo, tan serio, limpiándose las manos en los calcetines para no ensuciar la servilleta que sólo le sirvió para espolvorearse de vez en vez los bigotes. Y después, cuando el ponche de granada se les subió a la cabeza, comenzaron a cantar todos en coro. Oye, Melitón, ¿cuál fue la canción esa que estuvieron repite y repite como disco rayado?

—Fue una que decía: "No sabes del alma las horas de luto."

—Eres bueno para eso de la memoria, Melitón, no cabe duda. Sí, fue ésa. Y el gobernador nomás reía; pidió saber dónde estaba el cuarto de baño. Luego se sentó nuevamente en su lugar, olió los claveles que estaban sobre la mesa. Miraba a los que cantaban, y movía la cabeza, llevando el compás, sonriendo. No cabe duda que se sentía feliz, porque su pueblo era feliz, hasta se le podía adivinar el pensamiento. Y a la hora de los discursos se paró uno de sus acompañantes, que tenía la cara alzada un poco borneada a la izquierda. Y habló. Y no cabe duda de que se las traía. Habló de Juárez, que nosotros teníamos levantado en la plaza y hasta entonces supimos que era la estatua de Juárez, pues nunca nadie nos había podido decir quién era el individuo que estaba encaramado en el monumento aquel. Siempre creíamos que podía ser Hidalgo o Morelos o Venustiano Carranza, porque en cada aniversario de cualquiera de ellos, allí les hacíamos su función. Hasta que el catrincito aquel nos vino a decir que se trataba de don Benito Juárez. ¡Y las cosas que dijo! ¿No es verdad, Melitón? Tú que tienes tan buena memoria te has de acordar bien de lo que recitó aquel fulano.

—Me acuerdo muy bien; pero ya lo he repetido tantas veces que hasta resulta enfadoso.

—Bueno, no es necesario. Sólo que estos señores se pierden de algo bueno. Ya les dirás mejor lo que dijo el gobernador.

"La cosa es que aquello, en lugar de ser una visita a los dolientes y a los que habían perdido sus casas, se convirtió en una borrachera de las buenas. Y ya no se diga cuando entró al pueblo la música de Tepec, que llegó retrasada por eso de que todos los camiones se habían ocupado en el acarreo de la gente del gobernador y los músicos tuvieron que venirse a pie; pero llegaron. Entraron sonándole duro al arpa y a la tambora, haciendo tatachum, chum, chum, con los platillos, arreándole fuerte y con ganas al *Zopilote mojado*. Aquello estaba de haberse visto, hasta el gobernador se quitó el saco y se desabrochó la corbata, y la cosa siguió de refilón. Trajeron más damajuanas de ponche y se dieron prisa en tatemar más carne de venado, porque aunque ustedes no lo quieran creer y ellos no se dieran cuenta, estaban comiendo carne de venado del que por aquí abunda. Nosotros nos reíamos cuando decían que estaba muy buena la barbacoa, ¿o no, Melitón?, cuando por aquí no sabemos ni lo que es eso de barbacoa. Lo cierto es que apenas les servíamos un plato y ya querían otro y ni modo, allí estábamos para servirlos; porque como dijo Liborio, el administrador del Timbre, que entre paréntesis siempre fue muy agarrado: 'No importa que esta recepción nos cueste lo que nos cueste que para algo ha de servir el dinero', y luego tú, Melitón, que por ese tiempo eras presidente municipal, y que hasta te desconocí cuando dijiste: 'Que se chorrié el ponche, una visita de éstas no se desmerece.' Y sí, se chorrió el ponche, ésa es la pura verdad; hasta los manteles estaban colorados. Y la gente aquella que parecía no tener llenadero. Sólo me fijé que el gobernador no se movía de su sitio; que no estiraba ni la mano, sino que sólo se comía y bebía lo que le arrimaban; pero la bola de lambiscones se desvivía por tenerle la mesa tan llena que hasta ya no cabía ni el salero que él tenía en la mano y que cuando lo desocupaba se lo metía en la bolsa de la camisa. Hasta yo fui a decirle: '¿No gusta sal, mi general?', y él me enseñó riendo el salero que tenía en la bolsa de la camisa, por eso me di cuenta.

"Lo grande estuvo cuando él comenzó a hablar. Se nos enchinó el pellejo a todos de la pura emoción. Se fue enderezando, despacio, muy despacio, hasta que lo vimos echar la silla hacia atrás con el pie; poner sus manos en la mesa; agachar la cabeza como si fuera a agarrar vuelo y luego su tos, que nos puso a todos en silencio. ¿Qué fue lo que dijo, Melitón?

—"Conciudadanos —dijo—. Rememorando mi trayectoria, vivificando el único proceder de mis promesas. Ante esta tierra que visité como anónimo compañero de un candidato a la Presidencia, cooperador omnímodo de un hombre representativo, cuya honradez no ha estado nunca desligada del contexto de sus manifestaciones políticas y que sí, en cambio, es firme glosa de principios democráticos en el supremo vínculo de unión con el pueblo, aunando a la austeridad de que ha dado muestras la síntesis evidente de idealismo revolucionario nunca hasta ahora pleno de realizaciones y de certidumbre."

—Allí hubo aplauso, ¿o no, Melitón?

—Sí, muchos aplausos. Después siguió:

"'Mi trazo es el mismo, conciudadanos. Fui parco en promesas como candidato, optando por prometer lo que únicamente podía cumplir y que al cristalizar, tradujérase en beneficio colectivo y no en subjuntivo, ni participio de una familia genérica de ciudadanos. Hoy estamos aquí presentes, en este caso paradojal de la naturaleza, no previsto dentro de mi programa de gobierno...

"—¡Exacto, mi general! —gritó uno de por allá—. ¡Exacto! Usted lo ha dicho.

"'...En este caso, digo cuando la naturaleza nos ha castigado, nuestra presencia receptiva en el centro del epicentro telúrico que ha devastado hogares que podían haber sido los nuestros, que son los nuestros; concurrimos en el auxilio, no con el deseo neroniano de gozarnos en la desgracia ajena, más aún, inminentemente dispuestos a utilizar muníficamente nuestro esfuerzo en la reconstrucción de los hogares destruidos, hermanalmente dispuestos en los consuelos de los hogares menoscabados por la muerte. Este lugar que yo visité hace años, lejano entonces a toda ambición de poder, antaño feliz, hogaño enlutecido, me duele. Sí, conciudadanos, me laceran las heridas de los vivos por sus bienes perdidos y la clamante dolencia de los seres por sus muertos insepultos bajo estos escombros que estamos presenciando.' "

—Allí también hubo aplausos, ¿verdad, Melitón?

—No, allí volvió a oírse el gritón de antes: "¡Exacto, señor gobernador! Usted lo ha dicho." Y luego otro de más acá que dijo: "¡Callen a ese borracho!"

—Ah, sí. Y hasta pareció que iba a haber un tumulto en la mera cola de la mesa, pero todos se apaciguaron cuando el gobernador habló de nuevo.

" 'Tuzcacuenses, vuelvo a insistir: me duele vuestra desgracia, pues a pesar de lo que decía Bernal, el gran Bernal Díaz del Castillo: 'Los hombres que murieron habían sido contratados para la muerte', yo, en los considerandos de mi concepto ontológico y humano digo: ¡me duele! con el dolor que produce ver derruido el árbol en su primera inflorescencia. Os ayudaremos con nuestro poder. Las fuerzas vivas del Estado desde su faldisterio claman por socorrer a los damnificados de esta hecatombe nunca predecida ni deseada. Mi regencia no terminará sin haberos cumplido. Por otra parte, no creo que la voluntad de Dios haya sido la de causaros detrimento, la de desaposentaros. . .' "

—Y allí terminó. Lo que dijo después no me lo aprendí porque la bulla que se soltó en las mesas de atrás creció y se volvió rete difícil conseguir lo que él siguió diciendo.

—Es muy cierto, Melitón. Aquello estuvo de haberse visto. Con eso les digo todo. Y es que el mismo sujeto de la comitiva se puso a gritar otra vez: "¡Exacto! ¡Exacto!", con unos chillidos que se oían hasta la calle. Y cuando lo quisieron callar, sacó la pistola y comenzó a darle de chacamotas por encima de su cabeza, mientras la descargaba contra el techo. Y la gente que estaba allí de mirona echó a correr a la hora de los balazos. Y tumbó las mesas en la caída que llevaba y se oyó el rompedero de platos y de vidrios y los botellazos que le tiraban al fulano de la pistola para que se calmara, y que nomás se estrellaban en la pared. Y el otro, que tuvo todavía tiempo de meter otro cargador al arma y lo descargaba de nueva cuenta, mientras se ladeaba de aquí para allá escabulléndole el bulto a las botellas voladoras que le aventaban de todas partes.

"Hubieran visto al gobernador allí de pie, muy serio, con la cara fruncida, mirando hacia donde estaba el tumulto como queriendo calmarlo con su mirada.

"Quién sabe quién fue a decirle a los músicos que tocaran algo, lo cierto es que se soltaron tocando el Himno Nacional con todas sus fuerzas, hasta que casi se le reventaba el cachete al del trombón de lo recio que pitaba; pero aquello siguió igual. Y luego resultó que allá afuera, en la calle, se había prendido también el pleito. Le vinieron a avisar al gobernador que por allá unos se estaban dando de machetazos; y fijándose bien, era cierto, porque hasta acá se oían voces de mujeres que decían: '¡Apártenlos que se van a matar!' Y al rato otro grito que decía: '¡Ya mataron a mi marido! ¡Agárrenlo!' Y el gobernador ni se movía, seguía de pie. Oye, Melitón, cómo es esa palabra que se dice. . ."

—Impávido.

—Eso es, impávido. Bueno, con el argüende de afuera la cosa

aquí dentro pareció calmarse. El borrachito del "exacto" estaba dormido; le habían atinado un botellazo y se había quedado todo despatarrado tirado en el suelo. El gobernador se arrimó entonces al fulano aquel y le quitó la pistola que tenía todavía agarrada en una de sus manos agarrotadas por el desmayo. Se la dio a otro y le dijo: "Encárgate de él y toma nota de que queda desautorizado a portar armas." Y el otro contestó: "Sí, mi general."

"La música, no sé por qué, siguió toque y toque el Himno Nacional, hasta que el catrincito que había hablado en un principio, alzó los brazos y pidió silencio por las víctimas. Oye, Melitón, ¿por cuáles víctimas pidió él que todos nos asilenciáramos?"

—Por las del efipoco.

—Bueno, pues por ésas. Después todos se sentaron, enderezaron otra vez las mesas y siguieron bebiendo ponche y cantando la canción esa de las "horas de luto".

"Ora me estoy acordando que sí fue por el veintiuno de septiembre el borlote; porque mi mujer tuvo ese día a nuestro hijo Merencio, y yo llegué ya muy noche a mi casa, más bien borracho que buenisano. Y ella no me habló en muchas semanas arguyendo que la había dejado sola con su compromiso. Ya cuando se contentó me dijo que yo no había sido bueno ni para llamar a la comadrona y que tuvo que salir del paso a como Dios le dio a entender." ∎

124

LA HERENCIA DE MATILDE ARCÁNGEL

EN CORAZÓN DE MARÍA vivían, no hace mucho tiempo, un padre y un hijo conocidos como los Eremites; si acaso porque los dos se llamaban Euremios. Uno, Euremio Cedillo; otro, Euremio Cedillo también, aunque no costaba ningún trabajo distinguirlos, ya que uno le sacaba al otro una ventaja de veinticinco años bien colmados.

Lo colmado estaba en lo alto y garrudo de que lo había dotado la benevolencia de Dios Nuestro Señor al Euremio grande. En cambio al chico lo había hecho todo alrevesado, hasta se dice que de entendimiento. Y por si fuera poco el estar trabado de flaco, vivía, si es que todavía vive, aplastado por el odio como por una piedra; y válido es decirlo, su desventura fue la de haber nacido. □

Quien más lo aborrecía era su padre, por más cierto mi compadre; porque yo le bauticé al muchacho. Y parece que para hacer lo que hacía se atenía a su estatura. Era un hombrón así de grande, que hasta daba coraje estar junto a él y sopesar su fuerza, aunque fuera con la mirada. Al verlo uno se sentía como si a uno lo hubieran hecho de mala gana o con desperdicios. Fue, en Corazón de María, abarcando los alrededores, el único caso de un hombre que creciera tanto hacia arriba, siendo que los de por ese rumbo crecen a lo ancho y son bajitos; hasta se dice que es allí donde se originan los chaparros; y chaparra es allí la gente y hasta su condición. Ojalá que ninguno de los presentes se ofenda por si es de allá, pero yo me sostengo en mi juicio.

Y regresando a donde estábamos, les comenzaba a platicar de unos fulanos que vivieron hace tiempo en Corazón de María. Euremio grande tenía un rancho apodado Las Ánimas, venido

125

a menos por muchos trastornos, aunque el mayor de todos fue el descuido. Y es que nunca quiso dejarle esa herencia al hijo que, como ya les dije, era mi ahijado. Se la bebió entera a tragos de "bingarrote", que conseguía vendiendo pedazo tras pedazo de rancho y con el único fin de que el muchacho no encontrara cuando creciera de dónde agarrarse para vivir. Y casi lo logró. El hijo apenas si se levantó un poco sobre la tierra, hecho una pura lástima, y más que nada debido a unos cuantos compadecidos que le ayudaron a enderezarse; porque su padre ni se ocupó de él, antes parecía que se le cuajaba la sangre de sólo verlo.

Pero para entender todo esto hay que ir más atrás. Mucho más atrás de que el muchacho naciera, y quizá antes de que Euremio conociera a la que iba a ser su madre.

La madre se llamó Matilde Arcángel. Entre paréntesis, ella no era de Corazón de María, sino de un lugar más arriba que se nombra Chupaderos, al cual nunca llegó a ir el tal Cedillo y que si acaso lo conoció fue por referencias. Por ese tiempo ella estaba comprometida conmigo; pero uno nunca sabe lo que se trae entre manos, así que cuando fui a presentarle a la muchacha, un poco por presumirla y otro poco para que él se decidiera a apadrinarnos la boda, no me imaginé que a ella se le agotara de pronto el sentimiento que decía sentir por mí, ni que comenzaran a enfriársele los suspiros, y que su corazón se lo hubiera agenciado otro.

Lo supe después.

Sin embargo, habrá que decirles antes quién y qué cosa era Matilde Arcángel. Y allá voy. Les contaré esto sin apuraciones. Despacio. Al fin y al cabo tenemos toda la vida por delante.

Ella era hija de una tal doña Sinesia, dueña de la fonda de Chupaderos; un lugar caído en el crepúsculo como quien dice, allí donde se nos acababa la jornada. Así que cuanto arriero recorría esos rumbos alcanzó a saber de ella y pudo saborearse los ojos mirándola. Porque por ese tiempo, antes de que desapareciera, Matilde era una muchachita que se filtraba como el agua entre todos nosotros.

Pero el día menos pensado, y sin que nos diéramos cuenta

126

de qué modo, se convirtió en mujer. Le brotó una mirada de semisueño que escarbaba clavándose dentro de uno como un clavo que cuesta trabajo desclavar. Y luego se le reventó la boca como si se la hubieran desflorado a besos. Se puso bonita la muchacha, lo que sea de cada quien.

Está bien que uno no esté para merecer. Ustedes saben, uno es arriero. Por puro gusto. Por platicar con uno mismo, mientras se anda en los caminos.

Pero los caminos de ella eran más largos que todos los caminos que yo había andado en mi vida y hasta se me ocurrió que nunca terminaría de quererla.

Pero total, se la apropió el Euremio.

Al volver de uno de mis recorridos, supe que ya estaba casada con el dueño de Las Ánimas. Pensé que la había arrastrado la codicia y tal vez lo grande del hombre. Justificaciones nunca me faltaron. Lo que me dolió aquí en el estómago, que es donde más duelen los pesares, fue que se hubiera olvidado de ese atajo de pobres diablos que íbamos a verla y nos guarecíamos en el calor de sus miradas. Sobre todo de mí, Tranquilino Herrera, servidor de ustedes, y con quien ella se comprometió de abrazo y beso y toda la cosa. Aunque viéndolo bien, en condiciones de hambre, cualquier animal se sale del corral; y ella no estaba muy bien alimentada que digamos; en parte porque a veces éramos tantos que no alcanzaba la ración, en parte porque siempre estaba dispuesta a quitarse el bocado de la boca para que nosotros comiéramos.

Después engordó. Tuvo un hijo. Luego murió. La mató un caballo desbocado. □

Veníamos de bautizar a la criatura. Ella lo traía en sus brazos. No podría yo contarles los detalles de por qué y cómo se desbocó el caballo, porque yo venía mero adelante. Sólo me acuerdo que era un animal rosillo. Pasó junto a nosotros como una nube gris, y más que caballo fue el aire del caballo el que nos tocó ver; solitario, ya casi embarrado a la tierra. La Matilde Arcángel se había quedado atrás, sembrada no muy lejos de allí y con

127

la cara metida en un charco de agua. Aquella carita que tanto quisimos tantos, ahora casi hundida, como si se estuviera enjuagando la sangre que brotaba como manadero de su cuerpo todavía palpitante.

Pero ya para entonces no era de nosotros. Era propiedad de Euremio Cedillo, el único que la había trabajado como suya. ¡Y vaya si era chula la Matilde! Y más que trabajado, se había metido dentro de ella mucho más allá de las orillas de la carne, hasta el alcance de hacerle nacer un hijo. Así que a mí, por ese tiempo, ya no me quedaba de ella más que la sombra o si acaso una brizna de recuerdo.

Con todo, no me resigné a no verla. Me acomedí a bautizarles al muchacho, con tal de seguir cerca de ella, aunque fuera nomás en calidad de compadre.

Por eso es que todavía siento pasar junto a mí ese aire, que apagó la llamarada de su vida, como si ahora estuviera soplando; como si siguiera soplando contra uno.

A mí me tocó cerrarle los ojos llenos de agua; y enderezarle lo boca torcida por la angustia: esa ansia que le entró y que seguramente le fue creciendo durante la carrera del animal, hasta el fin, cuando se sintió caer. Ya les conté que la encontramos embrocada sobre su hijo. Su carne ya estaba comenzando a secarse, convirtiéndose en cáscara por todo el jugo que se le había salido durante todo el rato que duró su desgracia. Tenía la mirada abierta, puesta en el niño. Ya les dije que estaba empapada en agua. No en lágrimas, sino del agua puerca del charco lodoso donde cayó su cara. Y parecía haber muerto contenta de no haber apachurrado a su hijo en la caída, ya que se le traslucía la alegría en los ojos. Como les dije antes, a mí me tocó cerrar aquella mirada todavía acariciadora, como cuando estaba viva.

La enterramos. Aquella boca, a la que tan difícil fue llegar, se fue llenando de tierra. Vimos cómo desaparecía toda ella sumida en la hondonada de la fosa, hasta no volver a ver su forma. Y allí, parado como horcón, Euremio Cedillo. Y yo pensando: "Si la hubiera dejado tranquila en Chupaderos, quizá todavía estuviera viva."

"Todavía viviría —se puso a decir él— si el muchacho no hubiera tenido la culpa." Y contaba que al niño se le había ocurrido dar un berrido como de tecolote, cuando el caballo en que venían era muy asustón. Él se lo advirtió a la madre muy bien, como para convencerla de que no dejara berrear al muchacho. Y también decía que ella podía haberse defendido al caer; pero que hizo todo lo contrario: "Se hizo arco, dejándole un hueco al hijo como para no aplastarlo. Así que, contando unas con otras, toda la culpa es del muchacho. Da unos berridos que hasta uno se espanta. Y yo para qué voy a quererlo. Él de nada me sirve. La otra podía haberme dado más y todos los hijos que yo quisiera; pero éste no me dejó ni siquiera saborearla." Y así se soltaba diciendo cosas y más cosas, de modo que ya uno no sabía si era pena o coraje el que sentía por la muerta.

Lo que sí se supo siempre fue el odio que le tuvo al hijo.

Y era de eso de lo que yo les estaba platicando desde el principio. El Euremio se dio a la bebida. Comenzó a cambiar pedazos de sus tierras por botellas de "bingarrote". Después lo compraba hasta por barricas. A mí me tocó una vez fletear toda una recua con puras barricas de "bingarrote" consignadas al Euremio. Allí entregó todo su esfuerzo: en eso y en golpear a mi ahijado, hasta que se le cansaba el brazo.

Ya para esto habían pasado muchos años. Euremio chico creció a pesar de todo, apoyado en la piedad de unas cuantas almas; casi por el puro aliento que trajo desde al nacer. Todos los días amanecía aplastado por el padre que lo consideraba un cobarde y un asesino, y si no quiso matarlo, al menos procuró que muriera de hambre para olvidarse de su existencia. Pero vivió. En cambio el padre iba para abajo con el paso del tiempo. Y ustedes y yo y todos sabemos que el tiempo es más pesado que la más pesada carga que puede soportar el hombre. Así, aunque siguió manteniendo sus rencores, se le fue mermando el odio, hasta convertir sus dos vidas en una viva soledad.

Yo los procuraba poco. Supe, porque me lo contaron, que mi

ahijado tocaba la flauta mientras su padre dormía la borrachera. No se hablaban ni se miraban; pero aun después de anochecer se oía en todo Corazón de María la música de la flauta; y a veces se seguía oyendo mucho más allá de la medianoche.

Bueno, para no alargarles más la cosa, un día quieto, de esos que abundan mucho en estos pueblos, llegaron unos revoltosos a Corazón de María. Casi ni ruido hicieron, porque las calles estaban llenas de hierba; así que su paso fue en silencio, aunque todos venían montados en bestias. Dicen que aquello estaba tan calmado y que ellos cruzaron tan sin armar alboroto, que se oía el grito del somormujo y el canto de los grillos; y que más que ellos, lo que más se oía era la musiquita de una flauta que se les agregó al pasar frente a la casa de los Eremites, y se fue alejando, yéndose, hasta desaparecer.

Quién sabe qué clase de revoltosos serían y qué andarían haciendo. Lo cierto, y esto también me lo contaron, fue que, a pocos días, pasaron también sin detenerse, tropas del gobierno. Y que en esa ocasión Euremio el viejo, que a esas alturas ya estaba un tanto achacoso, les pidió que lo llevaran. Parece que contó que tenía cuentas pendientes con uno de aquellos bandidos que iban a perseguir. Y sí, lo aceptaron. Salió de su casa a caballo y con el rifle en la mano, galopando para alcanzar a las tropas. Era alto, como antes les decía, que más que un hombre parecía una banderola por eso de que llevaba el greñero al aire, pues no se preocupó de buscar el sombrero.

Y por algunos días no se supo nada. Todo siguió igual de tranquilo. A mí me tocó llegar entonces. Venía de "abajo" donde también nada se rumoraba. Hasta que de pronto comenzó a llegar gente. "Coamileros", saben ustedes: unos fulanos que se pasan parte de su vida arrendados en las laderas de los montes, y que si bajan a los pueblos es en procura de algo o porque algo les preocupa. Ahora los había hecho bajar el susto. Llegaron diciendo que allá en los cerros se estaba peleando desde hacía varios días. Y que por ahí venían ya unos casi de arribada.

Pasó la tarde sin ver pasar a nadie. Llegó la noche. Algunos pensamos que tal vez hubieran agarrado otro camino. Esperamos detrás de las puertas cerradas. Dieron las nueve y las diez en el reloj de la iglesia. Y casi con la campana de las horas se oyó el mugido del cuerno. Luego el trote de caballos. Entonces yo me asomé a ver quiénes eran. Y vi un montón de desarrapados montados en caballos flacos; unos estilando sangre, y otros seguramente dormidos porque cabeceaban. Se siguieron de largo.

Cuando ya parecía que había terminado el desfile de figuras oscuras que apenas si se distinguía de la noche, comenzó a oírse, primero apenitas y después más clara, la música de una flauta. Y a poco rato, vi venir a mi ahijado Euremio montado en el caballo de mi compadre Euremio Cedillo. Venía en ancas, con la mano izquierda dándole duro a su flauta, mientras que con la derecha sostenía, atravesado sobre la silla, el cuerpo de su padre muerto. ∎

ANACLETO MORONES

¡Viejas, hijas del demonio! Las vi venir a todas juntas, en procesión. Vestidas de negro, sudando como mulas bajo el mero rayo del sol. Las vi desde lejos como si fuera una recua levantando polvo. Su cara ya ceniza de polvo. Negras todas ellas. Venían por el camino de Amula, cantando entre rezos, entre el calor, con sus negros escapularios grandotes y renegridos sobre los que caía en goterones el sudor de su cara.

Las vi llegar y me escondí. Sabía lo que andaban haciendo y a quién buscaban. Por eso me di prisa a esconderme hasta el fondo del corral, corriendo ya con los pantalones en la mano.

Pero ellas entraron y dieron conmigo. Dijeron: "¡Ave María Purísima!"

Yo estaba acuclillado en una piedra, sin hacer nada, solamente sentado allí con los pantalones caídos, para que ellas me vieran así y no se me arrimaran. Pero sólo dijeron: "¡Ave María Purísima!" Y se fueron acercando más.

¡Viejas indinas! ¡Les debería dar vergüenza! Se persignaron y se arrimaron hasta ponerse junto a mí, todas juntas, apretadas como en manojo, chorreando sudor y con los pelos untados a la cara como si les hubiera lloviznado.

—Te venimos a ver a ti, Lucas Lucatero. Desde Amula venimos, sólo por verte. Aquí cerquita nos dijeron que estabas en tu casa; pero no nos figuramos que estabas tan adentro; no en este lugar ni en estos menesteres. Creímos que habías entrado a darle de comer a las gallinas, por eso nos metimos. Venimos a verte.

¡Esas viejas! ¡Viejas y feas como pasmadas de burro!

—¡Díganme qué quieren! —les dije, mientras me fajaba los pantalones y ellas se tapaban los ojos para no ver.

—Traemos un encargo. Te hemos buscado en Santo Santiago y en Santa Inés, pero nos informaron que ya no vivías allí, que

132

te habías mudado a este rancho. Y acá venimos. Somos de Amula.

Yo ya sabía de dónde eran y quiénes eran; podía hasta haberles recitado sus nombres, pero me hice el desentendido.

—Pues sí, Lucas Lucatero, al fin te hemos encontrado, gracias a Dios.

Las convidé al corredor y les saqué unas sillas para que se sentaran. Les pregunté que si tenían hambre o que si querían aunque fuera un jarro de agua para remojarse la lengua.

Ellas se sentaron, secándose el sudor con sus escapularios.

—No, gracias —dijeron—. No venimos a darte molestias. Te traemos un encargo. ¿Tú me conoces, verdad, Lucas Lucatero? —me preguntó una de ellas.

—Algo —le dije—. Me parece haberte visto en alguna parte. ¿No eres, por casualidad, Pancha Fregoso, la que se dejó robar por Homobono Ramos?

—Soy, sí, pero no me robó nadie. Ésas fueron puras maledicencias. Nos perdimos los dos buscando garambullos. Soy congregante y yo no hubiera permitido de ningún modo...

—¿Qué, Pancha?

—¡Ah!, cómo eres mal pensado, Lucas. Todavía no se te quita lo de andar criminando gente. Pero, ya que me conoces, quiero agarrar la palabra para comunicarte a lo que venimos.

—¿No quieren ni siquiera un jarro de agua? —les volví a preguntar.

—No te molestes. Pero ya que nos ruegas tanto, no te vamos a desairar.

Les traje una jarra de agua de arrayán y se la bebieron. Luego les traje otra y se la volvieron a beber. Entonces les arrimé un cántaro con agua del río. Lo dejaron allí, pendiente, para dentro de un rato, porque, según ellas, les iba a entrar mucha sed cuando comenzara a hacerles la digestión.

Diez mujeres, sentadas en hilera, con sus negros vestidos puercos de tierra. Las hijas de Ponciano, de Emiliano, de Crescenciano, de Toribio el de la taberna y de Anastasio el peluquero.

¡Viejas carambas! Ni una siquiera pasadera. Todas caídas por

133

los cincuenta. Marchitas como floripondios engarruñados y secos. Ni de dónde escoger.

—¿Y qué buscan por aquí?

—Venimos a verte.

—Ya me vieron. Estoy bien. Por mí no se preocupen.

—Te has venido muy lejos. A este lugar escondido. Sin domicilio ni quién dé razón de ti. Nos ha costado trabajo dar contigo después de mucho inquirir.

—No me escondo. Aquí vivo a gusto, sin la moledera de la gente. ¿Y qué misión traen, si se puede saber? —les pregunté.

—Pues se trata de esto... Pero no te vayas a molestar en darnos de comer. Ya comimos en casa de *la Torcacita*. Allí nos dieron a todas. Así que ponte en juicio. Siéntate aquí enfrente de nosotras para verte y para que nos oigas.

Yo no me podía estar en paz. Quería ir otra vez al corral. Oía el cacareo de las gallinas y me daban ganas de ir a recoger los huevos antes que se los comieran los conejos.

—Voy por los huevos —les dije.

—De verdad que ya comimos. No te molestes por nosotras.

—Tengo allí dos conejos sueltos que se comen los huevos. Orita regreso.

Y me fui al corral.

Tenía pensado no regresar. Salirme por la puerta que daba al cerro y dejar plantada a aquella sarta de viejas canijas.

Le eché una miradita al montón de piedras que tenía arrinconado en una esquina y le vi la figura de una sepultura. Entonces me puse a desparramarlas, tirándolas por todas partes, haciendo un reguero aquí y otro allá. Eran piedras de río, boludas, y las podía aventar lejos. ¡Viejas de los mil judas! Me habían puesto a trabajar. No sé por qué se les antojó venir.

Dejé la tarea y regresé. Les regalé los huevos.

—¿Mataste los conejos? Te vimos aventarles de pedradas. Guardaremos los huevos para dentro de un rato. No debías haberte molestado.

—Allí en el seno se pueden empollar, mejor déjenlos afuera.

—¡Ah, cómo serás!, Lucas Lucatero. No se te quita lo hablantín. Ni que estuviéramos tan calientes.

—De eso no sé nada. Pero de por sí está haciendo calor acá afuera.

Lo que yo quería era darles largas. Encaminarlas por otro rumbo, mientras buscaba la manera de echarlas fuera de mi casa y que no les quedaran ganas de volver. Pero no se me ocurría nada.

Sabía que me andaban buscando desde enero, poquito después de la desaparición de Anacleto Morones. No faltó alguien que me avisara que las viejas de la Congregación de Amula andaban tras de mí. Eran las únicas que podían tener algún interés en Anacleto Morones. Y ahora allí las tenía.

Podía seguir haciéndoles plática o granjeándomelas de algún modo hasta que se les hiciera de noche y tuvieran que largarse. No se hubieran arriesgado a pasarla en mi casa.

Porque hubo un rato en que se trató de eso: cuando la hija de Ponciano dijo que querían acabar pronto su asunto para volver temprano a Amula. Fue cuando yo les hice ver que por eso no se preocuparan, que aunque fuera en el suelo había allí lugar y petates de sobra para todas. Todas dijeron que eso sí no, porque qué iría a decir la gente cuando se enteraran de que habían pasado la noche solitas en mi casa y conmigo allí dentro. Eso sí que no.

La cosa, pues, estaba en hacerles larga la plática, hasta que se les hiciera noche, quitándoles la idea que les bullía en la cabeza. Le pregunté a una de ellas:

—¿Y tu marido qué dice?

—Yo no tengo marido, Lucas. ¿No te acuerdas que fui tu novia? Te esperé y te esperé y me quedé esperando. Luego supe que te habías casado. Ya a esas alturas nadie me quería.

—¿Y luego yo? Lo que pasó fue que se me atravesaron otros pendientes que me tuvieron muy ocupado; pero todavía es tiempo.

—Pero si eres casado, Lucas, y nada menos que con la hija

135

del Santo Niño. ¿Para qué me alborotas otra vez? Yo ya hasta me olvidé de ti.

—Pero yo no. ¿Cómo dices que te llamabas?

—Nieves... Me sigo llamando Nieves. Nieves García. Y no me hagas llorar, Lucas Lucatero. Nada más de acordarme de tus melosas promesas me da coraje.

—Nieves... Nieves. Cómo no me voy a acordar de ti. Si eres de lo que no se olvida... Eras suavecita. Me acuerdo. Te siento todavía aquí en mis brazos. Suavecita. Blanda. El olor del vestido con que salías a verme olía a alcanfor. Y te arrejuntabas mucho conmigo. Te repegabas tanto que casi te sentía metida en mis huesos. Me acuerdo.

—No sigas diciendo cosas, Lucas. Ayer me confesé y tú me estás despertando malos pensamientos y me estás echando el pecado encima.

—Me acuerdo que te besaba en las corvas. Y que tú decías que allí no, porque sentías cosquillas. ¿Todavía tienes hoyuelos en la corva de las piernas?

—Mejor cállate, Lucas Lucatero. Dios no te perdonará lo que hiciste conmigo. Lo pagarás caro.

—¿Hice algo malo contigo? ¿Te traté acaso mal?

—Lo tuve que tirar. Y no me hagas decir eso aquí delante de la gente. Pero para que te lo sepas: lo tuve que tirar. Era una cosa así como un pedazo de cecina. ¿Y para qué lo iba a querer yo, si su padre no era más que un vaquetón?

—¿Conque eso pasó? No lo sabía. ¿No quieren otra poquita de agua de arrayán? No me tardaré nada en hacerla. Espérenme nomás.

Y me fui otra vez al corral a cortar arrayanes. Y allí me entretuve lo más que pude, mientras se le bajaba el mal humor a la mujer aquella.

Cuando regresé ya se había ido.

—¿Se fue?

—Sí, se fue. La hiciste llorar.

—Sólo quería platicar con ella, nomás por pasar el rato. ¿Se

136

han fijado cómo tarda en llover? Allá en Amula ya debe haber llovido, ¿no?

—Sí, anteayer cayó un aguacero.

—No cabe duda de que aquél es un buen sitio. Llueve bien y se vive bien. A fe que aquí ni las nubes se aparecen. ¿Todavía es Rogaciano el presidente municipal?

—Sí, todavía.

—Buen hombre ese Rogaciano.

—No. Es un maldoso.

—Puede que tengan razón. ¿Y qué me cuentan de Edelmiro, todavía tiene cerrada su botica?

—Edelmiro murió. Hizo bien en morirse, aunque me esté mal el decirlo; pero era otro maldoso. Fue de los que le echaron infamias al Niño Anacleto. Lo acusó de abusionero y de brujo y engañabobos. De todo eso anduvo hablando en todas partes. Pero la gente no le hizo caso y Dios lo castigó. Se murió de rabia como los huitacoches.

—Esperemos en Dios que esté en el infierno.

—Y que no se cansen los diablos de echarle leña.

—Lo mismo que a Lirio López, el juez, que se puso de su parte y mandó al Santo Niño a la cárcel.

Ahora eran ellas las que hablaban. Las dejé decir todo lo que quisieran. Mientras no se metieran conmigo, todo iría bien. Pero de repente se les ocurrió preguntarme:

—¿Quieres ir con nosotras?

—¿Adónde?

—A Amula. Por eso venimos. Para llevarte.

Por un rato me dieron ganas de volver al corral. Salirme por la puerta que da al cerro y desaparecer. ¡Viejas infelices!

—¿Y qué diantres voy a hacer yo a Amula?

—Queremos que nos acompañes en nuestros ruegos. Hemos abierto, todas las congregantes del Niño Anacleto, un novenario de rogaciones para pedir que nos lo canonicen. Tú eres su yerno y te necesitamos para que sirvas de testimonio. El señor cura nos encomendó le lleváramos a alguien que lo hubiera tratado de cerca y conocido de tiempo atrás, antes que se hiciera famoso por sus milagros. Y quién mejor que tú, que viviste a su lado y puedes señalar mejor que ninguno las obras de misericordia que hizo. Por eso te necesitamos, para que nos acompañes en esta campaña.

¡Viejas carambas! Haberlo dicho antes.

—No puedo ir —les dije—. No tengo quien me cuide la casa.

—Aquí se van a quedar dos muchachas para eso, lo hemos prevenido. Además está tu mujer.

—Ya no tengo mujer.

—¿Luego la tuya? ¿La hija del Niño Anacleto?

—Ya se me fue. La corrí.

—Pero eso no puede ser, Lucas Lucatero. La pobrecita debe andar sufriendo. Con lo buena que era. Y lo jovencita. Y lo bonita. ¿Para dónde la mandaste, Lucas? Nos conformamos con que siquiera la hayas metido en el convento de las Arrepentidas.

—No la metí en ninguna parte. La corrí. Y estoy seguro de que no está con las Arrepentidas; le gustaba mucho la bulla y el relajo. Debe de andar por esos rumbos, desfajando pantalones.

—No te creemos, Lucas, ni así tantito te creemos. A lo mejor está aquí, encerrada en algún cuarto de esta casa rezando sus oraciones. Tú siempre fuiste muy mentiroso y hasta levantafalsos. Acuérdate, Lucas, de las pobres hijas de Hermelindo, que hasta se tuvieron que ir para El Grullo porque la gente les chiflaba la canción de "Las güilotas" cada vez que se asomaban a la calle, y sólo porque tú inventaste chismes. No se te puede creer nada a ti, Lucas Lucatero.

—Entonces sale sobrando que yo vaya a Amula.

—Te confiesas primero y todo queda arreglado. ¿Desde cuándo no te confiesas?

—¡Uh!, desde hace como quince años. Desde que me iban a fusilar los cristeros. Me pusieron una carabina en la espalda y me hincaron delante del cura y dije allí hasta lo que no había hecho. Entonces me confesé hasta por adelantado.

—Si no estuviera de por medio que eres el yerno del Santo Niño, no te vendríamos a buscar, contimás te pediríamos nada. Siempre has sido muy diablo, Lucas Lucatero.

138

—Por algo fui ayudante de Anacleto Morones. Él sí que era el vivo demonio.

—No blasfemes.

—Es que ustedes no lo conocieron.

—Lo conocimos como santo.

—Pero no como santero.

—¿Qué cosas dices, Lucas?

—Eso ustedes no lo saben; pero él antes vendía santos. En las ferias. En la puerta de las iglesias. Y yo le cargaba el tambache.

"Por allí íbamos los dos, uno detrás de otro, de pueblo en pueblo. Él por delante y yo cargándole el tambache con las novenas de San Pantaleón, de San Ambrosio y de San Pascual, que pesaban cuando menos tres arrobas.

"Un día encontramos a unos peregrinos. Anacleto estaba arrodillado encima de un hormiguero, enseñándome cómo mordiéndose la lengua no pican las hormigas. Entonces pasaron los peregrinos. Lo vieron. Se pararon a ver la curiosidad aquella. Preguntaron: '¿Cómo puedes estar encima del hormiguero sin que te piquen las hormigas?'

"Entonces él puso los brazos en cruz y comenzó a decir que acababa de llegar de Roma, de donde traía un mensaje y era portador de una astilla de la Santa Cruz donde Cristo fue crucificado.

"Ellos lo levantaron de allí en sus brazos. Lo llevaron en andas hasta Amula. Y allí fue el acabose; la gente se postraba frente a él y le pedía milagros.

"Ése fue el comienzo. Y yo nomás me vivía con la boca abierta, mirándolo engatusar al montón de peregrinos que iban a verlo."

—Eres puro hablador y de sobra hasta blasfemo. ¿Quién eras tú antes de conocerlo? Un arreapuercos. Y él te hizo rico. Te dio lo que tienes. Y ni por eso te acomides a hablar bien de él. Desagradecido.

—Hasta eso, le agradezco que me haya matado el hambre,

pero eso no quita que él fuera el vivo diablo. Lo sigue siendo, en cualquier lugar donde esté.

—Está en el cielo. Entre los ángeles. Allí es donde está, más que te pese.

—Yo sabía que estaba en la cárcel.

—Eso fue hace mucho. De allí se fugó. Desapareció sin dejar rastro. Ahora está en el cielo en cuerpo y alma presentes. Y desde allá nos bendice. Muchachas, ¡arrodíllense! Recemos el "Penitentes somos, Señor", para que el Santo Niño interceda por nosotras.

Y aquellas viejas se arrodillaron, besando a cada padrenuestro el escapulario donde estaba bordado el retrato de Anacleto Morones.

Eran las tres de la tarde.

Aproveché ese ratito para meterme en la cocina y comerme unos tacos de frijoles. Cuando salí ya sólo quedaban cinco mujeres.

—¿Qué se hicieron las otras? —les pregunté.

Y la Pancha, moviendo los cuatro pelos que tenía en sus bigotes, me dijo:

—Se fueron. No quieren tener tratos contigo.

—Mejor. Entre menos burros más olotes. ¿Quieren más agua de arrayán?

Una de ellas, la Filomena, que se había estado callada todo el rato y que por mal nombre le decían *la Muerta,* se culimpinó encima de una de mis macetas y, metiéndose el dedo en la boca, echó fuera toda el agua de arrayán que se había tragado, revuelta con pedazos de chicharrón y granos de huamúchiles:

—Yo no quiero ni tu agua de arrayán, blasfemo. Nada quiero de ti.

Y puso sobre la silla el huevo que yo le había regalado: —¡Ni tus huevos quiero! Mejor me voy.

Ahora sólo quedaban cuatro.

—A mí también me dan ganas de vomitar —me dijo la Pancha—. Pero me las aguanto. Te tenemos que llevar a Amula a como dé lugar.

140

"Eres el único que puede dar fe de la santidad del Santo Niño. Él te ha de ablandar el alma. Ya hemos puesto su imagen en la iglesia y no sería justo echarlo a la calle por tu culpa."

—Busquen a otro. Yo no quiero tener vela en este entierro.

—Tú fuiste casi su hijo. Heredaste el fruto de su santidad. En ti puso él sus ojos para perpetuarse. Te dio a su hija.

—Sí, pero me la dio ya perpetuada.

—Válgame Dios, qué cosas dices, Lucas Lucatero.

—Así fue, me la dio cargada como de cuatro meses cuando menos.

—Pero olía a santidad

—Olía a pura pestilencia. Le dio por enseñarles la barriga a cuantos se le paraban enfrente, sólo para que vieran que era de carne. Les enseñaba su panza crecida, amoratada por la hinchazón del hijo que llevaba dentro. Y ellos se reían. Les hacía gracia. Era una sinvergüenza. Eso era la hija de Anacleto Morones.

—Impío. No está en ti decir esas cosas. Te vamos a regalar un escapulario para que eches fuera al demonio.

—...Se fue con uno de ellos. Que dizque la quería. Sólo le dijo: "Yo me arriesgo a ser el padre de tu hijo." Y se fue con él.

—Era fruto del Santo Niño. Una niña. Y tú la conseguiste regalada. Tú fuiste el dueño de esa riqueza nacida de la santidad.

—¡Monsergas!

—¿Qué dices?

—Adentro de la hija de Anacleto Morones estaba el hijo de Anacleto Morones.

—Eso tú lo inventaste para achacarle cosas malas. Siempre has sido un invencionista.

—¿Sí? Y qué me dicen de las demás. Dejó sin vírgenes esta parte del mundo, valido de que siempre estaba pidiendo que le velara su sueño una doncella.

—Eso lo hacía por pureza. Por no ensuciarse con el pecado. Quería rodearse de inocencia para no manchar su alma.

—Eso creen ustedes porque no las llamó.

—A mí sí me llamó —dijo una a la que le decían Melquiades—. Yo le velé su sueño.

—¿Y qué pasó?

—Nada. Sólo sus milagrosas manos me arroparon en esa hora en que se siente la llegada del frío. Y le di gracias por el calor de su cuerpo; pero nada más.

—Es que estabas vieja. A él le gustaban tiernas; que se les quebraran los güesitos; oír que tronaran como si fueran cáscaras de cacahuate.

—Eres un maldito ateo, Lucas Lucatero. Uno de los peores.

Ahora estaba hablando *la Huérfana*, la del eterno llorido. La vieja más vieja de todas. Tenía lágrimas en los ojos y le temblaban las manos:

—Yo soy huérfana y él me alivió de mi orfandad; volví a encontrar a mi padre y a mi madre en él. Se pasó la noche acariciándome para que se me bajara mi pena.

Y le escurrían las lágrimas.

—No tienes, pues, por qué llorar —le dije.

—Es que se han muerto mis padres. Y me han dejado sola. Huérfana a esta edad en que es tan difícil encontrar apoyo. La única noche feliz la pasé con el Niño Anacleto, entre sus consoladores brazos. Y ahora tú hablas mal de él.

—Era un santo.

—Un bueno de bondad.

—Esperábamos que tú siguieras su obra. Lo heredaste todo.

—Me heredó un costal de vicios de los mil judas. Una vieja loca. No tan vieja como ustedes; pero bien loca. Lo bueno es que se fue. Yo mismo le abrí la puerta.

—¡Hereje! Inventas puras herejías.

Ya para entonces quedaban solamente dos viejas.

Las otras se habían ido yendo una tras otra, poniéndome la cruz y reculando y con la promesa de volver con los exorcismos.

—No me has de negar que el Niño Anacleto era milagroso —dijo la hija de Anastasio—. Eso sí que no me lo has de negar.

—Hacer hijos no es ningún milagro. Ése era su fuerte.

—A mi marido lo curó de la sífilis.

142

—No sabía que tenías marido. ¿No eres la hija de Anastasio el peluquero? La hija de Tacho es soltera, según yo sé.

—Soy soltera, pero tengo marido. Una cosa es ser señorita y otra cosa es ser soltera. Tú lo sabes. Y yo no soy señorita, pero soy soltera.

—A tus años haciendo eso, Micaela.

—Tuve que hacerlo. Qué me ganaba con vivir de señorita. Soy mujer. Y una nace para dar lo que le dan a una.

—Hablas con las mismas palabras de Anacleto Morones.

—Sí, él me aconsejó que lo hiciera, para que se me quitara lo hepático. Y me junté con alguien. Eso de tener cincuenta años y ser nueva es un pecado.

—Te lo dijo Anacleto Morones.

—Él me lo dijo, sí. Pero hemos venido a otra cosa; a que vayas con nosotras y certifiques que él fue un santo.

—¿Y por qué no yo?

—Tú no has hecho ningún milagro. Él curó a mi marido. A mí me consta. ¿Acaso tú has curado a alguien de la sífilis?

—No, ni la conozco.

—Es algo así como la gangrena. Él se puso amoratado y con el cuerpo lleno de sabañones. Ya no dormía. Decía que todo lo veía colorado como si estuviera asomándose a la puerta del infierno. Y luego sentía ardores que lo hacían brincar de dolor. Entonces fuimos a ver al Niño Anacleto y él lo curó. Lo quemó con un carrizo ardiendo y le untó de su saliva en las heridas y, sácatelas, se le acabaron sus males. Dime si eso no fue un milagro.

—Ha de haber tenido sarampión. A mí también me lo curaron con saliva cuando era chiquito.

—Lo que yo decía antes. Eres un condenado ateo.

—Me queda el consuelo de que Anacleto Morones era peor que yo.

—Él te trató como si fueras su hijo. Y todavía te atreves... Mejor no quiero seguir oyéndote. Me voy. ¿Tú te quedas, Pancha?

—Me quedaré otro rato. Haré la última lucha yo sola. ☐

—Oye, Francisca, ora que se fueron todas, te vas a quedar a dormir conmigo, ¿verdad?

—Ni lo mande Dios. ¿Qué pensaría la gente? Yo lo que quiero es convencerte.

—Pues vámonos convenciendo los dos. Al cabo qué pierdes. Ya estás revieja, como para que nadie se ocupe de ti, ni te haga el favor.

—Pero luego vienen los dichos de la gente. Luego pensarán mal.

—Que piensen lo que quieran. Qué más da. De todos modos Pancha te llamas.

—Bueno, me quedaré contigo; pero nomás hasta que amanezca. Y eso si me prometes que llegaremos juntos a Amula, para yo decirles que me pasé la noche ruéguete y ruéguete. Si no, ¿cómo le hago?

—Está bien. Pero antes córtate esos pelos que tienes en los bigotes. Te voy a traer las tijeras.

—Cómo te burlas de mí, Lucas Lucatero. Te pasas la vida mirando mis defectos. Déjame mis bigotes en paz. Así no sospecharán.

—Bueno, como tú quieras.

Cuando oscureció, ella me ayudó a arreglarle la ramada a las gallinas y a juntar'otra vez las piedras que yo había desparramado por todo el corral, arrinconándolas en el rincón donde habían estado antes.

Ni se las malició que allí estaba enterrado Anacleto Morones. Ni que se había muerto el mismo día que se fugó de la cárcel y vino aquí a reclamarme que le devolviera sus propiedades.

Llegó diciendo: —Vende todo y dame el dinero, porque necesito hacer un viaje al Norte. Te escribiré desde allá y volveremos a hacer negocio los dos juntos.

—¿Por qué no te llevas a tu hija? —le dije yo—. Eso es lo único que me sobra de todo lo que tengo y dices que es tuyo. Hasta a mí me enredaste con tus malas mañas.

—Ustedes se irán después, cuando yo les mande avisar mi paradero. Allá arreglaremos cuentas.

144

—Sería mucho mejor que las arregláramos de una vez. Para quedar de una vez a mano.

—No estoy para estar jugando ahorita —me dijo—. Dame lo mío. ¿Cuánto dinero tienes guardado?

—Algo tengo, pero no te lo voy a dar. He pasado las de Caín con la sinvergüenza de tu hija. Date por bien pagado con que yo la mantenga.

Le entró el coraje. Pateaba el suelo y le urgía irse...

"¡Que descanses en paz, Anacleto Morones!", dije cuando lo enterré, y a cada vuelta que yo daba al río acarreando piedras para echárselas encima: "No te saldrás de aquí aunque uses de todas tus tretas."

Y ahora la Pancha me ayudaba a ponerle otra vez el peso de las piedras, sin sospechar que allí debajo estaba Anacleto y que yo hacía aquello por miedo de que se saliera de su sepultura y viniera de nueva cuenta a darme guerra. Con lo mañoso que era, no dudaba que encontrara el modo de revivir y salirse de allí.

—Échale más piedras, Pancha. Amontónalas en este rincón, no me gusta ver pedregoso mi corral.   □

Después ella me dijo, ya de madrugada:

—Eres una calamidad, Lucas Lucatero. No eres nada cariñoso. ¿Sabes quién sí era amoroso con una?

—¿Quién?

—El Niño Anacleto. Él sí que sabía hacer el amor.   ■

Pedro Páramo

Pedro Páramo

VINE a Comala porque me dijeron que acá vivía mi padre, un tal Pedro Páramo. Mi madre me lo dijo. Y yo le prometí que vendría a verlo en cuanto ella muriera. Le apreté sus manos en señal de que lo haría; pues ella estaba por morirse y yo en un plan de prometerlo todo. "No dejes de ir a visitarlo —me recomendó—. Se llama de este modo y de este otro. Estoy segura de que le dará gusto conocerte." Entonces no pude hacer otra cosa sino decirle que así lo haría, y de tanto decírselo se lo seguí diciendo aun después de que a mis manos les costó trabajo zafarse de sus manos muertas.

Todavía antes me había dicho:

—No vayas a pedirle nada. Exígele lo nuestro. Lo que estuvo obligado a darme y nunca me dio... El olvido en que nos tuvo, mi hijo, cóbraselo caro.

—Así lo haré, madre.

Pero no pensé cumplir mi promesa. Hasta que ahora pronto comencé a llenarme de sueños, a darle vuelo a las ilusiones. Y de este modo se me fue formando un mundo alrededor de la esperanza que era aquel señor llamado Pedro Páramo, el marido de mi madre. Por eso vine a Comala.   □

Era ese tiempo de la canícula, cuando el aire de agosto sopla caliente, envenenado por el olor podrido de las saponarias.

El camino subía y bajaba: *"Sube o baja según se va o se viene. Para el que va, sube; para el que viene, baja."*

—¿Cómo dice usted que se llama el pueblo que se ve allá abajo?

—Comala, señor.

—¿Está seguro de que ya es Comala?

—Seguro, señor.

—¿Y por qué se ve esto tan triste?

—Son los tiempos, señor.

Yo imaginaba ver aquello a través de los recuerdos de mi madre; de su nostalgia, entre retazos de suspiros. Siempre vivió ella suspirando por Comala, por el retorno; pero jamás volvió. Ahora yo vengo en su lugar. Traigo los ojos con que ella miró estas cosas, porque me dio sus ojos para ver: *"Hay allí, pasando el puerto de Los Colimotes, la vista muy hermosa de una llanura verde, algo amarilla por el maíz maduro. Desde ese lugar se ve Comala, blanqueando la tierra, iluminándola durante la noche."* Y su voz era secreta, casi apagada, como si hablara consigo misma... Mi madre.

—¿Y a qué va usted a Comala, si se puede saber? —oí que me preguntaban.

—Voy a ver a mi padre —contesté.

—¡Ah! —dijo él.

Y volvimos al silencio.

Caminábamos cuesta abajo, oyendo el trote rebotado de los burros. Los ojos reventados por el sopor del sueño, en la canícula de agosto.

—Bonita fiesta le va a armar —volví a oír la voz del que iba allí a mi lado—. Se pondrá contento de ver a alguien después de tantos años que nadie viene por aquí.

Luego añadió:

—Sea usted quien sea, se alegrará de verlo.

En la reverberación del sol, la llanura parecía una laguna transparente, deshecha en vapores por donde se traslucía un horizonte gris. Y más allá, una línea de montañas. Y todavía más allá, la más remota lejanía.

—¿Y qué trazas tiene su padre, si se puede saber?

—No lo conozco —le dije—. Sólo sé que se llama Pedro Páramo.

—¡Ah!, vaya.

—Sí, así me dijeron que se llamaba.

Oí otra vez el "¡ah!" del arriero.

Me había topado con él en Los Encuentros, donde se cruzaban varios caminos. Me estuve allí esperando, hasta que al fin apareció este hombre.

—¿Adónde va usted? —le pregunté.

—Voy para abajo, señor.

—¿Conoce un lugar llamado Comala?

—Para allá mismo voy.

Y lo seguí. Fui tras él tratando de emparejarme a su paso, hasta que pareció darse cuenta de que lo seguía y disminuyó la prisa de su carrera. Después los dos íbamos tan pegados que casi nos tocábamos los hombros.

—Yo también soy hijo de Pedro Páramo —me dijo.

Una bandada de cuervos pasó cruzando el cielo vacío, haciendo cuar, cuar, cuar.

Después de trastumbar los cerros, bajamos cada vez más. Habíamos dejado el aire caliente allá arriba y nos íbamos hundiendo en el puro calor sin aire. Todo parecía estar como en espera de algo.

—Hace calor aquí —dije.

—Sí, y esto no es nada —me contestó el otro—. Cálmese. Ya lo sentirá más fuerte cuando lleguemos a Comala. Aquello está sobre las brasas de la tierra, en la mera boca del infierno. Con decirle que muchos de los que allí se mueren, al llegar al infierno regresan por su cobija.

—¿Conoce usted a Pedro Páramo? —le pregunté.

Me atreví a hacerlo porque vi en sus ojos una gota de confianza.

—¿Quién es? —volví a preguntar.

—Un rencor vivo —me contestó él.

Y dio un pajuelazo contra los burros, sin necesidad, ya que los burros iban mucho más adelante de nosotros, encarrerados por la bajada.

Sentí el retrato de mi madre guardado en la bolsa de la camisa, calentándome el corazón, como si ella también sudara. Era un retrato viejo, carcomido en los bordes; pero fue el único que conocí de ella. Me lo había encontrado en el armario de la cocina, dentro de una cazuela llena de yerbas: hojas de toronjil, flores de Castilla, ramas de ruda. Desde entonces lo guardé. Era el único. Mi madre siempre fue enemiga de retratarse. Decía que los retratos eran cosa de brujería. Y así parecía ser; porque el suyo estaba lleno de agujeros como de aguja, y en dirección del corazón tenía uno muy grande donde bien podía caber el dedo del corazón.

Es el mismo que traigo aquí, pensando que podría dar buen resultado para que mi padre me reconociera.

—Mire usted —me dice el arriero, deteniéndose—: ¿Ve aquella loma que parece vejiga de puerco? Pues detrasito de ella está la Media Luna. Ahora voltié para allá. ¿Ve la ceja de aquel cerro? Véala. Y ahora voltié para este otro rumbo. ¿Ve la otra ceja que casi no se ve de lo lejos que está? Bueno, pues eso es la Media Luna de punta a cabo. Como quien dice, toda la tierra que se puede abarcar con la mirada. Y es de él todo ese terrenal. El caso es que nuestras madres nos malparieron en un petate aunque éramos hijos de Pedro Páramo. Y lo más chistoso es que él nos llevó a bautizar. Con usted debe haber pasado lo mismo, ¿no?

—No me acuerdo.

—¡Váyase mucho al carajo!

—¿Qué dice usted?

—Que ya estamos llegando, señor.

—Sí, ya lo veo. ¿Qué pasó por aquí?

—Un correcaminos, señor. Así les nombran a esos pájaros.

—No, yo preguntaba por el pueblo, que se ve tan solo, como si estuviera abandonado. Parece que no lo habitara nadie.

—No es que lo parezca. Así es. Aquí no vive nadie.

—¿Y Pedro Páramo?

—Pedro Páramo murió hace muchos años.   ☐

Era la hora en que los niños juegan en las calles de todos los pueblos, llenando con sus gritos la tarde. Cuando aún las paredes negras reflejan la luz amarilla del sol.

Al menos eso había visto en Sayula, todavía ayer, a esta misma hora. Y había visto también el vuelo de las palomas rompiendo el aire quieto, sacudiendo sus alas como si se desprendieran del día. Volaban y caían sobre los tejados, mientras los gritos de los niños revoloteaban y parecían teñirse de azul en el cielo del atardecer.

Ahora estaba aquí, en este pueblo sin ruidos. Oía caer mis pisadas sobre las piedras redondas con que estaban empedradas las calles. Mis pisadas huecas, repitiendo su sonido en el eco de las paredes teñidas por el sol del atardecer.

Fui andando por la calle real en esa hora. Miré las casas vacías; las puertas desportilladas, invadidas de yerba. ¿Cómo me dijo aquel fulano que se llamaba esta yerba? "La gobernadora, señor. Una plaga que nomás espera que se vaya la gente para invadir las casas. Así las verá usted."

Al cruzar una bocacalle vi una señora envuelta en su rebozo que desapareció como si no existiera. Después volvieron a moverse mis pasos y mis ojos siguieron asomándose al agujero de las puertas. Hasta que nuevamente la mujer del rebozo se cruzó frente a mí.

—¡Buenas noches! —me dijo.

La seguí con la mirada. Le grité:

—¿Dónde vive Doña Eduviges?

Y ella señaló con el dedo:

—Allá. La casa que está junto al puente.

Me di cuenta que su voz estaba hecha de hebras humanas, que su boca tenía dientes y una lengua que se trababa y destrababa al hablar, y que sus ojos eran como todos los ojos de la gente que vive sobre la tierra.

Había oscurecido.

Volvió a darme las buenas noches. Y aunque no había niños jugando, ni palomas, ni tejados azules, sentí que el pueblo vivía. Y que si yo escuchaba solamente el silencio, era porque aún no estaba acostumbrado al silencio; tal vez porque mi cabeza venía llena de ruidos y de voces.

De voces, sí. Y aquí, donde el aire era escaso, se oían mejor. Se quedaban dentro de uno, pesadas. Me acordé de lo que me había dicho mi madre: *"Allá me oirás mejor. Estaré más cerca de ti. Encontrarás más cercana la voz de mis recuerdos que la de*

mi muerte, si es que alguna vez la muerte ha tenido alguna voz."
Mi madre ... la viva.

Hubiera querido decirle: "Te equivocaste de domicilio. Me diste una dirección mal dada. Me mandaste al '¿dónde es esto y dónde es aquello?' A un pueblo solitario. Buscando a alguien que no existe."

Llegué a la casa del puente orientándome por el sonar del río. Toqué la puerta; pero en falso. Mi mano se sacudió en el aire como si el aire la hubiera abierto. Una mujer estaba allí. Me dijo: —Pase usted —y entré.   □

Me había quedado en Comala. El arriero, que se siguió de filo, me informó todavía antes de despedirse:

—Yo voy más allá, donde se ve la trabazón de los cerros. Allá tengo mi casa. Si usted quiere venir, será bienvenido. Ahora que si quiere quedarse aquí, ahi se lo haiga; aunque no estaría por demás que le echara una ojeada al pueblo, tal vez encuentre algún vecino viviente.

Y me quedé. A eso venía.

—¿Dónde podré encontrar alojamiento? —le pregunté ya casi a gritos.

—Busque a doña Eduviges, si es que todavía vive. Dígale que va de mi parte.

—¿Y cómo se llama usted?

—Abundio —me contestó. Pero ya no alcancé a oír el apellido.   □

—Soy Eduviges Dyada. Pase usted.

Parecía que me hubiera estado esperando. Tenía todo dispuesto, según me dijo, haciendo que la siguiera por una larga serie de cuartos oscuros, al parecer desolados. Pero no; porque, en cuanto me acostumbré a la oscuridad y al delgado hilo de luz que nos seguía, vi crecer sombras a ambos lados y sentí que íbamos caminando a través de un angosto pasillo abierto entre bultos.

154

—¿Qué es lo que hay aquí? —pregunté.

—Tiliches —me dijo ella—. Tengo la casa toda entilichada. La escogieron para guardar sus muebles los que se fueron, y nadie ha regresado por ellos. Pero el cuarto que le he reservado está al fondo. Lo tengo siempre descombrado por si alguien viene. ¿De modo que usted es hijo de ella?

—¿De quién? —respondí.

—De Doloritas.

—Sí, ¿pero cómo lo sabe?

—Ella me avisó que usted vendría. Y hoy precisamente. Que llegaría hoy.

—¿Quién? ¿Mi madre?

—Sí. Ella.

Yo no supe qué pensar. Ni ella me dejó en qué pensar:

—Éste es su cuarto —me dijo.

No tenía puertas, solamente aquella por donde habíamos entrado. Encendió la vela y lo vi vacío.

—Aquí no hay dónde acostarse —le dije.

—No se preocupe por eso. Usted ha de venir cansado y el sueño es muy buen colchón para el cansancio. Ya mañana le arreglaré su cama. Como usted sabe, no es fácil ajuarear las cosas en un dos por tres. Para eso hay que estar prevenido, y la madre de usted no me avisó sino hasta ahora.

—Mi madre —dije—, mi madre ya murió.

—Entonces ésa fue la causa de que su voz se oyera tan débil, como si hubiera tenido que atravesar una distancia muy larga para llegar hasta aquí. Ahora lo entiendo. ¿Y cuánto hace que murió?

—Hace ya siete días.

—Pobre de ella. Se ha de haber sentido abandonada. Nos hicimos la promesa de morir juntas. De irnos las dos para darnos ánimo una a la otra en el otro viaje, por si se necesitara, por si acaso encontráramos alguna dificultad. Éramos muy amigas. ¿Nunca le habló de mí?

—No, nunca.

—Me parece raro. Claro que entonces éramos unas chiquillas.

155

Y ella estaba apenas recién casada. Pero nos queríamos mucho. Tu madre era tan bonita, tan, digamos, tan tierna, que daba gusto quererla. Daban ganas de quererla. ¿De modo que me lleva ventaja, no? Pero ten la seguridad de que la alcanzaré. Sólo yo entiendo lo lejos que está el cielo de nosotros; pero conozco cómo acortar las veredas. Todo consiste en morir, Dios mediante, cuando uno quiera y no cuando Él lo disponga. O, si tú quieres, forzarlo a disponer antes de tiempo. Perdóname que te hable de tú; lo hago porque te considero como mi hijo. Sí, muchas veces dije: "El hijo de Dolores debió haber sido mío." Después te diré por qué. Lo único que quiero decirte ahora es que alcanzaré a tu madre en alguno de los caminos de la eternidad.

Yo creía que aquella mujer estaba loca. Luego ya no creí nada. Me sentí en un mundo lejano y me dejé arrastrar. Mi cuerpo, que parecía aflojarse, se doblaba ante todo, había soltado sus amarras y cualquiera podía jugar con él como si fuera de trapo.

—Estoy cansado —le dije.

—Ven a tomar antes algún bocado. Algo de algo. Cualquier cosa.

—Iré. Iré después. □

El agua que goteaba de las tejas hacía un agujero en la arena del patio. Sonaba: plas plas y luego otra vez plas, en mitad de una hoja de laurel que daba vueltas y rebotes metida en la hendidura de los ladrillos. Ya se había ido la tormenta. Ahora de vez en cuando la brisa sacudía las ramas del granado haciéndolas chorrear una lluvia espesa, estampando la tierra con gotas brillantes que luego se empañaban. Las gallinas, engarruñadas como si durmieran, sacudían de pronto sus alas y salían al patio, picoteando de prisa, atrapando las lombrices desenterradas por la lluvia. Al recorrerse las nubes, el sol sacaba luz a las piedras, irisaba todo de colores, se bebía el agua de la tierra, jugaba con el aire dándole brillo a las hojas con que jugaba el aire.

—¿Qué tanto haces en el excusado, muchacho?

—Nada, mamá.

—Si sigues allí va a salir una culebra y te va a morder.

—Sí, mamá.

"Pensaba en ti, Susana. En las lomas verdes. Cuando volábamos papalotes en la época del aire. Oíamos allá abajo el rumor viviente del pueblo mientras estábamos encima de él, arriba de la loma, en tanto se nos iba el hilo de cáñamo arrastrado por el viento. 'Ayúdame, Susana.' Y unas manos suaves se apretaban a nuestras manos. 'Suelta más hilo.'

"El aire nos hacía reír; juntaba la mirada de nuestros ojos, mientras el hilo corría entre los dedos detrás del viento, hasta que se rompía con un leve crujido como si hubiera sido trozado por las alas de algún pájaro. Y allá arriba, el pájaro de papel caía en maromas arrastrando su cola de hilacho, perdiéndose en el verdor de la tierra.

"Tus labios estaban mojados como si los hubiera besado el rocío."

—Te he dicho que te salgas del excusado, muchacho.

—Sí, mamá. Ya voy.

"De ti me acordaba. Cuando tú estabas allí mirándome con tus ojos de aguamarina."

Alzó la vista y miró a su madre en la puerta.

—¿Por qué tardas tanto en salir? ¿Qué haces aquí?

—Estoy pensando.

—¿Y no puedes hacerlo en otra parte? Es dañoso estar mucho tiempo en el excusado. Además, debías de ocuparte en algo. ¿Por qué no vas con tu abuela a desgranar maíz?

—Ya voy, mamá. Ya voy.   □

—Abuela, vengo a ayudarte a desgranar maíz.

—Ya terminamos; pero vamos a hacer chocolate. ¿Dónde te habías metido? Todo el rato que duró la tormenta te anduvimos buscando.

—Estaba en el otro patio.

—¿Y qué estabas haciendo? ¿Rezando?

157

—No, abuela, solamente estaba viendo llover.

La abuela lo miró con aquellos ojos medio grises, medio amarillos, que ella tenía y que parecían adivinar lo que había dentro de uno.

—Vete, pues, a limpiar el molino.

"A centenares de metros, encima de todas las nubes, más, mucho más allá de todo, estás escondida tú, Susana. Escondida en la inmensidad de Dios, detrás de su Divina Providencia, donde yo no puedo alcanzarte ni verte y adonde no llegan mis palabras."

—Abuela, el molino no sirve, tiene el gusano roto.

—Esa Micaela ha de haber molido molcates en él. No se le quita esa mala costumbre; pero en fin, ya no tiene remedio.

—¿Por qué no compramos otro? Éste ya de tan viejo ni servía.

—Dices bien. Aunque con los gastos que hicimos para enterrar a tu abuelo y los diezmos que le hemos pagado a la Iglesia nos hemos quedado sin un centavo. Sin embargo, haremos un sacrificio y compraremos otro. Sería bueno que fueras a ver a doña Inés Villalpando y le pidieras que nos lo fiara para octubre. Se lo pagaremos en las cosechas.

—Sí, abuela.

—Y de paso, para que hagas el mandado completo, dile que nos empreste un cernidor y una podadera; con lo crecidas que están las matas ya mero se nos meten en las trasijaderas. Si yo tuviera mi casa grande, con aquellos grandes corrales que tenía, no me estaría quejando. Pero tu abuelo le jerró con venirse aquí. Todo sea por Dios: nunca han de salir las cosas como uno quiere. Dile a doña Inés que le pagaremos en las cosechas todo lo que le debemos.

—Sí, abuela.

Había chuparrosas. Era la época. Se oía el zumbido de sus alas entre las flores del jazmín que se caía de flores.

Se dio una vuelta por la repisa del Sagrado Corazón y encontró veinticuatro centavos. Dejó los cuatro centavos y tomó el veinte.

Antes de salir, su madre lo detuvo:

—¿Adónde vas?

—Con doña Inés Villalpando por un molino nuevo. El que teníamos se quebró.

—Dile que te dé un metro de tafeta negra, como ésta —y le dio la muestra—. Que lo cargue en nuestra cuenta.

—Muy bien, mamá.

—A tu regreso cómprame unas cafiaspirinas. En la maceta del pasillo encontrarás dinero.

Encontró un peso. Dejó el veinte y agarró el peso.

"Ahora me sobrará dinero para lo que se ofrezca", pensó.

—¡Pedro! —le gritaron—. ¡Pedro!

Pero él ya no oyó. Iba muy lejos.   □

Por la noche volvió a llover. Se estuvo oyendo el borbotar del agua durante largo rato; luego se ha de haber dormido, porque cuando despertó sólo se oía una llovizna callada. Los vidrios de la ventana estaban opacos, y del otro lado las gotas resbalaban en hilos gruesos como de lágrimas. "Miraba caer las gotas iluminadas por los relámpagos, y cada que respiraba suspiraba, y cada vez que pensaba, pensaba en ti, Susana."

La lluvia se convertía en brisa. Oyó: "El perdón de los pecados y la resurrección de la carne. Amén." Eso era acá adentro, donde unas mujeres rezaban el final del rosario. Se levantaban; encerraban los pájaros; atrancaban la puerta; apagaban la luz.

Sólo quedaba la luz de la noche, el siseo de la lluvia como un murmullo de grillos...

—¿Por qué no has ido a rezar el rosario? Estamos en el novenario de tu abuelo.

Allí estaba su madre en el umbral de la puerta, con una vela en la mano. Su sombra descorrida hacia el techo, larga, desdoblada. Y las vigas del techo la devolvían en pedazos, despedazada.

—Me siento triste —dijo.

Entonces ella se dio vuelta. Apagó la llama de la vela. Cerró

159

la puerta y abrió sus sollozos, que se siguieron oyendo confundidos con la lluvia.

El reloj de la iglesia dio las horas, una tras otra, una tras otra, como si se hubiera encogido el tiempo.   □

—Pues sí, yo estuve a punto de ser tu madre. ¿Nunca te platicó ella nada de esto?

—No. Sólo me contaba cosas buenas. De usted vine a saber por el arriero que me trajo hasta aquí, un tal Abundio.

—El bueno de Abundio. ¿Así que todavía me recuerda? Yo le daba sus propinas por cada pasajero que encaminara a mi casa. Y a los dos nos iba bien. Ahora, desventuradamente, los tiempos han cambiado, pues desde que esto está empobrecido ya nadie se comunica con nosotros. ¿De modo que él te recomendó que vinieras a verme?

—Me encargó que la buscara.

—No puedo menos que agradecérselo. Fue buen hombre y muy cumplido. Era quien nos acarreaba el correo, y lo siguió haciendo todavía después que se quedó sordo. Me acuerdo del desventurado día que le sucedió su desgracia. Todos nos conmovimos, porque todos lo queríamos. Nos llevaba y traía cartas. Nos contaba cómo andaban las cosas allá del otro lado del mundo, y seguramente a ellos les contaba cómo andábamos nosotros. Era un gran platicador. Después ya no. Dejó de hablar. Decía que no tenía sentido ponerse a decir cosas que él no oía, que no le sonaban a nada, a las que no les encontraba ningún sabor. Todo sucedió a raíz de que le tronó muy cerca de la cabeza uno de esos cohetones que usamos aquí para espantar las culebras de agua. Desde entonces enmudeció, aunque no era mudo; pero, eso sí, no se le acabó lo buena gente.

—Este de que le hablo oía bien.

—No debe ser él. Además, Abundio ya murió. Debe haber muerto seguramente. ¿Te das cuenta? Así que no puede ser él.

—Estoy de acuerdo con usted.

—Bueno, volviendo a tu madre, te iba diciendo...

Sin dejar de oírla, me puse a mirar a la mujer que tenía frente a mí. Pensé que debía haber pasado por años difíciles. Su cara se transparentaba como si no tuviera sangre, y sus manos estaban marchitas; marchitas y apretadas de arrugas. No se le veían los ojos. Llevaba un vestido blanco muy antiguo, recargado de holanes, y del cuello, enhilada en un cordón, le colgaba una María Santísima del Refugio con un letrero que decía: "Refugio de pecadores."

—...Ese sujeto de que te estoy hablando trabajaba como "amansador" en la Media Luna; decía llamarse Inocencio Osorio. Aunque todos lo conocíamos por el mal nombre del *Saltaperico* por ser muy liviano y ágil para los brincos. Mi compadre Pedro decía que estaba que ni mandado a hacer para amansar potrillos; pero lo cierto es que él tenía otro oficio: el de "provocador". Era provocador de sueños. Eso es lo que era verdaderamente. Y a tu madre la enredó como lo hacía con muchas. Entre otras, conmigo. Una vez que me sentí enferma se presentó y me dijo: "Te vengo a pulsear para que te alivies." Y todo aquello consistía en que se soltaba sobándola a una, primero en las yemas de los dedos, luego restregando las manos; después los brazos, y acababa metiéndose con las piernas de una, en frío, así que aquello al cabo de un rato producía calentura. Y, mientras maniobraba, te hablaba de tu futuro. Se ponía en trance, remolineaba los ojos invocando y maldiciendo; llenándote de escupitajos como hacen los gitanos. A veces se quedaba en cueros porque decía que ése era nuestro deseo. Y a veces le atinaba; picaba por tantos lados que con alguno tenía que dar.

"La cosa es que el tal Osorio le pronosticó a tu madre, cuando fue a verlo, que 'esa noche no debía repegarse a ningún hombre porque estaba brava la luna'.

"Dolores fue a decirme toda apurada que no podía. Que simplemente se le hacía imposible acostarse esa noche con Pedro Páramo. Era su noche de bodas. Y ahí me tienes a mí tratando de convencerla de que no se creyera del Osorio, que por otra parte era un embaucador embustero.

"—No puedo —me dijo—. Anda tú por mí. No lo notará.

161

"Claro que yo era mucho más joven que ella. Y un poco menos morena; pero esto ni se nota en lo oscuro.

"—No puede ser, Dolores, tienes que ir tú.

"—Hazme ese favor. Te lo pagaré con otros.

"Tu madre en ese tiempo era una muchachita de ojos humildes. Si algo tenía bonito tu madre, eran los ojos. Y sabían convencer.

"—Ve tú en mi lugar —me decía.

"Y fui.

"Me valí de la oscuridad y de otra cosa que ella no sabía: y es que a mí también me gustaba Pedro Páramo.

"Me acosté con él, con gusto, con ganas. Me atrinchilé a su cuerpo; pero el jolgorio del día anterior lo había dejado rendido, así que se pasó la noche roncando. Todo lo que hizo fue entreverar sus piernas entre mis piernas.

"Antes que amaneciera me levanté y fui a ver a Dolores. Le dije:

"—Ahora anda tú. Éste es ya otro día.

"—¿Qué te hizo? —me preguntó.

"—Todavía no lo sé —le contesté.

"Al año siguiente naciste tú; pero no de mí, aunque estuvo en un pelo que así fuera.

"Quizá tu madre no te contó esto por vergüenza."

"...Llanuras verdes. Ver subir y bajar el horizonte con el viento que mueve las espigas, el rizar de la tarde con una lluvia de triples rizos. El color de la tierra, el olor de la alfalfa y del pan. Un pueblo que huele a miel derramada..."

"Ella siempre odió a Pedro Páramo. '¡Doloritas! ¿Ya ordenó que me preparen el desayuno?' Y tu madre se levantaba antes del amanecer. Prendía el nixtenco. Los gatos se despertaban con el olor de la lumbre. Y ella iba de aquí para allá, seguida por el rondín de gatos. '¡Doña Doloritas!'

"¿Cuántas veces oyó tu madre aquel llamado? 'Doña Doloritas, esto está frío. Esto no sirve.' ¿Cuántas veces? Y aunque estaba acostumbrada a pasar lo peor, sus ojos humildes se endurecieron."

"*...No sentir otro sabor sino el del azahar de los naranjos en la tibieza del tiempo.*"

"Entonces comenzó a suspirar.

"—¿Por qué suspira usted, Doloritas?

"Yo los había acompañado esa tarde. Estábamos en mitad del campo mirando pasar las parvadas de los tordos. Un zopilote solitario se mecía en el cielo.

"—¿Por qué suspira usted, Doloritas?

"—Quisiera ser zopilote para volar a donde vive mi hermana.

"—No faltaba más, doña Doloritas. Ahora mismo irá usted a ver a su hermana. Regresemos. Que le preparen sus maletas. No faltaba más.

"Y tu madre se fue:

"—Hasta luego, don Pedro.

"—¡Adiós!, Doloritas.

"Se fue de la Media Luna para siempre.

"Yo le pregunté muchos meses después a Pedro Páramo por ella.

"—Quería más a su hermana que a mí. Allá debe estar a gusto. Además ya me tenía enfadado. No pienso inquirir por ella, si es eso lo que te preocupa.

"—¿Pero de qué vivirán?

"—Que Dios los asista."

"*...El abandono en que nos tuvo, mi hijo, cóbraselo caro.*"

"Y así hasta ahora que ella me avisó que vendrías a verme, no volvimos a saber más de ella."

—La de cosas que han pasado —le dije—. Vivíamos en Colima arrimados a la tía Gertrudis que nos echaba en cara nuestra carga. "¿Por qué no regresas con tu marido?", le decía a mi madre.

"—¿Acaso él ha enviado por mí? No me voy si él no me llama. Vine porque te quería ver. Porque te quería, por eso vine.

"—Lo comprendo. Pero ya va siendo hora de que te vayas.

"—Si consistiera en mí."

Pensé que aquella mujer me estaba oyendo; pero noté que

163

tenía borneada la cabeza como si escuchara algún rumor lejano. Luego dijo:

—¿Cuándo descansarás? □

"El día que te fuiste entendí que no te volvería a ver. Ibas teñida de rojo por el sol de la tarde, por el crepúsculo ensangrentado del cielo. Sonreías. Dejabas atrás un pueblo del que muchas veces me dijiste: 'Lo quiero por ti; pero lo odio por todo lo demás, hasta por haber nacido en él.' Pensé: 'No regresará jamás; no volverá nunca.'"

—¿Qué haces aquí a estas horas? ¿No estás trabajando?

—No, abuela. Rogelio quiere que le cuide al niño. Me paso paseándolo. Cuesta trabajo atender las dos cosas: al niño y el telégrafo, mientras que él se vive tomando cervezas en el billar. Además no me paga nada.

—No estás allí para ganar dinero, sino para aprender; cuando ya sepas algo, entonces podrás ser exigente. Por ahora eres sólo un aprendiz; quizá mañana o pasado llegues a ser tú el jefe. Pero para eso se necesita paciencia y, más que nada, humildad. Si te ponen a pasear al niño, hazlo, por el amor de Dios. Es necesario que te resignes.

—Que se resignen otros, abuela, yo no estoy para resignaciones.

—¡Tú y tus rarezas! Siento que te va a ir mal, Pedro Páramo.

—¿Qué es lo que pasa, doña Eduviges?

Ella sacudió la cabeza como si despertara de un sueño.

—Es el caballo de Miguel Páramo, que galopa por el camino de la Media Luna.

—¿Entonces vive alguien en la Media Luna?

—No, allí no vive nadie.

—¿Entonces?

—Solamente es el caballo que va y viene. Ellos eran inseparables. Corre por todas partes buscándolo y siempre regresa a estas horas. Quizá el pobre no puede con su remordimiento.

164

Cómo hasta los animales se dan cuenta de cuando cometen un crimen, ¿no?

—No entiendo. Ni he oído ningún ruido de ningún caballo.

—¿No?

—No.

—Entonces es cosa de mi sexto sentido. Un don que Dios me dio; o tal vez sea una maldición. Sólo yo sé lo que he sufrido a causa de esto.

Guardó silencio un rato y luego añadió:

—Todo comenzó con Miguel Páramo. Sólo yo supe lo que le había pasado la noche que murió. Estaba ya acostada cuando oí regresar su caballo rumbo a la Media Luna. Me extrañó porque nunca volvía a esas horas. Siempre lo hacía entrada la madrugada. Iba a platicar con su novia a un pueblo llamado Contla, algo lejos de aquí. Salía temprano y tardaba en volver. Pero esa noche no regresó. . . ¿Lo oyes ahora? Está claro que se oye. Viene de regreso.

—No oigo nada.

—Entonces es cosa mía. Bueno, como te estaba diciendo, eso de que no regresó es un puro decir. No había acabado de pasar su caballo cuando sentí que me tocaban por la ventana. Ve tú a saber si fue ilusión mía. Lo cierto es que algo me obligó a ir a ver quién era. Y era él, Miguel Páramo. No me extrañó verlo, pues hubo un tiempo que se pasaba las noches en mi casa durmiendo conmigo, hasta que encontró esa muchacha que le sorbió los sesos. □

”—¿Qué pasó? —le dije a Miguel Páramo—. ¿Te dieron calabazas?

”—No. Ella me sigue queriendo —me dijo—. Lo que sucede es que yo no pude dar con ella. Se me perdió el pueblo. Había mucha neblina o humo o no sé qué; pero sí sé que Contla no existe. Fui más allá, según mis cálculos, y no encontré nada. Vengo a contártelo a ti, porque tú me comprendes. Si se lo dijera

165

a los demás de Comala dirían que estoy loco, como siempre han dicho que lo estoy.

"—No. Loco no, Miguel. Debes estar muerto. Acuérdate que te dijeron que ese caballo te iba a matar algún día. Acuérdate, Miguel Páramo. Tal vez te pusiste a hacer locuras y eso ya es otra cosa.

"—Sólo brinqué el lienzo de piedra que últimamente mandó poner mi padre. Hice que el *Colorado* lo brincara para no ir a dar ese rodeo tan largo que hay que hacer ahora para encontrar el camino. Sé que lo brinqué y después seguí corriendo; pero, como te digo, no había más que humo y humo y humo.

"—Mañana tu padre se torcerá de dolor —le dije—. Lo siento por él. Ahora vete y descansa en paz, Miguel. Te agradezco que hayas venido a despedirte de mí.

"Y cerré la ventana. Antes de que amaneciera un mozo de la Media Luna vino a decir:

"—El patrón don Pedro le suplica. El niño Miguel ha muerto. Le suplica su compañía.

"—Ya lo sé —le dije—. ¿Te pidieron que lloraras?

"—Sí, don Fulgor me dijo que se lo dijera llorando.

"—Está bien. Dile a don Pedro que allá iré. ¿Hace mucho que lo trajeron?

"—No hace ni media hora. De ser antes, tal vez se hubiera salvado. Aunque, según el doctor que lo palpó, ya estaba frío desde tiempo atrás. Lo supimos porque el *Colorado* volvió solo y se puso tan inquieto que no dejó dormir a nadie. Usted sabe cómo se querían él y el caballo, y hasta estoy por creer que el animal sufre más que don Pedro. No ha comido ni dormido y nomás se vuelve un puro corretear. Como que sabe, ¿sabe usted? Como que se siente despedazado y carcomido por dentro.

"—No se te olvide cerrar la puerta cuando te vayas.

"Y el mozo de la Media Luna se fue."

—¿Has oído alguna vez el quejido de un muerto? —me preguntó a mí.

—No, doña Eduviges.

—Más te vale.

166

En el hidrante las gotas caen una tras otra. Uno oye, salida de la piedra, el agua clara caer sobre el cántaro. Uno oye. Oye rumores; pies que raspan el suelo, que caminan, que van y vienen. Las gotas siguen cayendo sin cesar. El cántaro se desborda haciendo rodar el agua sobre un suelo mojado.

"¡Despierta!", le dicen.

Reconoce el sonido de la voz. Trata de adivinar quién es; pero el cuerpo se afloja y cae adormecido, aplastado por el peso del sueño. Unas manos estiran las cobijas prendiéndose de ellas, y debajo de su calor el cuerpo se esconde buscando la paz.

"¡Despiértate!", vuelven a decir.

La voz sacude los hombros. Hace enderezar el cuerpo. Entreabre los ojos. Se oyen las gotas de agua que caen del hidrante sobre el cántaro raso. Se oyen pasos que se arrastran... Y el llanto.

Entonces oyó el llanto. Eso lo despertó: un llanto suave, delgado, que quizá por delgado pudo traspasar la maraña del sueño, llegando hasta el lugar donde anidan los sobresaltos.

Se levantó despacio y vio la cara de una mujer recostada contra el marco de la puerta, oscurecida todavía por la noche, sollozando.

—¿Por qué lloras, mamá? —preguntó; pues en cuanto puso los pies en el suelo reconoció el rostro de su madre.

—Tu padre ha muerto —le dijo.

Y luego, como si se le hubieran soltado los resortes de su pena, se dio vuelta sobre sí misma una y otra vez, una y otra vez, hasta que unas manos llegaron hasta sus hombros y lograron detener el rebullir de su cuerpo.

Por la puerta se veía el amanecer en el cielo. No había estrellas. Sólo un cielo plomizo, gris, aún no aclarado por la luminosidad del sol. Una luz parda, como si no fuera a comenzar el día, sino como si apenas estuviera llegando el principio de la noche.

Afuera en el patio, los pasos, como de gente que ronda. Ruidos callados. Y aquí, aquella mujer, de pie en el umbral; su cuerpo impidiendo la llegada del día; dejando asomar, a través de sus brazos, retazos de cielo, y debajo de sus pies regueros de luz; una luz asperjada como si el suelo debajo de ella estuviera anegado en lágrimas. Y después el sollozo. Otra vez el llanto suave pero agudo, y la pena haciendo retorcer su cuerpo.

—Han matado a tu padre.

—¿Y a ti quién te mató, madre? ☐

"Hay aire y sol, hay nubes. Allá arriba un cielo azul y detrás de él tal vez haya canciones; tal vez mejores voces. . . Hay esperanza, en suma. Hay esperanza para nosotros, contra nuestro pesar.

"Pero no para ti, Miguel Páramo, que has muerto sin perdón y no alcanzarás ninguna gracia."

El padre Rentería dio vuelta al cuerpo y entregó la misa al pasado. Se dio prisa por terminar pronto y salió sin dar la bendición final a aquella gente que llenaba la iglesia.

—¡Padre, queremos que nos lo bendiga!

—¡No! —dijo moviendo negativamente la cabeza—. No lo haré. Fue un mal hombre y no entrará al Reino de los Cielos. Dios me tomará a mal que interceda por él.

Lo decía, mientras trataba de retener sus manos para que no enseñaran su temblor. Pero fue.

Aquel cadáver pesaba mucho en el ánimo de todos. Estaba sobre una tarima, en medio de la iglesia, rodeado de cirios nuevos, de flores, de un padre que estaba detrás de él, solo, esperando que terminara la velación.

El padre Rentería pasó junto a Pedro Páramo procurando no rozarle los hombros. Levantó el hisopo con ademanes suaves y roció el agua bendita de arriba abajo, mientras salía de su boca un murmullo, que podía ser de oraciones. Después se arrodilló y todo el mundo se arrodilló con él:

—Ten piedad de tu siervo, Señor.

—Que descanse en paz, amén —contestaron las voces.

Y cuando empezaba a llenarse nuevamente de cólera, vio que todos abandonaban la iglesia llevándose el cadáver de Miguel Páramo.

Pedro Páramo se acercó, arrodillándose a su lado:

—Yo sé que usted lo odiaba, padre. Y con razón. El asesinato de su hermano, que según rumores fue cometido por mi hijo; el caso de su sobrina Ana, violada por él según el juicio de usted; las ofensas y falta de respeto que le tuvo en ocasiones, son motivos que cualquiera puede admitir. Pero olvídese ahora, padre. Considérelo y perdónelo como quizá Dios lo haya perdonado.

Puso sobre el reclinatorio un puño de monedas de oro y se levantó:

—Reciba eso como una limosna para su iglesia.

La iglesia estaba ya vacía. Dos hombres esperaban en la puerta a Pedro Páramo, quien se juntó con ellos, y juntos siguieron el féretro que aguardaba descansando sobre los hombros de cuatro caporales de la Media Luna. El padre Rentería recogió las monedas una por una y se acercó al altar.

—Son tuyas —dijo—. Él puede comprar la salvación. Tú sabes si éste es el precio. En cuanto a mí, Señor, me pongo ante tus plantas para pedirte lo justo o lo injusto, que todo nos es dado pedir... Por mí, condénalo, Señor.

Y cerró el sagrario.

Entró en la sacristía, se echó en un rincón, y allí lloró de pena y de tristeza hasta agotar sus lágrimas.

—Está bien, Señor, tú ganas —dijo después.   ☐

Durante la cena tomó su chocolate como todas las noches. Se sentía tranquilo.

—Oye, Anita. ¿Sabes a quién enterraron hoy?

—No, tío.

—¿Te acuerdas de Miguel Páramo?

—Sí, tío.

—Pues a él.

Ana agachó la cabeza.

—Estás segura de que él fue, ¿verdad?

—Segura no, tío. No le vi la cara. Me agarró de noche y en lo oscuro.

—¿Entonces cómo supiste que era Miguel Páramo?

—Porque él me lo dijo: "Soy Miguel Páramo, Ana. No te asustes." Eso me dijo.

—¿Pero sabías que era el autor de la muerte de tu padre, no?

—Sí, tío.

—¿Entonces qué hiciste para alejarlo?

—No hice nada.

Los dos guardaron silencio por un rato. Se oía el aire tibio entre las hojas del arrayán.

—Me dijo que precisamente a eso venía: a pedirme disculpas y a que yo lo perdonara. Sin moverme de la cama le avisé: "La ventana está abierta." Y él entró. Llegó abrazándome, como si ésa fuera la forma de disculparse por lo que había hecho. Y yo le sonreí. Pensé en lo que usted me había enseñado: que nunca hay que odiar a nadie. Le sonreí para decírselo; pero después pensé que él no pudo ver mi sonrisa, porque yo no lo veía a él, por lo negra que estaba la noche. Solamente lo sentí encima de mí y que comenzaba a hacer cosas malas conmigo.

"Creí que me iba a matar. Eso fue lo que creí, tío. Y hasta dejé de pensar para morirme antes de que él me matara. Pero seguramente no se atrevió a hacerlo.

"Lo supe cuando abrí los ojos y vi la luz de la mañana que entraba por la ventana abierta. Antes de esa hora, sentí que había dejado de existir."

—Pero debes tener alguna seguridad. La voz. ¿No lo conociste por su voz?

—No lo conocía por nada. Sólo sabía que había matado a mi padre. Nunca lo había visto y después no lo llegué a ver. No hubiera podido, tío.

—Pero sabías quién era.

—Sí. Y qué cosa era. Sé que ahora debe estar en lo mero hondo del infierno; porque así se lo he pedido a todos los santos con todo mi fervor.

—No estés tan convencida de eso, hija. ¡Quién sabe cuántos estén rezando ahora por él! Tú estás sola. Un ruego contra miles de ruegos. Y entre ellos, algunos mucho más hondos que el tuyo, como es el de su padre.

170

Iba a decirle: "Además, yo le he dado el perdón." Pero sólo lo pensó. No quiso maltratar el alma medio quebrada de aquella muchacha. Antes, por el contrario, la tomó del brazo y le dijo:

—Démosle gracias a Dios Nuestro Señor porque se lo ha llevado de esta tierra donde causó tanto mal, no importa que ahora lo tenga en su cielo. ☐

Un caballo pasó al galope donde se cruza la calle real con el camino de Contla. Nadie lo vio. Sin embargo, una mujer que esperaba en las afueras del pueblo contó que había visto el caballo corriendo con las piernas dobladas como si se fuera a ir de bruces. Reconoció el alazán de Miguel Páramo. Y hasta pensó: "Ese animal se va a romper la cabeza." Luego vio cuando enderezaba el cuerpo y, sin aflojar la carrera, caminaba con el pescuezo echado hacia atrás como si viniera asustado por algo que había dejado allá atrás.

Esos chismes llegaron a la Media Luna la noche del entierro, mientras los hombres descansaban de la larga caminata que habían hecho hasta el panteón. Platicaban, como se platica en todas partes, antes de ir a dormir.

—A mí me dolió mucho ese muerto —dijo Terencio Lubianes—. Todavía traigo adoloridos los hombros.

—Y a mí —dijo su hermano Ubillado—. Hasta se me agrandaron los juanetes. Con eso de que el patrón quiso que todos fuéramos de zapatos. Ni que hubiera sido día de fiesta, ¿verdad, Toribio?

—Yo qué quieren que les diga. Pienso que se murió muy a tiempo.

Al rato llegaron más chismes de Contla. Los trajo la última carreta.

—Dicen que por allá anda el ánima. Lo han visto tocando la ventana de fulanita. Igualito a él. De chaparreras y todo.

—¿Y usted cree que don Pedro, con el genio que se carga, iba a permitir que su hijo siga traficando viejas? Ya me lo imagino si lo supiera: "Bueno —le diría—. Tú ya estás muerto.

171

Estáte quieto en tu sepultura. Déjanos el negocio a nosotros."
Y de verlo por ahi, casi me las apuesto que lo mandaría de nuevo al camposanto.

—Tienes razón, Isaías. Ese viejo no se anda con cosas.

El carretero siguió su camino: "Como la supe, se las endoso."

Había estrellas fugaces. Caían como si el cielo estuviera llo-
viznando lumbre.

—Miren nomás —dijo Terencio— el borlote que se traen allá
arriba.

—Es que le están celebrando su función al Miguelito —ter-
ció Jesús.

—¿No será mala señal?

—¿Para quién?

—Quizá tu hermana esté nostálgica por su regreso.

—¿A quién le hablas?

—A ti.

—Mejor vámonos, muchachos. Hemos trafagueado mucho y
mañana hay que madrugar.

Y se disolvieron como sombras. ☐

Había estrellas fugaces. Las luces en Comala se apagaron.

Entonces el cielo se adueñó de la noche.

El padre Rentería se revolcaba en su cama sin poder dormir:
"Todo esto que sucede es por mi culpa —se dijo—. El temor
de ofender a quienes me sostienen. Porque ésta es la verdad;
ellos me dan mi mantenimiento. De los pobres no consigo nada;
las oraciones no llenan el estómago. Así ha sido hasta ahora.
Y éstas son las consecuencias. Mi culpa. He traicionado a aquellos que me quieren y que me han dado su fe y me buscan para
que yo interceda por ellos para con Dios. ¿Pero qué han logrado
con su fe? ¿La ganancia del cielo? ¿O la purificación de sus
almas? Y para qué purifican su alma, si en el último momento... Todavía tengo frente a mis ojos la mirada de María Dyada,
que vino a pedirme salvara a su hermana Eduviges:

"—Ella sirvió siempre a sus semejantes. Les dio todo lo que
tuvo. Hasta les dio un hijo, a todos. Y se los puso enfrente para

172

que alguien lo reconociera como suyo; pero nadie lo quiso hacer. Entonces les dijo: 'En ese caso yo soy también su padre, aunque por casualidad haya sido su madre.' Abusaron de su hospitalidad por esa bondad suya de no querer ofenderlos ni de malquistarse con ninguno.

"—Pero ella se suicidó. Obró contra la mano de Dios.

"—No le quedaba otro camino. Se resolvió a eso también por bondad.

"—Falló a última hora —eso es lo que le dije—. En el último momento. ¡Tantos bienes acumulados para su salvación, y perderlos así de pronto!

"—Pero si no los perdió. Murió con muchos dolores. Y el dolor... Usted nos ha dicho algo acerca del dolor que ya no recuerdo. Ella se fue por ese dolor. Murió retorcida por la sangre que la ahogaba. Todavía veo sus muecas, y sus muecas eran los más tristes gestos que ha hecho un ser humano.

"—Tal vez rezando mucho.

"—Vamos rezando mucho, padre.

"—Digo tal vez, si acaso, con las misas gregorianas; pero para eso necesitamos pedir ayuda, mandar traer sacerdotes. Y eso cuesta dinero.

"Allí estaba frente a mis ojos la mirada de María Dyada, una pobre mujer llena de hijos.

"—No tengo dinero. Eso usted lo sabe, padre.

"—Dejemos la cosas como están. Esperemos en Dios.

"—Sí, padre."

¿Por qué aquella mirada se volvía valiente ante la resignación? Qué le costaba a él perdonar, cuando era tan fácil decir una palabra o dos, o cien palabras si éstas fueran necesarias para salvar el alma. ¿Qué sabía él del cielo y del infierno? Y sin embargo, él, perdido en un pueblo sin nombre, sabía los que habían merecido el cielo. Había un catálogo. Comenzó a recorrer los santos del panteón católico comenzando por los del día: "Santa Nunilona, virgen y mártir; Anercio, obispo; Santas Salomé viuda, Alodia o Elodia y Nulina, vírgenes; Córdula y Donato." Y siguió. Ya iba siendo dominado por el sueño cuando

173

se sentó en la cama: "Estoy repasando una hilera de santos como si estuviera viendo saltar cabras."

Salió fuera y miró el cielo. Llovían estrellas. Lamentó aquello porque hubiera querido ver un cielo quieto. Oyó el canto de los gallos. Sintió la envoltura de la noche cubriendo la tierra. La tierra, "este valle de lágrimas".   □

—Más te vale, hijo. Más te vale —me dijo Eduviges Dyada.

Ya estaba alta la noche. La lámpara que ardía en un rincón comenzó a languidecer; luego parpadeó y terminó apagándose.

Sentí que la mujer se levantaba y pensé que iría por una nueva luz. Oí sus pasos cada vez más lejos. Me quedé esperando.

Pasado un rato y al ver que no volvía, me levanté yo también. Fui caminando a pasos cortos, tentaleando en la oscuridad, hasta que llegué a mi cuarto. Allí me senté en el suelo a esperar el sueño.

Dormí a pausas.

En una de esas pausas fue cuando oí el grito. Era un grito arrastrado como el alarido de algún borracho: "¡Ay vida, no me mereces!"

Me enderecé de prisa porque casi lo oí junto a mis orejas; pudo haber sido en la calle; pero yo lo oí aquí, untado a las paredes de mi cuarto. Al despertar, todo estaba en silencio; sólo el caer de la polilla y el rumor del silencio.

No, no era posible calcular la hondura del silencio que produjo aquel grito. Como si la tierra se hubiera vaciado de su aire. Ningún sonido; ni el del resuello, ni el del latir del corazón; como si se detuviera el mismo ruido de la conciencia. Y cuando terminó la pausa y volví a tranquilizarme, retornó el grito y se siguió oyendo por un largo rato: "¡Déjenme aunque sea el derecho de pataleo que tienen los ahorcados!"

Entonces abrieron de par en par la puerta.

—¿Es usted, doña Eduviges? —pregunté—. ¿Qué es lo que está sucediendo? ¿Tuvo usted miedo?

—No me llamo Eduviges. Soy Damiana. Supe que estabas

aquí y vine a verte. Quiero invitarte a dormir a mi casa. Allí tendrás donde descansar.

—¿Damiana Cisneros? ¿No es usted de las que vivieron en la Media Luna?

—Allá vivo. Por eso he tardado en venir.

—Mi madre me habló de una tal Damiana que me había cuidado cuando nací. ¿De modo que usted. . .?

—Sí, yo soy. Te conozco desde que abriste los ojos.

—Iré con usted. Aquí no me han dejado en paz los gritos. ¿No oyó lo que estaba pasando? Como que estaban asesinando a alguien. ¿No acaba usted de oír?

—Tal vez sea algún eco que está aquí encerrado. En este cuarto ahorcaron a Toribio Aldrete hace mucho tiempo. Luego condenaron la puerta, hasta que él se secara; para que su cuerpo no encontrara reposo. No sé cómo has podido entrar, cuando no existe llave para abrir esta puerta.

—Fue doña Eduviges quien abrió. Me dijo que era el único cuarto que tenía disponible.

—¿Eduviges Dyada?

—Ella.

—Pobre Eduviges. Debe de andar penando todavía.   □

"Fulgor Sedano, hombre de 54 años, soltero, de oficio administrador, apto para entablar y seguir pleitos, por poder y por mi propio derecho, reclamo y alego lo siguiente. . ."

Eso había dicho cuando levantó el acta contra actos de Toribio Aldrete. Y terminó: "Que conste mi acusación por usufructo."

—A usted ni quien le quite lo hombre, don Fulgor. Sé que usted las puede. Y no por el poder que tiene atrás, sino por usted mismo.

Se acordaba. Fue lo primero que le dijo el Aldrete, después que se habían estado emborrachando juntos, dizque para celebrar el acta:

—Con ese papel nos vamos a limpiar usted y yo, don Fulgor, porque no va a servir para otra cosa. Y eso usted lo sabe. En fin, por lo que a usted respecta, ya cumplió con lo que le mandaron, y a mí me quitó de apuraciones; porque me tenía usted preocupado, lo que sea de cada quien. Ahora ya sé de qué se trata y me da risa. Dizque "usufruto". Vergüenza debía darle a su patrón ser tan ignorante.

Se acordaba. Estaban en la fonda de Eduviges. Y hasta él le había preguntado:

—Oye, Viges, ¿me puedes prestar el cuarto del rincón?

—Los que usted quiera, don Fulgor; si quiere, ocúpelos todos. ¿Se van a quedar a dormir aquí sus hombres?

—No, nada más uno. Despreocúpate de nosotros y vete a dormir. Nomás déjanos la llave.

—Pues ya le digo, don Fulgor —le dijo Toribio Aldrete—. A usted ni quien le menoscabe lo hombre que es; pero me lleva la rejodida con ese hijo de la rechintola de su patrón.

Se acordaba. Fue lo último que le oyó decir en sus cinco sentidos. Después se había comportado como un collón, dando de gritos. "Dizque la fuerza que yo tenía atrás. ¡Vaya!" □

Tocó con el mango del chicote la puerta de la casa de Pedro Páramo. Pensó en la primera vez que lo había hecho, dos semanas atrás. Esperó un buen rato del mismo modo que tuvo que esperar aquella vez. Miró también, como lo hizo la otra vez, el moño negro que colgaba del dintel de la puerta. Pero no comentó consigo mismo: "¡Vaya! Los han encimado. El primero está ya descolorido, el último relumbra como si fuera de seda; aunque no es más que un trapo teñido."

La primera vez se estuvo esperando hasta llenarse con la idea de que quizá la casa estuviera deshabitada. Y ya se iba cuando apareció la figura de Pedro Páramo.

—Pasa, Fulgor.

Era la segunda ocasión que se veían. La primera nada más él lo vio; porque el Pedrito estaba recién nacido. Y ésta.. Casi se podía decir que era la primera vez. Y le resultó que le hablaba como a un igual. ¡Vaya! Lo siguió a grandes trancos, chicoteándose las piernas: "Sabrá pronto que yo soy el que sabe. Lo sabrá. Y a lo que vengo."

—Siéntate, Fulgor. Aquí hablaremos con más calma.

Estaban en el corral. Pedro Páramo se arrellanó en un pesebre y esperó:

—¿Por qué no te sientas?

—Prefiero estar de pie, Pedro.

—Como tú quieras. Pero no se te olvide el "don".

¿Quién era aquel muchacho para hablarle así? Ni su padre don Lucas Páramo se había atrevido a hacerlo. Y de pronto éste, que jamás se había parado en la Media Luna, ni conocía de oídas el trabajo, le hablaba como a un gañán. ¡Vaya, pues!

—¿Cómo anda aquello?

Sintió que llegaba su oportunidad. "Ahora me toca a mí", pensó.

—Mal. No queda nada. Hemos vendido el último ganado.

Comenzó a sacar los papeles para informarle a cuánto ascendía todavía el adeudo. Y ya iba a decir: "Debemos tanto", cuando oyó:

—¿A quién le debemos? No me importa cuánto, sino a quién.

Le repasó una lista de nombres. Y terminó:

—No hay de dónde sacar para pagar. Ése es el asunto.

—¿Y por qué?

—Porque la familia de usted lo absorbió todo. Pedían y pedían, sin devolver nada. Eso se paga caro. Ya lo decía yo: "A la larga acabarán con todo." Bueno, pues acabaron. Aunque hay por allí quien se interese en comprar los terrenos. Y pagan bien. Se podrían cubrir las libranzas pendientes y todavía quedaría algo; aunque, eso sí, algo mermado.

—¿No serás tú?

—¡Cómo se pone a creer que yo!

—Yo creo hasta el bendito. Mañana comenzaremos a arreglar nuestros asuntos. Empezaremos por las Preciados. ¿Dices que a ellas les debemos más?

—Sí. Y a las que les hemos pagado menos. El padre de usted siempre las pospuso para lo último. Tengo entendido que una de ellas, Matilde, se fue a vivir a la ciudad. No sé si a Guadalajara o a Colima. Y la Lola, quiero decir, doña Dolores, ha quedado como dueña de todo. Usted sabe: el rancho de Enmedio. Y es a ella a la que le tenemos que pagar.

—Mañana vas a pedir la mano de la Lola.

—Pero cómo quiere usted que me quiera, si ya estoy viejo.

—La pedirás para mí. Después de todo tiene alguna gracia. Le dirás que estoy muy enamorado de ella. Y que si lo tiene a bien. De pasada, dile al padre Rentería que nos arregle el trato. ¿Con cuánto dinero cuentas?

—Con ninguno, don Pedro.

—Pues prométeselo. Dile que en teniendo se le pagará. Casi estoy seguro de que no pondrá dificultades. Haz eso mañana mismo.

—¿Y lo del Aldrete?

—¿Qué se trae el Aldrete? Tú me mencionaste a las Preciados y a los Fregosos y a los Guzmanes. ¿Con qué sale ahora el Aldrete?

—Cuestión de límites. Él ya mandó cercar y ahora pide que echemos el lienzo que falta para hacer la división.

—Eso déjalo para después. No te preocupen los lienzos. No habrá lienzos. La tierra no tiene divisiones. Piénsalo, Fulgor, aunque no se lo des a entender. Arregla por de pronto lo de la Lola. ¿No quieres sentarte?

—Me sentaré, don Pedro. Palabra que me está gustando tratar con usted.

—Le dirás a la Lola esto y lo otro y que la quiero. Eso es importante. De cierto, Sedano, la quiero. Por sus ojos, ¿sabes? Eso harás mañana tempranito. Te reduzco tu tarea de administrador. Olvídate de la Media Luna. ☐

"¿De dónde diablos habrá sacado esas mañas el muchacho? —pensó Fulgor Sedano mientras regresaba a la Media Luna—. Yo no esperaba de él nada. 'Es un inútil', decía de él mi difunto patrón don Lucas. 'Un flojo de marca.' Yo le daba la razón. 'Cuando me muera váyase buscando otro trabajo, Fulgor.' 'Sí, don Lucas.' 'Con decirle, Fulgor, que he intentado mandarlo al seminario para ver si al menos eso le da para comer y mantener a su madre cuando yo les falte; pero ni a eso se decide.' 'Usted no se merece eso, don Lucas.' 'No se cuenta con él para nada, ni para que me sirva de bordón servirá cuando yo esté viejo. Se me malogró, qué quiere usted, Fulgor.' 'Es una verdadera lástima, don Lucas.' "

Y ahora esto. De no haber sido porque estaba tan encariñado con la Media Luna, ni lo hubiera venido a ver. Se habría largado sin avisarle. Pero le tenía aprecio a aquella tierra; a esas lomas pelonas tan trabajadas y que todavía seguían aguantando el surco, dando cada vez más de sí... La querida Media Luna... Y sus agregados: "Vente para acá, tierrita de Enmedio." La veía venir. Como que aquí estaba ya. Lo que significa una mujer después de todo. "¡Vaya que sí!", dijo. Y chicoteó sus piernas al trasponer la puerta grande de la hacienda. ☐

Fue muy fácil encampanarse a la Dolores. Si hasta le relumbraron los ojos y se le descompuso la cara.

—Perdóneme que me ponga colorada, don Fulgor. No creí que don Pedro se fijara en mí.

—No duerme, pensando en usted.

—Pero si él tiene de dónde escoger. Abundan tantas muchachas bonitas en Comala. ¿Qué dirán ellas cuando lo sepan?

—Él sólo piensa en usted, Dolores. De ahi en más, en nadie.

—Me hace usted que me den escalofríos, don Fulgor. Ni siquiera me lo imaginaba.

—Es que es un hombre tan reservado. Don Lucas Páramo, que en paz descanse, le llegó a decir que usted no era digna de él. Y se calló la boca por pura obediencia. Ahora que él ya no existe, no hay ningún impedimento. Fue su primera decisión; aunque yo había tardado en cumplirla por mis muchos quehaceres. Pongamos por fecha de la boda pasado mañana. ¿Qué opina usted?

—¿No es muy pronto? No tengo nada preparado. Necesito encargar los ajuares. Le escribiré a mi hermana. O no, mejor le voy a mandar un propio; pero de cualquier manera no estaré lista antes del ocho de abril. Hoy estamos a uno. Sí, apenas para el ocho. Dígale que espere unos diyitas.

—Él quisiera que fuera ahora mismo. Si es por los ajuares, nosotros se los proporcionamos. La difunta madre de don Pedro espera que usted vista sus ropas. En la familia existe esa costumbre.

—Pero además hay algo para estos días. Cosas de mujeres, sabe usted. ¡Oh!, cuánta vergüenza me da decirle esto, don Fulgor. Me hace usted que se me vayan los colores. Me toca la luna. ¡Oh!, qué vergüenza.

—¿Y qué? El matrimonio no es asunto de si haya o no haya luna. Es cosa de quererse. Y, en habiendo esto, todo lo demás sale sobrando.

—Pero es que usted no me entiende, don Fulgor.

—Entiendo. La boda será pasado mañana.

Y la dejó con los brazos extendidos pidiendo ocho días, nada más ocho días.

"Que no se me olvide decirle a don Pedro —¡vaya muchacho listo ese Pedro!—, decirle que no se le olvide decirle al juez que los bienes son mancomunados. 'Acuérdate, Fulgor, de decírselo mañana mismo.'"

La Dolores, en cambio, corrió a la cocina con un aguamanil para poner agua caliente: "Voy a hacer que esto baje más pronto. Que baje esta misma noche. Pero de todas maneras me durará mis tres días. No tendrá remedio. ¡Qué felicidad! ¡Oh, qué felicidad! Gracias, Dios mío, por darme a don Pedro." Y añadió: "Aunque después me aborrezca." ☐

—Ya está pedida y muy de acuerdo. El padre cura quiere sesenta pesos por pasar por alto lo de las amonestaciones. Le dije que se le darían a su debido tiempo. Él dice que le hace falta componer el altar y que la mesa de su comedor está toda desconchinflada. Le prometí que le mandaríamos una mesa nueva. Dice que usted nunca va a misa. Le prometí que iría. Y desde que murió su abuela ya no le han dado los diezmos. Le dije que no se preocupara. Está conforme.

—¿No le pediste algo adelantado a la Dolores?

—No, patrón. No me atreví. Ésa es la verdad. Estaba tan contenta que no quise estropearle su entusiasmo.

—Eres un niño.

"¡Vaya! Yo un niño. Con 55 años encima. Él apenas comenzando a vivir y yo a pocos pasos de la muerte."

—No quise quebrarle su contento.

—A pesar de todo, eres un niño.

—Está bien, patrón.

—La semana venidera irás con el Aldrete. Y le dices que recorra el lienzo. Ha invadido tierras de la Media Luna.

—Él hizo bien sus mediciones. A mí me consta.

—Pues dile que se equivocó. Que estuvo mal calculado. Derrumba los lienzos si es preciso.

—¿Y las leyes?

—¿Cuáles leyes, Fulgor? La ley de ahora en adelante la vamos a hacer nosotros. ¿Tienes trabajando en la Media Luna a algún atravesado?

—Sí, hay uno que otro.

—Pues mándalos en comisión con el Aldrete. Le levantas un acta acusándolo de "usufruto" o de lo que a ti se te ocurra. Y recuérdale que Lucas Páramo ya murió. Que conmigo hay que hacer nuevos tratos.

El cielo era todavía azul. Había pocas nubes. El aire soplaba allá arriba, aunque aquí abajo se convertía en calor. □

Tocó nuevamente con el mango del chicote, nada más por insistir, ya que sabía que no abrirían hasta que se le antojara a Pedro Páramo. Dijo mirando hacia el dintel de la puerta: "Se ven bonitos esos moños negros, lo que sea de cada quien."

En ese momento abrieron y él entró.

—Pasa, Fulgor. ¿Está arreglado el asunto de Toribio Aldrete?

—Está liquidado, patrón.

181

—Nos queda la cuestión de los Fregosos. Deja eso pendiente. Ahorita estoy muy ocupado con mi "luna de miel". □

—Este pueblo está lleno de ecos. Tal parece que estuvieran encerrados en el hueco de las paredes o debajo de las piedras. Cuando caminas, sientes que te van pisando los pasos. Oyes crujidos. Risas. Unas risas ya muy viejas, como cansadas de reír. Y voces ya desgastadas por el uso. Todo eso oyes. Pienso que llegará el día en que estos sonidos se apaguen.

Eso me venía diciendo Damiana Cisneros mientras cruzábamos el pueblo.

—Hubo un tiempo que estuve oyendo durante muchas noches el rumor de una fiesta. Me llegaban los ruidos hasta la Media Luna. Me acerqué para ver el mitote aquel y vi esto: lo que estamos viendo ahora. Nada. Nadie. Las calles tan solas como ahora.

"Luego dejé de oírla. Y es que la alegría cansa. Por eso no me extrañó que aquello terminara.

"Sí —volvió a decir Damiana Cisneros—. Este pueblo está lleno de ecos. Yo ya no me espanto. Oigo el aullido de los perros y dejo que aúllen. Y en días de aire se ve al viento arrastrando hojas de árboles, cuando aquí, como tú ves, no hay árboles. Los hubo en algún tiempo, porque si no ¿de dónde saldrían esas hojas?

"Y lo peor de todo es cuando oyes platicar a la gente, como si las voces salieran de alguna hendidura y, sin embargo, tan claras que las reconoces. Ni más ni menos, ahora que venía, encontré un velorio. Me detuve a rezar un padrenuestro. En esto estaba, cuando una mujer se apartó de las demás y vino a decirme:

"—¡Damiana! ¡Ruega a Dios por mí, Damiana!

"Soltó el rebozo y reconocí la cara de mi hermana Sixtina.

"—¿Qué andas haciendo aquí? —le pregunté.

"Entonces ella corrió a esconderse entre las demás mujeres.

"Mi hermana Sixtina, por si no lo sabes, murió cuando yo tenía doce años. Era la mayor. Y en mi casa fuimos dieciséis de familia, así que hazte el cálculo del tiempo que lleva muerta.

Y mírala ahora, todavía vagando por este mundo. Así que no te asustes si oyes ecos recientes, Juan Preciado."

—¿También a usted le avisó mi madre que yo vendría? —le pregunté.

—No. Y a propósito, ¿qué es de tu madre?

—Murió —dije.

—¿Ya murió? ¿Y de qué?

—No supe de qué. Tal vez de tristeza. Suspiraba mucho.

—Eso es malo. Cada suspiro es como un sorbo de vida del que uno se deshace. ¿De modo que murió?

—Sí. Quizá usted debió saberlo.

—¿Y por qué iba a saberlo? Hace muchos años que no sé nada.

—Entonces ¿cómo es que dio usted conmigo?

—...

—¿Está usted viva, Damiana? ¡Dígame, Damiana!

Y me encontré de pronto solo en aquellas calles vacías. Las ventanas de las casas abiertas al cielo, dejando asomar las varas correosas de la yerba. Bardas descarapeladas que enseñaban sus adobes revenidos.

—¡Damiana! —grité—. ¡Damiana Cisneros!

Me contestó el eco: "¡...ana... neros...! ¡...ana... neros!"   □

Oí que ladraban los perros, como si yo los hubiera despertado.

Vi un hombre cruzar la calle:

—¡Ey, tú! —llamé.

—¡Ey, tú! —me respondió mi propia voz.

Y como si estuvieran a la vuelta de la esquina, alcancé a oír a unas mujeres que platicaban:

—Mira quién viene por allí. ¿No es Filoteo Aréchiga?

—Es él. Pon la cara de disimulo.

—Mejor vámonos. Si se va detrás de nosotras es que de verdad quiere a una de las dos. ¿A quién crees tú que sigue?

—Seguramente a ti.

—A mí se me figura que a ti.

183

—Deja ya de correr. Se ha quedado parado en aquella esquina.

—Entonces a ninguna de las dos, ¿ya ves?

—Pero qué tal si hubiera resultado que a ti o a mí. ¿Qué tal?

—No te hagas ilusiones.

—Después de todo estuvo hasta mejor. Dicen por ahi los díceres que es él el que se encarga de conchavarle muchachas a don Pedro. De la que nos escapamos.

—¿Ah, sí? Con ese viejo no quiero tener nada que ver.

—Mejor vámonos.

—Dices bien. Vámonos de aquí. □

La noche. Mucho más allá de la medianoche. Y las voces:

—...Te digo que si el maíz de este año se da bien, tendré con qué pagarte. Ahora que si se me echa a perder, pues te aguantas.

—No te exijo. Ya sabes que he sido consecuente contigo. Pero la tierra no es tuya. Te has puesto a trabajar en terreno ajeno. ¿De dónde vas a conseguir para pagarme?

—¿Y quién dice que la tierra no es mía?

—Se afirma que se la has vendido a Pedro Páramo.

—Yo ni me le he acercado a ese señor. La tierra sigue siendo mía.

—Eso dices tú. Pero por ahí dicen que todo es de él.

—Que me lo vengan a decir a mí.

—Mira, Galileo, yo a ti, aquí en confianza, te aprecio. Por algo eres el marido de mi hermana. Y de que la tratas bien, ni quien lo dude. Pero a mí no me vas a negar que vendiste las tierras.

—Te digo que a nadie se las he vendido.

—Pues son de Pedro Páramo. Seguramente él así lo ha dispuesto. ¿No te ha venido a ver don Fulgor?

—No.

—Seguramente mañana lo verás venir. Y si no mañana, cualquier otro día.

—Pues me mata o se muere; pero no se saldrá con la suya.

—Requiescat in paz, amén, cuñado. Por si las dudas.

184

—Me volverás a ver, ya lo verás. Por mí no tengas cuidado. Por algo mi madre me curtió bien el pellejo para que se me pusiera correoso.

—Entonces hasta mañana. Dile a Felícitas que esta noche no voy a cenar. No me gustaría contar después: "Yo estuve con él la víspera."

—Te guardaremos algo por si te animas a última hora.

Se oyó el trastazo de los pasos que se iban entre un ruido de espuelas. □

—. . .Mañana, en amaneciendo, te irás conmigo, Chona. Ya tengo aparejadas las bestias.

—¿Y si mi padre se muere de la rabia? Con lo viejo que está. . . Nunca me perdonaría que por mi causa le pasara algo. Soy la única gente que tiene para hacerle hacer sus necesidades. Y no hay nadie más. ¿Qué prisa corres para robarme? Aguántate un poquito. Él no tardará en morirse.

—Lo mismo me dijiste hace un año. Y hasta me echaste en cara mi falta de arriesgue, ya que tú estabas, según eso, harta de todo. He aprontado las mulas y están listas. ¿Te vas conmigo?

—Déjamelo pensar.

—¡Chona! No sabes cuánto me gustas. Ya no puedo aguantar las ganas, Chona. Así que te vas conmigo o te vas conmigo.

—Déjamelo pensar. Entiende. Tenemos que esperar a que él se muera. Le falta poquito. Entonces me iré contigo y no necesitarás robarme.

—Eso me dijiste también hace un año.

—¿Y qué?

—Pues que he tenido que alquilar las mulas. Ya las tengo. Nomás te están esperando. ¡Deja que él se las avenga solo! Tú estás bonita. Eres joven. No faltará cualquier vieja que venga a cuidarlo. Aquí sobran almas caritativas.

—No puedo.

—Que sí puedes.

—No puedo. Me da pena, ¿sabes? Por algo es mi padre.

185

—Entonces ni hablar. Iré a ver a la Juliana, que se desvive por mí.

—Está bien. Yo no te digo nada.

—¿No me quieres ver mañana?

—No. No quiero verte más.   □

Ruidos. Voces. Rumores. Canciones lejanas:

Mi novia me dio un pañuelo
con orillas de llorar...

En falsete. Como si fueran mujeres las que cantaran.   □

Vi pasar las carretas. Los bueyes moviéndose despacio. El crujir de las piedras bajo las ruedas. Los hombres como si vinieran dormidos.

"*...Todas las madrugadas el pueblo tiembla con el paso de las carretas. Llegan de todas partes, copeteadas de salitre, de mazorcas, de yerba de pará. Rechinan sus ruedas haciendo vibrar las ventanas, despertando a la gente. Es la misma hora en que se abren los hornos y huele a pan recién horneado. Y de pronto puede tronar el cielo. Caer la lluvia. Puede venir la primavera. Allá te acostumbrarás a los 'derrepentes', mi hijo.*"

Carretas vacías, remoliendo el silencio de las calles. Perdiéndose en el oscuro camino de la noche. Y las sombras. El eco de las sombras.

Pensé regresar. Sentí allá arriba la huella por donde había venido, como una herida abierta entre la negrura de los cerros.

Entonces alguien me tocó los hombros.

—¿Qué hace usted aquí?

—Vine a buscar... —y ya iba a decir a quién, cuando me detuve—: vine a buscar a mi padre.

—¿Y por qué no entra?

Entré. Era una casa con la mitad del techo caída. Las tejas en el suelo. El techo en el suelo. Y en la otra mitad un hombre y una mujer.

186

—¿No están ustedes muertos? —les pregunté.

Y la mujer sonrió. El hombre me miró seriamente.

—Está borracho —dijo el hombre.

—Solamente está asustado —dijo la mujer.

Había un aparato de petróleo. Había una cama de otate, y un equipal en que estaban las ropas de ella. Porque ella estaba en cueros, como Dios la echó al mundo. Y él también.

—Oímos que alguien se quejaba y daba de cabezazos contra nuestra puerta. Y allí estaba usted. ¿Qué es lo que le ha pasado?

—Me han pasado tantas cosas, que mejor quisiera dormir.

—Nosotros ya estábamos dormidos.

—Durmamos, pues. □

La madrugada fue apagando mis recuerdos.

Oía de vez en cuando el sonido de las palabras, y notaba la diferencia. Porque las palabras que había oído hasta entonces, hasta entonces lo supe, no tenían ningún sonido, no sonaban; se sentían; pero sin sonido, como las que se oyen durante los sueños.

—¿Quién será? —preguntaba la mujer.

—Quién sabe —contestaba el hombre.

—¿Cómo vendría a dar aquí?

—Quién sabe.

—Como que le oí decir algo de su padre.

—Yo también le oí decir eso.

—¿No andará perdido? Acuérdate cuando cayeron por aquí aquellos que dijeron andar perdidos. Buscaban un lugar llamado Los Confines y tú les dijiste que no sabías dónde quedaba eso.

—Sí, me acuerdo; pero déjame dormir. Todavía no amanece.

—Falta poco. Si por algo te estoy hablando es para que despiertes. Me encomendaste que te recordara antes del amanecer. Por eso lo hago. ¡Levántate!

—¿Y para qué quieres que me levante?

—No sé para qué. Me dijiste anoche que te despertara. No me aclaraste para qué.

187

—En ese caso, déjame dormir. ¿No oíste lo que dijo ése cuando llegó? Que lo dejáramos dormir. Fue lo único que dijo.

Como que se van las voces. Como que se pierde su ruido. Como que se ahogan. Ya nadie dice nada. Es el sueño.

Y al rato otra vez:

—Acaba de moverse. Si se ofrece, ya va a despertar. Y si nos mira aquí nos preguntará cosas.

—¿Qué preguntas puede hacernos?

—Bueno. Algo tendrá que decir, ¿no?

—Déjalo. Debe estar muy cansado.

—¿Crees tú?

—Ya cállate, mujer.

—Mira, se mueve. ¿Te fijas cómo se revuelca? Igual que si lo zangolotearan por dentro. Lo sé porque a mí me ha sucedido.

—¿Qué te ha sucedido a ti?

—Aquello.

—No sé de qué hablas.

—No hablaría si no me acordara al ver a ése, rebulléndose, de lo que me sucedió a mí la primera vez que lo hiciste. Y de cómo me dolió y de lo mucho que me arrepentí de eso.

—¿De cuál eso?

—De cómo me sentía apenas me hiciste aquello, que aunque tú no quieras yo supe que estaba mal hecho.

—¿Y hasta ahora vienes con ese cuento? ¿Por qué no te duermes y me dejas dormir?

—Me pediste que te recordara. Eso estoy haciendo. Por Dios que estoy haciendo lo que me pediste que hiciera. ¡Ándale! Ya va siendo hora de que te levantes.

—Déjame en paz, mujer.

El hombre pareció dormir. La mujer siguió rezongando; pero con voz muy queda:

—Ya debe haber amanecido, porque hay luz. Puedo ver a ese hombre desde aquí, y si lo veo es porque hay luz bastante para verlo. No tardará en salir el sol. Claro, eso ni se pregunta. Si se ofrece, el tal es algún malvado. Y le hemos dado cobijo. No le hace que nomás haya sido por esta noche; pero lo escondimos.

188

Y eso nos traerá el mal a la larga... Míralo cómo se mueve, como que no encuentra acomodo. Si se ofrece ya no puede con su alma.

Aclaraba el día. El día desbarata las sombras. Las deshace. El cuarto donde estaba se sentía caliente con el calor de los cuerpos dormidos. A través de los párpados me llegaba el albor del amanecer. Sentía la luz. Oía:

—Se rebulle sobre sí mismo como un condenado. Y tiene todas las trazas de un mal hombre. ¡Levántate, Donis! Míralo. Se restriega contra el suelo, retorciéndose. Babea. Ha de ser alguien que debe muchas muertes. Y tú ni lo reconociste.

—Debe ser un pobre hombre. ¡Duérmete y déjanos dormir!

—¿Y por qué me voy a dormir, si yo no tengo sueño?

—¡Levántate y lárgate a donde no des guerra!

—Eso haré. Iré a prender la lumbre. Y de paso le diré a ese fulano que venga a acostarse aquí contigo, en el lugar que yo voy a dejarle.

—Díselo.

—No podré. Me dará miedo.

—Entonces vete a hacer tu quehacer y déjanos en paz.

—Eso haré.

—¿Y qué esperas?

—Ya voy.

Sentí que la mujer bajaba de la cama. Sus pies descalzos taconeaban el suelo y pasaban por encima de mi cabeza. Abrí y cerré los ojos.

Cuando desperté, había un sol de mediodía. Junto a mí, un jarro de café. Intenté beber aquello. Le di unos sorbos.

—No tenemos más. Perdone lo poco. Estamos tan escasos de todo, tan escasos...

Era una voz de mujer.

—No se preocupe por mí —le dije—. Por mí no se preocupe. Estoy acostumbrado. ¿Cómo se va uno de aquí?

—¿Para dónde?

—Para donde sea.

—Hay multitud de caminos. Hay uno que va para Contla;

otro que viene de allá. Otro más que enfila derecho a la sierra. Ese que se mira desde aquí, que no sé para dónde irá —y me señaló con sus dedos el hueco del tejado, allí donde el techo estaba roto—. Este otro de por acá, que pasa por la Media Luna. Y hay otro más, que atraviesa toda la tierra y es el que va más lejos.

—Quizá por ése fue por donde vine.

—¿Para dónde va?

—Va para Sayula.

—Imagínese usted. Yo que creía que Sayula quedaba de este lado. Siempre me ilusionó conocerlo. Dicen que por allá hay mucha gente, ¿no?

—La que hay en todas partes.

—Figúrese usted. Y nosotros aquí tan solos. Desviviéndonos por conocer aunque sea tantito de la vida.

—¿Adónde fue su marido?

—No es mi marido. Es mi hermano; aunque él no quiere que se sepa. ¿Que adónde fue? De seguro a buscar un becerro cimarrón que anda por ahi desbalagado. Al menos eso me dijo.

—¿Cuánto hace que están ustedes aquí?

—Desde siempre. Aquí nacimos.

—Debieron conocer a Dolores Preciado.

—Tal vez él, Donis. Yo sé tan poco de la gente. Nunca salgo. Aquí donde me ve, aquí he estado sempiternamente... Bueno, ni tan siempre. Sólo desde que él me hizo su mujer. Desde entonces me la paso encerrada, porque tengo miedo de que me vean. Él no quiere creerlo, pero ¿verdad que estoy para dar miedo? —y se acercó a donde le daba el sol—. ¡Míreme la cara!

Era una cara común y corriente.

—¿Qué es lo que quiere que le mire?

—¿No me ve el pecado? ¿No ve esas manchas moradas como de jiote que me llenan de arriba abajo? Y eso es sólo por fuera; por dentro estoy hecha un mar de lodo.

—¿Y quién la puede ver si aquí no hay nadie? He recorrido el pueblo y no he visto a nadie.

—Eso cree usted; pero todavía hay algunos. ¿Dígame si Fi-

190

lomeno no vive, si Dorotea, si Melquiades, si Prudencio el viejo, si Sóstenes y todos ésos no viven? Lo que acontece es que se la pasan encerrados. De día no sé qué harán; pero las noches se las pasan en su encierro. Aquí esas horas están llenas de espantos. Si usted viera el gentío de ánimas que andan sueltas por la calle. En cuanto oscurece comienzan a salir. Y a nadie le gusta verlas. Son tantas, y nosotros tan poquitos, que ya ni la lucha le hacemos para rezar porque salgan de sus penas. No ajustarían nuestras oraciones para todos. Si acaso les tocaría un pedazo de padrenuestro. Y eso no les puede servir de nada. Luego están nuestros pecados de por medio. Ninguno de los que todavía vivimos está en gracia de Dios. Nadie podrá alzar sus ojos al cielo sin sentirlos sucios de vergüenza. Y la vergüenza no cura. Al menos eso me dijo el obispo que pasó por aquí hace algún tiempo dando confirmaciones. Yo me le puse enfrente y le confesé todo:

"—Eso no se perdona —me dijo.

"—Estoy avergonzada.

"—No es el remedio.

"—¡Cásenos usted!

"—¡Apártense!

"—Yo le quise decir que la vida nos había juntado, acorralándonos y puesto uno junto al otro. Estábamos tan solos aquí, que los únicos éramos nosotros. Y de algún modo había que poblar el pueblo. Tal vez tenga ya a quién confirmar cuando regrese.

"—Sepárense. Eso es todo lo que se puede hacer.

"—Pero ¿cómo viviremos?

"—Como viven los hombres.

"Y se fue, montado en su macho, la cara dura, sin mirar hacia atrás, como si hubiera dejado aquí la imagen de la perdición. Nunca ha vuelto. Y ésa es la cosa por la que esto está lleno de ánimas; un puro vagabundear de gente que murió sin perdón y que no lo conseguirá de ningún modo, mucho menos valiéndose de nosotros. Ya viene. ¿Lo oye usted?"

—Sí, lo oigo.

—Es él.

Se abrió la puerta.

—¿Qué pasó con el becerro? —preguntó ella.

—Se le ocurrió no venir ahora; pero fui siguiendo su rastro y casi estoy por saber dónde asiste. Hoy en la noche lo agarraré.

—¿Me vas a dejar sola a la noche?

—Puede ser que sí.

—No podré soportarlo. Necesito tenerte conmigo. Es la única hora que me siento tranquila. La hora de la noche.

—Esta noche iré por el becerro.

—Acabo de saber —intervine yo— que son ustedes hermanos.

—¿Lo acaba de saber? Yo lo sé mucho antes que usted. Así que mejor no intervenga. No nos gusta que se hable de nosotros.

—Yo lo decía en un plan de entendimiento. No por otra cosa.

—¿Qué entiende usted?

Ella se puso a su lado, apoyándose en sus hombros y diciendo también:

—¿Qué entiende usted?

—Nada —dije—. Cada vez entiendo menos —y añadí—: Quisiera volver al lugar de donde vine. Aprovecharé la poca luz que queda del día.

—Es mejor que espere —me dijo él—. Aguarde hasta mañana. No tarda en oscurecer y todos los caminos están enmarañados de breñas. Puede usted perderse. Mañana yo lo encaminaré.

—Está bien. ☐

Por el techo abierto al cielo vi pasar parvadas de tordos, esos pájaros que vuelan al atardecer antes que la oscuridad les cierre los caminos. Luego, unas cuantas nubes ya desmenuzadas por el viento que viene a llevarse el día.

Después salió la estrella de la tarde, y más tarde la luna.

El hombre y la mujer no estaban conmigo. Salieron por la puerta que daba al patio y cuando regresaron ya era de noche. Así que ellos no supieron lo que había sucedido mientras andaban afuera.

Y esto fue lo que sucedió:

192

Viniendo de la calle, entró una mujer en el cuarto. Era vieja de muchos años, y flaca como si le hubieran achicado el cuero. Entró y paseó sus ojos redondos por el cuarto. Tal vez hasta me vio. Tal vez creyó que yo dormía. Se fue derecho a donde estaba la cama y sacó de debajo de ella una petaca. La esculcó. Puso unas sábanas debajo de su brazo y se fue andando de puntitas como para no despertarme.

Yo me quedé tieso, aguantando la respiración, buscando mirar hacia otra parte. Hasta que al fin logré torcer la cabeza y ver hacia allá, donde la estrella de la tarde se había juntado con la luna.

—¡Tome esto! —oí.

No me atrevía a volver la cabeza.

—¡Tómelo! Le hará bien. Es agua de azahar. Sé que está asustado porque tiembla. Con esto se le bajará el miedo.

Reconocí aquellas manos y al alzar los ojos reconocí la cara. El hombre, que estaba detrás de ella, preguntó:

—¿Se siente usted enfermo?

—No sé. Veo cosas y gente donde quizá ustedes no vean nada. Acaba de estar aquí una señora. Ustedes tuvieron que verla salir.

—Vente —le dijo él a la mujer—. Déjalo solo. Debe ser un místico.

—Debemos acostarlo en la cama. Mira cómo tiembla, de seguro tiene fiebre.

—No le hagas caso. Estos sujetos se ponen en ese estado para llamar la atención. Conocí a uno en la Media Luna que se decía adivino. Lo que nunca adivinó fue que se iba a morir en cuanto el patrón le adivinó lo chapucero. Ha de ser un místico de ésos. Se pasan la vida recorriendo los pueblos "a ver lo que la Providencia quiera darles"; pero aquí no va encontrar ni quién le quite el hambre. ¿Ves cómo ya dejó de temblar? Y es que nos está oyendo.   □

Como si hubiera retrocedido el tiempo. Volví a ver la estrella junto a la luna. Las nubes deshaciéndose. Las parvadas de los tordos. Y en seguida la tarde todavía llena de luz.

Las paredes reflejando el sol de la tarde. Mis pasos rebotando contra las piedras. El arriero que me decía: "¡Busque a doña Eduviges, si todavía vive!"

Luego un cuarto a oscuras. Una mujer roncando a mi lado. Noté que su respiración era dispareja como si estuviera entre sueños, más bien como si no durmiera y sólo imitara los ruidos que produce el sueño. La cama era de otate cubierta con costales que olían a orines, como si nunca los hubieran oreado al sol; y la almohada era una jerga que envolvía pochote o una lana tan dura o tan sudada que se había endurecido como leño.

Junto a mis rodillas sentía las piernas desnudas de la mujer, y junto a mi cara su respiración. Me senté en la cama apoyándome en aquel como adobe de la almohada.

—¿No duerme usted? —me preguntó ella.

—No tengo sueño. He dormido todo el día. ¿Dónde está su hermano?

—Se fue por esos rumbos. Ya usted oyó adónde tenía que ir. Quizá no venga esta noche.

—¿De manera que siempre se fue? ¿A pesar de usted?

—Sí. Y tal vez no regrese. Así comenzaron todos. Que voy a ir aquí, que voy a ir más allá. Hasta que se fueron alejando tanto, que mejor no volvieron. Él siempre ha tratado de irse, y creo que ahora le ha llegado su turno. Quizá sin yo saberlo, me dejó con usted para que me cuidara. Vio su oportunidad. Eso del becerro cimarrón fue sólo un pretexto. Ya verá usted que no vuelve.

Quise decirle: "Voy a salir a buscar un poco de aire, porque siento náuseas"; pero dije:

—No se preocupe. Volverá.

Cuando me levanté, me dijo:

—He dejado en la cocina algo sobre las brasas. Es muy poco; pero es algo que puede calmarle el hambre.

Encontré un trozo de cecina y encima de las brasas unas tortillas.

—Son cosas que le pude conseguir —oí que me decía desde allá—. Se las cambié a mi hermana por dos sábanas limpias que yo tenía guardadas desde el tiempo de mi madre. Ella ha de

194

haber venido a recogerlas. No se lo quise decir delante de Donis; pero ella fue la mujer que usted vio y que lo asustó tanto.

Un cielo negro, lleno de estrellas. Y junto a la luna la estrella más grande de todas. ☐

—¿No me oyes? —pregunté en voz baja.

Y su voz me respondió: —¿Dónde estás?

—Estoy aquí, en tu pueblo. Junto a tu gente. ¿No me ves?

—No, hijo, no te veo.

Su voz parecía abarcarlo todo. Se perdía más allá de la tierra.

—No te veo. ☐

Regresé al mediotecho donde dormía aquella mujer y le dije:

—Me quedaré aquí, en mi mismo rincón. Al fin y al cabo la cama está igual de dura que el suelo. Si algo se le ofrece, avíseme.

Ella me dijo: —Donis no volverá. Se lo noté en los ojos. Estaba esperando que alguien viniera para irse. Ahora tú te encargarás de cuidarme. ¿O qué, no quieres cuidarme? Vente a dormir aquí conmigo.

—Aquí estoy bien.

—Es mejor que te subas a la cama. Allí te comerán las turicatas.

Entonces fui y me acosté con ella. ☐

El calor me hizo despertar al filo de la medianoche. Y el sudor. El cuerpo de aquella mujer hecho de tierra, envuelto en costras de tierra, se desbarataba como si estuviera derritiéndose en un charco de lodo. Yo me sentía nadar entre el sudor que chorreaba de ella y me faltó el aire que se necesita para respirar. Entonces me levanté. La mujer dormía. De su boca borbotaba un ruido de burbujas muy parecido al del estertor.

Salí a la calle para buscar el aire; pero el calor que me perseguía no se despegaba de mí.

Y es que no había aire; sólo la noche entorpecida y quieta, acalorada por la canícula de agosto.

No había aire. Tuve que sorber el mismo aire que salía de mi boca, deteniéndolo con las manos antes de que se fuera. Lo sentía ir y venir, cada vez menos; hasta que se hizo tan delgado que se filtró entre mis dedos para siempre.

Digo para siempre.

Tengo memoria de haber visto algo así como nubes espumosas haciendo remolino sobre mi cabeza y luego enjuagarme con aquella espuma y perderme en su nublazón. Fue lo último que vi. ◻

—¿Quieres hacerme creer que te mató el ahogo, Juan Preciado? Yo te encontré en la plaza, muy lejos de la casa de Donis, y junto a mí también estaba él, diciendo que te estabas haciendo el muerto. Entre los dos te arrastramos a la sombra del portal, ya bien tirante, acalambrado como mueren los que mueren muertos de miedo. De no haber habido aire para respirar esa noche de que hablas, nos hubieran faltado las fuerzas para llevarte y contimás para enterrarte. Y ya ves, te enterramos.

—Tienes razón, Doroteo. ¿Dices que te llamas Doroteo?

—Da lo mismo. Aunque mi nombre sea Dorotea. Pero da lo mismo.

—Es cierto, Dorotea. Me mataron los murmullos.

"Allá hallarás mi querencia. El lugar que yo quise. Donde los sueños me enflaquecieron. Mi pueblo, levantado sobre la llanura. Lleno de árboles y de hojas, como una alcancía donde hemos guardado nuestros recuerdos. Sentirás que allí uno quisiera vivir para la eternidad. El amanecer; la mañana; el mediodía y la noche siempre los mismos; pero con la diferencia del aire. Allí, donde el aire cambia el color de las cosas; donde se ventila la vida como si fuera un murmullo; como si fuera un puro murmullo de la vida..."

—Sí, Dorotea. Me mataron los murmullos. Aunque ya traía retrasado el miedo. Se me había venido juntando, hasta que ya no pude soportarlo. Y cuando me encontré con los murmullos se me reventaron las cuerdas.

"Llegué a la plaza, tienes tú razón. Me llevó hasta allí el bullicio de la gente y creí que de verdad la había. Yo ya no estaba

196

muy en mis cabales; recuerdo que me vine apoyando en las paredes como si caminara con las manos. Y de las paredes parecían destilar los murmullos como si se filtraran de entre las grietas y las descarapeladuras. Yo los oía. Eran voces de gente; pero no voces claras, sino secretas, como si me murmuraran algo al pasar, o como si zumbaran contra mis oídos. Me aparté de las paredes y seguí por mitad de la calle; pero las oía igual, igual que si vinieran conmigo, delante o detrás de mí. No sentía calor, como te dije antes; antes por el contrario, sentía frío. Desde que salí de la casa de aquella mujer que me prestó su cama y que, como te decía, la vi deshacerse en el agua de su sudor, desde entonces me entró frío. Y conforme yo andaba, el frío aumentaba más y más, hasta que se me enchinó el pellejo. Quise retroceder porque pensé que regresando podría encontrar el calor que acababa de dejar; pero me di cuenta a poco andar que el frío salía de mí, de mi propia sangre. Entonces reconocí que estaba asustado. Oí el alboroto mayor en la plaza y creí que allí entre la gente se me bajaría el miedo. Por eso es que ustedes me encontraron en la plaza. ¿De modo que siempre volvió Donis? La mujer estaba segura de que jamás lo volvería a ver.

—Fue ya de mañana cuando te encontramos. Él venía de no sé dónde. No se lo pregunté.

—Bueno, pues llegué a la plaza. Me recargué en un pilar de los portales. Vi que no había nadie, aunque seguía oyendo el murmullo como de mucha gente en día de mercado. Un rumor parejo, sin ton ni son, parecido al que hace el viento contra las ramas de un árbol en la noche, cuando no se ven ni el árbol ni las ramas, pero se oye el murmurar. Así. Ya no di un paso más. Comencé a sentir que se me acercaba y daba vueltas a mi alrededor aquel bisbiseo apretado como un enjambre, hasta que alcancé a distinguir unas palabras casi vacías de ruido: "Ruega a Dios por nosotros." Eso oí que me decían. Entonces se me heló el alma. Por eso es que ustedes me encontraron muerto.

—Mejor no hubieras salido de tu tierra. ¿Qué viniste a hacer aquí?

197

—Ya te lo dije en un principio. Vine a buscar a Pedro Páramo, que según parece fue mi padre. Me trajo la ilusión.

—¿La ilusión? Eso cuesta caro. A mí me costó vivir más de lo debido. Pagué con eso la deuda de encontrar a mi hijo, que no fue, por decirlo así, sino una ilusión más; porque nunca tuve ningún hijo. Ahora que estoy muerta me he dado tiempo para pensar y enterarme de todo. Ni siquiera el nido para guardarlo me dio Dios. Sólo esa larga vida arrastrada que tuve, llevando de aquí para allá mis ojos tristes que siempre miraron de reojo, como buscando detrás de la gente, sospechando que alguien me hubiera escondido a mi niño. Y todo fue culpa de un maldito sueño. He tenido dos: a uno de ellos lo llamo el "bendito" y al otro el "maldito". El primero fue el que me hizo soñar que había tenido un hijo. Y mientras viví, nunca dejé de creer que fuera cierto; porque lo sentí entre mis brazos, tiernito, lleno de boca y de ojos y de manos; durante mucho tiempo conservé en mis dedos la impresión de sus ojos dormidos y el palpitar de su corazón. ¿Cómo no iba a pensar que aquello fuera verdad? Lo llevaba conmigo a dondequiera que iba, envuelto en mi rebozo, y de pronto lo perdí. En el cielo me dijeron que se habían equivocado conmigo. Que me habían dado un corazón de madre, pero un seno de una cualquiera. Ése fue el otro sueño que tuve. Llegué al cielo y me asomé a ver si entre los ángeles reconocía la cara de mi hijo. Y nada. Todas las caras eran iguales, hechas con el mismo molde. Entonces pregunté. Uno de aquellos santos se me acercó y, sin decirme nada, hundió una de sus manos en mi estómago como si la hubiera hundido en un montón de cera. Al sacarla me enseñó algo así como una cáscara de nuez: "Esto prueba lo que te demuestra."

"Tú sabes cómo hablan raro allá arriba; pero se les entiende. Les quise decir que aquello era sólo mi estómago engarruñado por las hambres y por el poco comer; pero otro de aquellos santos me empujó por los hombros y me enseñó la puerta de salida: 'Ve a descansar un poco más a la tierra, hija, y procura ser buena para que tu purgatorio sea menos largo.'

"Ése fue el sueño 'maldito' que tuve y del cual saqué la aclaración de que nunca había tenido ningún hijo. Lo supe ya muy tarde, cuando el cuerpo se me había achaparrado, cuando el espinazo se me saltó por encima de la cabeza, cuando ya no podía caminar. Y de remate, el pueblo se fue quedando solo; todos largaron camino para otros rumbos y con ellos se fue también la caridad de la que yo vivía. Me senté a esperar la muerte. Después de que te encontramos a ti, se resolvieron mis huesos a quedarse quietos. 'Nadie me hará caso', pensé. Soy algo que no le estorba a nadie. Ya ves, ni siquiera le robé el espacio a la tierra. Me enterraron en tu misma sepultura y cupe muy bien en el hueco de tus brazos. Aquí en este rincón donde me tienes ahora. Sólo se me ocurre que debería ser yo la que te tuviera abrazado a ti. ¿Oyes? Allá afuera está lloviendo. ¿No sientes el golpear de la lluvia?"

—Siento como si alguien caminara sobre nosotros.

—Ya déjate de miedos. Nadie te puede dar ya miedo. Haz por pensar en cosas agradables porque vamos a estar mucho tiempo enterrados. ☐

Al amanecer, gruesas gotas de lluvia cayeron sobre la tierra. Sonaban huecas al estamparse en el polvo blando y suelto de los surcos. Un pájaro burlón cruzó a ras del suelo y gimió imitando el quejido de un niño; más allá se le oyó dar un gemido como de cansancio, y todavía más lejos, por donde comenzaba a abrirse el horizonte, soltó un hipo y luego una risotada, para volver a gemir después.

Fulgor Sedano sintió el olor de la tierra y se asomó a ver cómo la lluvia desfloraba los surcos. Sus ojos pequeños se alegraron. Dio hasta tres bocanadas de aquel sabor y sonrió hasta enseñar los dientes.

"¡Vaya! —dijo—. Otro buen año se nos echa encima." Y añadió: "Ven, agüita, ven. ¡Déjate caer hasta que te canses! Después córrete para allá, acuérdate que hemos abierto a la labor toda la tierra, nomás para que te des gusto."

Y soltó la risa.

El pájaro burlón que regresaba de recorrer los campos pasó casi frente a él y gimió con un gemido desgarrado.

El agua apretó su lluvia hasta que allá, por donde comenzaba a amanecer, se cerró el cielo y pareció que la oscuridad, que ya se iba, regresaba.

La puerta grande de la Media Luna rechinó al abrirse, remojada por la brisa. Fueron saliendo primero dos, luego otros dos, después otros dos y así hasta doscientos hombres a caballo que se desparramaron por los campos lluviosos.

—Hay que aventar el ganado de Enmedio más allá de lo que fue Estagua, y el de Estagua córranlo para los cerros de Vilmayo —les iba ordenando Fulgor Sedano conforme salían—. ¡Y apriétenle, que se nos vienen encima las aguas!

Lo dijo tantas veces, que ya los últimos sólo oyeron: "De aquí para allá y de allá para más allá."

Todos y cada uno se llevaban la mano al sombrero para darle a entender que ya habían entendido.

Y apenas había acabado de salir el último hombre, cuando entró a todo galope Miguel Páramo, quien, sin detener su carrera, se apeó del caballo casi en las narices de Fulgor, dejando que el caballo buscara solo su pesebre.

—¿De dónde vienes a estas horas, muchacho?

—Vengo de ordeñar.

—¿A quién?

—¿A que no lo adivinas?

—Ha de ser a Dorotea la Cuarraca. Es a la única que le gustan los bebés.

—Eres un imbécil, Fulgor; pero no tienes tú la culpa.

Y se fue, sin quitarse las espuelas, a que le dieran de almorzar.

En la cocina, Damiana Cisneros también le hizo la misma pregunta:

—¿Pero de dónde llegas, Miguel?

—De por ahi, de visitar madres.

—No quiero que te enojes. Disimúlalo. ¿Cómo se te hacen los huevos?

200

—Como a ti te gusten.

—Te estoy hablando de buen modo, Miguel.

—Lo entiendo, Damiana. No te preocupes. Oye, ¿tú conoces a una tal Dorotea, apodada *la Cuarraca?*

—Sí. Y si tú la quieres ver, allí está afuerita. Siempre madruga para venir aquí por su desayuno. Es una que trae un molote en su rebozo y lo arrulla diciendo que es su crío. Parece ser que le sucedió alguna desgracia allá en sus tiempos; pero, como nunca habla, nadie sabe lo que le pasó. Vive de limosna.

—¡Maldito viejo! Le voy a jugar una mala pasada que hasta le harán remolino los ojos.

Después se quedó pensando si aquella mujer no le serviría para algo. Y sin dudarlo más fue hacia la puerta trasera de la cocina y llamó a Dorotea:

—Ven para acá, te voy a proponer un trato —le dijo.

Y quién sabe qué clase de proposiciones le haría, lo cierto es que cuando entró de nuevo se frotaba las manos:

—¡Vengan esos huevos! —le gritó a Damiana. Y agregó—: De hoy en adelante le darás de comer a esa mujer lo mismo que a mí, no le hace que se te ampolle el codo.

Mientras tanto, Fulgor Sedano se fue hasta las trojes a revisar la altura del maíz. Le preocupaba la merma porque aún tardaría la cosecha. A decir verdad, apenas si se había sembrado. "Quiero ver si nos alcanza." Luego añadió: "¡Ese muchacho! Igualito a su padre; pero comenzó demasiado pronto. A ese paso no creo que se logre. Se me olvidó mencionarle que ayer vinieron con la acusación de que había matado a uno. Si así sigue..."

Suspiró y trató de imaginar en qué lugar irían ya los vaqueros. Pero lo distrajo el potrillo alazán de Miguel Páramo, que se rascaba los morros contra la barda. "Ni siquiera lo ha desensillado", pensó. "Ni lo hará. Al menos don Pedro es más consecuente con uno y tiene sus ratos de calma. Aunque consiente mucho al Miguel. Ayer le comuniqué lo que había hecho su hijo y me respondió: 'Hazte a la idea de que yo fui, Fulgor; él es incapaz de hacer eso: no tiene todavía fuerza para matar a na-

201

die. Para eso se necesita tener los riñones de este tamaño.' Puso sus manos así, como si midiera una calabaza. 'La culpa de todo lo que él haga échamela a mí.' "

—Miguel le dará muchos dolores de cabeza, don Pedro. Le gusta la pendencia.

—Déjalo moverse. Es apenas un niño. ¿Cuántos años cumplió? Tendrá diecisiete. ¿No, Fulgor?

—Puede que sí. Recuerdo que se lo trajeron recién, apenas ayer; pero es tan violento y vive tan de prisa que a veces se me figura que va jugando carreras con el tiempo. Acabará por perder, ya lo verá usted.

—Es todavía una criatura, Fulgor.

—Será lo que usted diga, don Pedro; pero esa mujer que vino ayer a llorar aquí, alegando que el hijo de usted le había matado a su marido, estaba de a tiro desconsolada. Yo sé medir el desconsuelo, don Pedro. Y esa mujer lo cargaba por kilos. Le ofrecí cincuenta hectolitros de maíz para que se olvidara del asunto; pero no los quiso. Entonces le prometí que corregiríamos el daño de algún modo. No se conformó.

—¿De quién se trataba?

—Es gente que no conozco.

—No tienes pues por qué apurarte, Fulgor. Esa gente no existe.

Llegó a las trojes y sintió el calor del maíz. Tomó en sus manos un puñado para ver si no lo había alcanzado el gorgojo. Midió la altura: "Rendirá —dijo—. En cuanto crezca el pasto ya no vamos a requerir darle maíz al ganado. Hay de sobra."

De regreso miró el cielo lleno de nubes: "Tendremos agua para un buen rato." Y se olvidó de todo lo demás.   □

—Allá afuera debe estar variando el tiempo. Mi madre me decía que, en cuanto comenzaba a llover, todo se llenaba de luces y del olor verde de los retoños. Me contaba cómo llegaba la marea de las nubes, cómo se echaban sobre la tierra y la descomponían cambiándole los colores... Mi madre, que vivió su infancia y sus mejores años en este pueblo y que ni siquiera pudo venir a morir aquí. Hasta para eso me mandó a mí en su lugar. Es curioso, Dorotea, cómo no alcancé a ver ni el cielo. Al menos, quizá, debe ser el mismo que ella conoció.

—No lo sé, Juan Preciado. Hacía tantos años que no alzaba la cara, que me olvidé del cielo. Y aunque lo hubiera hecho, ¿qué habría ganado? El cielo está tan alto, y mis ojos tan sin mirada, que vivía contenta con saber dónde quedaba la tierra. Además, le perdí todo mi interés desde que el padre Rentería me aseguró que jamás conocería la gloria. Que ni siquiera de lejos la vería... Fue cosa de mis pecados; pero él no debía habérmelo dicho. Ya de por sí la vida se lleva con trabajos. Lo único que la hace a una mover los pies es la esperanza de que al morir la lleven a una de un lugar a otro; pero cuando a una le cierran una puerta y la que queda abierta es nomás la del infierno, más vale no haber nacido... El cielo para mí, Juan Preciado, está aquí donde estoy ahora.

—¿Y tu alma? ¿Dónde crees que haya ido?

—Debe andar vagando por la tierra como tantas otras; buscando vivos que recen por ella. Tal vez me odie por el mal trato que le di; pero eso ya no me preocupa. He descansado del vicio de sus remordimientos. Me amargaba hasta lo poco que comía, y me hacía insoportables las noches llenándomelas de pensamientos intranquilos con figuras de condenados y cosas de ésas. Cuando me senté a morir, ella rogó que me levantara y que siguiera arrastrando la vida, como si esperara todavía algún milagro que me limpiara de culpas. Ni siquiera hice el intento: "Aquí se acaba el camino —le dije—. Ya no me quedan fuerzas para más." Y abrí la boca para que se fuera. Y se fue. Sentí cuando cayó en mis manos el hilito de sangre con que estaba amarrada a mi corazón. □

Llamaron a su puerta; pero él no contestó. Oyó que siguieron tocando todas las puertas, despertando a la gente. La carrera que llevaba Fulgor —lo conoció por sus pasos— hacia la puerta grande se detuvo un momento, como si tuviera intenciones de volver a llamar. Después siguió corriendo.

Rumor de voces. Arrastrar de pisadas despaciosas como si cargaran con algo pesado.

Ruidos vagos.

Vino hasta su memoria la muerte de su padre, también en un amanecer como éste; aunque en aquel entonces la puerta estaba abierta y traslucía el color gris de un cielo hecho de ceniza, triste, como fue entonces. Y a una mujer conteniendo el llanto, recostada contra la puerta. Una madre de la que él ya se había olvidado y olvidado muchas veces diciéndole: "¡Han matado a tu padre!" Con aquella voz quebrada, deshecha, sólo unida por el hilo del sollozo.

Nunca quiso revivir ese recuerdo porque le traía otros, como si rompiera un costal repleto y luego quisiera contener el grano. La muerte de su padre que arrastró otras muertes y en cada una de ellas estaba siempre la imagen de la cara despedazada; roto un ojo, mirando vengativo el otro. Y otro y otro más, hasta que la había borrado del recuerdo cuando ya no hubo nadie que se la recordara.

—¡Descánselo aquí! No, así no. Hay que meterlo con la cabeza para atrás. ¡Tú! ¿Qué esperas?

Todo en voz baja.

—¿Y él?

—Él duerme. No lo despierten. No hagan ruido.

Allí estaba él, enorme, mirando la maniobra de meter un bulto envuelto en costales viejos, amarrado con sicuas de coyunda como si lo hubieran amortajado.

—¿Quién es? —preguntó.

Fulgor Sedano se acercó hasta él y le dijo:

—Es Miguel, don Pedro.

—¿Qué le hicieron? —gritó.

Esperaba oír: "Lo han matado." Y ya estaba previniendo su furia, haciendo bolas duras de rencor; pero oyó las palabras suaves de Fulgor Sedano que le decían:

—Nadie le hizo nada. Él solo encontró la muerte.

Había mecheros de petróleo aluzando la noche.

—...Lo mató el caballo —se acomidió a decir uno.

204

Lo tendieron en su cama, echando abajo el colchón, dejando las puras tablas donde acomodaron el cuerpo ya desprendido de las tiras con que habían venido tirando de él. Le colocaron las manos sobre el pecho y taparon su cara con un trapo negro. "Parece más grande de lo que era", dijo en secreto Fulgor Sedano.

Pedro Páramo se había quedado sin expresión ninguna, como ido. Por encima de él sus pensamientos se seguían unos a otros sin darse alcance ni juntarse. Al fin dijo:

—Estoy comenzando a pagar. Más vale empezar temprano, para terminar pronto.

No sintió dolor.

Cuando le habló a la gente reunida en el patio para agradecerle su compañía, abriéndole paso a su voz por entre el lloriqueo de las mujeres, no cortó ni el resuello ni sus palabras. Después sólo se oyó en aquella noche el piafar del potrillo alazán de Miguel Páramo.

—Mañana mandas matar ese animal para que no siga sufriendo —le ordenó a Fulgor Sedano.

—Está bien, don Pedro. Lo entiendo. El pobre se ha de sentir desolado.

—Yo también lo entiendo así, Fulgor. Y diles de paso a esas mujeres que no armen tanto escándalo, es mucho alboroto por mi muerto. Si fuera de ellas, no llorarían con tantas ganas.   ☐

El padre Rentería se acordaría muchos años después de la noche en que la dureza de su cama lo tuvo despierto y después lo obligó a salir. Fue la noche en que murió Miguel Páramo.

Recorrió las calles solitarias de Comala, espantando con sus pasos a los perros que husmeaban en las basuras. Llegó hasta el río y allí se entretuvo mirando en los remansos el reflejo de las estrellas que se estaban cayendo del cielo. Duró varias horas luchando con sus pensamientos, tirándolos al agua negra del río.

"El asunto comenzó —pensó— cuando Pedro Páramo, de cosa baja que era, se alzó a mayor. Fue creciendo como una mala yerba. Lo malo de esto es que todo lo obtuvo de mí: 'Me

205

acuso, padre, que ayer dormí con Pedro Páramo.' 'Me acuso, padre, que tuve un hijo de Pedro Páramo.' 'De que le presté mi hija a Pedro Páramo.' Siempre esperé que él viniera a acusarse de algo; pero nunca lo hizo. Y después estiró los brazos de su maldad con ese hijo que tuvo. Al que él reconoció, sólo Dios sabe por qué. Lo que sí sé es que yo puse en sus manos ese instrumento."

Tenía muy presente el día que se lo había llevado, apenas nacido.

Le había dicho:

—Don Pedro, la mamá murió al alumbrarlo. Dijo que era de usted. Aquí lo tiene.

Y él ni lo dudó, solamente le dijo:

—¿Por qué no se queda con él, padre? Hágalo cura.

—Con la sangre que lleva dentro no quiero tener esa responsabilidad.

—¿De verdad cree usted que tengo mala sangre?

—Realmente sí, don Pedro.

—Le probaré que no es cierto. Déjemelo aquí. Sobra quien se encargue de cuidarlo.

—En eso pensé, precisamente. Al menos con usted no le faltará el sustento.

El muchachito se retorcía, pequeño como era, como una víbora.

—¡Damiana! Encárgate de esa cosa. Es mi hijo.

Después había abierto la botella:

—Por la difunta y por usted beberé este trago.

—¿Y por él?

—Por él también, ¿por qué no?

Llenó otra copa más y los dos bebieron por el porvenir de aquella criatura.

Así fue.

Comenzaron a pasar las carretas rumbo a la Media Luna. Él se agachó, escondiéndose en el galápago que bordeaba el río. "¿De quién te escondes?", se preguntó a sí mismo.

—¡Adiós, padre! —oyó que le decían.

Se alzó de la tierra y contestó:

—¡Adiós! Que el Señor te bendiga.

Estaban apagándose las luces del pueblo. El río llenó su agua de colores luminosos.

—Padre, ¿ya dieron el alba? —preguntó otro de los carreteros.

—Debe ser mucho después del alba —respondió él. Y caminó en sentido contrario al de ellos, con intenciones de no detenerse.

—¿Adónde tan temprano, padre?

—¿Dónde está el moribundo, padre?

—¿Ha muerto alguien en Contla, padre?

Hubiera querido responderles: "Yo. Yo soy el muerto." Pero se conformó con sonreír.

Al salir del pueblo precipitó sus pasos.

Regresó entrada la mañana.

—¿Dónde estuvo usted, tío? —le preguntó Ana su sobrina—. Vinieron muchas mujeres a buscarlo. Querían confesarse por ser mañana viernes primero.

—Que regresen a la noche.

Se quedó un rato quieto, sentado en una banca del pasillo, lleno de fatiga.

—¡Qué fresco está el aire!, ¿no, Ana?

—Hace calor, tío.

—Yo no lo siento.

No quería pensar para nada que había estado en Contla, donde hizo confesión general con el señor cura, y que éste, a pesar de sus ruegos, le había negado la absolución:

—Ese hombre de quien no quieres mencionar su nombre ha despedazado tu Iglesia y tú se lo has consentido. ¿Qué se puede esperar ya de ti, padre? ¿Qué has hecho de la fuerza de Dios? Quiero convencerme de que eres bueno y de que allí recibes la estimación de todos; pero no basta ser bueno. El pecado no es bueno. Y para acabar con él, hay que ser duro y despiadado. Quiero creer que todos siguen siendo creyentes; pero no eres tú quien mantiene su fe; lo hacen por superstición y por miedo. Quiero aún más estar contigo en la pobreza en que vives y en el trabajo y cuidados que libras todos los días en tu cumplimiento. Sé lo difícil que es nuestra tarea en estos pobres pueblos donde nos tienen relegados; pero eso mismo me da derecho a decirte que no hay *que* entregar nuestro servicio a unos cuantos, que te darán un poco a cambio de tu alma, y con tu alma en manos de ellos ¿qué podrás hacer para ser mejor que aquellos que son mejores que tú? No, padre, mis manos no son lo suficientemente limpias para darte la absolución. Tendrás que buscarla en otro lugar.

—¿Quiere usted decir, señor cura, que tengo que ir a buscar la confesión a otra parte?

—Tienes que ir. No puedes seguir consagrando a los demás si tú mismo estás en pecado.

—¿Y si suspenden mis ministerios?

—No creo que lo hagan, aunque tal vez lo merezcas. Quedará a juicio de ellos.

—¿No podría usted...? Provisionalmente, digamos... Necesito dar los santos óleos... la comunión. Mueren tantos en mi pueblo, señor cura.

—Padre, deja que a los muertos los juzgue Dios.

—¿Entonces, no?

Y el señor cura de Contla había dicho que no.

Después pasearon los dos por los corredores del curato, sombreados de azaleas. Se sentaron bajo una enramada donde maduraban las uvas.

—Son ácidas, padre —se adelantó el señor cura a la pregunta que le iba a hacer—. Vivimos en una tierra en que todo se da, gracias a la Providencia; pero todo se da con acidez. Estamos condenados a eso.

—Tiene usted razón, señor cura. Allá en Comala he intentado sembrar uvas. No se dan. Sólo crecen arrayanes y naranjos; naranjos agrios y arrayanes agrios. A mí se me ha olvidado el sabor de las cosas dulces. ¿Recuerda usted las guayabas de China que teníamos en el seminario? Los duraznos, las mandarinas aquellas que con sólo apretarlas soltaban la cáscara. Yo traje aquí

208

algunas semillas. Pocas; apenas una bolsita... después pensé que hubiera sido mejor dejarlas allá donde maduraran, ya que aquí las traje a morir.

—Y sin embargo, padre, dicen que las tierras de Comala son buenas. Es lástima que estén en manos de un solo hombre. ¿Es Pedro Páramo aún el dueño, no?

—Así es la voluntad de Dios.

—No creo que en este caso intervenga la voluntad de Dios. ¿No lo crees tú así, padre?

—A veces lo he dudado; pero allí lo reconocen.

—¿Y entre ésos estás tú?

—Yo soy un pobre hombre dispuesto a humillarse, mientras sienta el impulso de hacerlo.

Luego se habían despedido. Él, tomándole las manos y besándoselas. Con todo, ahora aquí, vuelto a la realidad, no quería volver a pensar más en esa mañana de Contla.

Se levantó y fue hacia la puerta.

—¿Adónde va usted, tío?

Su sobrina Ana, siempre presente, siempre junto a él, como si buscara su sombra para defenderse de la vida.

—Voy a ir un rato a caminar, Ana. A ver si así reviento.

—¿Se siente mal?

—Mal no, Ana. Malo. Un hombre malo. Eso siento que soy.

Fue hasta la Media Luna y dio el pésame a Pedro Páramo. Volvió a oír las disculpas por las inculpaciones que le habían hecho a su hijo. Lo dejó hablar. Al fin ya nada tenía importancia. En cambio, rechazó la invitación a comer con él:

—No puedo, don Pedro, tengo que estar temprano en la iglesia porque me espera un montón de mujeres junto al confesionario. Otra vez será.

Se vino al paso, y cuando atardecía entró directamente en la iglesia, tal como iba, lleno de polvo y de miseria. Se sentó a confesar.

La primera que se acercó fue la vieja Dorotea, quien siempre estaba allí esperando a que se abrieran las puertas de la iglesia.

Sintió que olía a alcohol.

—¿Qué, ya te emborrachas? ¿Desde cuándo?

—Es que estuve en el velorio de Miguelito, padre. Y se me pasaron las canelas. Me dieron de beber tanto, que hasta me volví payasa.

—Nunca has sido otra cosa, Dorotea.

—Pero ahora traigo pecados, padre. Y de sobra.

En varias ocasiones él le había dicho: "No te confieses, Dorotea, nada más vienes a quitarme el tiempo. Tú ya no puedes cometer ningún pecado, aunque te lo propongas. Déjale el campo a los demás."

—Ahora sí, padre. Es de verdad.

—Di.

—Ya que no puedo causarle ningún perjuicio, le diré que era yo la que le conseguía muchachas al difunto Miguelito Páramo.

El padre Rentería, que pensaba darse campo para pensar, pareció salir de sus sueños y preguntó casi por costumbre:

—¿Desde cuándo?

—Desde que él fue hombrecito. Desde que le agarró el chincual.

—Vuélveme a repetir lo que dijiste, Dorotea.

—Pos que yo era la que le conchavaba las muchachas a Miguelito.

—¿Se las llevabas?

—Algunas veces, sí. En otras nomás se las apalabraba. Y con otras nomás le daba el norte. Usted sabe: la hora en que estaban solas y en que él podía agarrarlas descuidadas.

—¿Fueron muchas?

No quería decir eso; pero le salió la pregunta por costumbre.

—Ya hasta perdí la cuenta. Fueron retemuchas.

—¿Qué quieres que haga contigo, Dorotea? Júzgate tú misma. Ve si tú puedes perdonarte.

—Yo no, padre. Pero usted sí puede. Por eso vengo a verlo.

—¿Cuántas veces viniste aquí a pedirme que te mandara al cielo cuando murieras? ¿Querías ver si allá encontrabas a tu hijo, no, Dorotea? Pues bien, no podrás ir ya más al cielo. Pero que Dios te perdone.

210

—Gracias, padre.

—Sí. Yo también te perdono en nombre de él. Puedes irte.

—¿No me deja ninguna penitencia?

—No la necesitas, Dorotea.

—Gracias, padre.

—Ve con Dios.

Tocó con los nudillos la ventanilla del confesionario para llamar a otra de aquellas mujeres. Y mientras oía el Yo pecador su cabeza se dobló como si no pudiera sostenerse en alto. Luego vino aquel mareo, aquella confusión, el irse diluyendo como en agua espesa, y el girar de luces; la luz entera del día que se desbarataba haciéndose añicos; y ese sabor a sangre en la lengua. El Yo pecador se oía más fuerte, repetido, y después terminaba: "por los siglos de los siglos, amén", "por los siglos de los siglos, amén", "por los siglos. . ."

—Ya calla —dijo—. ¿Cuánto hace que no te confiesas?

—Dos días, padre.

Allí estaba otra vez. Como si lo rodeara la desventura. "¿Qué haces aquí? —pensó—. Descansa. Vete a descansar. Estás muy cansado."

Se levantó del confesionario y se fue derecho a la sacristía. Sin volver la cabeza dijo a aquella gente que lo estaba esperando:

—Todos los que se sientan sin pecado, pueden comulgar mañana.

Detrás de él, sólo se oyó un murmullo.   □

Estoy acostada en la misma cama donde murió mi madre hace ya muchos años; sobre el mismo colchón; bajo la misma cobija de lana negra con la cual nos envolvíamos las dos para dormir. Entonces yo dormía a su lado, en un lugarcito que ella me hacía debajo de sus brazos.

Creo sentir todavía el golpe pausado de su respiración; las palpitaciones y suspiros con que ella arrullaba mi sueño. . . Creo sentir la pena de su muerte. . . Pero esto es falso.

Estoy aquí, boca arriba, pensando en aquel tiempo para olvidar mi soledad. Porque no estoy acostada sólo por un rato. Y ni

211

en la cama de mi madre, sino dentro de un cajón negro como el que se usa para enterrar a los muertos. Porque estoy muerta.

Siento el lugar en que estoy y pienso. . .

Pienso cuando maduraban los limones. En el viento de febrero que rompía los tallos de los helechos, antes que el abandono los secara; los limones maduros que llenaban con su olor el viejo patio.

El viento bajaba de las montañas en las mañanas de febrero. Y las nubes se quedaban allá arriba en espera de que el tiempo bueno las hiciera bajar al valle; mientras tanto dejaban vacío el cielo azul, dejaban que la luz cayera en el juego del viento haciendo círculos sobre la tierra, removiendo el polvo y batiendo las ramas de los naranjos.

Y los gorriones reían; picoteaban las hojas que el aire hacía caer, y reían; dejaban sus plumas entre las espinas de las ramas y perseguían a las mariposas y reían. Era esa época.

En febrero, cuando las mañanas estaban llenas de viento, de gorriones y de luz azul. Me acuerdo. Mi madre murió entonces.

Que yo debía haber gritado; que mis manos tenían que haberse hecho pedazos estrujando su desesperación. Así hubieras tú querido que fuera. ¿Pero acaso no era alegre aquella mañana? Por la puerta abierta entraba el aire, quebrando las guías de la yedra. En mis piernas comenzaba a crecer el vello entre las venas, y mis manos temblaban tibias al tocar mis senos. Los gorriones jugaban. En las lomas se mecían las espigas. Me dio lástima que ella ya no volviera a ver el juego del viento en los jazmines; que cerrara sus ojos a la luz de los días. ¿Pero por qué iba a llorar?

¿Te acuerdas, Justina? Acomodaste las sillas a lo largo del corredor para que la gente que viniera a verla esperara su turno. Estuvieron vacías. Y mi madre sola, en medio de los cirios; su cara pálida y sus dientes blancos asomándose apenitas entre sus labios morados, endurecidos por la amoratada muerte. Sus pestañas ya quietas; quieto ya su corazón. Tú y yo allí, rezando rezos interminables, sin que ella oyera nada, sin que tú y yo oyéramos nada, todo perdido en la sonoridad del viento debajo

212

de la noche. Planchaste su vestido negro, almidonando el cuello y el puño de sus mangas para que sus manos se vieran nuevas, cruzadas sobre su pecho muerto; su viejo pecho amoroso sobre el que dormí en un tiempo y que me dio de comer y que palpitó para arrullar mis sueños.

Nadie vino a verla. Así estuvo mejor. La muerte no se reparte como si fuera un bien. Nadie anda en busca de tristezas.

Tocaron la aldaba. Tú saliste.

—Ve tú —te dije—. Yo veo borrosa la cara de la gente. Y haz que se vayan. ¿Que vienen por el dinero de las misas gregorianas? Ella no dejó ningún dinero. Díselos, Justina. ¿Que no saldrá del Purgatorio si no le rezan esas misas? ¿Quiénes son ellos para hacer la justicia, Justina? ¿Dices que estoy loca? Está bien.

Y tus sillas se quedaron vacías hasta que fuimos a enterrarla con aquellos hombres alquilados, sudando por un peso ajeno, extraños a cualquier pena. Cerraron la sepultura con arena mojada; bajaron el cajón despacio, con la paciencia de su oficio, bajo el aire que les refrescaba su esfuerzo. Sus ojos fríos, indiferentes. Dijeron: "Es tanto." Y tú les pagaste, como quien compra una cosa, desanudando tu pañuelo húmedo de lágrimas, exprimido y vuelto a exprimir y ahora guardando el dinero de los funerales...

Y cuando ellos se fueron, te arrodillaste en el lugar donde había quedado su cara y besaste la tierra y podrías haber abierto un agujero, si yo no te hubiera dicho: "Vámonos, Justina, ella está en otra parte, aquí no hay más que una cosa muerta." ☐

—¿Eres tú la que ha dicho todo eso, Dorotea?

—¿Quién, yo? Me quedé dormida un rato. ¿Te siguen asustando?

—Oí a alguien que hablaba. Una voz de mujer. Creí que eras tú.

—¿Voz de mujer? ¿Creíste que era yo? Ha de ser la que habla sola. La de la sepultura grande. Doña Susanita. Está aquí enterrada a nuestro lado. Le ha de haber llegado la humedad y estará removiéndose entre el sueño.

—¿Y quién es ella?

—La última esposa de Pedro Páramo. Unos dicen que estaba loca. Otros, que no. La verdad es que ya hablaba sola desde en vida.

—Debe haber muerto hace mucho.

—¡Uh, sí! Hace mucho. ¿Qué le oíste decir?

—Algo acerca de su madre.

—Pero si ella ni madre tuvo...

—Pues de eso hablaba.

—...O, al menos, no la trajo cuando vino. Pero espérate. Ahora recuerdo que ella nació aquí, y que ya de añejita desaparecieron. Y sí, su madre murió de la tisis. Era una señora muy rara que siempre estuvo enferma y no visitaba a nadie.

—Eso dice ella. Que nadie había ido a ver a su madre cuando murió.

—¿Pero de qué tiempos hablará? Claro que nadie se paró en su casa por el puro miedo de agarrar la tisis. ¿Se acordará de eso la indina?

—De eso hablaba.

—Cuando vuelvas a oírla me avisas, me gustaría saber lo que dice.

—¿Oyes? Parece que va a decir algo. Se oye un murmullo.

—No, no es ella. Eso viene de más lejos, de por este otro rumbo. Y es voz de hombre. Lo que pasa con estos muertos viejos es que en cuanto les llega la humedad comienzan a removerse. Y despiertan.

"El cielo es grande. Dios estuvo conmigo esa noche. De no ser así quién sabe lo que hubiera pasado. Porque fue ya de noche cuando reviví..."

—¿Lo oyes ya más claro?

—Sí.

"...Tenía sangre por todas partes. Y al enderezarme chapotié con mis manos la sangre regada en las piedras. Y era mía. Montonales de sangre. Pero no estaba muerto. Me di cuenta. Supe que don Pedro no tenía intenciones de matarme. Sólo de darme un susto. Quería averiguar si yo había estado en Vilmayo dos

214

meses antes. El día de San Cristóbal. En la boda. ¿En cuál boda? ¿En cuál San Cristóbal? Yo chapoteaba entre mi sangre y le preguntaba: '¿En cuál boda, don Pedro? No, no, don Pedro, yo no estuve. Si acaso, pasé por allí. Pero fue por casualidad...' Él no tuvo intenciones de matarme. Me dejó cojo, como ustedes ven, y manco si ustedes quieren. Pero no me mató. Dicen que se me torció un ojo desde entonces, de la mala impresión. Lo cierto es que me volví más hombre. El cielo es grande. Y ni quien lo dude."

—¿Quién será?

—Ve tú a saber. Alguno de tantos. Pedro Páramo causó tal mortandad después que le mataron a su padre, que se dice casi acabó con los asistentes a la boda en la cual don Lucas Páramo iba a fungir de padrino. Y eso que a don Lucas nomás le tocó de rebote, porque al parecer la cosa era contra el novio. Y como nunca se supo de dónde había salido la bala que le pegó a él, Pedro Páramo arrasó parejo. Eso fue allá en el cerro de Vilmayo, donde estaban unos ranchos de los que ya no queda ni el rastro... Mira, ahora sí parece ser ella. Tú que tienes los oídos muchachos, ponle atención. Ya me contarás lo que diga.

—No se le entiende. Parece que no habla, sólo se queja.

—¿Y de qué se queja?

—Pues quién sabe.

—Debe ser por algo. Nadie se queja de nada. Pára bien la oreja.

—Se queja y nada más. Tal vez Pedro Páramo la hizo sufrir.

—No creas. Él la quería. Estoy por decir que nunca quiso a ninguna mujer como a ésa. Ya se la entregaron sufrida y quizá loca. Tan la quiso, que se pasó el resto de sus años aplastado en un equipal, mirando el camino por donde se la habían llevado al camposanto. Le perdió interés a todo. Desalojó sus tierras y mandó quemar los enseres. Unos dicen que porque ya estaba cansado, otros que porque le agarró la desilusión; lo cierto es que echó fuera a la gente y se sentó en su equipal, cara al camino.

"Desde entonces la tierra se quedó baldía y como en ruinas.

Daba pena verla llenándose de achaques con tanta plaga que la invadió en cuanto la dejaron sola. De allá para acá se consumió la gente; se desbandaron los hombres en busca de otros 'bebederos'. Recuerdo días en que Comala se llenó de 'adioses' y hasta nos parecía cosa alegre ir a despedir a los que se iban. Y es que se iban con intenciones de volver. Nos dejaban encargadas sus cosas y su familia. Luego algunos mandaban por la familia aunque no por sus cosas, y después parecieron olvidarse del pueblo y de nosotros, y hasta de sus cosas. Yo me quedé porque no tenía adónde ir. Otros se quedaron esperando que Pedro Páramo muriera, pues según decían les había prometido heredarles sus bienes, y con esa esperanza vivieron todavía algunos. Pero pasaron años y años y él seguía vivo, siempre allí, como un espantapájaros frente a las tierras de la Media Luna.

"Y ya cuando le faltaba poco para morir vinieron las guerras esas de los 'cristeros' y la tropa echó rialada con los pocos hombres que quedaban. Fue cuando yo comencé a morirme de hambre y desde entonces nunca me volví a emparejar.

"Y todo por las ideas de don Pedro, por sus pleitos de alma. Nada más porque se le murió su mujer, la tal Susanita. Ya te has de imaginar si la quería." □

Fue Fulgor Sedano quien le dijo:
—Patrón, ¿sabe quién anda por aquí?
—¿Quién?
—Bartolomé San Juan.
—¿Y eso?
—Eso es lo que yo me pregunto. ¿Qué vendrá a hacer?
—¿No lo has investigado?
—No. Vale decirlo. Y es que no ha buscado casa. Llegó directamente a la antigua casa de usted. Allí desmontó y apeó sus maletas, como si usted de antemano se la hubiera alquilado. Al menos le vi esa seguridad.
—¿Y qué haces tú, Fulgor, que no averiguas lo que pasa? ¿No estás para eso?

216

—Me desorienté un poco por lo que le dije. Pero mañana aclararé las cosas si usted lo cree necesario.

—Lo de mañana déjamelo a mí. Yo me encargo de ellos. ¿Han venido los dos?

—Sí, él y su mujer. ¿Pero cómo lo sabe?

—¿No será su hija?

—Pues por el modo como la trata más bien parece su mujer.

—Vete a dormir, Fulgor.

—Si usted me lo permite.   □

"Esperé treinta años a que regresaras, Susana. Esperé a tenerlo todo. No solamente algo, sino todo lo que se pudiera conseguir de modo que no nos quedara ningún deseo, sólo el tuyo, el deseo de ti. ¿Cuántas veces invité a tu padre a que viniera a vivir aquí nuevamente, diciéndole que yo lo necesitaba? Lo hice hasta con engaños.

"Le ofrecí nombrarlo administrador, con tal de volverte a ver. ¿Y qué me contestó? 'No hay respuesta —me decía siempre el mandadero—. El señor don Bartolomé rompe sus cartas cuando yo se las entrego.' Pero por el muchacho supe que te habías casado y pronto me enteré que te habías quedado viuda y le hacías otra vez compañía a tu padre."

Luego el silencio.

"El mandadero iba y venía y siempre regresaba diciéndome:

"—No los encuentro, don Pedro. Me dicen que salieron de Mascota. Y unos me dicen que para acá y otros que para allá.

"Y yo:

"—No repares en gastos, búscalos. Ni que se los haya tragado la tierra.

"Hasta que un día vino y me dijo:

"—He repasado toda la sierra indagando el rincón donde se esconde don Bartolomé San Juan, hasta que he dado con él, allá, perdido en un agujero de los montes, viviendo en una covacha hecha de troncos, en el mero lugar donde están las minas abandonadas de La Andrómeda.

"Ya para entonces soplaban vientos raros. Se decía que había

217

gente levantada en armas. Nos llegaban rumores. Eso fue lo que aventó a tu padre por aquí. No por él, según me dijo en su carta, sino por tu seguridad, quería traerte a algún lugar viviente.

"Sentí que se abría el cielo. Tuve ánimos de correr hacia ti. De rodearte de alegría. De llorar. Y lloré, Susana, cuando supe que al fin regresarías." ☐

—Hay pueblos que saben a desdicha. Se les conoce con sorber un poco de su aire viejo y entumido, pobre y flaco como todo lo viejo. Éste es uno de esos pueblos, Susana.

"Allá, de donde venimos ahora, al menos te entretenías mirando el nacimiento de las cosas: nubes y pájaros, el musgo, ¿te acuerdas? Aquí en cambio no sentirás sino ese olor amarillo y acedo que parece destilar por todas partes. Y es que éste es un pueblo desdichado; untado todo de desdicha.

"Él nos ha pedido que volvamos. Nos ha prestado su casa. Nos ha dado todo lo que podamos necesitar. Pero no debemos estarle agradecidos. Somos infortunados por estar aquí, porque aquí no tendremos salvación ninguna. Lo presiento.

"¿Sabes qué me ha pedido Pedro Páramo? Yo ya me imaginaba que esto que nos daba no era gratuito. Y estaba dispuesto a que se cobrara con mi trabajo, ya que teníamos que pagar de algún modo. Le detallé todo lo referente a La Andrómeda y le hice ver que aquello tenía posibilidades, trabajándola con método. ¿Y sabes qué me contestó? 'No me interesa su mina, Bartolomé San Juan. Lo único que quiero de usted es a su hija. Ése ha sido su mejor trabajo.'

"Así que te quiere a ti, Susana. Dice que jugabas con él cuando eran niños. Que ya te conoce. Que llegaron a bañarse juntos en el río cuando eran niños. Yo no lo supe; de haberlo sabido te habría matado a cintarazos."

—No lo dudo.

—¿Fuiste tú la que dijiste: no lo dudo?

—Yo lo dije.

—¿De manera que estás dispuesta a acostarte con él?

—Sí, Bartolomé.

218

—¿No sabes que es casado y que ha tenido infinidad de mujeres?

—Sí, Bartolomé.

—No me digas Bartolomé. ¡Soy tu padre!

Bartolomé San Juan, un minero muerto. Susana San Juan, hija de un minero muerto en las minas de La Andrómeda. Veía claro. "Tendré que ir allá a morir", pensó. Luego dijo:

—Le he dicho que tú, aunque viuda, sigues viviendo con tu marido, o al menos así te comportas; he tratado de disuadirlo, pero se le hace torva la mirada cuando yo le hablo, y en cuanto sale a relucir tu nombre, cierra los ojos. Es, según yo sé, la pura maldad. Eso es Pedro Páramo.

—¿Y yo quién soy?

—Tú eres mi hija. Mía. Hija de Bartolomé San Juan.

En la mente de Susana San Juan comenzaron a caminar las ideas, primero lentamente, luego se detuvieron, para después echar a correr de tal modo que no alcanzó sino a decir:

—No es cierto. No es cierto.

—Este mundo, que lo aprieta a uno por todos lados, que va vaciando puños de nuestro polvo aquí y allá, deshaciéndonos en pedazos como si rociara la tierra con nuestra sangre. ¿Qué hemos hecho? ¿Por qué se nos ha podrido el alma? Tu madre decía que cuando menos nos queda la caridad de Dios. Y tú la niegas, Susana. ¿Por qué me niegas a mí como tu padre? ¿Estás loca?

—¿No lo sabías?

—¿Estás loca?

—Claro que sí, Bartolomé. ¿No lo sabías? □

—¿Sabías, Fulgor, que ésa es la mujer más hermosa que se ha dado sobre la tierra? Llegué a creer que la había perdido para siempre. Pero ahora no tengo ganas de volverla a perder. ¿Tú me entiendes, Fulgor? Dile a su padre que vaya a seguir explotando sus minas. Y allá... me imagino que será fácil desaparecer al viejo en aquellas regiones adonde nadie va nunca... ¿No lo crees?

—Puede ser.

—Necesitamos que sea. Ella tiene que quedarse huérfana. Estamos obligados a amparar a alguien. ¿No crees tú?

—No lo veo difícil.

—Entonces andando, Fulgor, andando.

—¿Y si ella lo llega a saber?

—¿Quién se lo dirá? A ver, dime, aquí entre nosotros dos, ¿quién se lo dirá?

—Estoy seguro que nadie.

—Quítale el "estoy seguro que". Quítaselo desde ahorita y ya verás cómo todo sale bien. Acuérdate del trabajo que dio dar con La Andrómeda. Mándalo para allá a seguir trabajando. Que vaya y vuelva. Nada de que se le ocurra acarrear con la hija. Ésa aquí se la cuidamos. Allá estará su trabajo y aquí su casa adonde venga a reconocer. Díselo así, Fulgor.

—Me vuelve a gustar cómo acciona usted, patrón, como que se le están rejuveneciendo los ánimos.   □

Sobre los campos del valle de Comala está cayendo la lluvia. Una lluvia menuda, extraña para estas tierras que sólo saben de aguaceros. Es domingo. De Apango han bajado los indios con sus rosarios de manzanillas, su romero, sus manojos de tomillo. No han traído ocote porque el ocote está mojado, y ni tierra de encino porque también está mojada por el mucho llover. Tienden sus yerbas en el suelo, bajo los arcos del portal, y esperan.

La lluvia sigue cayendo sobre los charcos.

Entre los surcos, donde está naciendo el maíz, corre el agua en ríos. Los hombres no han venido hoy al mercado, ocupados en romper los surcos para que el agua busque nuevos cauces y no arrastre la milpa tierna. Andan en grupos, navegando en la tierra anegada, bajo la lluvia, quebrando con sus palas los blandos terrones, ligando con sus manos la milpa y tratando de protegerla para que crezca sin trabajo.

Los indios esperan. Sienten que es un mal día. Quizá por eso tiemblan debajo de sus mojados "gabanes" de paja; no de frío, sino de temor. Y miran la lluvia desmenuzada y al cielo que no suelta sus nubes.

Nadie viene. El pueblo parece estar solo. La mujer les encargó un poco de hilo de remiendo y algo de azúcar, y de ser posible y de haber, un cedazo para colar el atole. El "gabán" se les hace pesado de humedad conforme se acerca el mediodía. Platican, se cuentan chistes y sueltan la risa. Las manzanillas brillan salpicadas por el rocío. Piensan: "Si al menos hubiéramos traído tantito pulque, no importaría; pero el cogollo de los magueyes está hecho un mar de agua. En fin, qué se le va a hacer."

Justina Díaz, cubierta con paraguas, venía por la calle derecha que viene de la Media Luna, rodeando los chorros que borbotaban sobre las banquetas. Hizo la señal de la cruz y se persignó al pasar por la puerta de la iglesia mayor. Entró en el portal. Los indios voltearon a verla. Vio la mirada de todos como si la escudriñaran. Se detuvo en el primer puesto, compró diez centavos de hojas de romero, y regresó, seguida por las miradas en hilera de aquel montón de indios.

"Lo caro que está todo en este tiempo —dijo, al tomar de nuevo el camino hacia la Media Luna—. Este triste ramito de romero por diez centavos. No alcanzará ni siquiera para dar olor."

Los indios levantaron sus puestos al oscurecer. Entraron en la lluvia con sus pesados tercios a la espalda; pasaron por la iglesia para rezarle a la Virgen, dejándole un manojo de tomillo de limosna. Luego enderezaron hacia Apango, de donde habían venido. "Ahi será otro día", dijeron. Y por el camino iban contándose chistes y soltando la risa.

Justina Díaz entró en el dormitorio de Susana San Juan y puso el romero sobre la repisa. Las cortinas cerradas impedían el paso de la luz, así que en aquella oscuridad sólo veía las sombras, sólo adivinaba. Supuso que Susana San Juan estaría dormida; ella deseaba que siempre estuviera dormida. La sintió así y se alegró. Pero entonces oyó un suspiro lejano, como salido de algún rincón de aquella pieza oscura.

221

—¡Justina! —le dijeron.

Ella volvió la cabeza. No vio a nadie; pero sintió una mano sobre su hombro y la respiración en sus oídos. La voz en secreto: "Vete de aquí, Justina. Arregla tus enseres y vete. Ya no te necesitamos."

—Ella sí me necesita —dijo, enderezando el cuerpo—. Está enferma y me necesita.

—Ya no, Justina. Yo me quedaré aquí a cuidarla.

—¿Es usted, don Bartolomé? —y no esperó la respuesta. Lanzó aquel grito que bajó hasta los hombres y las mujeres que regresaban de los campos y que los hizo decir: "Parece ser un aullido humano; pero no parece ser de ningún ser humano."

La lluvia amortigua los ruidos. Se sigue oyendo aún después de todo, granizando sus gotas, hilvanando el hilo de la vida.

—¿Qué te pasa, Justina? ¿Por qué gritas? —preguntó Susana San Juan.

—Yo no he gritado, Susana. Has de haber estado soñando.

—Ya te he dicho que yo no sueño nunca. No tienes consideración de mí. Estoy muy desvelada. Anoche no echaste fuera al gato y no me dejó dormir.

—Durmió conmigo, entre mis piernas. Estaba ensopado y por lástima lo dejé quedarse en mi cama; pero no hizo ruido.

—No, ruido ni hizo. Sólo se la pasó haciendo circo, brincando de mis pies a mi cabeza, y maullando quedito como si tuviera hambre.

—Le di bien de comer y no se despegó de mí en toda la noche. Estás otra vez soñando mentiras, Susana.

—Te digo que pasó la noche asustándome con sus brincos. Y aunque sea muy cariñoso tu gato, no lo quiero cuando estoy dormida.

—Ves visiones, Susana. Eso es lo que pasa. Cuando venga Pedro Páramo le diré que ya no te aguanto. Le diré que me voy. No faltará gente buena que me dé trabajo. No todos son maniáticos como tú, ni se viven mortificándola a una como tú. Mañana me iré y me llevaré el gato y te quedarás tranquila.

—No te irás de aquí, maldita y condenada Justina. No te irás

222

a ninguna parte porque nunca encontrarás quien te quiera como yo.

—No, no me iré, Susana. No me iré. Bien sabes que estoy aquí para cuidarte. No importa que me hagas renegar, te cuidaré siempre.

La había cuidado desde que nació. La había tenido en sus brazos. La había enseñado a andar. A dar aquellos pasos que a ella le parecían eternos. Había visto crecer su boca y sus ojos "como de dulce". "El dulce de menta es azul. Amarillo y azul. Verde y azul. Revuelto con menta y yerbabuena." Le mordía las piernas. La entretenía dándole de mamar sus senos, que no tenían nada, que eran como de juguete. "Juega —le decía—, juega con este juguetito tuyo." La hubiera apachurrado y hecho pedazos.

Allá afuera se oía el caer de la lluvia sobre las hojas de los plátanos, se sentía como si el agua hirviera sobre el agua estancada en la tierra.

Las sábanas estaban frías de humedad. Los caños borbotaban, hacían espuma, cansados de trabajar durante el día, durante la noche, durante el día. El agua seguía corriendo, diluviando en incesantes burbujas. ☐

Era la medianoche y allá afuera el ruido del agua apagaba todos los sonidos.

Susana San Juan se levantó despacio. Enderezó el cuerpo lentamente y se alejó de la cama. Allí estaba otra vez el peso, en sus pies, caminando por la orilla de su cuerpo; tratando de encontrarle la cara:

—¿Eres tú, Bartolomé? —preguntó.

Le pareció oír rechinar la puerta, como cuando alguien entraba o salía. Y después sólo la lluvia, intermitente, fría, rodando sobre las hojas de los plátanos, hirviendo en su propio hervor.

Se durmió y no despertó hasta que la luz alumbró los ladrillos rojos, asperjados de rocío entre la gris mañana de un nuevo día. Gritó:

—¡Justina!

Y ella apareció en seguida, como si ya hubiera estado allí, envolviendo su cuerpo en una frazada.

—¿Qué quieres, Susana?

—El gato. Otra vez ha venido.

—Pobrecita de ti, Susana.

Se recostó sobre su pecho, abrazándola, hasta que ella logró levantar aquella cabeza y le preguntó:

—¿Por qué lloras? Le diré a Pedro Páramo que eres buena conmigo. No le contaré nada de los sustos que me da tu gato. No te pongas así, Justina.

—Tu padre ha muerto, Susana. Antenoche murió, y hoy han venido a decir que nada se puede hacer; que ya lo enterraron; que no lo han podido traer aquí porque el camino era muy largo. Te has quedado sola, Susana.

—Entonces era él —y sonrió—. Viniste a despedirte de mí —dijo, y sonrió. □

Muchos años antes, cuando ella era una niña, él le había dicho:

—Baja, Susana, y dime lo que ves.

Estaba colgada de aquella soga que le lastimaba la cintura, que le sangraba sus manos; pero que no quería soltar: era como el único hilo que la sostenía al mundo de afuera.

—No veo nada, papá.

—Busca bien, Susana. Haz por encontrar algo.

Y la alumbró con su lámpara.

—No veo nada, papá.

—Te bajaré más. Avísame cuando estés en el suelo.

Había entrado por un pequeño agujero abierto entre las tablas. Había caminado sobre tablones podridos, viejos, astillados y llenos de tierra pegajosa:

—Baja más abajo, Susana, y encontrarás lo que te digo.

Y ella bajó y bajó en columpio, meciéndose en la profundidad, con sus pies bamboleando "en el no encuentro dónde poner los pies".

—Más abajo, Susana. Más abajo. Dime si ves algo.

Y cuando encontró el apoyo allí permaneció, callada, porque

se enmudeció de miedo. La lámpara circulaba y la luz pasaba de largo junto a ella. Y el grito de allá arriba la estremecía:

—¡Dame lo que está allí, Susana!

Y ella agarró la calavera entre sus manos y cuando la luz le dio de lleno la soltó.

—Es una calavera de muerto —dijo.

—Debes encontrar algo más junto a ella. Dame todo lo que encuentres.

El cadáver se deshizo en canillas; la quijada se desprendió como si fuera de azúcar. Le fue dando pedazo a pedazo hasta que llegó a los dedos de los pies y le entregó coyuntura tras coyuntura. Y la calavera primero; aquella bola redonda que se deshizo entre sus manos.

—Busca algo más, Susana. Dinero. Ruedas redondas de oro. Búscalas, Susana.

Entonces ella no supo de ella, sino muchos días después entre el hielo, entre las miradas llenas de hielo de su padre.

Por eso reía ahora.

—Supe que eras tú, Bartolomé.

Y la pobre de Justina, que lloraba sobre su corazón, tuvo que levantarse al ver que ella reía y que su risa se convertía en carcajada.

Afuera seguía lloviendo. Los indios se habían ido. Era lunes y el valle de Comala seguía anegándose en lluvia. □

Los vientos siguieron soplando todos esos días. Esos vientos que habían traído las lluvias. La lluvia se había ido; pero el viento se quedó. Allá en los campos la milpa oreó sus hojas y se acostó sobre los surcos para defenderse del viento. De día era pasadero; retorcía las yedras y hacía crujir las tejas en los tejados; pero de noche gemía, gemía largamente. Pabellones de nubes pasaban en silencio por el cielo como si caminaran rozando la tierra.

Susana San Juan oye el golpe del viento contra la ventana cerrada. Está acostada con los brazos detrás de la cabeza, pensando, oyendo los ruidos de la noche; cómo la noche va y viene arrastrada por el soplo del viento sin quietud. Luego el seco detenerse.

Han abierto la puerta. Una racha de aire apaga la lámpara. Ve la oscuridad y entonces deja de pensar. Siente pequeños susurros. En seguida oye el percutir de su corazón en palpitaciones desiguales. Al través de sus párpados cerrados entrevé la llama de la luz.

No abre los ojos. El cabello está derramado sobre su cara. La luz enciende gotas de sudor en sus labios. Pregunta:

—¿Eres tú, padre?

—Soy tu padre, hija mía.

Entreabre los ojos. Mira como si cruzara sus cabellos una sombra sobre el techo, con la cabeza encima de su cara. Y la figura borrosa de aquí enfrente, detrás de la lluvia de sus pestañas. Una luz difusa; una luz en el lugar del corazón, en forma de corazón pequeño que palpita como llama parpadeante. "Se te está muriendo de pena el corazón —piensa—. Ya sé que vienes a contarme que murió Florencio; pero eso ya lo sé. No te aflijas por los demás; no te apures por mí. Yo tengo guardado mi dolor en un lugar seguro. No dejes que se te apague el corazón."

Enderezó el cuerpo y lo arrastró hasta donde estaba el padre Rentería.

—¡Déjame consolarte con mi desconsuelo! —dijo, protegiendo la llama de la vela con sus manos.

El padre Rentería la dejó acercarse a él; la miró cercar con sus manos la vela encendida y luego juntar su cara al pabilo inflamado, hasta que el olor a carne chamuscada lo obligó a sacudirla, apagándola de un soplo.

Entonces volvió la oscuridad y ella corrió a refugiarse debajo de sus sábanas.

El padre Rentería le dijo:

—He venido a confortarte, hija.

—Entonces adiós, padre —contestó ella—. No vuelvas. No te necesito.

226

Y oyó cuando se alejaban los pasos que siempre le dejaban una sensación de frío, de temblor y miedo.

—¿Para qué vienes a verme, si estás muerto?

El padre Rentería cerró la puerta y salió al aire de la noche.

El viento seguía soplando. □

Un hombre al que decían *el Tartamudo* llegó a la Media Luna y preguntó por Pedro Páramo.

—¿Para qué lo solicitas?

—Quiero hablar cocon él.

—No está.

—Dile, cucuando regrese, que vengo de paparte de don Fulgor.

—Lo iré a buscar; pero aguántate unas cuantas horas.

—Dile, es cocosa de urgencia.

—Se lo diré.

El hombre al que decían *el Tartamudo* aguardó arriba del caballo. Pasado un rato, Pedro Páramo, al que nunca había visto, se le puso enfrente:

—¿Qué se te ofrece?

—Necesito hablar directamente cocon el patrón.

—Yo soy. ¿Qué quieres?

—Pues, nanada más esto. Mataron a don Fulgor Sesedano. Yo le hacía compañía. Habíamos ido por el rurrumbo de los "vertederos" para averiguar por qué se estaba escaseando el agua. Y en eso andábamos cucuando vimos una manada de hombres que nos salieron al encuentro. Y de entre la mumultitud aquella brotó una voz que dijo: "Yo a ése le coconozco. Es el administrador de la Memedia Luna."

"A mí ni me totomaron en cuenta. Pero a don Fulgor le mandaron soltar la bestia. Le dijeron que eran revolucionarios. Que venían por las tierras de usté. '¡Cocórrale!— le dijeron a don Fulgor—. ¡Vaya y dígale a su patrón que allá nos veremos!' Y él soltó la cacalda, despavorido. No muy de prisa por lo pepesado que era; pero corrió. Lo mataron cocorriendo. Murió cocon una pata arriba y otra abajo.

"Entonces yo ni me momoví. Esperé que fuera de nonoche y aquí estoy para anunciarle lo que papasó."

—¿Y qué esperas? ¿Por qué no te mueves? Anda y diles a ésos que aquí estoy para lo que se les ofrezca. Que vengan a tratar conmigo. Pero antes date un rodeo por La Consagración. ¿Conoces al *Tilcuate*? Allí estará. Dile que necesito verlo. Y a esos fulanos avísales que los espero en cuanto tengan un tiempo disponible. ¿Qué jaiz de revolucionarios son?

—No lo sé. Ellos ansí se nonombran.

—Dile al *Tilcuate* que lo necesito más que de prisa.

—Así lo haré, papatrón.

Pedro Páramo volvió a encerrarse en su despacho. Se sentía viejo y abrumado. No le preocupaba Fulgor, que al fin y al cabo ya estaba "más para la otra que para ésta". Había dado de sí todo lo que tenía que dar; aunque fue muy servicial, lo que sea de cada quien. "De todos modos, los 'tilcuatazos' que se van a llevar esos locos", pensó.

Pensaba más en Susana San Juan, metida siempre en su cuarto, durmiendo, y cuando no, como si durmiera. La noche anterior se la había pasado en pie, recostado en la pared, observando a través de la pálida luz de la veladora el cuerpo en movimiento de Susana; la cara sudorosa, las manos agitando las sábanas, estrujando la almohada hasta el desmorecimiento.

Desde que la había traído a vivir aquí no sabía de otras noches pasadas a su lado, sino de estas noches doloridas, de interminable inquietud. Y se preguntaba hasta cuándo terminaría aquello.

Esperaba que alguna vez. Nada puede durar tanto, no existe ningún recuerdo por intenso que sea que no se apague.

Si al menos hubiera sabido qué era aquello que la maltrataba por dentro, que la hacía revolcarse en el desvelo, como si la despedazaran hasta inutilizarla.

Él creía conocerla. Y aun cuando no hubiera sido así, ¿acaso no era suficiente saber que era la criatura más querida por él sobre la tierra? Y que además, y esto era lo más importante, le serviría para irse de la vida alumbrándose con aquella imagen que borraría todos los demás recuerdos.

¿Pero cuál era el mundo de Susana San Juan? Ésa fue una de las cosas que Pedro Páramo nunca llegó a saber.   □

"Mi cuerpo se sentía a gusto sobre el calor de la arena. Tenía los ojos cerrados, los brazos abiertos, desdobladas las piernas a la brisa del mar. Y el mar allí enfrente, lejano, dejando apenas restos de espuma en mis pies al subir de su marea. . ."

—Ahora sí es ella la que habla, Juan Preciado. No se te olvide decirme lo que dice.

". . .Era temprano. El mar corría y bajaba en olas. Se desprendía de su espuma y se iba, limpio, con su agua verde, en ondas calladas.

"—En el mar sólo me sé bañar desnuda —le dije. Y él me siguió el primer día, desnudo también, fosforescente al salir del mar. No había gaviotas; sólo esos pájaros que les dicen 'picos feos', que gruñen como si roncaran y que después de que sale el sol desaparecen. Él me siguió el primer día y se sintió solo, a pesar de estar yo allí.

"—Es como si fueras un 'pico feo', uno más entre todos —me dijo—. Me gustas más en las noches, cuando estamos los dos en la misma almohada, bajo las sábanas, en la oscuridad.

"Y se fue.

"Volví yo. Volvería siempre. El mar moja mis tobillos y se va; moja mis rodillas, mis muslos; rodea mi cintura con su brazo suave, da vuelta sobre mis senos; se abraza de mi cuello; aprieta mis hombros. Entonces me hundo en él, entera. Me entrego a él en su fuerte batir, en su suave poseer, sin dejar pedazo.

"—Me gusta bañarme en el mar —le dije.

"Pero él no lo comprende.

"Y al otro día estaba otra vez en el mar, purificándome. Entregándome a sus olas."   □

Pardeando la tarde, aparecieron los hombres. Venían encarabinados y terciados de carrilleras. Eran cerca de veinte. Pedro

Páramo los invitó a cenar. Y ellos, sin quitarse el sombrero, se acomodaron a la mesa y esperaron callados. Sólo se les oyó sorber el chocolate cuando les trajeron el chocolate, y masticar tortilla tras tortilla cuando les arrimaron los frijoles.

Pedro Páramo los miraba. No se le hacían caras conocidas. Detrasito de él, en la sombra, aguardaba *el Tilcuate*.

—Patrones —les dijo cuando vio que acababan de comer—, ¿en qué más puedo servirlos?

—¿Usted es el dueño de esto? —preguntó uno abanicando la mano.

Pero otro lo interrumpió diciendo:

—¡Aquí yo soy el que hablo!

—Bien. ¿Qué se les ofrece? —volvió a preguntar Pedro Páramo.

—Como usté ve, nos hemos levantado en armas.

—¿Y?

—Y pos eso es todo. ¿Le parece poco?

—¿Pero por qué lo han hecho?

—Pos porque otros lo han hecho también. ¿No lo sabe usté? Aguárdenos tantito a que nos lleguen instrucciones y entonces le averiguaremos la causa. Por lo pronto ya estamos aquí.

—Yo sé la causa —dijo otro—. Y si quiere se la entero. Nos hemos rebelado contra el gobierno y contra ustedes porque ya estamos aburridos de soportarlos. Al gobierno por rastrero y a ustedes porque no son más que unos móndrigos bandidos y mantecosos ladrones. Y del señor gobierno ya no digo nada porque le vamos a decir a balazos lo que le queremos decir.

—¿Cuánto necesitan para hacer su revolución? —preguntó Pedro Páramo—. Tal vez yo pueda ayudarlos.

—Dice bien aquí el señor, Perseverancio. No se te debía soltar la lengua. Necesitamos agenciarnos un rico pa que nos habilite, y qué mejor que el señor aquí presente. ¿A ver tú, Casildo, como cuánto nos hace falta?

—Que nos dé lo que su buena intención quiera darnos.

—Éste "no le daría agua ni al gallo de la Pasión". Aprovechemos que estamos aquí, para sacarle de una vez hasta el maíz que trai atorado en su cochino buche.

—Cálmate, Perseverancio. Por las buenas se consiguen mejor las cosas. Vamos a ponernos de acuerdo. Habla tú, Casildo.

—Pos yo ahi al cálculo diría que unos veinte mil pesos no estarían mal para el comienzo. ¿Qué les parece a ustedes? Ora que quién sabe si al señor éste se le haga poco, con eso de que tiene sobrada voluntad de ayudarnos. Pongamos entonces cincuenta mil. ¿De acuerdo?

—Les voy a dar cien mil pesos —les dijo Pedro Páramo—. ¿Cuántos son ustedes?

—Semos trescientos.

—Bueno. Les voy a prestar otros trescientos hombres para que aumenten su contingente. Dentro de una semana tendrán a su disposición tanto los hombres como el dinero. El dinero se los regalo, a los hombres nomás se los presto. En cuanto los desocupen mándenmelos para acá. ¿Está bien así?

—Pero cómo no.

—Entonces hasta dentro de ocho días, señores. Y he tenido mucho gusto en conocerlos.

—Sí —dijo el último en salir—. Acuérdese que, si no nos cumple, oirá hablar de Perseverancio, que así es mi nombre.

Pedro Páramo se despidió de él dándole la mano. ☐

—¿Quién crees tú que sea el jefe de éstos? —le preguntó más tarde al *Tilcuate*.

—Pues a mí se me figura que es el barrigón ese que estaba en medio y que ni alzó los ojos. Me late que es él... Me equivoco pocas veces, don Pedro.

—No, Damasio, el jefe eres tú. ¿O qué, no te quieres ir a la revuelta?

—Pero si hasta se me hace tarde. Con lo que me gusta a mí la bulla.

—Ya viste pues de qué se trata, así que ni necesitas mis consejos. Júntate trescientos muchachos de tu confianza y enrólate con esos alzados. Diles que les llevas la gente que les prometí. Lo demás ya sabrás tú cómo manejarlo.

—¿Y del dinero qué les digo? ¿También se los entriego?

—Te voy a dar diez pesos para cada uno. Ahi nomás para sus gastos más urgentes. Les dices que el resto está aquí guardado y a su disposición. No es conveniente cargar tanto dinero andando en esos trajines. Entre paréntesis: ¿te gustaría el ranchito de la Puerta de Piedra? Bueno, pues es tuyo desde ahorita. Le vas a llevar un recado al licenciado Gerardo Trujillo, de Comala, y allí mismo pondrá a tu nombre la propiedad. ¿Qué dices, Damasio?

—Eso ni se pregunta, patrón. Aunque con eso o sin eso yo haría esto por puro gusto. Como si usted no me conociera. De cualquier modo, se lo agradezco. La vieja tendrá al menos con qué entretenerse mientras yo suelto el trapo.

—Y mira, ahi de pasada arréate unas cuantas vacas. A ese rancho lo que le falta es movimiento.

—¿No importa que sean cebuses?

—Escoge de las que quieras, y las que tantees pueda cuidar tu mujer. Y volviendo a nuestro asunto, procura no alejarte mucho de mis terrenos, por eso de que si vienen otros que vean el campo ya ocupado. Y venme a ver cada que puedas o tengas alguna novedad.

—Nos veremos, patrón.   □

—¿Qué es lo que dice, Juan Preciado?

—Dice que ella escondía sus pies entre las piernas de él. Sus pies helados como piedras frías y que allí se calentaban como en un horno donde se dora el pan. Dice que él le mordía los pies diciéndole que eran como pan dorado en el horno. Que dormía acurrucada, metiéndose dentro de él, perdida en la nada al sentir que se quebraba su carne, que se abría como un surco abierto por un clavo ardoroso, luego tibio, luego dulce, dando golpes duros contra su carne blanda; sumiéndose, sumiéndose más, hasta el gemido. Pero que le había dolido más su muerte. Eso dice.

232

—¿A quién se refiere?

—A alguien que murió antes que ella, seguramente.

—¿Pero quién pudo ser?

—No sé. Dice que la noche en la cual él tardó en venir sintió que había regresado ya muy noche, quizá de madrugada. Lo notó apenas, porque sus pies, que habían estado solos y fríos, parecieron envolverse en algo; que alguien los envolvía en algo y les daba calor. Cuando despertó los encontró liados en un periódico que ella había estado leyendo mientras lo esperaba y que había dejado caer al suelo cuando ya no pudo soportar el sueño. Y que allí estaban sus pies envueltos en el periódico cuando vinieron a decirle que él había muerto.

—Se ha de haber roto el cajón donde la enterraron, porque se oye como un crujir de tablas.

—Sí, yo también lo oigo. □

Esa noche volvieron a sucederse los sueños. ¿Por qué ese recordar intenso de tantas cosas? ¿Por qué no simplemente la muerte y no esa música tierna del pasado?

—Florencio ha muerto, señora.

¡Qué largo era aquel hombre! ¡Qué alto! Y su voz era dura. Seca como la tierra más seca. Y su figura era borrosa, ¿o se hizo borrosa después?, como si entre ella y él se interpusiera la lluvia. "¿Qué había dicho? ¿Florencio? ¿De cuál Florencio hablaba? ¿Del mío? ¡Oh!, por qué no lloré y me anegué entonces en lágrimas para enjuagar mi angustia. ¡Señor, tú no existes! Te pedí tu protección para él. Que me lo cuidaras. Eso te pedí. Pero tú te ocupas nada más de las almas. Y lo que yo quiero de él es su cuerpo. Desnudo y caliente de amor; hirviendo de deseos; estrujando el temblor de mis senos y de mis brazos. Mi cuerpo transparente suspendido del suyo. Mi cuerpo liviano sostenido y suelto a sus fuerzas. ¿Qué haré ahora con mis labios sin su boca para llenarlos? ¿Qué haré de mis adoloridos labios?"

Mientras Susana San Juan se revolvía inquieta, de pie, junto a la puerta, Pedro Páramo la miraba y contaba los segundos de aquel nuevo sueño que ya duraba mucho. El aceite de la lámpara chisporroteaba y la llama hacía cada vez más débil su parpadeo. Pronto se apagaría.

Si al menos fuera dolor lo que sintiera ella, y no esos sueños sin sosiego, esos interminables y agotadores sueños, él podría buscarle algún consuelo. Así pensaba Pedro Páramo, fija la vista en Susana San Juan, siguiendo cada uno de sus movimientos. ¿Qué sucedería si ella también se apagara cuando se apagara la llama de aquella débil luz con que él la veía?

Después salió cerrando la puerta sin hacer ruido. Afuera, el limpio aire de la noche despegó de Pedro Páramo la imagen de Susana San Juan.

Ella despertó un poco antes del amanecer. Sudorosa. Tiró al suelo las pesadas cobijas y se deshizo hasta del calor de las sábanas. Entonces su cuerpo se quedó desnudo, refrescado por el viento de la madrugada. Suspiró y luego volvió a quedarse dormida.

Así fue como la encontró horas después el padre Rentería; desnuda y dormida. ☐

—¿Sabe, don Pedro, que derrotaron al *Tilcuate?*

—Sé que hubo alguna balacera anoche, porque se estuvo oyendo el alboroto; pero de ahi en más no sé nada. ¿Quién te contó eso, Gerardo?

—Llegaron unos heridos a Comala. Mi mujer ayudó para eso de los vendajes. Dijeron que eran de la gente de Damasio y que habían tenido muchos muertos. Parece que se encontraron con unos que se dicen villistas.

—¡Qué caray, Gerardo! Estoy viendo llegar tiempos malos. ¿Y tú qué piensas hacer?

—Me voy, don Pedro. A Sayula. Allá volveré a establecerme.

—Ustedes los abogados tienen esa ventaja; pueden llevarse su patrimonio a todas partes, mientras no les rompan el hocico.

—Ni crea, don Pedro; siempre nos andamos creando problemas. Además duele dejar a personas como usted, y las deferencias que han tenido para con uno se extrañan. Vivimos rompiendo nuestro mundo a cada rato, si es válido decirlo. ¿Dónde quiere que le deje los papeles?

—No los dejes. Llévatelos. ¿O qué no puedes seguir encargado de mis asuntos allá a donde vas?

—Agradezco su confianza, don Pedro. La agradezco sinceramente. Aunque hago la salvedad de que me será imposible. Ciertas irregularidades... Digamos... Testimonios que nadie sino usted debe conocer. Pueden prestarse a malos manejos en caso de llegar a caer en otras manos. Lo más seguro es que estén con usted.

—Dices bien, Gerardo. Déjalos aquí. Los quemaré. Con papeles o sin ellos, ¿quién me puede discutir la propiedad de lo que tengo?

—Indudablemente nadie, don Pedro. Nadie. Con su permiso.

—Ve con Dios, Gerardo.

—¿Qué dijo usted?

—Digo que Dios te acompañe.

El licenciado Gerardo Trujillo salió despacio. Estaba ya viejo; pero no para dar esos pasos tan cortos, tan sin ganas. La verdad es que esperaba una recompensa. Había servido a don Lucas, que en paz descanse, padre de don Pedro; después a don Pedro, y todavía; luego a Miguel, hijo de don Pedro. La verdad es que esperaba una compensación. Una retribución grande y valiosa. Le había dicho a su mujer:

—Voy a despedirme de don Pedro. Sé que me gratificará. Estoy por decir que con el dinero que él me dé nos estableceremos bien en Sayula y viviremos holgadamente el resto de nuestros días.

Pero ¿por qué las mujeres siempre tienen una duda? ¿Reciben avisos del cielo, o qué? Ella no estuvo segura de que consiguiera algo:

—Tendrás que trabajar muy duro allá para levantar cabeza. De aquí no sacarás nada.

—¿Por qué lo dices?

—Lo sé.

Siguió andando hacia la puerta, atento a cualquier llamado:

235

"¡Ey, Gerardo! Lo preocupado que estoy no me ha permitido pensar en ti. Pero yo te debo favores que no se pagan con dinero. Recibe esto: es un regalo insignificante."

Pero el llamado no vino. Cruzó la puerta y desanudó el bozal con que su caballo estaba amarrado al horcón. Subió a la silla y, al paso, tratando de no alejarse mucho para oír si lo llamaban, caminó hacia Comala sin desviarse del camino. Cuando vio que la Media Luna se perdía detrás de él, pensó: "Sería mucho rebajarme si le pidiera un préstamo." □

—Don Pedro, he regresado, pues no estoy satisfecho conmigo mismo. Gustoso seguiré llevando sus asuntos.

Lo dijo, sentado nuevamente en el despacho de Pedro Páramo, donde había estado no hacía ni media hora.

—Está bien, Gerardo. Allí están los papeles, donde tú los dejaste.

—Desearía también... Los gastos... El traslado... Un mínimo adelanto de honorarios... Algo extra, por si usted lo tiene a bien.

—¿Quinientos?

—¿No podría ser un poco, digamos, un poquito más?

—¿Te conformas con mil?

—¿Y si fueran cinco?

—¿Cinco qué? ¿Cinco mil pesos? No los tengo. Tú bien sabes que todo está invertido. Tierras, animales. Tú lo sabes. Llévate mil. No creo que necesites más.

Se quedó meditando. La cabeza caída. Oía el tintineo de los pesos sobre el escritorio donde Pedro Páramo contaba el dinero. Se acordaba de don Lucas, que siempre le quedó a deber sus honorarios. De don Pedro, que hizo cuenta nueva. De Miguel su hijo: ¡cuántos bochornos le había dado ese muchacho!

Lo libró de la cárcel cuando menos unas quince veces, cuando no hayan sido más. Y el asesinato que cometió con aquel hombre, ¿cómo se apellidaba? Rentería, eso es. El muerto llamado Rentería, al que le pusieron una pistola en la mano. Lo asustado que estaba el Miguelito, aunque después le diera risa.

236

Eso nomás ¿cuánto le hubiera costado a don Pedro si las cosas hubieran ido hasta allá, hasta lo legal? Y lo de las violaciones ¿qué? Cuántas veces él tuvo que sacar de su misma bolsa el dinero para que ellas le echaran tierra al asunto: "¡Date de buenas que vas a tener un hijo güerito!", les decía.

—Aquí tienes, Gerardo. Cuídalos muy bien, porque no retoñan.

Y él, que todavía estaba en sus cavilaciones, respondió:

—Sí, tampoco los muertos retoñan —y agregó—: Desgraciadamente. ☐

Faltaba mucho para el amanecer. El cielo estaba lleno de estrellas, gordas, hinchadas de tanta noche. La luna había salido un rato y luego se había ido. Era una de esas lunas tristes que nadie mira, a las que nadie hace caso. Estuvo un rato allí desfigurada, sin dar ninguna luz, y después fue a esconderse detrás de los cerros.

Lejos, perdido en la oscuridad, se oía el bramido de los toros.

"Esos animales nunca duermen —dijo Damiana Cisneros—. Nunca duermen. Son como el diablo, que siempre anda buscando almas para llevárselas al infierno."

Se dio vuelta en la cama, acercando la cara a la pared. Entonces oyó los golpes.

Detuvo la respiración y abrió los ojos. Volvió a oír tres golpes secos, como si alguien tocara con los nudos de la mano en la pared. No aquí, junto a ella, sino más lejos; pero en la misma pared.

"¡Válgame! Si no serán los tres toques de San Pascual Bailón, que viene a avisarle a algún devoto suyo que ha llegado la hora de su muerte."

Y como ella había perdido el novenario desde hacía tiempo, a causa de sus reumas, no se preocupó; pero le entró miedo y, más que miedo, curiosidad.

Se levantó del catre sin hacer ruido y se asomó a la ventana. Los campos estaban negros. Sin embargo, lo conocía tan bien, que vio cuando el cuerpo enorme de Pedro Páramo se columpiaba sobre la ventana de la chacha Margarita.

—¡Ah, qué don Pedro! —dijo Damiana—. No se le quita lo gatero. Lo que no entiendo es por qué le gusta hacer las cosas tan a escondidas; con habérmelo avisado, yo le hubiera dicho a la Margarita que el patrón la necesita para esta noche, y él no hubiera tenido ni la molestia de levantarse de su cama.

Cerró la ventana al oír el bramido de los toros. Se echó sobre el catre cobijándose hasta las orejas, y luego se puso a pensar en lo que le estaría pasando a la chacha Margarita.

Más tarde tuvo que quitarse el camisón porque la noche comenzó a ponerse calurosa...

—¡Damiana! —oyó.

Entonces ella era muchacha.

—¡Ábreme la puerta, Damiana!

Le temblaba el corazón como si fuera un sapo brincándole entre las costillas.

—Pero ¿para qué, patrón?

—¡Ábreme, Damiana!

—Pero si ya estoy dormida, patrón.

Después sintió que don Pedro se iba por los largos corredores, dando aquellos zapatazos que sabía dar cuando estaba corajudo.

A la noche siguiente, ella, para evitar el disgusto, dejó la puerta entornada y hasta se desnudó para que él no encontrara dificultades. Pero Pedro Páramo jamás regresó con ella.

Por eso ahora, cuando era la caporala de todas las sirvientas de la Media Luna, por haberse dado a respetar, ahora, que estaba ya vieja, todavía pensaba en aquella noche cuando el patrón le dijo:

"¡Ábreme la puerta, Damiana!"

Y se acostó pensando en lo feliz que sería a estas horas la chacha Margarita.

Después volvió a oír otros golpes; pero contra la puerta grande, como si la estuvieran aporreando a culatazos.

Otra vez abrió la ventana y se asomó a la noche. No veía

238

nada; aunque le pareció que la tierra estaba llena de hervores, como cuando ha llovido y se enchina de gusanos. Sentía que se levantaba algo así como el calor de muchos hombres. Oyó el croar de las ranas; los grillos; la noche quieta del tiempo de aguas. Luego volvió a oír los culatazos aporreando la puerta.

Una lámpara regó su luz sobre la cara de algunos hombres. Después se apagó.

"Son cosas que a mí no me interesan", dijo Damiana Cisneros, y cerró la ventana. □

—Supe que te habían derrotado, Damasio. ¿Por qué te dejas hacer eso?

—Le informaron mal, patrón. A mí no me ha pasado nada. Tengo mi gente enterita. Ahí traigo setecientos hombres y otros cuantos arrimados. Lo que pasó es que unos pocos de los "viejos", aburridos de estar ociosos, se pusieron a disparar contra un pelotón de pelones, que resultó ser todo un ejército. Villistas, ¿sabe usted?

—¿Y de dónde salieron ésos?

—Vienen del Norte, arriando parejo con todo lo que encuentran. Parece, según se ve, que andan recorriendo la tierra, tanteando todos los terrenos. Son poderosos. Eso ni quien se los quite.

—¿Y por qué no te juntas con ellos? Ya te he dicho que hay que estar con el que vaya ganando.

—Ya estoy con ellos.

—¿Entonces para qué vienes a verme?

—Necesitamos dinero, patrón. Ya estamos cansados de comer carne. Ya ni se nos antoja. Y nadie nos quiere fiar. Por eso venimos, para que usted nos provea y no nos veamos urgidos de robarle a nadie. Si anduviéramos remotos no nos importaría darle un "entre" a los vecinos; pero aquí todos estamos emparentados y nos remuerde robar. Total, es dinero lo que necesitamos para mercar aunque sea una gorda con chile. Estamos hartos de comer carne.

—¿Ahora te me vas a poner exigente, Damasio?

—De ningún modo, patrón. Estoy abogando por los muchachos; por mí, ni me apuro.

—Está bien que te acomidas por tu gente; pero sonsácales a otros lo que necesitas. Yo ya te di. Confórmate con lo que te di. Y éste no es un consejo ni mucho menos, ¿pero no se te ha ocurrido asaltar Contla? ¿Para qué crees que andas en la revolución? Si vas a pedir limosna estás atrasado. Valía más que mejor te fueras con tu mujer a cuidar gallinas. ¡Échate sobre algún pueblo! Si tú andas arriesgando el pellejo, ¿por qué diablos no van a poner otros algo de su parte? Contla está que hierve de ricos. Quítales tantito de lo que tienen. ¿O acaso creen que tú eres su pilmama y que estás para cuidarles sus intereses? No, Damasio. Hazles ver que no andas jugando ni divirtiéndote. Dales un pegue y ya verás cómo sales con centavos de este mitote.

—Lo que sea, patrón. De usted siempre saco algo de provecho.

—Pues que te aproveche.

Pedro Páramo miró cómo los hombres se iban. Sintió desfilar frente a él el trote de caballos oscuros, confundidos con la noche. El sudor y el polvo; el temblor de la tierra. Cuando vio los cocuyos cruzando otra vez sus luces, se dio cuenta de que todos los hombres se habían ido. Quedaba él, solo, como un tronco duro comenzando a desgajarse por dentro.

Pensó en Susana San Juan. Pensó en la muchachita con la que acababa de dormir apenas un rato. Aquel pequeño cuerpo azorado y tembloroso que parecía iba a echar fuera su corazón por la boca. "Puñadito de carne", le dijo. Y se había abrazado a ella tratando de convertirla en la carne de Susana San Juan. "Una mujer que no era de este mundo." ☐

En el comienzo del amanecer, el día va dándose vuelta, a pausas; casi se oyen los goznes de la tierra que giran enmohecidos; la vibración de esta tierra vieja que vuelca su oscuridad.

—¿Verdad que la noche está llena de pecados, Justina?

—Sí, Susana.

—¿Y es verdad?

240

—Debe serlo, Susana.

—¿Y qué crees que es la vida, Justina, sino un pecado? ¿No oyes? ¿No oyes cómo rechina la tierra?

—No, Susana, no alcanzo a oír nada. Mi suerte no es tan grande como la tuya.

—Te asombrarías. Te digo que te asombrarías de oír lo que yo oigo.

Justina siguió poniendo orden en el cuarto. Repasó una y otra vez la jerga sobre los tablones húmedos del piso. Limpió el agua del florero roto. Recogió las flores. Puso los vidrios en el balde lleno de agua.

—¿Cuántos pájaros has matado en tu vida, Justina?

—Muchos, Susana.

—¿Y no has sentido tristeza?

—Sí, Susana.

—Entonces ¿qué esperas para morirte?

—La muerte, Susana.

—Si es nada más eso, ya vendrá. No te preocupes.

Susana San Juan estaba incorporada sobre sus almohadas. Los ojos inquietos, mirando hacia todos lados. Las manos sobre el vientre, prendidas a su vientre como una concha protectora. Había ligeros zumbidos que cruzaban como alas por encima de su cabeza. Y el ruido de las poleas en la noria. El rumor que hace la gente al despertar.

—¿Tú crees en el infierno, Justina?

—Sí, Susana. Y también en el cielo.

—Yo sólo creo en el infierno —dijo. Y cerró los ojos.

Cuando salió Justina del cuarto, Susana San Juan estaba nuevamente dormida y afuera chisporroteaba el sol. Se encontró con Pedro Páramo en el camino.

—¿Cómo está la señora?

—Mal —le dijo agachando la cabeza.

—¿Se queja?

—No, señor, no se queja de nada; pero dicen que los muertos ya no se quejan. La señora está perdida para todos.

—¿No ha venido el padre Rentería a verla?

—Anoche vino y la confesó. Hoy debía de haber comulgado, pero no debe estar en gracia porque el padre Rentería no le ha traído la comunión. Dijo que lo haría a hora temprana, y ya ve usted, el sol ya está aquí y no ha venido. No debe estar en gracia.

—¿En gracia de quién?

—De Dios, señor.

—No seas tonta, Justina.

—Como usted lo diga, señor.

Pedro Páramo abrió la puerta y se estuvo junto a ella, dejando que un rayo de luz cayera sobre Susana San Juan. Vio sus ojos apretados como cuando se siente un dolor interno; la boca humedecida, entreabierta, y las sábanas siendo recorridas por manos inconscientes hasta mostrar la desnudez de su cuerpo que comenzó a retorcerse en convulsiones.

Recorrió el pequeño espacio que lo separaba de la cama y cubrió el cuerpo desnudo, que siguió debatiéndose como un gusano en espasmos cada vez más violentos. Se acercó a su oído y le habló: "¡Susana!" Y volvió a repetir: "¡Susana!"

Se abrió la puerta y entró el padre Rentería en silencio moviendo brevemente los labios:

—Te voy a dar la comunión, hija mía.

Esperó a que Pedro Páramo la levantara recostándola contra el respaldo de la cama. Susana San Juan, semidormida, estiró la lengua y se tragó la hostia. Después dijo: "Hemos pasado un rato muy feliz, Florencio." Y se volvió a hundir entre la sepultura de sus sábanas. ☐

—¿Ve usted aquella ventana, doña Fausta, allá en la Media Luna, donde siempre ha estado prendida la luz?

—No, Ángeles. No veo ninguna ventana.

—Es que ahorita se ha quedado a oscuras. ¿No estará pasando algo malo en la Media Luna? Hace más de tres años que está aluzada esa ventana, noche tras noche. Dicen los que han estado allí que es el cuarto donde habita la mujer de Pedro Páramo, una pobrecita loca que le tiene miedo a la oscuridad. Y mire: ahora mismo se ha apagado la luz. ¿No será un mal suceso?

242

—Tal vez haya muerto. Estaba muy enferma. Dicen que ya no conocía a la gente, y dizque hablaba sola. Buen castigo ha de haber soportado Pedro Páramo casándose con esa mujer.

—Pobre del señor don Pedro.

—No, Fausta. Él se lo merece. Eso y más.

—Mire, la ventana sigue a oscuras.

—Ya deje tranquila esa ventana y vámonos a dormir, que es muy noche para que este par de viejas andemos sueltas por la calle.

Y las dos mujeres, que salían de la iglesia muy cerca de las once de la noche, se perdieron bajo los arcos del portal, mirando cómo la sombra de un hombre cruzaba la plaza en dirección de la Media Luna.

—Oiga, doña Fausta, ¿no se le figura que el señor que va allí es el doctor Valencia?

—Así parece, aunque estoy tan cegatona que no lo podría reconocer.

—Acuérdese que siempre viste pantalones blancos y saco negro. Yo le apuesto a que está aconteciendo algo malo en la Media Luna. Y mire lo recio que va, como si lo correteara la prisa.

—Con tal de que no sea de verdad una cosa grave. Me dan ganas de regresar y decirle al padre Rentería que se dé una vuelta por allá, no vaya a resultar que esa infeliz muera sin confesión.

—Ni lo piense, Ángeles. Ni lo quiera Dios. Después de todo lo que ha sufrido en este mundo, nadie desearía que se fuera sin los auxilios espirituales, y que siguiera penando en la otra vida. Aunque dicen los zahorinos que a los locos no les vale la confesión, y aun cuando tengan el alma impura son inocentes. Eso sólo Dios lo sabe... Mire usted, ya se ha vuelto a prender la luz en la ventana. Ojalá todo salga bien. Imagínese en qué pararía el trabajo que nos hemos tomado todos estos días para arreglar la iglesia y que luzca bonita ahora para la Natividad, si alguien se muere en esa casa. Con el poder que tiene don Pedro, nos desbarataría la función en un santiamén.

—A usted siempre se le ocurre lo peor, doña Fausta. Mejor

haga lo que yo: encomiéndelo todo a la Divina Providencia. Récele un avemaría a la Virgen y estoy segura que nada va a pasar de hoy a mañana. Ya después, que se haga la voluntad de Dios; al fin y al cabo, ella no debe estar tan contenta en esta vida.

—Créame, Ángeles, que usted siempre me repone el ánimo. Voy a dormir llevándome al sueño estos pensamientos. Dicen que los pensamientos de los sueños van derechito al cielo. Ojalá que los míos alcancen esa altura. Nos veremos mañana.

—Hasta mañana, Fausta.

Las dos viejas, puerta de por medio, se metieron en sus casas. El silencio volvió a cerrar la noche sobre el pueblo. □

—Tengo la boca llena de tierra.

—Sí, padre.

—No digas: "Sí, padre." Repite conmigo lo que yo vaya diciendo.

—¿Qué va usted a decirme? ¿Me va a confesar otra vez? ¿Por qué otra vez?

—Ésta no será una confesión, Susana. Sólo vine a platicar contigo. A prepararte para la muerte.

—¿Ya me voy a morir?

—Sí, hija.

—¿Por qué entonces no me deja en paz? Tengo ganas de descansar. Le han de haber encargado que viniera a quitarme el sueño. Que se estuviera aquí conmigo hasta que se me fuera el sueño. ¿Qué haré después para encontrarlo? Nada, padre. ¿Por qué mejor no se va y me deja tranquila?

—Te dejaré en paz, Susana. Conforme vayas repitiendo las palabras que yo diga, te irás quedando dormida. Sentirás como si tú misma te arrullaras. Y ya que te duermas nadie te despertará... Nunca volverás a despertar.

—Está bien, padre. Haré lo que usted diga.

El padre Rentería, sentado en la orilla de la cama, puestas las manos sobre los hombros de Susana San Juan, con su boca casi pegada a la oreja de ella para no hablar fuerte, encajaba

244

secretamente cada una de sus palabras: "Tengo la boca llena de tierra." Luego se detuvo. Trató de ver si los labios de ella se movían. Y los vio balbucir, aunque sin dejar salir ningún sonido.

"Tengo la boca llena de ti, de tu boca. Tus labios apretados, duros como si mordieran oprimiendo mis labios..."

Se detuvo también. Miró de reojo al padre Rentería y lo vio lejos, como si estuviera detrás de un vidrio empañado.

Luego volvió a oír la voz calentando su oído:

—Trago saliva espumosa; mastico terrones plagados de gusanos que se me anudan en la garganta y raspan la pared del paladar... Mi boca se hunde, retorciéndose en muecas, perforada por los dientes que la taladran y devoran. La nariz se reblandece. La gelatina de los ojos se derrite. Los cabellos arden en una sola llamarada...

Le extrañaba la quietud de Susana San Juan. Hubiera querido adivinar sus pensamientos y ver la batalla de aquel corazón por rechazar las imágenes que él estaba sembrando dentro de ella. Le miró los ojos y ella le devolvió la mirada. Y le pareció ver como si sus labios forzaran una sonrisa.

—Aún falta más. La visión de Dios. La luz suave de su cielo infinito. El gozo de los querubines y el canto de los serafines. La alegría de los ojos de Dios, última y fugaz visión de los condenados a la pena eterna. Y no sólo eso, sino todo conjugado con un dolor terrenal. El tuétano de nuestros huesos convertido en lumbre y las venas de nuestra sangre en hilos de fuego, haciéndonos dar reparos de increíble dolor; no menguado nunca, atizado siempre por la ira del Señor.

"Él me cobijaba entre sus brazos. Me daba amor."

El padre Rentería repasó con la vista las figuras que estaban alrededor de él, esperando el último momento. Cerca de la puerta, Pedro Páramo aguardaba con los brazos cruzados; en seguida, el doctor Valencia, y junto a ellos otros señores. Más allá, en las sombras, un puño de mujeres a las que se les hacía tarde para comenzar a rezar la oración de difuntos.

Tuvo intenciones de levantarse. Dar los santos óleos a la enferma y decir: "He terminado." Pero no, no había terminado todavía. No podía entregar los sacramentos a una mujer sin conocer la medida de su arrepentimiento.

Le entraron dudas. Quizá ella no tenía nada de que arrepentirse. Tal vez él no tenía nada de que perdonarla. Se inclinó nuevamente sobre ella y, sacudiéndole los hombros, le dijo en voz baja:

—Vas a ir a la presencia de Dios. Y su juicio es inhumano para los pecadores.

Luego se acercó otra vez a su oído; pero ella sacudió la cabeza:

—¡Ya váyase, padre! No se mortifique por mí. Estoy tranquila y tengo mucho sueño.

Se oyó el sollozo de una de las mujeres escondidas en la sombra.

Entonces Susana San Juan pareció recobrar vida. Se alzó en la cama y dijo:

—¡Justina, hazme el favor de irte a llorar a otra parte!

Después sintió que la cabeza se le clavaba en el vientre. Trató de separar el vientre de su cabeza; de hacer a un lado aquel vientre que le apretaba los ojos y le cortaba la respiración; pero cada vez se volcaba más como si se hundiera en la noche. ☐

—Yo. Yo vi morir a doña Susanita.

—¿Qué dices, Dorotea?

—Lo que te acabo de decir.   ☐

Al alba, la gente fue despertada por el repique de las campanas. Era la mañana del 8 de diciembre. Una mañana gris. No fría; pero gris. El repique comenzó con la campana mayor. La siguieron las demás. Algunos creyeron que llamaban para la misa grande y empezaron a abrirse las puertas; las menos, sólo aquellas donde vivía gente desmañanada, que esperaba despierta a que el toque del alba les avisara que ya había terminado la noche. Pero el repique duró más de lo debido. Ya no sonaban sólo las campanas de la iglesia mayor, sino también las de la Sangre de Cristo, las de la Cruz Verde y tal vez las del Santuario. Llegó

246

el mediodía y no cesaba el repique. Llegó la noche. Y de día y de noche las campanas siguieron tocando, todas por igual, cada vez con más fuerza, hasta que aquello se convirtió en un lamento rumoroso de sonidos. Los hombres gritaban para oír lo que querían decir. "¿Qué habrá pasado?", se preguntaban.

A los tres días todos estaban sordos. Se hacía imposible hablar con aquel zumbido de que estaba lleno el aire. Pero las campanas seguían, seguían, algunas ya cascadas, con un sonar hueco como de cántaro.

—Se ha muerto doña Susana.

—¿Muerto? ¿Quién?

—La señora.

—¿La tuya?

—La de Pedro Páramo.

Comenzó a llegar gente de otros rumbos, atraída por el constante repique. De Contla venían como en peregrinación. Y aun de más lejos. Quién sabe de dónde, pero llegó un circo, con volantines y sillas voladoras. Músicos. Se acercaban primero como si fueran mirones, y al rato ya se habían avecindado, de manera que hasta hubo serenatas. Y así poco a poco la cosa se convirtió en fiesta. Comala hormigueó de gente, de jolgorio y de ruidos, igual que en los días de la función en que costaba trabajo dar un paso por el pueblo.

Las campanas dejaron de tocar; pero la fiesta siguió. No hubo modo de hacerles comprender que se trataba de un duelo, de días de duelo. No hubo modo de hacer que se fueran; antes, por el contrario, siguieron llegando más.

La Media Luna estaba sola, en silencio. Se caminaba con los pies descalzos; se hablaba en voz baja. Enterraron a Susana San Juan y pocos en Comala se enteraron. Allá había feria. Se jugaba a los gallos, se oía la música; los gritos de los borrachos y de las loterías. Hasta acá llegaba la luz del pueblo, que parecía una aureola sobre el cielo gris. Porque fueron días grises, tristes para la Media Luna. Don Pedro no hablaba. No salía de su cuarto. Juró vengarse de Comala:

—Me cruzaré de brazos y Comala se morirá de hambre.

Y así lo hizo. □

El Tilcuate siguió viniendo:

—Ahora somos carrancistas.

—Está bien.

—Andamos con mi general Obregón.

—Está bien.

—Allá se ha hecho la paz. Andamos sueltos.

—Espera. No desarmes a tu gente. Esto no puede durar mucho.

—Se ha levantado en armas el padre Rentería. ¿Nos vamos con él, o contra él?

—Eso ni se discute. Ponte al lado del gobierno.

—Pero si somos irregulares. Nos consideran rebeldes.

—Entonces vete a descansar.

—¿Con el vuelo que llevo?

—Haz lo que quieras, entonces.

—Me iré a reforzar al padrecito. Me gusta cómo gritan. Además lleva uno ganada la salvación.

—Haz lo que quieras. □

Pedro Páramo estaba sentado en un viejo equipal, junto a la puerta grande de la Media Luna, poco antes de que se fuera la última sombra de la noche. Estaba solo, quizá desde hacía tres horas. No dormía. Se había olvidado del sueño y del tiempo: "Los viejos dormimos poco, casi nunca. A veces apenas si dormitamos; pero sin dejar de pensar. Eso es lo único que me queda por hacer." Después añadió en voz alta: "No tarda ya. No tarda."

Y siguió: "Hace mucho tiempo que te fuiste, Susana. La luz era igual entonces que ahora, no tan bermeja; pero era la misma pobre luz sin lumbre, envuelta en el paño blanco de la neblina que hay ahora. Era el mismo momento. Yo aquí, junto a la puerta mirando el amanecer y mirando cuando te ibas, siguiendo el camino del cielo; por donde el cielo comenzaba a

248

abrirse en luces, alejándote, cada vez más desteñida entre las sombras de la tierra.

"Fue la última vez que te vi. Pasaste rozando con tu cuerpo las ramas del paraíso que está en la vereda y te llevaste con tu aire sus últimas hojas. Luego desapareciste. Te dije: '¡Regresa, Susana!' "

Pedro Páramo siguió moviendo los labios, susurrando palabras. Después cerró la boca y entreabrió los ojos, en los que se reflejó la débil claridad del amanecer.

Amanecía. □

A esa misma hora, la madre de Gamaliel Villalpando, doña Inés, barría la calle frente a la tienda de su hijo, cuando llegó y, por la puerta entornada, se metió Abundio Martínez. Se encontró al Gamaliel dormido encima del mostrador con el sombrero cubriéndole la cara para que no lo molestaran las moscas. Tuvo que esperar un buen rato para que despertara. Tuvo que esperar a que doña Inés terminara la faena de barrer la calle y viniera a picarle las costillas a su hijo con el mango de la escoba y le dijera:

—¡Aquí tienes un cliente! ¡Alevántate!

El Gamaliel se enderezó de mal genio, dando gruñidos. Tenía los ojos colorados de tanto desvelarse y de tanto acompañar a los borrachos, emborrachándose con ellos. Ya sentado sobre el mostrador, maldijo a su madre, se maldijo a sí mismo y maldijo infinidad de veces a la vida "que valía un puro carajo". Luego volvió a acomodarse con las manos entre las piernas y se volvió a dormir todavía farfullando maldiciones:

—Yo no tengo la culpa de que a estas horas anden sueltos los borrachos.

—El pobre de mi hijo. Discúlpalo, Abundio. El pobre se pasó la noche atendiendo a unos viajantes que se picaron con las copas. ¿Qué es lo que te trae por aquí tan de mañana?

Se lo dijo a gritos, porque Abundio era sordo.

—Pos nada más un cuartillo de alcohol del que estoy necesitado.

—¿Se te volvió a desmayar la Refugio?

—Se me murió ya, madre Villa. Anoche mismito, muy cerca de las once. Y conque hasta vendí mis burros. Hasta eso vendí porque se me aliviara.

—¡No oigo lo que estás diciendo! ¿O no estás diciendo nada? ¿Qué es lo que dices?

—Que me pasé la noche velando a la muerta, a la Refugio. Dejó de resollar anoche.

—Con razón me olió a muerto. Fíjate que hasta yo le dije al Gamaliel: "Me huele que alguien se murió en el pueblo." Pero ni caso me hizo; con eso de que tuvo que congeniar con los viajantes, el pobre se emborrachó. Y tú sabes que cuando está en ese estado, todo le da risa y ni caso le hace a una. ¿Pero qué me dices? ¿Y tienes convidados para el velorio?

—Ninguno, madre Villa. Para eso quiero el alcohol, para curarme la pena.

—¿Lo quieres puro?

—Sí, madre Villa. Pa emborracharme más pronto. Y démelo rápido que llevo prisa.

—Te daré dos decilitros por el mismo precio y por ser para ti. Ve diciéndole entretanto a la difuntita que yo siempre la aprecié y que me tome en cuenta cuando llegue a la gloria.

—Sí, madre Villa.

—Díselo antes de que se acabe de enfriar.

—Se lo diré. Yo sé que ella también cuenta con usté pa que ofrezca sus oraciones. Con decirle que se murió compungida porque no hubo ni quien la auxiliara.

—¿Qué, no fuiste a ver al padre Rentería?

—Fui. Pero me informaron que andaba en el cerro.

—¿En cuál cerro?

—Pos por esos andurriales. Usted sabe que andan en la revuelta.

—¿De modo que también él? Pobres de nosotros, Abundio.

—A nosotros qué nos importa eso, madre Villa. Ni nos va ni nos viene. Sírvame la otra. Ahi como que se hace la disimulada, al fin y al cabo el Gamaliel está dormido.

—Pero no se te olvide pedirle a la Refugio que ruegue a Dios por mí, que tanto lo necesito.

—No se mortifique. Se lo diré en llegando. Y hasta le sacaré la promesa de palabra, por si es necesario y pa que usté se deje de apuraciones.

—Eso, eso mero debes hacer. Porque tú sabes cómo son las mujeres. Así que hay que exigirles el cumplimiento en seguida.

Abundio Martínez dejó otros veinte centavos sobre el mostrador.

—Déme el otro cuartillo, madre Villa. Y si me lo quiere dar sobradito, pos ahi es cosa de usté. Lo único que le prometo es que éste sí me lo iré a beber junto a la difuntita; junto a mi Cuca.

—Vete pues, antes que se despierte mi hijo. Se le agria mucho el genio cuando amanece después de una borrachera. Vete volando y no se te olvide darle mi encargo a tu mujer.

Salió de la tienda dando estornudos. Aquello era pura lumbre; pero, como le habían dicho que así se subía más pronto, sorbió un trago tras otro, echándose aire en la boca con la falda de la camisa. Luego trató de ir derecho a su casa donde lo esperaba la Refugio; pero torció el camino y echó a andar calle arriba, saliéndose del pueblo por donde lo llevó la vereda.

—¡Damiana! —llamó Pedro Páramo—. Ven a ver qué quiere ese hombre que viene por el camino.

Abundio siguió avanzando, dando traspiés, agachando la cabeza y a veces caminando en cuatro patas. Sentía que la tierra se retorcía, le daba vueltas y luego se le soltaba; él corría para agarrarla, y cuando ya la tenía en sus manos se le volvía a ir, hasta que llegó frente a la figura de un señor sentado junto a una puerta. Entonces se detuvo:

—Denme una caridad para enterrar a mi mujer —dijo.

Damiana Cisneros rezaba: "De las asechanzas del enemigo malo, líbranos, Señor." Y le apuntaba con las manos haciendo la señal de la cruz.

Abundio Martínez vio a la mujer de los ojos azorados, poniéndole aquella cruz enfrente, y se estremeció. Pensó que tal vez el demonio lo había seguido hasta allí, y se dio vuelta, esperando encontrarse con alguna mala figuración. Al no ver a nadie, repitió:

—Vengo por una ayudita para enterrar a mi muerta.

El sol le llegaba por la espalda. Ese sol recién salido, casi frío, desfigurado por el polvo de la tierra.

La cara de Pedro Páramo se escondió debajo de las cobijas como si se escondiera de la luz, mientras que los gritos de Damiana se oían salir más repetidos, atravesando los campos: "¡Están matando a don Pedro!"

Abundio Martínez oía que aquella mujer gritaba. No sabía qué hacer para acabar con esos gritos. No le encontraba la punta a sus pensamientos. Sentía que los gritos de la vieja se debían estar oyendo muy lejos. Quizá hasta su mujer los estuviera oyendo, porque a él le taladraban las orejas, aunque no entendía lo que decía. Pensó en su mujer que estaba tendida en el catre, solita, allá en el patio de su casa, adonde él la había sacado para que se serenara y no se apestara pronto. La Cuca, que todavía ayer se acostaba con él, bien viva, retozando como una potranca, y que lo mordía y le raspaba la nariz con su nariz. La que le dio aquel hijito que se les murió apenas nacido, dizque porque ella estaba incapacitada: el mal de ojo y los fríos y la rescoldera y no sé cuántos males tenía su mujer, según le dijo el doctor que fue a verla ya a última hora, cuando tuvo que vender sus burros para traerlo hasta acá, por el cobro tan alto que le pidió. Y de nada había servido... La Cuca, que ahora estaba allá aguantando el relente, con los ojos cerrados, ya sin poder ver amanecer; ni este sol ni ningún otro.

—¡Ayúdenme! —dijo—. Denme algo.

Pero ni siquiera él se oyó. Los gritos de aquella mujer lo dejaban sordo.

Por el camino de Comala se movieron unos puntitos negros. De pronto los puntitos se convirtieron en hombres y luego estuvieron aquí, cerca de él. Damiana Cisneros dejó de gritar. Deshizo su cruz. Ahora se había caído y abría la boca como si bostezara.

252

Los hombres que habían venido la levantaron del suelo y la llevaron al interior de la casa.

—¿No le ha pasado nada a usted, patrón? —preguntaron.

Apareció la cara de Pedro Páramo, que sólo movió la cabeza.

Desarmaron a Abundio, que aún tenía el cuchillo lleno de sangre en la mano:

—Vente con nosotros —le dijeron—. En buen lío te has metido.

Y él los siguió.

Antes de entrar en el pueblo les pidió permiso. Se hizo a un lado y allí vomitó una cosa amarilla como de bilis. Chorros y chorros, como si hubiera sorbido diez litros de agua. Entonces le comenzó a arder la cabeza y sintió la lengua trabada:

—Estoy borracho —dijo.

Regresó a donde estaban esperándolo. Se apoyó en los hombros de ellos, que lo llevaron a rastras, abriendo un surco en la tierra con la punta de los pies. ☐

Allá atrás, Pedro Páramo, sentado en su equipal, miró el cortejo que se iba hacia el pueblo. Sintió que su mano izquierda, al querer levantarse, caía muerta sobre sus rodillas; pero no hizo caso de eso. Estaba acostumbrado a ver morir cada día alguno de sus pedazos. Vio cómo se sacudía el paraíso dejando caer sus hojas: "Todos escogen el mismo camino. Todos se van." Después volvió al lugar donde había dejado sus pensamientos.

—Susana —dijo. Luego cerró los ojos—. Yo te pedí que regresaras...

"...Había una luna grande en medio del mundo. Se me perdían los ojos mirándote. Los rayos de la luna filtrándose sobre tu cara. No me cansaba de ver esa aparición que eras tú. Suave, restregada de luna; tu boca abullonada, humedecida, irisada de estrellas; tu cuerpo transparentándose en el agua de la noche. Susana, Susana San Juan."

Quiso levantar su mano para aclarar la imagen; pero sus piernas la retuvieron como si fuera de piedra. Quiso levantar la otra mano y fue cayendo despacio, de lado, hasta quedar apoyada en el suelo como una muleta deteniendo su hombro deshuesado.

"Ésta es mi muerte", dijo.

El sol se fue volteando sobre las cosas y les devolvió su forma. La tierra en ruinas estaba frente a él, vacía. El calor caldeaba su cuerpo. Sus ojos apenas se movían; saltaban de un recuerdo a otro, desdibujando el presente. De pronto su corazón se detenía y parecía como si también se detuviera el tiempo y el aire de la vida.

"Con tal de que no sea una nueva noche", pensaba él.

Porque tenía miedo de las noches que le llenaban de fantasmas la oscuridad. De encerrarse con sus fantasmas. De eso tenía miedo.

"Sé que dentro de pocas horas vendrá Abundio con sus manos ensangrentadas a pedirme la ayuda que le negué. Y yo no tendré manos para taparme los ojos y no verlo. Tendré que oírlo; hasta que su voz se apague con el día, hasta que se le muera su voz."

Sintió que unas manos le tocaban los hombros y enderezó el cuerpo, endureciéndolo.

—Soy yo, don Pedro —dijo Damiana—. ¿No quiere que le traiga su almuerzo?

Pedro Páramo respondió:

—Voy para allá. Ya voy.

Se apoyó en los brazos de Damiana Cisneros e hizo intento de caminar. Después de unos cuantos pasos cayó, suplicando por dentro; pero sin decir una sola palabra. Dio un golpe seco contra la tierra y se fue desmoronando como si fuera un montón de piedras. ■

254

Otros textos

Otros textos

UN PEDAZO DE NOCHE *
(*Fragmento*)

ALGUIEN me avisó que en el callejón de Valerio Trujano había un campo libre, pero que antes de conseguirlo tenía que dejarme "tronar la nuez". No quiero decir en qué consistía aquello, porque todavía, calculando que no me quede ni un pedazo de vergüenza, hay algo dentro de mí que busca desbaratar los malos recuerdos.

Yo estaba entonces en mis comienzos. Apenas unos días antes había agarrado la cuerda, cuando las muchachas de Trujano me dieron la oportunidad, haciéndome un campito a su alrededor. Y a pesar del contrapeso que era tener siempre delante de una al sujeto que tronaba las nueces; a riesgo de estar viendo a todas horas su cara seca y sus ojos sin zumo y sin pestañas y su carcaje huesudo, era mucho mejor estar aquí, trabajando en chorcha, que andar derramada por las calles.

Además, en Valerio Trujano se me desterró el miedo. Al cabo de dos o tres semanas ya no lo sentí, como si se hubiera dado cuenta de que conmigo salía sobrando. Y aunque en muchas ocasiones noté sus temblores, procuraba esconderse cuando veía mis necesidades, tal vez y seguramente por miedo a que lo mandara a vivir solo, porque el miedo es la cosa que más miedo le tiene a la soledad, según yo sé.

Así en esas andanzas, fue cuando conocí al que después fue mi marido...

Una noche se me acercó un hombre. Esto no tenía importancia, pues para eso estaba yo allí, para que me buscaran los

* Este texto se publicó por primera vez en la *Revista Mexicana de Literatura*, nueva época, núm. 3, México, septiembre de 1959, con la fecha al pie: Enero, 1940. Luego fue incluido en Rulfo, Juan, *Obra completa*, Biblioteca Ayacucho, vol. XIII, Venezuela, 1977.

hombres. Pero el que se arrimó esa noche se distinguía de los demás en que traía un niño en brazos. Un niño pequeño, de los que todavía se valen de la gente para ir de un lado a otro.

Al verlo junto a mí, pensé que venía a limosnear, porque alargó la mano como pidiendo dinero. Estaba yo por darle unos centavos, cuando inquirió por el precio.

—¡No! —le dije yo—. Así no.

—Así no ¿qué?

—Con eso que llevas encima.

—A él no le interesan todavía estas cosas —respondió—. Ahora que no estaría por demás que ya se fuera instruyendo.

Desentendiéndome de él, miré a todas partes buscando con los ojos alguna muchacha que me viniera a sacar del apuro. Pero las pocas que andaban por allí, estaban aparejadas.

—Tal vez vienes buscando a alguien en especial —le dije—. Alguna con quien ya has estado otras veces.

—Vengo por ti —me contestó—. Nomás dime cuánto cobras.

Parecía no entender que yo no iría con él a ninguna parte mientras cargara a su criatura.

—Nomás dime —volvió a decir.

Entonces le señalé un precio muy alto, quizá diez veces mayor del que acostumbrábamos pedir.

—Está bien —dijo—. ¡Vamos!

Yo pensé que aquello no estaba nada bien. Pero también pensé que el que "tronaba las nueces" no nos daría cuarto en el hotel. Y así sucedió. En cuanto cruzamos el pasillo, sentimos el aire de su mano huesuda que nos echaba fuera.

—Ya ves —le dije—, ya ves que no se puede.

—Se podrá —contestó él—. No faltaba más.

Estábamos otra vez en la calle. Me rodeó la cintura y me fue llevando.

—Conozco un sitio medio oscuro... el encargado es un "túla-trais". Allí sí nos dejarán entrar.

Yo miraba al niño que se retorcía en sus brazos. Tenía los ojos como de gente grande, llenos de malicia o de malas intenciones. Pensé que tal vez fuera el puro reflejo de nuestros vicios.

Me hubiera gustado que se soltara berreando para que su padre le echara tierra a este negocio y se fuera con todo y niño a descansar en paz. Pensaba en eso, cuando los ojos del muchachito empezaron a reír. Me tendió los brazos y brincaba y se reía conmigo, enseñándome el único diente de su boca.

—¿Ya ves? —dijo el fulano—. También él quiere ir contigo.

El chamaco estaba envuelto como tamal, enrollado en un jorongo. Lo apreté contra mi cuello dándole de nalgaditas para que se durmiera. Pero aquel niño no tenía sueño; se revolvía como gusano y buscaba con su boca allí donde sabía que estaba la comida. A rasguño y rasguño fue abriéndome la blusa hasta que sus manos se agarraron a mis senos.

—Esta criatura tiene hambre —le dije al tipo aquel.

—Tenemos tiempo —contestó—. Después le daremos de comer.

Llegamos a la puerta de un hotel donde él me detuvo:

—¿Aquí es? —le pregunté.

—Sí, aquí mero.

Pasamos. Atravesamos un patio donde había un tendedero de sábanas, y al comenzar a subir la escalera, oímos una voz chillona que nos gritaba que allí no era casa de cuna.

Entonces fuimos más lejos, como por allá, por las calles de Ogazón. Él se llamaba Claudio Marcos. No, el niño no era suyo. Era de un compadre. Nomás que él se había acomedido a cuidarlo porque hoy la estaba celebrando. Bueno, todos los días se las colocaba, pero nunca se había puesto tan necio como ahora.

Por eso había sacado al niño de la cantina, para que no siguiera aporreándose la cabeza cada vez que el compadre se caía al suelo. Y como ya estaba desentendido, fue fácil quitárselo. Lo bueno va estar mañana cuando recuerde y no dé con el muchachito ni se las huela dónde lo dejó.

—¿No lo vas a llevar a su casa?

—Para allá iba. Pero al verte varié de opinión. Se me ocurrió que el niño pasaría bien la noche con nosotros.

—¿Te divierte hacer eso?

—¿Qué dices?

—Nada.

—Yo a ti ya te había echado el ojo —siguió diciendo—. Pero no me animaba a hablarte. Con esa cara no pareces de la misma raza que las otras. Si hasta creí que andarías por estos barrios nomás de visita.

—Bueno, ¿adónde vamos? —pregunté yo.

Él no hizo caso. Siguió caminando sin dejar de hablar.

—Lo mejor es que lleves al niño con su madre —le dije.

—No ganaríamos nada con eso —respondió—. No es ella la que le da de mamar.

Torcimos por una calle plana, desalumbrada. Al entrar a la placita de los Ángeles, un policía alcanzó a conocerme:

—No te desparrames, Olga —dijo.

—¿A quién le dicen así? —me preguntó Claudio Marcos.

—A mí.

—¿No que te llamabas Pilar?

—Da lo mismo un nombre que otro. Para lo que sirve —le contesté, ya medio fastidiada—. Lo que tenemos que hacer es regresarnos, ando lejos de mi zona.

Llegamos al jardín de Santiago y nos sentamos en una banca.

El chiquillo se había dormido sobre mis hombros. Y aunque casi no pesaba de tan flaco, de cualquier manera no hallaba cómo deshacerme de él. No me explicaba tampoco por qué razón seguía yo allí, y mucho menos me pasaba por la cabeza que fuéramos a acostarnos juntos, con aquel recién nacido en medio de nosotros. Con todo, el hombre no daba trazas de terminar la plática.

—Oiga —le dije, poniéndome seria—, este niño debía estar ya dormido en su cama. Haría bien en llevárselo. Y si la madre no le da de mamar, pues hágalo usted, aunque sea nada más por consideración.

—¿Crees que ya es hora de que le toque?

—Yo no sé —le contesté—. Pero por lo flaco que está, pienso que no ha probado bocado en toda su vida.

—Ah, no. Eso sí que no. En eso sí que no estoy de acuerdo. El niño come. Y come un resto. Nada menos hoy al mediodía

se zampó media docena de tortillas. También le gusta el chile
y el caldito de frijoles. Todo eso se come. Ahora que si tú no
me crees, vamos a algún lado. Aquí traigo cincuenta pesos. Entramos a un merendero y pedimos cincuenta pesos de cosas y
nos las comemos entre los tres. ¿Quieres?

La verdad es que yo tenía hambre. Nos metimos a la primera
tortería que encontramos. Ya allí, entre tanta gente, entre el olor
agarroso del chorizo frito, se me olvidó lo que andaba haciendo
con aquel fulano que tenía enfrente. Y se me ocurrió pensar que
a él se le había olvidado hacía rato el motivo por el que me
levantó de la calle.

Comimos. Él, aparte de lo suyo, pidió un vaso de leche y unas
semitas.

Sentó al niño en sus piernas y le fue dando un bocado tras
otro remojado en leche. Cuando dio fin a la primera semita,
tomó otra y así siguió con la tercera. El niño mordisqueaba con
su único diente hasta ir achicando el pan, luego amasaba el
migajón granuloso y de pronto se lo tragaba de un tirón.

—¿Ya ves cómo ni se atraganta? —me decía aquel sujeto
riéndose—. Sus padres le hicieron el cogote así de grande a
fuerza de embutirle, desde recién hecho, cuanta botana les daban
en las cantinas. Y no cabe duda que sirve de mucho tener el cogote de este tamaño.

—Ya que estamos en esto —le dije—, ¿qué demontres andas
haciendo tú con ese muchacho, si tiene madre que se encargue de
cuidarlo?

—¿Te refieres a mi comadre Flaviana?

—No sé a cuál de todas tus comadres me refiero. Pero a mí
no me va a ir muy bien esta noche. No ganaré ni para vergüenzas.

—Pienso pagarte. ¿O qué quieres que lo haga por adelantado?

—No —le dije—, lo que quiero es ir a cuidar mi pedazo de
pared. Tal vez esté algún amigo esperándome.

En realidad, tenía miedo del "quiebranueces". Tanto por haberme dejado ver con aquel cliente del niño, que de seguro era
ir contra las reglas, como por la idea que ha de haber tenido de

263

mí, pensando que le quise meter un cachirul. Y luego estaba lo del impuesto del día, que jamás perdonaba, así una estuviera vomitando sangre.

El que decía llamarse Claudio Marcos también se había quedado pensativo. Luego dijo:

—Soy sepulturero. ¿No te asustas si te digo que soy sepulturero? Pues bien, eso soy yo. Y nunca he dicho que con ese trabajo no gano ni para vergüenzas. Es como cualquier otro. Con la ventaja de darse muy seguido el gusto de enterrar a la gente. Te digo esto porque tú, igual que yo, debes odiar a la gente. Tal vez mucho más que yo. Y sobre este asunto quisiera darte un consejo: nunca quieras a nadie. Deja en paz esa cosa con que se quiere a los demás. Me acuerdo que yo tuve una tía a quien quise mucho. Se murió de repente, cuando yo estaba más encariñado con ella, y lo único que conseguí con todo eso fue que el corazón se me llenara de agujeros.

Lo oía. Pero eso no me quitaba del pensamiento al "quiebranueces" con sus ojos hundidos y como mudos. Mientras aquí, este tipo me estaba platicando que odiaba a media humanidad y que era muy bonito saber cómo enterraría uno a uno a los que él veía a diario. Y que cuando alguien de aquí o de por allá le decía o le hacía alguna maldad, él no se enojaba; pero callada la boca se prometía dejarlos quietos una temporada muy larga cuando cayeran en sus manos.

—...No, no me dan pena los muertos, y mucho menos los vivos. Desde hace quince años acabé con eso. Al principio, me entristecía mucho cuando a raíz de sepultar a la madre de un montón de hijos, ellos se soltaban dando unos alaridos espantosos, y se abrazaban al cajón como ladillas sin que fuera suficiente la fuerza de tres ni cuatro hombres para despegarlos. Me ha tocado asistir a infinidad de casos por el estilo. Pero ahora eso ya se murió. Cuando uno es sepulturero hay que enterrar la lástima con cada muerto que uno entierra.

"...Los vivos son los que son una vergüenza. ¿No lo crees tú así? Los muertos no le dan guerra a nadie; pero lo que es los vivos, no encuentran cómo mortificarle la vida a los demás. Si hasta se medio matan por acabar con el corazón del prójimo. Con eso te digo todo. En cambio, a los muertos no hay por qué aborrecerlos. Son la gran cosa. Son buenos. Los seres más buenos de la tierra."

—Salgamos fuera —le dije—. Me siento sofocada. Vamos a donde nos dé el aire.

Cuando estuvimos en la calle, todavía nos siguió por un rato el humo rancio de las fritangas. Él había escondido al niño debajo del saco, seguramente para protegerlo del viento de la noche.

—Ahorita que te levantaste, me acordé de una cosa —dijo—. De que mi comadre Flaviana no tiene nada aquí —siguió diciendo, mientras se tallaba el pecho—. Ahora que si los tuviera como tú, a lo mejor estarían llenos de pulque, así que no le servirían de ningún modo para engordar a una criatura.

Entonces yo le pregunté si no tenía él por costumbre aprovecharse de la tal Flaviana cuando su compadre pasaba las noches enteras en la cantina.

Luego luego me respondió que no. Porque no había modo, pues ella no se separaba nunca del marido.

—Los dos se emborrachan juntos y por todas partes andan juntos, hasta que se les cae o se les pierde la memoria a los dos por igual.

Casi no lo oía. Pensé ir a dormir. Pero a él se le ocurrió que nos arrinconáramos un rato a la entrada de cualquier zaguán, donde estuviéramos solos y como fuera de este mundo:

—Me haré a la idea de que te soñé —dijo—. Porque la verdad es que te conozco de vista desde hace mucho tiempo, pero me gustas más cuando te sueño... Entonces hago de ti lo que quiero. No como ahora que, como tú ves, no hemos podido hacer nada.

Ya casi era de día. Olía a día, aunque la tierra, las puertas y las casas seguían a oscuras.

El sueño me hizo cruzar la calle y buscar algún hotel. El hombre se vino tras de mí. Me detuvo:

—¿Te debo algo?

—No, nada —le contesté.

—Te hice perder tu tiempo. Debes cobrarme lo que sepas cobrar por una noche.

Me zafé de él. Abrí la puerta y busqué el primer cuarto desocupado. Me eché vestida sobre la cama, apreté los ojos y, aflojando el cuerpo, me fui quedando dormida. Alguien rasguñaba la calle con una escoba. Alguien aquí dentro preguntó:

—¿Nos volveremos a ver algún día? Me quedaron ganas de platicar contigo.

Sentí que se sentaba al pie de la cama...

Es el mismo que está sentado ahora al borde de mi cama, en silencio, con la cabeza entre las manos. Acaba de despegarse de las rejas de la ventana donde acostumbra pasar las noches esperando mi regreso. Me ha dicho muchas veces que no soy yo la que llega a estas horas, que nunca acabaremos por encontrarnos:

—...o tal vez sí —dice—; quizá cuando te asegure bajo tierra el día que me toque enterrarte.

Lo que él no sabe es que quiero dormir. Que estoy cansada. Parece como si se le hubiera olvidado el trato que hicimos cuando me casé con él: que me dejaría descansar; de otra manera acabaría por perderse entre los agujeros de una mujer desbaratada por el desgaste de los hombres... ∎

LA VIDA NO ES MUY SERIA EN SUS COSAS *

AQUELLA cuna donde Crispín dormía por entonces, era más que grande para su pequeño cuerpecito. Él sin conocer todavía la luz, puesto que aún no nacía, se dedicaba sólo a vivir en medio de aquella oscuridad y a hacer, sin saberlo, más y más lentos cada vez los pasos que daba su madre al caminar por los corredores, por el pasillo y, a veces, en alguna mañana limpia, yendo a visitar el corral, donde ella se confortaba haciendo renegar a las gallinas robándoles los pollitos, y escondiéndose dos o tres abajito del seno, quizá con la esperanza de que a su hijo se le hiciera la vida menos pesada oyendo algo de los ruidos del mundo.

Por otra parte, Crispín, a pesar de tener ya ocho meses ahí dentro, no había abierto ni por una sola vez los ojos. Hasta se adivinaba que, acurrucado siempre, no había intentado estirar un brazo o alguna de sus piernitas. No, por ese lado no daba señales de vida. Y de no haber sido porque su corazón tocaba con unos golpecitos suaves la pared que lo separaba de los ojos de su madre, ella se hubiera creído engañada por Dios, y no faltaría, ni así tantito, para que llegara a reclamarle aunque sólo fuera en secreto.

—El Señor me perdone —se decía—; pero yo tendría que hacerlo, si él no estuviera vivo.

Con todo, él estaba bien vivo. Cierto es que se sentía un poco molesto de estar enrollado como un caracol, pero, sin embargo, se vivía a gusto ahí, durmiendo sin parar y sobre todo, lleno de confianza; con la confianza que da el mecerse dentro de esa grande y segura cuna que era su madre.

* Publicado en la revista *América*, núm. 40, México, 30 de junio de 1945, pp. 35-36, y posteriormente en Rulfo, Juan, *Obra completa*, Biblioteca Ayacucho, vol. XIII, Venezuela, 1977.

La madre consideró la existencia de Crispín como un consuelo para ella. Todavía no descansaba de sus lágrimas; todavía había largos ratos en los cuales apretábase al recuerdo del Crispín que se le había muerto. Todavía, y esto era lo peor para ella, no se atrevía a cantar una canción que sabía para dormir a los niños. Con todo, en ocasiones, ella le cantaba en voz baja, como para sí misma; pero en seguida, se veía rodeada por unas ganas locas de llorar, y lloraba, como sólo la ausencia de "aquel" podía merecerlo.

Luego se acariciaba su vientre y le pedía perdón a su hijo.

En otras, se olvidaba por completo de que su hijo existía. Cualquier cosa venía a poner frente a ella la figura de Crispín el mayor. Entonces entrecerraba los ojos, soltaba el pensamiento y, de ese modo, se le iban las horas correteando tras de sus buenos recuerdos. Y era en aquellos momentos sin conciencia, cuando Crispín golpeaba con más fuerza en el vientre de ella y la despertaba. Luego a ella se le ocurría que los latidos del corazón de su hijo no eran latidos, sino más bien, era una llamada que él le hacía como regañándola por dejarlo solo e irse tan lejos. Y se ponía en seguida a conseguir un montón de reproches que se daba a sí misma, no parando de hacerlo hasta sentirse tranquila y sin miedo.

Porque eso sí, tenía un miedo muy grande de que algo le sucediera a su hijo, mientras ella se la pasaba sueñe y sueñe con el otro. Y no le cabía en la cabeza sino desesperarse al no poder saber nada. "Acaso sufra", se decía. "Acaso se esté ahogando ahí dentro, sin aire; o tal vez tenga miedo de la oscuridad. Todos los niños se asustan cuando están a oscuras. Todos. Y él también. ¿Por qué no se iba a asustar él? ¡Ah!, si estuviera acá afuera, yo sabría defenderlo; o al menos, vería si su carita se ponía pálida o si sus ojos se hacían tristes. Entonces yo sabría cómo hacer. Pero ahora no; no donde él está. Ahí no." Eso se decía.

Crispín no vivía enterado de eso. Sólo se movía un poquito, al sentir el vacío que los suspiros de su madre producían a un lado de él. Por otra parte, hasta parecían acomodarlo mejor, de modo de poder seguir durmiendo, arrullado a la vez por el sonido parejo y repetido que la sangre ahí cerca, hacía al subir y bajar una hora tras hora.

Así iba el asunto. Ella, fuera de sus ratos malos, se sentía encariñada a los días que vendrían. Y era para azorarse verla hacer los gestos de alegría que todas las madres aprenden tantito antes, para estar prevenidas. Y el modo de cuidar sus manos, alisándolas, con el fin de no lastimar mucho aquella carne casi quebradiza que pasearía hecha un nudo sobre sus brazos.

Así iba el asunto.

Sin embargo, la vida no es muy seria en sus cosas. Es de suponerse que ella ya sabía esto, pues la había visto jugar con Crispín el mayor, escondiéndose de él, hasta dar por resultado que ninguno de los dos volvieron a encontrarse. Eso había sucedido. Pero, por otra parte, ella no se imaginaba a la muerte sino de un modo tranquilo: Tal como un río que va creciendo paso a paso, y va empujando las aguas viejas y las cubre lentamente; mas sin precipitarse como lo haría un arroyo nuevo. Así se imaginaba ella a la muerte, porque más de una vez la vio acercarse. La vio también en Crispín, su esposo, y, aunque al principio no le fue posible reconocerla, al fin y al cabo, cuando notó que todo en él se maltrataba, no dudó que ella era.

Así pues, ella bien se daba cuenta de lo que la vida acostumbra a hacer con uno, cuando uno está más descuidado.

Aquella mañana, ella quiso ir al camposanto. Como siempre solía preguntar a Crispín, el no nacido, si estaba de acuerdo, lo hizo: "Crispín, le dijo, ¿te parece bien que vayamos? Te prometo que no lloraré. Sólo nos sentaremos un ratito a platicar con tu padre y después volveremos; nos servirá a los dos ¿quieres?" Luego, tratando de adivinar en qué lugar podía tener sus manitas aquel hijo suyo: "Te llevaré de la mano todo el tiempo." Esto le dijo.

Abrió la puerta para salir; pero enseguida sintió un viento frío, agachado al suelo, como si anduviera barriendo las calles. Entonces regresó por un abrigo, ¿pues qué pasaría si él sintiera frío? Lo buscó entre las ropas de la cama; lo buscó en el ropero; lo halló allá arriba, en un rinconcito. Pero el ropero estaba mucho más alto que ella y tuvo que subir al primer peldaño, después puso la rodilla en el segundo y alcanzó el abrigo con la puntita de los dedos. En ese momento, pensó que tal vez Crispín se habría despertado por aquel esfuerzo y bajó a toda prisa...

Bajó muy hondo. Algo la empujaba. Debajo de ella, el suelo estaba lejos, sin alcance... ∎

El gallo de oro

AMANECÍA.

Por las calles desiertas de San Miguel del Milagro, una que otra mujer enrebozada caminaba rumbo a la iglesia, a los llamados de la primera misa. Algunas más, barrían las polvorientas calles.

Lejano, tan lejos que no se percibían sus palabras, se oía el clamor de un pregonero. Uno de esos pregoneros de pueblo, que van esquina por esquina gritando la reseña de un animal perdido, de un niño perdido o de alguna muchacha perdida... En el caso de la muchacha la cosa iba más allá, pues además de la fecha de su desaparición, había que decir quién era el supuesto sujeto que se la había robado, y dónde estaba depositada, y si había reclamación o abandono de parte de los padres. Esto se hacía para enterar al pueblo de lo sucedido y que la vergüenza obligara a los fugados a unirse en matrimonio... En cuanto a los animales, era obligación salir a buscarlos, si el reseñar su pérdida no diera resultado, pues de otro modo no se pagaba el trabajo.

Conforme se alejaban las mujeres hacia la iglesia, la reseña del pregonero se oía más cercana, hasta que, detenido en una esquina, abocinando la voz entre sus manos lanzaba sus gritos agudos y filosos:

"Alazán tostado... De gran alzada... Cinco años... Orejano... Señalado en el anca... Fierro en ese... Falsa rienda... Se extravió el día de antier en el potrero Hondo... Propio de don Secundino Colmenero... Veinte pesos de albricias a quien lo encuentre... Sin averiguatas..."

Esta última frase era larga y destemplada. Después iba más allá y volvía a repetir el mismo estribillo, hasta que el pregón se alejaba de nuevo y luego se disolvía en los rincones más apartados del pueblo.

Quien así ejercía este oficio era Dionisio Pinzón, uno de los hombres más pobres de San Miguel del Milagro. Vivía en una

273

casucha desvencijada del barrio del Arrabal, en compañía de su madre, enferma y vieja, más por la miseria que por los años.

Y aunque la apariencia de Dionisio Pinzón fuera la de un hombre fuerte, en realidad estaba impedido, pues tenía un brazo engarruñado quién sabe a causas de qué; lo cierto es que aquello lo imposibilitaba para desempeñar algunas tareas, ya fuera en el trabajo de obras o en el cultivo de la tierra, únicas actividades que había en el pueblo. Así que acabó por no servir para nada o al menos para granjearse este juicio. Se dedicó pues al oficio de pregonero, que no necesitaba del recurso de sus brazos y el cual desempeñaba bien, pues tenía voz y voluntad para eso.

Nunca dejaba un rincón de San Miguel del Milagro sin su clamor, ya fuera trabajando por encomienda de alguien, y si no, buscando la vaca motilona del señor cura, que tenía la mala maña de arrendar para el cerro cada vez que veía abierta la puerta del corral del curato, lo que sucedía con demasiada frecuencia. Y aun cuando no faltaba algún desocupado que al oír la reseña se ofreciera para ir en busca de la mentada vaca, había ocasiones en que el mismo Dionisio se obligaba a hacerlo, recibiendo en cambio unas cuantas bendiciones y la promesa de ir a cobrar en el cielo el pago de su acomedimiento.

Así y todo, con ganancia o sin ella, su voz no se opacaba nunca, y él seguía cumpliendo, porque a decir verdad, no le quedaba otra cosa que hacer para no morirse de hambre. Y aunque no siempre llegaba a su casa con las manos vacías, como en esta ocasión en que tuvo el compromiso de reseñar la pérdida del caballo alazán de don Secundino Colmenero desde temprana hora hasta muy entrada la noche, hasta sentir que su pregón se confundía con el ladrido de los perros en el pueblo dormido; y como quiera que en el transcurso del día no había aparecido el caballo, ni hubo nadie que diera razón de él, don Secundino no le rindió cuentas hasta no ver a su animal sesteando en el corral, ya que no quería echarle dinero bueno al malo; pero para que el pregonero no se desanimara y siguiera gritando su pérdida, le adelantó un decílitro de frijol que Dionisio Pinzón envolvió en su paliacate y llevó a su casa ya mediada la noche que fue cuando llegó, lleno de hambre y de cansancio. Y como otras veces, su madre se las arregló para prepararle un poco de café y cocerle unos "navegantes", que no eran más que nopales sancochados, pero que al menos servían para engañar el estómago.

Pero no siempre le iba mal. Año con año para las fiestas de San Miguel, se alquilaba para anunciar los convites de la feria. Y allí lo teníamos, delante de los sonoros retumbos de la tambora y los chillidos de la chirimía, ahuecando sus templados gritos dentro de una bocina de cartón, anunciando las "partidas", los "coleadores", las tapadas y de paso todas las festividades de la iglesia, día tras día del novenario, no sin dejar de mencionar los espectáculos de las carpas o algún ungüento bueno para todo. Mucho más atrás de la procesión que él encabezaba, lo seguía la música de viento, amenizando los ratos de descanso del pregonero con las desafinadas notas del *Zopilote mojado*. El desfile terminaba con el paso de las carretas, adornadas de muchachas, bajo arcos de carrizo y milpas tiernas.

Entonces era cuando Dionisio Pinzón se olvidaba de su vida llena de privaciones, pues caminaba contento guiando el convite, animando con gritos a los payasos que iban a su lado maromeando y haciendo cabriolas para divertir a la gente. □

Uno de esos años, quizá por la abundancia de las cosechas o a milagro no sé de quién, se presentaron las fiestas más bulliciosas y concurridas que había habido en muchas épocas en San Miguel del Milagro. De tal modo se prendió el entusiasmo, que dos semanas después seguían rifando las partidas y las peleas de gallos parecían eternizarse, a tal punto, que los galleros de la región agotaron sus perchas y aún tuvieron tiempo de encargar otros animales, cuidarlos, entrenarlos y jugarlos. Uno de los que hicieron eso fue Secundino Colmenero, el hombre más rico del pueblo, el cual acabó con su gallera y perdió en las dichosas tapadas, además de su dinero, un rancho lleno de gallinas y 22 vacas que eran toda su propiedad. Y a pesar de que al final recuperó algo, lo demás se le fue por el caño de las apuestas.

Dionisio Pinzón se las vio bien apurado para cumplir con tanto trabajo. Ya no de pregonero, sino de gritón en el palenque. Consiguió acaparar casi todas las peleas y los últimos días se le oía la voz cansada, mas no por eso dejó de anunciar a grito abierto los mandatos del sentenciador.

Y es que las cosas habían ido tomando altura. Llegó la hora en que sólo se enfrentaban plazas fuertes, con asistencia de jugadores famosos venidos desde San Marcos (Aguascalientes), Teocaltiche, Arandas, Chalchicomula, Zacatecas, todos portando gallos tan finos que daba pena verlos morir. Y venidas de quién sabe dónde, hicieron su aparición las "cantadoras", tal vez atraídas por el olor del dinero, pues antes ni por asomo se habían acercado a San Miguel del Milagro. Al frente de ellas venía una mujer bonita, bragada, con un rebozo ametalado sobre el pecho y a quien llamaban *la Caponera*, quizá por el arrastre que tenía con los hombres. La verdad es que, rodeadas por un mariachi, hicieron con su presencia y sus canciones que creciera más el entusiasmo de la plaza de gallos.

El palenque de San Miguel del Milagro era improvisado y no tenía capacidad para grandes muchedumbres. Se aprovechaba para esto el corral de una ladrillera, levantándose un jacalón techado a medias de zacate. El anillo estaba hecho con láminas de tejamanil y las bancas que lo rodeaban y donde se acomodaba el público, no eran más que tablones apoyados en gruesos adobes. Con todo, ese año se habían complicado un tanto las cosas, pues ni quien se imaginara que se iba a acumular tamaña concurrencia. Y, por si fuera poco, se esperaba de un momento a otro la visita de unos políticos. Para esto, la autoridad ordenó se desalojaran las dos primeras filas, que permanecieron vacías hasta la llegada de aquellos señores y aún después, pues apenas si eran dos, aunque cada uno con su correspondiente compañía de pistoleros. Éstos se acomodaron en la segunda fila a espaldas de su jefe correspondiente, y ellos dos, en la primera, frente a frente, separados por el anillo. Y en cuanto dieron principio las peleas, se dejó ver que aquel par de entejanados no se llevaban bien. Parecían haber ido allí por alguna vieja rivalidad, pues no sólo lo demostraban en lo personal sino en las mismas peleas. Si uno de ellos tomaba partido por un gallo, el otro dejaba caer su favor en el contrario. Así, hasta que los ánimos se fueron acalorando, ya que ambos querían que sus gallos ganaran. Pronto vino la desavenencia: el perdedor se levantaba y con él todo el grupo de sus acompañantes y esto era comenzar a lanzarse uno al otro pullas y amenazas que coreaban los pistoleros retando a los pistoleros de enfrente. Aquel espectáculo de los dos grupos al parecer enfurecidos, acabó por retener la atención de todo el público, que esperaba sucediera algún alboroto entre aquellos sujetos que no perdían la oportunidad de sacar a relucir lo mucho que tenían de valientes.

No tardaron algunos en abandonar el palenque ante el temor de que fuera a producirse una balacera. Pero no sucedió nada. Al terminar la pelea, los dos políticos salieron de la plaza de gallos. Se encontraron en la puerta. Allí ambos se tomaron del brazo, y más tarde, se les vio bebiendo juntos en un puesto de canelas, en unión de las cantadoras, de sus pistoleros que parecían haber olvidado sus malas intenciones, y del presidente municipal del pueblo, como si todos estuvieran celebrando su feliz encuentro. □

Pero volviendo a Dionisio Pinzón, fue en esta mentada noche cuando le cambió su suerte. La última pelea de gallos hizo variar su destino.

Se jugaba un gallo blanco de Chicontepec contra un gallo dorado de Chihuahua. Las apuestas eran fuertes y hasta hubo quien se mandara con cinco mil pesos y todavía diera tronchado yéndole al de Chihuahua.

El gallo blanco resultó "cocolote". Aceptó pelear al ser careado; pero ya suelto en la raya se replegó ante las primeras embestidas del dorado a uno de los rincones. Y allí se estuvo, agachada la cabeza y las alas mustias como si estuviera enfermo. Así todo, el dorado fue hasta donde estaba el blanco a buscarle pelea; la golilla engrifada y las cañas pisando macizo a cada paso que daba alrededor del correlón. El "cocolote" se replegó aún más sobre la valla reflejando cobardía, y más que nada intenciones de huir. Pero al verse cercado por el de Chihuahua, dio un salto tratando de librarse de las acometidas del dorado y fue a caer sobre el espinazo tornasol de su enemigo. Aleteó con fuerza para sostener el equilibrio y al fin logró, al querer desprenderse de la trabazón en que había caído, romper con la filosa navaja de su espolón un ala del dorado.

El fino gallo de Chihuahua, cojitranco, atacó sin misericordia al "alzapelos" que se retiraba a su rincón en cada acometida; pero hacía uso de su medio vuelo al sentirse cercado. Así una y otra vez, hasta que, no pudiendo resistir el desangre de su herida, el dorado clavó el pico, echándose sobre el piso del palenque, sin que el blanco hiciera el más mínimo intento de atacarlo.

De este modo, aquel animal cobarde ganó la pelea, y así fue proclamado por Dionisio Pinzón cuando gritó:

—¡Se hizo chica la pelea! ¡Pierde la grande! —Y en seguida añadió—: ¡Aaa-bran las puertas...!

El amarrador de Chihuahua recogió a su gallo malherido. Le sopló el pico para descongestionarlo y trató de que el animal se sostuviera sobre sus patas. Pero al ver que volvía a caer, apeñuscado como una bola de pluma, dijo:

—No queda más remedio que rematarlo.

Y ya estaba dispuesto a torcerle el pescuezo, cuando Dionisio Pinzón se atrevió a contenerlo:

—No lo mate —le dijo—. Puede curarse y servirá aunque sea para cría.

El de Chihuahua rió burlonamente y le arrojó el gallo a Dionisio Pinzón como quien se desprende de un trapo sucio. Dionisio lo alcanzó a coger al vuelo, lo arropó en sus brazos con cuidado, casi con ternura y se retiró con él del palenque.

Al llegar a su casa, hizo un agujero debajo del tejaván y,

auxiliado por su madre, enterró allí al gallo, dejándole sólo la cabeza de fuera. ☐

Pasaron los días. Dionisio Pinzón vivía únicamente preocupado por su gallo, al que llenaba de cuidados. Le llevaba agua y comida. Le metía migajas de tortilla y hojas de alfalfa dentro del pico, esforzándose por hacerlo comer. Pero el animal no tenía hambre, ni sed, parecía tener solamente ganas de morirse; aunque allí estaba él para impedirlo, vigilándolo constantemente sin despegar sus ojos de los ojos semidormidos del gallo enterrado.

Con todo, una mañana se encontró con la novedad de que el gallo ya no abría los ojos y tenía el pescuezo torcido, caído a su suelto peso. Rápidamente colocó un cajón sobre el entierro y se puso a golpearlo con una piedra durante horas y horas.

Cuando al fin quitó el cajón, el gallo lo miraba aturdido y por el pico entreabierto entraba y salía el aire de la resurrección. Le arrimó la cazuela del agua y el gallo bebió; le dio de comer masa de maíz y la tragó en seguida.

Pocas horas después, pastoreaba a su gallo por el asoleadero del corral. Aquel gallo dorado, todavía cenizo de tierra que, a pesar de derrengarse a cada rato por faltarle el apoyo de su ala quebrada, daba muestras de su fina condición, irguiéndose lleno de valor ante la vida. ☐

Pronto sanó también del ala. Aunque le quedó un poco más levantada que la contraria, aleteaba con fuerza y su batir era brusco y desafiante al alumbrar cada mañana.

Pero por ese tiempo murió su madre. Pareció ser como si hubiera cambiado su vida por la vida del "ala tuerta" como acabó llamándose el gallo dorado. Pues mientras éste iba revive y revive, la madre de Dionisio Pinzón se dobló hasta morir, enferma de miseria.

Muchos años de privaciones; días enteros de hambre y ninguna esperanza, la mataron más pronto. Y ya cuando él creía haber encontrado ánimos para luchar de firme por los dos, la madre no tenía remedio, ni voluntad para recuperar sus perdidas fuerzas.

El caso es que murió. Y Dionisio Pinzón tuvo que ajuarear el entierro sin tener ni con qué comprar un cajón para enterrarla.

Tal vez fue entonces cuando odió a San Miguel del Milagro. No sólo porque nadie le tendió la mano, sino porque hasta se burlaron de él. Lo cierto es que la gente se rió de su extraña figura, mientras iba por mitad de la calle cargando sobre sus hombros una especie de jaula hecha con los tablones podridos de la puerta, y dentro de ella, envuelto en un petate, el cadáver de su madre.

Todos los que lo alcanzaron a ver le hicieron burla, creyendo que llevaba a tirar algún animal muerto.

Para rematar la cosa, el mismo día, agregado al abandono de su madre, tuvo necesidad de pregonar la fuga de Tomasa Leñero, la muchachita que él hubiera querido hacer su mujer de no haber mediado su pobreza:

—Tomasa Leñero —decía—. Catorce años cumplidos. Se huyó al parecer el día 24 de los que corren al parecer con Miguel Tiscareño. Miguel, hijo de padres finados. Tomasa, hija única de don Torcuato Leñero, que suplica saber en qué lugar fue depositada.

Así, con su doble pena, Dionisio Pinzón fue de una esquina a otra, hasta donde el pueblo se deshacía en llanos baldíos, clamando su pregón y que más que reseña, pareció aquello un lamento plañidero.

Se recostó en una piedra después de su fatigoso recorrido y allí, la cara endurecida y con gesto rencoroso, se juró a sí mismo que jamás él, ni ninguno de los suyos, volvería a pasar hambres...

Otro día, a las primeras luces, se largó pa' nunca. Llevaba

sólo un pequeño envoltorio de trapos, y bajo el brazo encogido, cobijándolo del aire y del frío, su gallo dorado. Y en aquel animalito echó a rodar su suerte yéndose por el mundo.　　□

Sabía, por sus tratos con otros galleros cuando él ejercía el oficio de gritón, cuándo y en qué sitios se verificaban tapadas. De este modo, uno de los primeros lugares a donde llegó fue San Juan del Río. Pobre y desarrapado y con el gallo todavía en sus brazos, se asomó al palenque sólo para orientarse y ver si encontraba algún "padrino" que garantizara por él las apuestas. Lo encontró; pero no para esa tarde, pues todas las peleas que se jugaban eran de compromiso. Tuvo que esperar al día siguiente a las peleas libres de las once de la mañana. Y en esa espera, se pasó la noche en el mesón, con su gallo amarrado a las patas del catre, sin pegar los ojos por miedo de que le fueran a robar aquel animal en quien tenía puestas todas sus esperanzas.

Los pocos centavos que llevaba los gastó en alimentar a su gallo, dándole de comer carne picada revuelta con chiles mirasoles. Eso fue lo que le dio de cenar y también de almorzar en cuanto amaneció.

Al abrirse las peleas de las once, ya estaba él allí, junto al que lo iba a apadrinar, uno de esos apostadores de oficio, que en caso de "gano" se llevaría el 80 por ciento de las ganancias, y en caso de "pierde" él le diría adiós a su dinero y Dionisio Pinzón a su gallo. Así cerró el trato.

Las peleas de la mañana no atraían a verdaderos galleros, y la asistencia al palenque era más bien de curiosos y mirones que nunca arriesgaban en sus apuestas ni lo que valían los animales. Por esta razón, la mayor parte de los gallos eran de "baja ley".

Con todo, algo se ganaba, si es que se ganaba. Y Dionisio Pinzón ganó. Su gallo no alcanzó a perder ni sus plumas y salió con la navaja ensangrentada hasta la botana.

Entonces el apostador, al darle los pocos pesos que le habían correspondido, le dijo que su gallo era demasiado gallo para enfrentarlo con aquellas gallinas, y trató de convencerlo para que lo jugara en las peleas de compromiso y hasta redujo su utilidad, indicándole que él mismo se encargaría de encontrarle retador.

Dionisio aceptó, pues a eso había ido allí, a calar su gallo, al que le tenía una fe como nunca se la tuvo a nadie.

El palenque por la tarde era ya otra cosa. Las mesas "Imparcial", la de "Asiento" y "Contra" estaban todas ocupadas por personas de categoría. En el templete cantaban las cantadoras y por todos los ámbitos de la plaza repleta, se sentía un ambiente de animación y entusiasmo.

Cuando le llegó el turno a Dionisio Pinzón, le pesaron su gallo en la romana. Tapado, pues así lo había exigido el retador, quien también seleccionó las navajas y hasta el amarrador. Dionisio consideró que se las iba a ver con un gallero ventajoso; pero no tuvo más remedio que aceptar todas las condiciones, menos que otro soltara su gallo, ya que no quería que le fueran a hacer algún daño. Se le permitió esto último.

Por fin soltaron un gallo retinto, casi negro, que comenzó a pasearse por el anillo luciendo su garbo, mirando hacia todos lados como toro salido del toril en busca del adversario.

—¡Aa-tención! —proclamó el gritón—. ¡San Juan del Río contra San Miguel del Milagro! ¡Jueguen parejo! ¡Cien pesos!

—¡A ochenta! ¡A ochenta el colorado'!

—¡Pago a setenta! ¡A setenta! ¡Voy a San Juan del Río!

Dionisio Pinzón sacó del saco de harina en que estaba envuelto su dorado, al animal medio entumido y lo pastoreó un momento por el ruedo del palenque.

Las ofertas arreciaron en su contra:

—¡A sesenta! ¡A cincuenta! ¡Van cien contra cincuenta!

Los corredores daban vuelta a la plaza casando las apuestas de aquí y de allá, mientras pregonaban:

—¡Cien a cincuenta! ¡A ver a cuál mandan!

Dionisio Pinzón sonrió al ver que las apuestas en su favor se estaban viniendo abajo. Hasta él llegaban los gritos confusos de los que sólo apostaban al de San Juan del Río. Trató de localizar a su padrino entre la concurrencia, pero al no verlo, se limitó a acariciar a su gallo peinándole las plumas.

—¡Descubran, señores! —ordenó el juez desde su asiento.

Se quitaron las fundas de cuero a las navajas. Ambos retadores pusieron a sus gallos sobre la raya y luego que recibieron la orden de soltar, soltaron. El otro, quedándose con algunas plumas en la mano que le había arrancado a última hora a su animal para irritarlo, mientras Dionisio Pinzón lo dejaba suavemente sobre la raya.

Se hizo silencio.

No habían transcurrido tres minutos cuando una exclamación de desaliento cundió por todo el público. El gallo retinto yacía echado en el suelo, de lado, pataleando su agonía. El dorado lo había despachado en una forma limpia, casi inexplicable y aún sacudía sus alas y lanzaba un canto de desafío.

Dionisio lo alzó antes de que se hiriera con la enorme navaja. Fue y entregó ésta en la mesa del Asiento cruzando el ruedo del palenque entre la rechifla de la dolida concurrencia. Sólo del barrendero que entró a limpiar con la escoba la sangre del gallo muerto, recibió unas palabras de aprecio:

—Trai usted gallo pa' toparle a cualquiera, amigo.

Responde:

—Sí. . . Sabe responder —fue la respuesta de Dionisio Pinzón, que salió en busca de su "padrino". Lo encontró en la cantina.

—¿Ya cobró usted las ganancias?

—La sincera verdá es que me vine antes a echar un trago pa' nivelarme de la impresión. Creiba que tu gallo no iba a poder. ¿Y con qué diablos iba yo a cubrir las apuestas?

—¿Tan poca confianza le tenía usté a mi animalito?

—Es que nunca me imaginé que don Fulano, con quien hice el compromiso, nos fuera a echar encima su gallo "capulín" que para decirte la sincera verdá era un asesino. . .

—Siempre lo guardaba pa' las peleas de San Marcos. . . Y siempre con él, enterito.

—Y así y todo todavía se puso ventajoso.

—Pa' que veas. Con eso cualquiera se espanta. Contimás al

ver cómo se alzan las apuestas en contra de uno... Me espanté, lo que sea de cada quien.

—Pero no íbamos al "pierde", eso usté lo sabía.

—Qué iba a saber yo. Por eso hasta mejor me arrejolé aquí... Por si acaso.

—¿De modo que iba yo a quedar ensartado en caso de "pierde"?

—Eso más o menos... Al fin de cuentas tú no tienes mucho qué perder. En cambio, yo...

—Date a entender que de esto vivo... Bueno, ya pa' qué alegamos. Vamos a cobrar —le dijo mientras servía el último trago.

Luego los dos se encaminaron hacia el "depositario de las apuestas"; pero ya para entonces había comenzado una nueva pelea y tuvieron que esperar a que ésta terminara.

Pronto se dejó oír la exclamación de "¡Viva Tequisquiapan!" lanzada por los partidarios del gallo ganancioso, e inmediatamente las cantadoras del "tapanco" se encargaron de cubrir el intervalo con sus canciones.

Dionisio Pinzón, mientras aguardaba el regreso del "padrino", se fijó en ellas, sobre todo en la que hacía frente y a la que estaba seguro de conocer. Fue acercándose hasta ponerse al pie del estrado y la miró a su gusto, en tanto ella lanzaba los versos de su canción:

> Antenoche soñé que te amaba,
> como se ama una vez en la vida;
> desperté y todo era mentira,
> ni siquiera me acuerdo de ti...

—Hecho el tiro —le dijo el padrino, quien le mostró el dinero ya cobrado.

—¿Quién es esa que canta? Me parece haberla visto en alguna parte.

—Se llama *la Caponera*. Y su oficio es recorrer el mundo, así que no es difícil haberla visto en cualquier parte... ¡Vámonos!

...Si te quise no fue que te quise,
si te amé, fue por pasar el rato,
ahi te mando tu triste retrato
para nunca acordarme de ti...

□

Con el dinero obtenido en San Juan del Río le fue posible recorrer más largos caminos. Se internó por el rumbo de Zacatecas, donde le dijeron que allá se mandaban fuerte. El que le había servido de padrino, se invitó a acompañarlo; pero Dionisio Pinzón prefirió andar solo, pues con lo poco que lo trató le dio el cale y vio que, aunque podían servirle sus consejos, era un sujeto que nada más buscaba sacar ventaja en su propio provecho. De ahí en adelante lo que ganara sería para él solo.

Quién sabe por qué pueblos andaría durante algún tiempo, lo cierto es que cuando llegó a Aguascalientes, para San Marcos, todavía traía su gallo vivo y él vestía de otro modo: de luto, como siguió vistiendo toda su vida hasta el día de su muerte.

Era la primera vez que él se arrimaba por Aguascalientes. Venía animado con los mejores propósitos, pues ahora iba a ver si realmente su gallo valía ante los finos animales que allí se jugaban, ya que no se admitían, y así porque lo decía el reglamento, sino gallos de brava ley o de ley suprema, unos llamados así porque son los primeros en el ataque, y los de ley suprema, que son constantes en la pelea, tiran golpes macizos y manifiestan valor hasta sus últimos instantes de vida.

Sobre esto iba Dionisio Pinzón: a probar si contaba con un gallo de ésos, o si, por el contrario, al verse frente a un animal de su misma condición y arranque, iba a "alzar escobeta".

Lo inscribió para la "mochiller" del segundo día de tapadas. (Se llama mochiller al primer gallo que se juega y que, para distinguirlo de los demás, va con mayor cantidad de dinero.)

Allí en Aguascalientes se topó de nuevo con el "padrino" de San Juan del Río. Pero éste no pareció entusiasmarse con aconsejarlo esta vez, ya que no consideraba a Dionisio Pinzón buena carta contra los verdaderos y experimentados galleros que concurrían a la Feria de San Marcos. Y no sólo eso, sino que en

285

la primera oportunidad que tuvieron de hablar, el padrino le dijo:

—Tú estarías mejor puebleando con ese gallo rabón; aquí te van a desplumar.

—Al fin de cuentas no tengo nada que perder. ¿No me dijo usté eso?

—Los pocos miles de pesos que de seguro habrás ganado en tus andanzas... Además, acuérdate que la suerte no anda en burro.

—Por eso no quise andar con usté —acabó diciéndole Dionisio Pinzón. Y se separaron para ya no verse.

Cuando, atronando todavía los aplausos con que el público del palenque premiaba la intervención de las cantadoras, y después que el gritón había anunciado el comienzo de las peleas de esa tarde, Dionisio Pinzón se vio careando a su dorado contra un gallo búlique gambeteador y oía bien claro el monto de las apuestas, y como poco a poco se iban alzando más en favor de su contrario que en el suyo, aunque también graneaban los "retapos", tal vez apostados por un público desinteresado o desconocedor, le entró algo de miedo. Pero cuando notó que el soltador del gallo contrario lo desestrañaba irritándolo con golpes en la cabeza, supo que ganaría la pelea, pues su dorado, acostumbrado al buen trato, sabía jugar limpio y aplacar con mucha facilidad a los gallos corajudos.

Y así fue. El otro gambeteaba; pero al dorado no le interesó la cabeza movediza del búlique, sino que procuraba atacar por el costado, navaja contra navaja, lanzando sus brincos a la pechuga y jalándolo con las patas, mientras el contrario corcoveaba la cabeza como lo hace un boxeador cuando está haciendo fintas, pero dejaba el cuerpo casi quieto. Fue allí, en la rabadilla, donde el dorado enterró su navaja, derrengando a su rival que quedó despatarrado buscando dónde clavar el pico.

—¡Golpe de moza! —pregonó el gritón—. ¡Pierde Nochistlán! ¡Todos contentos! ¡Aaa-bran las puertas!

> ...En la cárcel de Celaya
> estuve preso y sin delito,
> por una infeliz pitaya
> que picó mi pajarito;
> mentira no le hice nada,
> ya tenía su agujerito...

Y aquella canción alebrestada con que rompieron el murmullo y la tensión del palenque las cantadoras, le supo a gloria a Dionisio Pinzón, que recogió su gallo salpicado de sangre, pero entero y nuevamente limpio de heridas. □

—¡Ey, gallero! —oyó que lo llamaban. Se disponía a cenar pollo placero en uno de los puestos de la feria. Ya había guardado a buen recaudo su animal y había paseado un rato curioseando por aquí y por allá entre los espectáculos de la feria. Ahora estaba allí esperando que le sirvieran de cenar.

Volvió la cabeza y notó a un charro de figura imponente que lo miraba desde su elevada estatura.

—¿Es conmigo? —preguntó Dionisio Pinzón.

—¿Cuánto pides por tu gallo?

—No está de mercarse.

—Te doy mil pesos y no digas a nadie que me lo vendiste.

—No lo vendo.

El charro se acercó a Dionisio Pinzón y le tendió la mano a manera de presentación. Con él, y hasta el momento en que también se acercó a la luz y la vio, venía *la Caponera*, aquella muchacha bonita que cantaba en el palenque.

—Me llamo Lorenzo Benavides. ¿Nunca has oído hablar de don Lorenzo Benavides? Pues bien, yo soy. Y soy también el dueño del búlique herido esta tarde por tu gallo. Te ofrezco mil quinientos pesos por él y la única condición que pongo es que a nadie le cuentes que me lo vendiste...

—Ya le dije que no está en venta.

—...Otra más —seguía diciendo el tal Lorenzo Benavides, sin hacer caso de la respuesta de Dionisio Pinzón—, te doy a

287

más de los dos mil pesos, dos gallos amarillos como el tuyo. Bien finos. Que en tus manos... ¡y por Dios creo que tienes buena mano!, pueden llegar a dar "capote" a donde quiera que los lleves... Otra más...

—No me interesa el trato. ¿No gustan sentarse a cenar?

—¿Qué?

—¿Que si no se les antoja un pollito?

—No, gracias. Yo jamás como pollo... Y mucho menos en temporada de tapadas...

—¿Así que no te arriesgas a cerrar el negocio?

—Mire, gallero —le dijo el otro tomando una actitud seria—. Óigame bien. Ese animalito no va a poder carearlo otra vez aquí. Ya se le conoce la pinta y su juego. Y de hacerlo, le mandarán uno que le dé "Golpe de Gracia" en los primeros palos... Otra más...

—No estoy pensando pelearlo por ahora.

—...Otra más, decía yo; eso si es usted quien lo hace. Pero en caso de ser yo, ese gallo estará mañana mismo en el palenque, jugando con ventaja de tres a dos y quizá de cinco a uno. Eso si creen que es de mi gallera. De otro modo... Yo mismo tengo gallo para el suyo. Así que ya verá.

—¡Acéptele el trato, gallero! Le conviene —intervino *la Caponera*, que desde hacía rato estaba sentada frente a Dionisio Pinzón—. ¿No entiende la combinación que le propone aquí don Lorenzo?

—La entiendo; pero a mí no me gustan los enjuagues.

Ella rió con una risa sonora. Luego prosiguió:

—Se ve a leguas que usted no conoce de estos asuntos. Ya cuando tenga más colmillo sabrá que en los gallos todo está permitido.

—Pos ahorita he ganado con legalidá. Y... con su permiso —dijo Dionisio Pinzón al parecer ofendido, dedicándose a engullir su pollo placero y dando por terminada aquella discusión.

La Caponera se alzó de hombros. Se levantó de la mesa y en compañía de Lorenzo Benavides fueron a sentarse un poco más allá, no muy lejos de él.

288

—¿Qué te tomas, Bernarda? —oyó que el tal Benavides preguntaba a la mujer.

—Pues por lo pronto que nos traigan unas cervezas ¿o no?

—¿Y qué te parece si pedimos antes un mezcalito para que no nos hagan daño las cervezas?

—Me parece bien.

El mesero se acercó y le pidieron una botella de mezcal.

Desde su sitio, mientras daba buena cuenta de su cena, Dionisio Pinzón los observaba. Sobre todo a la mujer, ¡guapa mujer!, que bebía un mezcal tras otro y reía y volvía a reír con grandes risotadas ante lo que platicaba Lorenzo Benavides. En tanto acá, el Pinzón examinaba el brillo alegre de sus ojos, enmarcados en aquella cara extraordinariamente hermosa. Y por la forma de sus brazos y los senos, sobre los que estaba terciado un rebozo de palomo, suponía que debía de tener un cuerpo también hermoso. Vestía una blusa escotada y una falda negra estampada con grandes tulipanes rojos.

Entre un bocado y otro, no apartaba la vista de aquella mujer que había intervenido para apoyar el trato propuesto por Lorenzo Benavides que, por su apariencia, debía ser un gallero famoso.

Terminó de cenar y se levantó. Antes de retirarse dio un saludo de despedida a los ocupantes de la mesa contigua, mas éstos no parecieron oírlo. El hombre estaba enfrascado en su plática, tal vez convenciendo a la hembra de algo. Y ella no apartaba la vista de él, una mirada ya medio vidriosa, debido al mezcal que seguía bebiendo en abundancia. ☐

Dos meses después, le mataron su gallo dorado en Tlaquepaque.

Desde al abrir careo encontró que se enfrentaba con un rival dispuesto a matar. Era un bonito animal. Giro, finísimo, con una golilla enorme y espesa de plumas y, sobre todo, una mirada de águila y unos ojos enrojecidos por el odio que seguramente no se aplacaría hasta no ver muerto a aquel infeliz gallo dorado.

Al carearlos, fue tan rápido el otro en acometer, que Dionisio

Pinzón no tuvo tiempo de librar a su gallo, el cual comenzó a sangrar de la cresta a consecuencia de los violentos y sanguinarios picotazos que le lanzó el giro en unos cuantos segundos.

—¡Doy cien a cincuenta! ¡Voy al giro! —decían los apostadores.

Y como un eco, los encomenderos repetían:

—¡Cien a cincuenta! ¡Es a la grande! ¡Pujen, señores! ¡Cien a cincuenta! ¿Quién va más al giro?

—¡Pago a cuarenta! ¡Voy cien a cuarenta!

La sangre de la cresta comenzó a bajarle a las narices al dorado y le produjo hoguío. Dionisio Pinzón le limpió la cabeza. Sopló el pico para desahogarlo. Tomó tierra del suelo y la restregó en la cresta de su animal para contener la hemorragia y, lo que no había hecho nunca, comenzó a desestrañarlo arrancándole plumas de la cola para encorajinarlo. Así cuando sonó el grito de "¡Suelten sus gallos, señores!", el dorado, enfurecido, no cayó suavemente en la raya, sino que pareció huir de las manos de Dionisio Pinzón y fue a darse fuerte encontronazo con el giro, que lo paró en seco con un brinco de medio vuelo, metiéndole las patas por delante. Luego lo trabó del pico. Lo zarandeó; para después, tras unas cuantas fintas y aletazos, trepárse le encima, destrozándole la cabeza a picotazos mientras le hundía el puñal de su espolón en la pechuga. El dorado quedó patas arriba, lanzando navajazos; pero ya en los últimos estertores.

—¡Levanten sus gallos, señores!

Por costumbre y por ley, el juez dispuso que se hiciera la prueba. Dionisio alzó su gallo y lo acercó al giro, que volvió a picar encarnizadamente la cresta enmorecida del dorado, el cual, como todo el mundo lo veía, estaba bien muerto. □

Dionisio Pinzón abandonó la plaza de gallos llevando en sus manos unas cuantas plumas y un recuerdo de sangre. Fuera, rugían los gritos de la feria; las diversiones; el anuncio de las tandas en las carpas; el pregón de las loterías, de la ruleta; las voces

sordas de los albureros y de los jugadores de dados, y las voces
ladinas de los que invitaban a los mirones que atinaran dónde
había quedado la bolita. Hasta él llegaba todavía el rumor del
palenque; el hedor a humo y alcohol que opacaba el de la sangre regada en el suelo y el de los gallos muertos, deshuesados,
colgados de un garabato. Y los gritos de un público frenético
que clamaba: "¡Ése es reguindón!" "¡Está entumido!" "¡Viva
Quitupan!", que a su vez apagaba la doble voz de las cantadoras y el ruido hueco de las cuerdas del tololoche. Todo mezcla-
do con el confuso griterío de los mercaderes, tahúres y músicos
ambulantes.

Lo trajo a la realidad el traqueteo de los dados en un cubilete
y el rodar de éstos sobre la verde franela. Allá dentro del palenque había vuelto el silencio, terminado ya el intervalo entre
su pelea y la que ahora se libraba.

Caminó unos pasos y se detuvo frente a las mesas de los albures.

—¡No la baraje tan alto porque se le ve la puerta! —oyó que
decía al tallador alguien de los que se agrupaban frente a una
de las mesas.

Dionisio Pinzón se quedó un rato allí, sin intenciones de jugar, sólo curioseando. Le quedaba poco dinero, apenas si para
cenar y pagar el hospedaje de esa noche, pues su gallo se había
llevado al morir lo que el mismo animalito había dado a ganar
en los meses anteriores. La verdad de las cosas es que no sabía
qué hacer ni adónde ir, por eso se estuvo allí mirando, apos-
tando totalmente a las cartas que tendía el tallador sobre el parche y también mentalmente, ganando o perdiendo el albur. Por
fin se decidió. Desenfundó de la víbora el dinero que en ella
guardaba y los fue a una sota de oros que estaba apareada con
un as de copas.

—Me gustan los oros —dijo. Y acomodó uno a uno los pesos sobre el parche de la sota.

Corrió el albur, despacio, lentamente. El tallador, a cada carta, levantaba la baraja:

—Siete de copas —decía—. Dos de oros. Cinco de bastos. Rey

de bastos. Cuatro de espadas. Caballo de oros. Y... As de bastos —siguió tallando las cartas restantes y mencionándolas de prisa—, dos, cinco, tres, sota, sota. Por merito era suyo, señor.

Dionisio Pinzón vio cómo recogían su dinero. Se apartó un poco para dejar sitio a otros, mientras el montero pregonaba:

—¡En la otra está su suerte! ¡Plántense ondequiera, señores! ¡Corre el albur!

No quiso irse en seguida para no aparentar que huía. Y cuando al fin resolvió retirarse, se encontró frente a frente la figura reluciente de *la Caponera*, con su amplio vestido floreado de amapolas y el rebozo terciado como carrillera sobre el pecho.

Sacó del seno un pañuelo colorado donde traía envuelto un buen puño de pesos, y sin desanudarlo se lo tendió a Dionisio:

—Óyeme, gallero, quiero que me juegues estos centavos a ese seis de bastos que está junto al caballo de oros.

—¿Y pa' qué tantas ansias, doña Bernarda?.. Ora traigo la suerte atravesada. Ya usté lo vio. ¿O qué, tiene muchas ganas de perder su dinero?

—Yo sé a lo que me atengo. ¡Tú juégamelos!

—Van pues, pero a su santo riesgo... Ora que yo mejor le iría al caballo.

—Pues échate sobre el caballo... Si te acomoda —digo.

Dionisio Pinzón la miró como tratando de adivinar las intenciones de sus palabras, y sin dejar de ver la sonrisa maliciosa de ella, dejó caer el tambache cubriendo el parche del seis de bastos.

—Conste que no me hago responsable.

—No te apures, gallero... Ni te aflijas.

Comenzó a correr el albur y a tercera carta se asomó el seis de bastos.

—¡Gana el seis con "vieja"!— gritó el tallador.

El montero desató el nudo del pañuelo. Contó el dinero allí guardado y pagó el equivalente más la mitad de otro tanto:

—Ahi va el gane de la "vieja" —dijo.

—¡Júntalos!— le indicó *la Caponera* al Pinzón.

Él recogió el montón de pesos y sin tocar lo que había dentro del pañuelo, lo anudó y devolvió a *la Caponera*, quien lo dejó desaparecer dentro del seno.

—Ahora a los gallos, a ver si acaso te repones —le dijo ella.

—No me late jugar con dinero ajeno.

—Yo mi dinero aquí lo traigo —dijo *la Caponera* oprimiéndose el pecho—. Así que no te apures... Y a propósito, después de las tapadas quiero hablar contigo.

Volvió a surgir la sonrisa maliciosa que ella tenía. Luego añadió:

—Yo y otro señor.

Los dos se encaminaron al palenque. Pero antes de entrar, él la detuvo para preguntarle:

—Dígame, doña Bernarda. ¿Usté ha de tener trato casado con el de los albures, no?

—Vi bien claro el caballo en la puerta cuando el tallador cortó las cartas.

—Nunca te atengas a lo que veas. Estos fulanos traen siempre barajas viboreadas.

Y sin hablar más, entraron los dos en la plaza de gallos.

Mientras Dionisio Pinzón buscaba un asiento vacío para sentarse, ella subió al templete y desde allá comenzó a cantar:

> Hermosa flor de pitaya,
> blanca flor de garambullo,
> a mí me cabe el orgullo
> que onde yo rayo ¿quién raya?
> Aunque veas que yo me vaya,
> mi corazón es muy tuyo.

> El pájaro carpintero
> para trabajar se agacha,
> de que encuentra su agujero
> hasta el pico le retacha.

> También yo soy carpintero
> cuando estoy con mi muchacha.

293

¡Ay!, cómo me duele el anca,
¡ay!, cómo me aprieta el cincho.
¿Qué vas que brinco esa tranca
pa' ver si del golpe me hincho?,
que habiendo tanta potranca
sólo por la mía relincho...

Soy un gavilán del monte
con las alas coloradas;
a mí no me asusta el sueño
ni me hacen las desveladas
platicando con mi chata
y aunque muera a puñaladas... □

Fue pues en Tlaquepaque donde conoció realmente a Bernarda Cutiño. Aunque la había visto en muchas ocasiones y contemplado con una admiración callada, se consideraba muy poca cosa para ella, por lo cual ni procuraba su trato y mucho menos su amistad. Y si en Aguascalientes tuvo oportunidad hasta de recibir sus consejos, no por eso sintió que podía llegar a merecerla, antes, por el contrario, creyó haberse alejado de su favor.

La tal Bernarda Cutiño era una cantadora de fama corrida, de mucho empuje y de tamaños; que así como cantaba era buena para alborotar, aunque no se dejaba manosear de nadie, pues si le buscaban era bronca y mal portada. Fuerte, guapa y salidora y tornadiza de genio, sabía, con todo, entregar su amistad a quien le demostraba ser amigo. Tenía unos ojos relampagueantes, siempre humedecidos, y la voz ronca. Su cuerpo era ágil, duro, y cuando alzaba los brazos los senos querían reventar el corpiño. Vestía siempre amplias faldas de percal estampado, de colores chillantes y llenas de pliegues, lo que completaba con un rebozo de seda y unas flores en las trenzas. Del cuello le colgaban sartas de corales y collares de cuentas de colores; traía los brazos repletos de pulseras y en las orejas grandes zarcillos o enormes arracadas de oro. Mujer de gran temperamento, a donde quiera que iba llevaba su aire alegre, además de ser buena para cantar corridos y canciones antiguas.

Según se sabía, desde pequeña anduvo rodando por los pueblos acompañando a su madre, pobre peregrina de feria, hasta que, muerta ésta en un incendio de carpa, se valió por sí misma, uniéndose a un grupo de músicos ambulantes, de esos que van por los caminos atenidos a lo que la Providencia quiera darles.

El "otro señor" de que le había hablado *la Caponera*, no era sino el mismo Lorenzo Benavides que intentó comprarle su gallo en Aguascalientes.

Mientras los tres se sentaban en una larga banca frente a una mesa llena de salsas, de platos con cebolla, limones y orégano y aguardaban a que les sirvieran las cervezas que habían pedido, el Lorenzo le fue diciendo:

—Mira, Pinzón, este jueguito de los gallos tiene sus intríngulis. Puede hacerte rico o puede mandarte al diablo con todo tu dinero. Si nos hubieras hecho caso en Aguascalientes, no te hubiera pasado lo de ahora.

—Es que a mi gallo ya le tocaba. El pleito fue legal, según vi yo.

—¿Podrías decirme entonces por qué estaba chinampeado tu gallo? Eso se notó desde un principio. Te lo acobardaron, eso fue lo que pasó.

—¿Y quién se iba a ocupar de hacerme ese perjuicio? Yo no me separé del animal ni un momento.

—Tal vez fue en la pesada —le dijo Benavides—. Algún soltador acomedido de esos que tienen los dedos ágiles pudo haberle hincado la uña sin que tú te enteraras. Hay gente dispuesta a todo.

—Pero el animal se portó valiente. No hubiera ido a dar pelea de haber estado quebrado.

—Es que era de buena condición... Aunque eso no quita que estuviera chinampeado. Yo lo vi.

Les trajeron las cervezas y unas cazuelas conteniendo algo humeante. Pero Dionisio Pinzón hizo a un lado la cerveza.

—¿Qué, prefieres mejor algo fuerte? Aquí tienen "raicilla" de la buena —le dijo Benavides.

—No. No acostumbro beber —contestó Dionisio Pinzón.

—Bueno, mejor para nuestros planes. Mira, como te decía hace rato, en este asunto de los gallos un hombre solo no puede hacer nada. Se necesita participar con los demás. De otro modo acaban pisándote. Veme a mí, bien rico que estoy y a esos animalitos les debo todo. Sí. Y otra más, a la buena amistad con otros galleros; combinaciones, matuterías si tú quieres; pero nada de ponérseles al brinco como tú hiciste ahora.

—¿Y a qué viene todo eso, si se puede saber? Yo ya perdí y me retiro.

—¿Y qué vas a hacer? ¿Te vas a poner a vender enchiladas? No, amigo Pinzón, tú ya estás de la araña y no te retirarás de los palenques.

—No tengo ya nada que me atore. Ni gallo, ni dinero... Y para mirones, sobran, regresaré a mi pueblo.

—¿Qué hacías allá, si no es mucho preguntar?

—Trabajaba... Vivía.

—Vivías muerto de hambre. Te lo voy a decir. Sé medir a la gente nomás con echarle un vistazo encima. Y tú eres de ésos, perdóname que te lo diga, de esos que le sacan el bulto al trabajo rudo... No, Pinzón, tú eres como yo. El trabajo no se hizo para nosotros, por eso buscamos una profesión livianita. ¿Y qué mejor que ésta de la jugada, en que esperamos sentados a que nos mantenga la suerte?

—Puede que usted tenga razón. Pero como decía antes ¿a qué viene todo esto?

—Para allá voy...

En ese momento el mesero se acercó con una tanda más de cervezas y recogió el plato vacío de Dionisio, pues mientras ellos platicaban, Bernarda Cutiño daba buena cuenta de las cervezas, el Pinzón comía y Benavides hablaba. No está por demás decir que todas las cervezas se las había bebido solita Bernarda Cutiño y que ahora llenaba nuevamente su vaso y que sus ojos habían adquirido ya ese mirar semidormido que produce el vino. Así, cuando intervino en la plática, su voz tartamudeaba:

—Lorenzo —dijo—. Déjame a mí explicarle aquí al amigo

296

de qué se trata. Tú como siempre te vuelves un puro hable y hable y nunca acabas.

—Di pues.

Y ella comenzó a decir.

—Lorenzo quiere que te combines con él por el resto de la temporada. Tú registrarás sus gallos a tu nombre y le servirás de "soltador". El trato está en que te acomodes a lo que él diga. Como ves, se trata de meter viruta: que hay que quebrarle las costillas al animal antes de soltarlo, pues a quebrar costillas... Son cosas que todos hacen, así que no te pide nada del otro mundo.

—¿Pero por qué he de ser yo, habiendo tanto amarrador que puede hacerlo?

—Pues por lo mismo de siempre, porque hay que escoger a alguien ¿o no?

—¿Y en mí han encontrado su tarugo, verdá?

Ella vació el vaso de cerveza antes de responder:

—No, Pinzón, la cosa no va contra ti... Mira, si mal no recuerdo un desconocido... Uno de esos arriesgados que se meten al palenque sin saber ni a lo que van...

Dionisio Pinzón hizo el intento de levantarse y dejar que aquella mujer siguiera hablando sola, pues claramente se veía que se le habían subido las cervezas y que eso la animaba a decir aquellas frases duras, casi ofensivas. Pero ella lo detuvo del brazo y lo obligó a sentarse, cambiando la expresión de su cara y sonriéndole con los ojos:

—Déjame terminar —le dijo—. Estábamos en que por aquí pocos te conocen y ni siquiera te toman en cuenta. Eso te sirve de mucho. El asunto es que sueltes los gallos de Lorenzo como si fueran tuyos para desorientar a los apostadores. ¿Entiendes, verdad?...No, no me entiendes.

—La sincera verdá es que no acabo de entender.

—Otra más —intervino Lorenzo Benavides—. Mañana te llevaré a ver mi gallera y allí te diré cuál va contra cuál, de modo que tú sepas si retar a perder o a ganar. No te preocupes de los resultados, pues yo estaré pujando según mis conveniencias. Piénsalo esta noche y mañana tempranito hablaremos.

Se despidieron de él. Y al día siguiente había cerrado un trato que le iba a dar mucho qué ganar sin arriesgar nada de su parte. Era una combinación semejante a la ofrecida en Aguascalientes, y que él no aceptó, más que por honradez, por no estar familiarizado con los jugadores a la alta escuela. Supo entonces que, en este negocio de los gallos, no siempre gana el mejor ni el más valiente, sino que a pesar de las leyes, los soltadores están llenos de mañas y preparados para hacer trampa con gran disimulo.

Ahora iba a pelear gallos de una misma percha; pero sabiendo de antemano en cuál de ellos estaba la ventaja. Eran todos gallos finos, altivos y ensoberbecidos, aunque para unos había sus otros. Todos jugarían en peleas de compromiso, seguras, y además, ganadas, si no en la raya, sí en el terreno de las apuestas. Lorenzo Benavides, al "pujar fuerte", obligaría a los que estaban atentos a lo que él hiciera para seguirlo, yendo a donde él iba o contra lo que él iba, pues nadie le discutía sus conocimientos en cuestión de gallos.

Y así fue.

La primera tarde, de los tres gallos jugados, Dionisio Pinzón sólo levantó uno vivo. La segunda tarde, dio "capote" en las tres peleas. Descansó un día; para volver al palenque al cuarto día, donde se dio a ver que sus animales no servían ni para gallos de gallinero, pues todos quedaron colgados del garabato donde se acostumbra dejar que estilen su última sangre los gallos muertos. El quinto día, y último del compromiso, convirtió el palenque en un desplumadero al ganar "la grande" con un gallo ciego; pero que asestaba golpes precisamente como "palo de ciego" a un gallo pesado y correlón que ostentaba el pomposo nombre de Santa Gertrudis. Las apuestas en contra del ciego bajaron de mil a setecientos y más tarde de varios miles contra un mil.

Al grito de "¡Se hizo chica la pelea!", el palenque se convirtió en un verdadero clamor de disgusto y protestas. Pero el juez había dado su fallo y el gritón volvió a repetir:

—¡Se hizo chica la pelea! ¡Pierde la grande de Santa Gertrudis!

Algunos, que la habían visto segura, apostaron hasta la cobija y de haber traído consigo a la mujer la hubieran casado contra el ciego.

Desperdigados en varios tramos del palenque estaban los apostadores de Lorenzo Benavides con su cara de resignación, y un aire como de perdidosos; pero aguantando los ochenta, los ochocientos, los mil contra los mil quinientos. Y el Lorenzo estático, al parecer indiferente como si no le interesara el resultado ni el apoyo que la mayoría le daba a su gallo. En tanto, Dionisio Pinzón, con el animal repleto de cataratas, hacía como que no oía los gritos de: "¡Ponle anteojos!" "¡Llévalo al rastro!" "¡Enséñale la puerta!"

Al carearlo, arreció la gritería de la concurrencia, pues el gallo, al sentir la presencia de su enemigo, dio de picotazos en el vacío. Pero al soltarlo y tomar contacto con el gallote de más de cuatro kilos, el ciego atacó con una furia endemoniada y quizá olfateándolo, no se separó del cuerpo aplomado al que hizo trizas con el puñal de su espolón. Y aun cuando el otro se desplomó herido de muerte, el ciego siguió golpeando con sus alas, con el pico y lanzando fulminantes navajazos.

Dionisio Pinzón procedió a levantar su gallo que seguía trepado sobre el enemigo muerto, destrozándolo encarnizadamente; pero alguien del público, de tejana y empistolado, saltó al anillo, y antes de que Dionisio tuviera tiempo de protegerlo, se lo arrebató de la mano, lo estrujó con furor, le torció el pescuezo haciéndole dar vueltas como reguilete y en seguida lo arrojó sobre la alterada muchedumbre.

Como señal de protesta por este atropello, Dionisio Pinzón pidió al juez, y le fue concedido, el permiso para retirar del compromiso las peleas restantes.

Poco más tarde, acompañado de Lorenzo Benavides, quien lo había invitado a su casa de Santa Gertrudis a pasar unos días, venían festejando la hazaña del gallo ciego y riendo de la seriedad con que habían tomado las cosas.

Las dos semanas que pasó en Santa Gertrudis le fueron provechosas. Aprendió, primero viendo, y más tarde participando en la partida, a jugar paco grande, un juego de cartas un tanto complicado; pero entretenido y que los distrajo del aburrimiento en aquel sitio tan aislado y solitario.

Dionisio Pinzón era hábil y asimilaba fácilmente cualquier juego, que más tarde utilizó para sus fines: acumular una inmensa riqueza. Pero por entonces, seguía gustando más de los gallos, esos animalitos sedosos, suaves, con un color vivo y de los que pronto contó con una buena partida. Pronto dejó de ser aquel hombre humilde que conocimos en San Miguel del Milagro y que al principio, teniendo como fortuna un único gallo, se mostraba inquieto y nervioso, asustado de perder y que siempre jugaba encomendándose a Dios. Pero poco a poco su sangre se fue alterando ante la pelea violenta de los gallos, como si el espeso y enrojecido líquido de aquellos animales lo volviera de piedra, convirtiéndolo en un hombre fríamente calculador, seguro y confiado en el destino de su suerte.

Cuando regresó a San Miguel del Milagro, era un tipo distinto al que todos allí habían conocido. Llegó a raíz de las fiestas de San Miguel, un año y ocho meses apenas después que había abandonado el pueblo con intenciones de no regresar nunca. Pero como se supo, y según él dijo, no venía a la dichosa celebración, sino a enterrar a su madre que, por otra parte, ya estaba enterrada.

—¡Pero mal enterrada! —respondió él al alcalde, que le hizo ver la situación—. Y ora vengo a hacerle un buen entierro, como ella se lo merece.

Traía consigo un féretro muy lujoso que mandó hacer especialmente en San Luis Potosí, forrado por dentro de raso, y por fuera de terciopelo morado; adornado con molduras de plata pura.

—Quiero que al menos muerta, conozca el descanso y la comodidad que no consiguió tener en vida.

300

Pero tanto el cura como el alcalde del pueblo no le permitieron abrir la sepultura:

—Hasta pasados cinco años —le dijeron— podrás exhumar el cadáver de tu madre.

—Antes, de ninguna manera.

—Lo haré ahora mismo. A eso vine... Aunque tenga que comprar para eso la autoridá. Aunque tenga que pagar cualquier permiso —añadió mirando al cura—, de quien sea.

Y lo hubiera hecho, de no ser que cuando fue al camposanto donde estaba enterrada su madre, acompañándose de unos peones armados de picos y palas, no dio con el lugar de la sepultura, pues donde él había hecho su entierro, no existían ni montículos ni cruces, sólo un campo lleno de yerbas.

En los pocos días que allí estuvo se notó el desprecio que sentía por el pueblo, comportándose como un sujeto atrabiliario, además de fanfarrón. Y quizá para rememorar sus no muy lejanos tiempos, aprovechó la hora del convite para colocarse al frente de todos; pero en forma muy distinta a como lo había hecho antes, ya que ahora iba al frente de los charros y de la música en una actitud que parecía como si él fuera a pagar todos los gastos del festejo.

Por otra parte, no habló con nadie, y a todos los que se acercaron a saludarlo los trató con evidente desprecio. A excepción de Secundino Colmenero, con quien sostuvo una larga plática de convencimiento, pues quería llevárselo como capador y soltador de sus gallos.

El tal Colmenero, aunque lamentando dejar su casa y las pocas pertenencias que le quedaban, optó al fin irse con Dionisio Pinzón, porque a decir verdad, desde hacía más de un año, cuando perdió su fortuna en las tapadas, no había logrado enderezar cabeza. Y como ahora se le ofrecía la oportunidad de hacerse cargo de la gallera de Dionisio Pinzón, llevando también el encargo de pelear sus gallos, aceptó, pues le gustaba el oficio, y sobre todo, tener como si fueran suyos, aquella buena percha de gallos finos con los cuales iría de feria en feria.

Así pues, los dos abandonaron San Miguel del Milagro. El

pueblo todavía estaba de fiesta, de manera que entre repicar de campanas y calles adornadas con festones, los dos marcharon hacia la ausencia, llevando por delante la extraña figura que, como una cruz, formaban el ataúd y el animal que lo cargaba.

Tanto Dionisio Pinzón como Secundino Colmenero, desaparecieron de allí para no volver.

Entre tanto, *la Caponera* se vivía aguardando el regreso de Dionisio Pinzón, en un pueblo llamado Nochistlán, donde se celebraba la feria tradicional. Y ella, como siempre, tenía a su cargo cubrir con sus canciones el templete de la plaza de gallos; razón por la que no pudo acompañar a Dionisio Pinzón a San Miguel del Milagro.

El que ella y él se hubieran unido para lidiar en el difícil mundo de las ferias, se había decidido meses atrás, cuando se volvieron a encontrar en un sitio llamado Cuquío.

No se habían vuelto a ver desde los mentados días de Tlaquepaque, allí donde dejó su gallo dorado; pero donde consiguió la amistad y la alianza de Lorenzo Benavides y la ayuda de éste para alzar su suerte. Y de allí "par real", pues no sólo aprendió muchas cosas del oficio, sino que se agenció de una buena partida de gallos y le aumentó el ánimo para seguir en la brecha.

Cuquío era un lugar pequeño, pero plagado de tahúres, fulleros, galleros y gente que se vivía ahorrando su dinerito todo el año para irlo a tirar a las patas de un animal o a los palos de una baraja señalada. Tenía tal fama ese pueblo para el despilfarro, que aparte del sitio oficial dedicado a las "partidas", se jugaba brisca, conquián, siete y medio y paco, no sólo en aquel lugar, sino en cualquier cantina, tienda o botica y hasta en las bancas de la plaza de armas. Y si alguno resultaba muerto, que siempre los había, era en riñas causadas por el juego, ya que del alcohol se hacía poco consumo.

Fue pues en este pueblo y dentro de este ambiente donde volvieron a encontrarse Dionisio Pinzón y *la Caponera*.

Después que aseguró sus gallos en las estacas del corral del palenque, encomendándolos a un pastor de confianza, salió a darse una vuelta por el pueblo, no tardando en darse cuenta de que todo el mundo estaba ocupado en la baraja; ya haciendo roncha alrededor de los jugadores o participando en las apuestas, por lo cual, a pesar del gentío que hormigueaba por todas partes, el silencio parecía dominar al pueblo.

Se acercó a la partida grande, donde había mayor bullicio y se oía la música de los mariachis.

Allí estaba *la Caponera*, lanzando una canción corrido por encima de la mesa de la ruleta, aunque su voz se oía un poco desvanecida debido al rumor de la gente y al no tener manera de encerrar su canción bajo aquel jacalón abierto a los cuatro vientos.

Dionisio Pinzón esperó a que terminara y luego se acercó hasta ella para saludarla. Les dio gusto volverse a ver; tanto, que ella le tendió cariñosamente los brazos y él la retuvo un buen rato entre los suyos.

—¡De que el temporal es bueno, hasta los troncos retoñan! —le dijo ella. Y añadió:— Creí que ya no te volvería a ver, gallero.

—¿Y qué pasa contigo, Bernarda? ¿Por qué ahora aquí, en este chinchorro?

—Llegué tarde y cuando me asomé por el palenque encontré la plaza ocupada. ¿Y tú?

—En las mismas.

—Bien decía yo que estabas picado de la araña... Invítame un trago, pues aquí no le dan agua ni al gallo de la Pasión.

Fueron a la cantina y pidieron: para él una grosella, para ella, un cuartillo de tequila.

—Pos sí, Bernarda, me dio la corazonada de que andarías por aquí, por Cuquío. Esperaba verte allá en los gallos.

—No te digo que me madrugaron. Y fue esa indina de Lucrecia Salcedo. Pero ni modo, para todos hay, mientras no arrebaten.

—Pos yo acabo de dejar la casa de Lorenzo Benavides. Él no quiso venir. Dijo que éstos no eran sus bebederos.

—No, no lo son, él sólo va a los grandes.

—Y a propósito, Bernarda, ¿qué eres tú de Lorenzo Benavides?

—No he de ser su mamá, ¿verdad?

—Claro que no.

Guardaron silencio un rato. Por la cara de ella se dejó resbalar una lágrima, redonda, brillante como los ojos de donde había salido, como una cuenta más de vidrio de las que traía enrolladas en el cuello.

—No quise ofenderte, Bernarda.

—¿Acaso me ves ofendida? Me siento triste, que es otra cosa —dijo limpiando con el dorso de la mano su lágrima y otra más que empezaba a brotar.

—¿Lo querías?

—Él era el que me quería. Pero trataba de amarrarme. De encerrarme en su casa. Nadie puede hacerme eso a mí... Simplemente no puedo. ¿Para qué? ¿Para qué pudrirme en vida?

—Tal vez te hubiera convenido. Su casa es enorme.

—Sí, pero tiene paredes.

—¿Y qué más da?

Ella por toda explicación se alzó de hombros. Volvió la cara hacia donde estaban sus músicos y vio cómo uno de ellos le hacía señas con su guitarra, llamándola.

—Ahorita vuelvo —le dijo a Dionisio Pinzón—. Espérame.

Subió al tablado que le servía de templete y después que se arrancó el mariachi con el rasgueo de sus guitarras, ella soltó su canción:

Ya los candados están cerrados
por no saber el hombre vivir;
pero no pierdo las esperanzas
de que en tus brazos me he de dormir.
¡Ay, qué mi suerte tan desgraciada!
que apasionado a mí me dejó.
Como decías que me querías
y nunca nunca me has de olvidar,
no te abandono ni te desprecio
y ni por otra te he de cambiar.

Serían conchitas, serían perlitas
las que brillaban allá en el mar;
pero no pierdo las esperanzas
que yo en tus brazos me he de arrullar.

Volvió destejiendo la sonrisa que había ofrecido a cambio del aplauso de la concurrencia. La ruleta comenzó a correr entre los gritos insistentes de los coimes, hasta que se escuchó el disparo de la cerbatana y el clamor de "¡Hecho el tiro!" Y en seguida: "¡Cuatro negro!" Se oía el tintinear de los pesos a todo lo largo de la mesa bien atiborrada de parroquianos.

La Caponera regresó junto a Dionisio Pinzón. Bebió un sorbo del vaso casi intacto y su cuerpo tuvo una sacudida, debido quizá a la fuerza del alcohol.

—Vil alcohol con·agua —comentó—. Siempre es lo mismo en estos sitios —tomó el vaso y arrojó su contenido al suelo en un ademán de disgusto.

Se veía nerviosa, incomodada, tal vez por las preguntas de Dionisio Pinzón. Éste la miraba fijamente, con humildad, mientras ella acariciaba sus propios brazos con sus manos repletas de pulseras. Al mismo tiempo que Dionisio la veía, sentía que era demasiado hermosa para él; que era de esas cosas que están muy lejos de uno para amarlas. Así, su mirada se fue tornando de la pura observación al puro deseo, como si fuera lo único que estuviera a su alcance: poderla ver y saborear a su antojo.

Pero esas miradas penetran y ella las sintió, alzó los ojos y sostuvo por un momento la mirada de Dionisio Pinzón. En seguida bajó la vista como si contemplara el vaso vacío.

Dijo:

—¡Necesito de un trago! Vamos a donde no nos hagan trampa.

Pero a todo esto, Dionisio Pinzón llamó al mesero:

—¡Tráigame una botella cerrada de mezcal!

Y dirigiéndose a *la Caponera*:

—Debe ser igual en todas partes. Es su negocio —hizo una pausa y luego añadió—: de trinqueteros a trinqueteros ahi nos vamos ¿o no es cierto?

305

Ella afirmó lo que él acababa de decir con una sonrisa.

El vaso volvió a llenarse, ahora de la botella que el mozo dejó sobre la mesa. Bernarda Cutiño lo probó y luego sorbió un largo y ansioso trago. Pareció reanimarse.

—¿A qué horas terminas con esto? —preguntó Dionisio Pinzón.

—A la medianoche.

—No sabes cuánto me gustaría que me acompañaras a los gallos. Tú eres mi "piedra imán" para la buena suerte.

—Eso ya me lo han dicho muchos. Entre otros Lorenzo Benavides. Algo he de tener, porque el que está conmigo nunca pierde.

—No lo dudo. Yo mismo lo he comprobado.

—Sí. Todos se han servido de mí. Y después...

Volvió a empinarse otro trago de mezcal, mientras oía que Dionisio Pinzón le decía:

—Yo nunca te abandonaré, Bernarda.

—Lo sé —contestó ella.

Terminó el contenido del vaso. Tomó la botella en sus manos y levantándose y haciendo una seña indicando a los músicos, dijo:

—Voy a llevarle esto a mis muchachos. Nos veremos más tarde.

Él vio cómo se alejaba hacia el templete donde el mariachi la aguardaba.

Poco después, Dionisio Pinzón estaba en el corral donde había dejado amarrados sus gallos. Desató uno de ellos de la estaca. Le tanteó el buche. Revisó las alas y las cañas. Le roció un trago de agua en la cabeza, pues como hacía calor, el animal seseaba como si tuviera hoguío. Lo tomó en sus brazos, y con él sin dejar de acariciarle el espinazo, se paseó por el corral haciendo ademanes y hablando solo, repitiendo hasta el cansancio parte de la conversación con la Bernarda.

Así anduvo un buen rato. Hasta que al volverse, vio al pastor encargado de cuidar los gallos que lo miraba con curiosidad.

Entonces, tomó su animal con ambas manos y salió con él hacia el palenque caminando a grandes trancos.

Desde entonces Dionisio Pinzón y Bernarda Cutiño vagaron por el mundo de feria en feria, alternando las tapadas con la ruleta y los albures. Parecía como si la unión de él con *la Caponera* le hubiera afirmado la suerte y crecido los ánimos, pues siempre se le veía seguro en el juego; tal como si conociera de antemano el resultado.

Había descubierto y ahora lo confirmaba, que junto a ella le era difícil perder, por lo que se lanzaba muchas veces arriesgando más de lo que podía pagar, tentando al destino que siempre lo favorecía.

Se casó con *la Caponera* una mañana cualquiera, en un pueblo cualquiera, ligando así su promesa de no separarse de ella jamás nunca.

Ella no quería el matrimonio; pero algo en el fondo le decía que aquel hombre no era como los demás, y movida por la conveniencia de asociarse con alguien, sobre todo con un fulano como Dionisio Pinzón, lleno de codicia y del que estaba segura seguiría rodando como ella, mientras le aletearan las alas al último de sus gallos, estuvo de acuerdo en casarse, pues así al menos tendría en quién apoyar su solitaria vida.

Pueblos, ciudades, rancherías, todo lo recorrieron. Ella por su propio gusto. Él, impulsado por la ambición, por un afán ilimitado de acumular riqueza. ☐

Un día pasado el tiempo, Dionisio Pinzón decidió visitar a su viejo amigo Lorenzo Benavides, a quien hacía mucho tiempo no veía, pues se había desterrado del campo de las ferias.

Llegaron una tarde a Santa Gertrudis y ya para entonces los acompañaba su hija, una niña de diez años. Encontraron al tal Benavides montado en una silla de ruedas, viejo y desgastado. A pesar de todo, los recibió con grandes muestras de regocijo. Besó las dos manos de Bernarda Cutiño y acarició a la hija como si fuera suya. No había perdido su antigua personalidad, ya que seguía siendo altivo y dominante:

—Sé que les ha ido bien —dijo a Dionisio Pinzón—. Y me alegro de verlos. Espero que no les aburra mi triste compañía los días que dure su visita.

—Nos vamos en seguida —contestó *la Caponera*—. Vamos de paso y sólo nos detuvimos a saludarte.

—Sí, don Lorenzo —dijo el Pinzón—, le debíamos esta visita como otras muchas, pero usted sabe lo atareado que anda uno cuando se tiene el mundo por casa... La cosa es que no tome nuestro olvido como ingratitud...

—Lo que ustedes necesitan es sosegarse... Ponerse tranquilos. Pues árbol que no enraíza no crece... En cuanto a casa, yo les ofrezco la mía, por ahora y por siempre.

—Muchas gracias, don Lorenzo.

—Y hablando de otra cosa ¿qué tal andas con el paco? Se me figura que ya lo olvidaste.

—Nada de lo que aprendí de usted se me ha olvidado.

—¡Entonces quédense hasta mañana! Me servirá de distracción jugar una partidita esta noche.   ☐

Y se quedaron.

Frente a una mesa con cubierta de mármol estaban los dos distribuyéndose las cartas para continuar el juego. No muy lejos de ellos, sentada en el mismo sillón de alto respaldo que ocupó al llegar, Bernarda Cutiño los observaba, teniendo a su hija dormida sobre el regazo. Lorenzo Benavides decía:

—No me gusta jugar efectivo, del que ya poco me queda, pero tengo un ranchito aquí cerca. Tú dirás.

—¿Un rancho? ¿Y como para cuánto le gusta?

—Bien. Ya te diré a la hora que pierdas cuánto es tu adeudo. ¿Estás conforme?

—Con usted, don Lorenzo, no tengo por qué discutir.   ☐

Jugaron.

—Usted pierde, don Lorenzo. ¿Qué otra cosa juega?

—Esta casa —dijo él—. Contra el rancho y... digamos cincuenta mil pesos... ¿No crees tú que los valga?

—Como usted mande. Al fin y al cabo estamos platicando.

—No, Pinzón. Va en serio. Sé que no me puedes ganar.

—Viene, pues.

—¡Corta! —ordenó Lorenzo Benavides después de barajar el altero de naipes. Dionisio Pinzón distribuyó por la mesa varios fragmentos de la baraja, de los cuales tomó uno el Benavides y preguntó:

—¿Albur?

—Sale el albur.

Benavides lo proclamó como si no estuviera visto:

—Seis de espadas y sota de copas.

Dionisio Pinzón, recordando que la sota era muy mala carta para él, separó el seis de espadas.

—¿Lo matàs o lo dejas?

—Le voy.

Al caer la décima carta apareció el seis. Un solo seis de oros.

—Es tuya la casa —dijo secamente Lorenzo Benavides.

—Le doy la revancha, don Lorenzo... Usted escoge carta.

—¿Revancha contra qué? ¿Contra mí mismo? —dijo separándose de la mesa y mostrando su invalidez—... Dime, ¿podrías pagar el equivalente?

—Es que no voy a aceptarle su casa. Eso usted lo sabe... Creí que sólo jugábamos por divertirnos... Además, puedo decir que a usted le debo lo que tengo.

—¿Divertirnos? Si tú hubieras perdido verías la clase de diversión que yo te daría... No, Pinzón. Ni mi padre me llegó a perdonar nunca una deuda de juego... Y en cuanto a que a mí me debes todo lo que eres, estás equivocado. Mira...

Se acercó con su silla de ruedas hasta donde estaba Bernarda Cutiño, quien lo miraba interrogante dibujando en sus labios una sonrisa; pero inesperadamente, una tremenda bofetada que le lanzó furioso Lorenzo Benavides, le apagó la sonrisa y le hizo dar un sobresalto, mientras gritaba en su cara:

—...¡Es a esta inmunda bruja a quien le debes todo!

Después de esto, inyectados aún los ojos de odio y llevando en su boca una mueca iracunda, se alejó por la oscura sala, imprimiendo mayor velocidad a la silla de inválido en que iba.

Dionisio Pinzón, sin inmutarse, barajó y volvió a barajar los naipes abandonados... □

El tiempo dejó pasar sus años. Era en la misma casa de Santa Gertrudis y en el mismo sitio. Dionisio Pinzón, como si no hubiera suspendido su actitud de años atrás, barajaba. Frente a él y alrededor de una mesa cubierta con paño verde, una ronda de señores esperaban sus cartas. Se jugaba paco grande. Las ocho barajas eran revueltas, cortadas y vueltas a cortar hasta que comenzaba el reparto.

Un poco atrás de él estaba *la Caponera*, como si tampoco se hubiera movido de su sitio. Sentada en el mismo sillón, escondida apenas en la penumbra de la sala, parecía un símbolo más que un ser vivo. Pero era ella. Y su obligación era estar allí siempre. Aunque ahora llevara en el cuello un collar de perlas a cambio de las cuentas de colores, que destacaba sobre el fondo negro del vestido, y sus manos estuvieran irisadas de brillantes, no estaba conforme. Nunca lo estuvo.

Eran frecuentes las discusiones entre ella y su marido. Alegatos agrios, amargos, en que ella le echaba en cara la esclavitud en que vivía obligada por él.

En un principio y a causa del nacimiento de su hija, había aceptado el encierro voluntario; pero cuando ésta fue creciendo, haciéndose niña y después mujer, sus esfuerzos chocaron contra la intransigencia del Pinzón, que tenía y quería seguir teniendo un lugar estable donde vivir.

Ella, en cambio, acostumbrada a la libertad y al ambiente abierto de las ferias, se sentía abatida en la desolación de aquella casa inmensa, y languidecía de postración. Pues postrada la tenía siempre Dionisio Pinzón en el rincón de la sala donde

310

permanecía noche a noche presenciando a los jugadores, alejada del sol y de la luz del día, pues la partida terminaba al amanecer y comenzaba al caer la tarde. De este modo, se le oscurecieron sus días y en lugar de respirar aires diferentes, sorbía humo y alientos alcohólicos.

Antes que Dionisio Pinzón transformara su humildad en soberbia, ella había puesto sus condiciones y había impuesto su voluntad. Pero ahora, ya cascada su voz, muertas sus fuerzas, no le quedaba más que obedecer a una voluntad ajena y olvidarse de su propia existencia.

—Óyeme bien, Dionisio —le había dicho cuando aquél le propuso matrimonio—, estoy acostumbrada a que nadie me mande. Por eso escogí esta vida... Y también soy yo quien escoge a los hombres que quiero y los dejo cuando me da la gana. Tú eres ni más ni menos como los demás. Desde ahorita te lo digo.

—Está bien, Bernarda, se hará lo que tú mandes.

—Eso tampoco. Lo que yo necesito es un hombre. No de su protección, que yo me sé proteger sola; pero eso sí, que sepa responder de mí y de él ante quien sea... Y que no se espante si yo le doy mala vida.

Pero en realidad, él fue quien se la dio a ella. En cuanto sintió el poder que le daba el dinero, cambió su carácter. Se alzó a mayor y procuró demostrarlo en todos sus tratos. Y aun cuando ella luchó por cuanto medio estuvo a su alcance para no perder su libertad y su independencia de vida, al fin y al cabo no lo logró y tuvo que someterse. Pero luchó. Así cuando Dionisio Pinzón intentó establecerse en la casa de Santa Gertrudis, ganada en el juego a Lorenzo Benavides, ella ya no amaneció a su lado. Desapareció llevándose a su hija. Él, creyendo en un capricho pasajero, esperó en Santa Gertrudis a que ella volviera, pues calculó que sin dinero y arrastrando consigo a la muchacha, no podría ir muy lejos. Aunque olvidaba que se trataba de *la Caponera*, una mujer de mucho aguante y de condición.

Por otra parte, no está por demás decir que esa época estuvo llena de días negros en la suerte de Pinzón, a tal grado, que no sólo el maldecido juego de paco le mermó su riqueza; sino que los mismos gallos, que manejaba a su antojo Secundino Colmenero, pero con bastante conocimiento, fueron desapareciendo uno a uno, borrados por un destino maligno.

Secundino Colmenero se le presentó en Santa Gertrudis, después de varias giras por diversos palenques, diciéndole que le habían matado dos docenas de los mejores animales, aun en plazas reconocidas por la baja ley de los gallos que se peleaban. Además, que en la gallera sólo quedaban puras "monas", gallos ya quemados y viejos, utilizados únicamente para calentar a los de combate. Y que, para rematar, se le había agotado el dinero, pues se puso a apostar fuerte y a la desesperada en peleas que creía ganadas. No se explicaba esta situación, pues como decía, él mismo había pastoreado, amarrado y soltado; aunque como terminó diciendo: contra la mala suerte no se puede.

Dionisio Pinzón no culpó al Colmenero por sus fracasos, como no podía culparse él mismo. Le preguntó por Bernarda. Y Secundino le respondió que sí la había visto. La última vez en un lugar llamado Árbol Grande, no muy lejos de allí.

Y que no sólo eso, sino que en todas las ocasiones en que se habían encontrado, había hablado con ella. No, no se le veían trazas de sentirse triste. Nada más que ya no formaba parte de las cantadoras de tapadas, pues comenzaba a cansársele la voz como para hacerse oír en el ámbito de una plaza de gallos. Ahora andaba con sus músicos metida por cantinas y puestos de canelas. Pero no, no se le veía por ningún lado la tristeza. Y, entre otras, ella le declaró una vez que, a no ser por su hija, ni siquiera se acordaría de Dionisio Pinzón.

Dionisio Pinzón, acallando su orgullo, convencido de que sin Bernarda no volvería a reponer sus pérdidas y mucho menos lograr la riqueza que tanto ambicionaba, fue a buscarla. Árbol Grande no quedaba lejos, así que llegó a hora temprana del día siguiente. Indagó por puestos y cantinas, hasta que los versos de una canción y un montón de gente agrupada a las puertas de una tienda, lo llevaron derechito a donde ella se encontraba. A su lado, vestida al igual que su madre, estaba su hija.

312

Dionisio esperó a que ella terminara de cantar y que la gente desalojara el estrecho local para acercarse. Allí mismo hablaron.

—Ya sabes que nací para andar de andariega. Y sólo me apaciguaré el día que me echen tierra encima.

—Creí que ahora que tenías una hija, pensabas darle otra crianza.

—Al contrario, quisiera que agarrara mi destino, para que no tenga que rendirle a nadie... ¡Qué poco me conoces, Dionisio Pinzón! Y ya te digo, mientras me sobren fuerzas para moverme, no me resignaré a que me encierren.

—Es tu última palabra.

—Es la de siempre.

—Está bien, Bernarda, seguiremos juntos bajo esas condiciones. Haré la lucha para que regreses a los gallos.

—No, Dionisio. Allí no me quieren. Necesitan de una voz fuerte, y la mía ya se me está quebrando.

—Pronto no te van a querer en ninguna parte.

—¡Atente a eso!

—Sí. A eso me atengo. ¡Vamos!

De ese modo, Dionisio Pinzón volvió a peregrinar por los pueblos en compañía de *la Caponera*. Ella, consiguiendo canciones aquí y allá, seguida por sus muchachos del mariachi. Él, pasando del palenque a la partida y de la partida al palenque, en procura de enderezar sus ganancias perdidas. De vez en cuando, reconocían a Santa Gertrudis, pero no duraban allí a lo sumo una o dos semanas, para luego volver a emprender camino. □

Hasta que llegó el día funesto para ella. Los muchachos del mariachi la dejaron. No iba bien el negocio. *La Caponera* bebía mucho y tenía la voz cascada, casi ronca y pocos se entusiasmaban ya con oírla. Así que los músicos se buscaron otra cantadora y no quisieron saber más de Bernarda Cutiño.

Tampoco pudo convencer a otros músicos, haciéndoles ver que su hija era también buena para cantar, pues por algo la había madurado, para que cuando ella se marchitara tener en quién renovarse. Pero todos alegaban que la muchacha estaba tierna todavía, y que aunque fuera buena, tenían que cargar con la madre para cuidarla.

—No, el negocio no da para mantener a la madre de la cantadora —le dijeron.

Entonces fue cuando Dionisio Pinzón impuso sus condiciones. Por principio de cuentas se encerraron en el caserón de Santa Gertrudis. Tenía nuevamente dinero y convirtió aquella casa en centro de reunión de jugadores empedernidos de malilla, siete y medio y paco grande. Noche a noche la casa permanecía despierta, encendidas sus luces, presenciando grupos de hombres silenciosos que alrededor de las mesas se trababan en la baraja.

Don Dionisio, como ahora le nombraban, tenía para sus invitados todas las comodidades; los mejores vinos y la mejor cocina, de manera que nadie necesitara abandonar Santa Gertrudis en varios días, cosa que muchos aprovechaban.

Pero el más aprovechado de esta situación era él, pues fastidiado de recorrer el mundo en persecución del dinero, allí le caía a manos llenas sin tener que salir a buscarlo. Además, su suerte era desmedida y pronto se adueñó de varias propiedades ganadas en las tretas del juego y que ni cuidado ni ganas tenía de administrar, conformándose con lo que buenamente le pasaban sus arrendatarios, que era bastante. No por esto se había olvidado ni desentendido de los gallos, de los que tenía una verdadera cría, siempre al cuidado de Secundino Colmenero. De vez en cuando, organizaba o asistía a las tapadas; aunque dedicaba mayor tiempo a los naipes con los cuales, según él, ganaba más y más rápidamente.

La Caponera se había tornado una mujer sumisa y consumida. Ya sin su antigua fuerza, no sólo se resignó a permanecer como encarcelada en aquella casa sino que, convertida realmente en piedra imán de la suerte, Dionisio Pinzón determinó que estuviera siempre en la sala de los jugadores, cerca de él o al menos donde adivinara su presencia.

En un principio ella asistía a las veladas por su propio gusto, para estar en compañía de otras gentes y no sentirse desolada.

314

Pero descubrió que no era nada divertido estar contemplando a aquellos hombres en sus largos y cansados juegos y decidió no volver. Pero Pinzón le ordenó de manera violenta cuál era su lugar y lo que tenía que hacer. Sin importarle que sola allí, sin tener con quién hablar, durmiera o permaneciera despierta, revisando su pasado o maldiciendo su situación presente.

Esto sucedió a raíz de que, una madrugada, Dionisio Pinzón comenzó a perder sistemáticamente lo que había ganado en el transcurso de la noche y algo más. Alegó que se sentía cansado y echó la culpa de no poder concentrarse en el juego a sus largas vigilias. Sus compañeros le dieron un rato de reposo; y cuando regresó de nuevo a continuar la partida, todos notaron que junto a él, oculta en la penumbra, estaba sentada Bernarda Cutiño.

A nadie le extrañó este hecho, ya que estaban habituados a verla muchas veces allí. Y como quiera que permanecía quieta, como si durmiera, los presentes absortos en el juego, se olvidaron pronto de aquella mujer, haciendo caso de sus propias preocupaciones, porque comenzaron a ver cómo el monte pasaba otra vez a manos de Dionisio Pinzón, donde el dinero se acumulaba en proporciones desmedidas.

Desde entonces, hasta la noche de su muerte, ésa fue la vida de Bernarda Cutiño. Parecía una sombra permanente sentada en el sillón de alto respaldo, ya que, como vestía siempre de negro y se ocultaba de la luz que iluminaba sólo el círculo de los jugadores, era difícil ver su cara o medir sus actos; en cambio, ella podía observarlos bien a todos desde su oscuridad.

No le importó a Dionisio Pinzón que ella, para entretener las largas noches de desvelo, se dedicara a beber hasta el ahogo de la conciencia. Porque esto era lo que ella hacía mientras permanecía en el sitio donde su marido la había clavado. Y a eso se debía la apariencia, primero un poco inquieta, pero más tarde sin movimiento de su figura.

Para tal objeto, tenía a la mano una o varias botellas de las que sorbía largos tragos.

Bien es cierto que estaba acostumbrada a beber, pues desde que comenzó como cantadora en las tapadas, era de reglamento refrescarse el gaznate entre una y otra canción, para lo cual el mismo público o algún apostador ganancioso o enamorado, se encargaba de obsequiarles, a ella como a sus músicos, una buena ración de tequila, lo que les servía para poner más alma y mayor alegría en sus interpretaciones. Desde entonces le había quedado la costumbre de tomar.

No es de extrañar que aquí en su casa, donde no se ocupaba de nada, ni de cantar, pues hasta ese gusto había perdido, llenara sus horas vacías con alcohol, y dormitara su embriaguez frente a los mudos jugadores que rodeaban la mesa del paco, en las noches largas y calladas, donde apenas si se oía el tallar monótono de las barajas. Aquí, pues, donde un puñado de hombres parecían ahogar hasta el resuello, ella bebía y bebía, para después quedarse adormecida, arrullada por su borracho y palpitante corazón.

Pero no sólo trastornó su vida, sino que descuidó hasta la de su hija, de la que ya nada sabía. Y en igual caso estaba Dionisio Pinzón, que ni se acordaba de ella, de su hija llamada también Bernarda, y apodada *la Pinzona*, todo por tener ocupado su corazón en el juego.

Por su parte, la muchacha no los procuraba para nada. Llegaba y salía de la casa. Desaparecía unos días. Volvía. Volvía a desaparecer, sin que nunca los viera ni ellos a ella.

Cierta mañana, cuando después de una noche más de agobiante desvelo, los dos se encaminaron a descansar en sus habitaciones, él por delante y *la Caponera* siguiéndolo con sus pasos tambaleantes, llegaron del pueblo vecino unos que se decían representantes de la sociedad a hablar con Dionisio Pinzón.

Le expusieron el objeto de su visita relacionándola con su hija Bernarda.

—Señor —le dijeron—, tal vez usted por sus absorbentes ocupaciones no esté enterado de la conducta de su hija.

Y Dionisio Pinzón, que se alteraba fácilmente, sobre todo a estas horas en que lo dominaba el sueño, les respondió:

—¿Qué demonios puede importarles a ustedes la conducta de mi hija?

En esos momentos, trastabillando, buscando el apoyo en las paredes, se acercó Bernarda Cutiño.

—¿Qué quieren estos señores, Dionisio? ¿Qué encargo traen? ...¿Le ha pasado algo malo a Bernardita?

Pero Dionisio Pinzón, sin hacer caso de su mujer, se encaró nuevamente con el grupo de señores:

—Pregunto: ¿quién les da el derecho de meterse en lo que no les importa?

Uno de ellos habló al fin, tímidamente:

—Pensamos que tal vez... ella esté abusando de su consentimiento, don Dionisio... creemos de nuestro deber enterarlo a usted de sus actos licenciosos... El desenfreno escandaloso con que obra, aun dentro de los santos hogares del pueblo... Ayer mismo...

—Ayer mismo ¿qué? —gritó Dionisio Pinzón—. ¡Acaben de una vez con sus chismes!

—Le diré, don Dionisio —intervino uno de aquellos caballeros—, mi hija Sofía se iba a casar hoy. Teníamos preparado ya todo... La iglesia... el banquete... todo. Y ayer precisamente, su novio, Trinidad Arias, fue raptado por la hija de usted...

—Y uno de mis niños, llamado Alfonso, de apenas 17 años, fue ultrajado por ella hará unas dos semanas... —declaró otro de los allí presentes.

—No sólo es eso, señor don Dionisio —dijo uno de bigotes engomados—... Yo soy como usted ve, un hombre respetable. Respetuoso de mi hogar en el que he procreado seis hijos. Dos de ellos, por desgracia, no se lograron... Hoy descansan en los brazos del Señor... Y yo, mire usted, he recibido proposiciones amorosas de *la Pinzona*, quiero decir, de la hija de usted... a riesgo de...

—El asunto es —intervino otro con bruscos ademanes y haciendo uso de una voz engolada— que las congregaciones de señoras, madres y esposas ven peligrar sus hogares con la descarada coquetería de esa muchacha... Y sus indecentes provocaciones.

317

Ya soltada la rienda, todos se pusieron hilvanando acusaciones contra Bernarda Pinzón.

Bernarda Cutiño oía azorada todo lo que se decía acerca de su hija y sus ojos se paseaban inquietos sobre todos aquellos señores que pedían como un clamor, un severo correctivo para la niña que ella había traído al mundo y que, sin saber a qué horas, había crecido y corría por el mismo camino que a ella le había tocado vivir.

En cambio, Dionisio Pinzón, acostumbrado a que todos se inclinaran ante su fuerza y su fortuna, y consecuente por razones de orgullo con la conducta de su hija, miraba con sorna y desdeñosamente a aquellos señores. Dejó que echaran todos sus desahogos fuera:

—¡Largo de aquí! ¡Imbéciles! —les gritó enfurecido.

Y azuzándolos y gritándoles "¡ratas roñosas!" y otras cosas más, los echó fuera de su casa. Volvió junto a Bernarda Cutiño que sollozaba exclamando "¡no puede ser verdad!", aún sin creer que su hija fuera lo que aquellos señores habían dicho de ella. Dionisio la tomó por los hombros, desprendiéndola de la pared donde había recostado la frente. Y le dijo, todavía con palabras que reflejaban su coraje:

—¡Mi hija hará lo que le venga en gana! ¿Me oyes, Bernarda? Y mientras yo viva le cumpliré todos sus caprichos, sean contra los intereses de quienes sean.

Ya más calmado, hizo que su mujer se apoyara en él y le ayudó a caminar hacia su cuarto mientras le decía:

—No te apures, Bernarda... Algún día le llegará el sosiego... Como te llegó a ti. Como nos llega a todos... Ven y descansa.

Pero nunca más llegó a consolarse. Se sentía culpable y atormentada por el futuro de su hija. Esto hizo que se le amargara más la existencia. Y siguió bebiendo. Embriagándose hasta la locura.

Murió una noche sola, sentada en su sillón de siempre, sin que nadie la auxiliara ni se enterara del ahogo que la llevó a la muerte provocada por el alcohol.

Con esa noche, ya era larga la serie de noches en que había llovido sin interrupción y aún seguía lloviendo, motivo por el cual los asistentes a la partida habían prolongado su estancia en Santa Gertrudis, no muy a su pesar. Los allí reunidos eran todos hombres de posibles, encontrándose entre ellos un general retirado, propietario de una hacienda cercana; dos hermanos apellidados Arriaga, originarios de San Luis Potosí y que se decían abogados; pero en realidad no eran sino tahúres profesionales; un rico minero de Pinos; un estanciero del Bajío a quien acompañaba su médico, pues al parecer padecía del corazón, lo que no le impedía ser el único de los jugadores que tomara una copa tras otra de aguardiente, combinándolas en ratos con varios frascos de medicinas que tenía a la mano, sobre la mesa. Llamaba la atención porque siempre estaba tomando algo "para el susto" o "para el gusto" según ganara o perdiera. El médico, por su parte, le tomaba el pulso de vez en cuando, o le auscultaba el corazón, aunque esto no le impedía participar también en el juego.

Eran pues siete personas las que formaban esa noche la partida. Mismas que llevaban ya varias noches jugando sin aparentar cansancio.

Como siempre, la reunión había comenzado después de la cena. A no ser por el ruido que producía allá afuera la lluvia, todo aquí estaba en silencio, y se diría que la gran sala estuviera deshabitada, si no se produjera de cuando en cuando un ligero movimiento de alguna de aquellas figuras, algún carraspeo y, al terminar cada mano y cuando las ocho barajas volvían a formar su imponente altero en el centro de la mesa, algún breve comentario o alguna broma que Dionisio Pinzón se permitía hacer a uno de sus invitados.

El monte estaba en poder del ganadero del Bajío. Pero no duró mucho en sus manos. Pronto pasó, entre pastilla y pastilla y trago y trago, a poder del general. Y de allí a Dionisio Pinzón, de donde ya no se movió en el transcurso de varias horas, donde fue acumulándose, a tal grado, que cuatro de los concurrentes

319

se retiraron de la partida, quedando sólo los dos abogados de San Luis haciendo frente a Dionisio Pinzón.

A un lado, en la sombra donde siempre se escondía, descansaba Bernarda Cutiño, inmóvil, al parecer dormida. Su figura, a la que apenas si llegaba el reflejo de la luz, sobresalía de la penumbra por su negrura, pues como otras veces, vestía un traje de terciopelo negro; el refulgente brillante que adornaba una de sus manos y el eterno collar de perlas.

Muy cerca del amanecer, cesó la lluvia. Lo anunciaron el canto de los gallos y el croar de las ranas en los anegados campos.

De los hombres que habían "corrido" de la partida, sólo quedaban el enfermo del corazón, con su médico al lado, ambos dormidos, la cabeza recostada en el respaldo de la silla. Los demás habían emprendido el camino de regreso a sus casas.

Dionisio Pinzón seguía jugando con su calma habitual, a pesar de que aquellos dos hermanos Arriaga se habían confabulado para derrotarlo. Su rostro, tenso por el esfuerzo para conservar la serenidad, no reflejaba ni temor ni júbilo. Parecía de piedra.

Al fin, uno de los abogados tiró sus cartas para indicar que se retiraba. Y se retiró.

El Pinzón calculó que el otro lo haría en la próxima mano y que por esa vez había terminado la "partida" de nuevo a su favor, por eso ni siquiera le importó reclamar cuando vio al dicho abogado, su único contrincante, hacer una maniobra sucia al tallar las cartas. Y no sólo eso, sino que le dejó ganar el punto.

—Es de usted, licenciado —le dijo aún sin ver su juego. Pero se le quedó mirando como diciéndole: tienes las manos un poco torpes para hacer trampa. El otro pareció comprender; entregó los naipes a Dionisio Pinzón y dijo:

—Usted baraje y dé.

Así se hizo.

De pronto sintió que perdía. Vio cómo se le iba desmoronando el monte.

320

—Un descuido —dijo para justificarse.

Pero una hora después lo habían limpiado y el monte entero estaba en poder de aquel licenciado de San Luis.

Fue entonces cuando oyó una risa de muchacha. Era una risa sonora, alegre, que parecía querer taladrar la noche.

Volvió la cara hacia el sitio donde reposaba su mujer; pero la vio tranquila, profundamente dormida, sin que manifestara ningún sobresalto ante la risa que a él lo había molestado.

—Ha de ser mi hija. Acostumbra regresar siempre a estas horas —dijo como respondiendo a alguna pregunta.

Pero al parecer ninguno de los dos hermanos Arriaga le había preguntado nada. El que jugaba con él lo miró fijamente:

—Usted habla, don Dionisio —le dijo.

Él miró sus cartas y las tiró sobre el paño verde:

—No voy —respondió.

De algún lugar de la casa surgió con voz lejana el comienzo de una canción:

> Pregúntale a las estrellas
> si por las noches me ven llorar,
> pregúntales si no busco
> para quererte, la soledad.
> Pregúntale al manso río
> si el llanto mío no ve correr;
> pregúntale a todo el mundo
> si no es profundo mi padecer...

Y como una réplica, oyó la misma canción en la voz ardiente de *la Caponera*, allá, brotando del templete de una plaza de gallos, mientras veía muerto, revolcándose en el suelo, a un gallo dorado, tornasol.

Oyó de nuevo la voz:

—Reparta usted, don Dionisio.

Él, como distraído, tomó las mismas cartas que había dejado en la mano anterior; las miró de nuevo y volvió a decir:

—No voy.

—Si se siente usted cansado, lo dejamos para otra ocasión —le dijo el hombre que tenía enfrente.

—No, de ningún modo... —respondió volviendo a la realidad—. De ninguna manera. Sigamos.

—¿Tiene usted con qué ir?

—¿Qué?

Los gallos volvieron a cantar, tal vez anunciando ya el sol. Resonó huecamente el batir de sus alas y cantaron, uno tras otro, infinitamente.

Allí estaba su madre ayudándole a hacer un agujero en la tierra, mientras él, en cuclillas, procuraba revivir, soplándole en el pico, el cuerpo ensangrentado de un gallo medio muerto.

Sacudió la cabeza para espantar aquellos pensamientos.

—¿Qué? —preguntó otra vez.

—¿Que si tiene usted con qué ir? —fue la respuesta.

—Sí, claro. Tengo allí en ese cajón —dijo señalando una caja fuerte empotrada en la pared— algún dinero. Suficiente para cubrir el monte y... algo más.

—Bien. Va contra el monte entonces.

—Va.

Volvió a perder.

Retuvo un momento en sus manos las malas cartas que le habían tocado en suerte, y de reojo, echó un vistazo a su mujer que seguía durmiendo, sin inquietud alguna.

—¿Quiere usted seguir jugando, don Dionisio?

—Naturalmente.

—¿Paga ahora o después?

Fue hacia la caja fuerte y regresó con todo lo que allí había, desde dinero en efectivo hasta papeles que representaban escrituras de sus propiedades. Pagó el monto de lo perdido. Tomó las cartas; barajó y luego repartió. Al hacerlo se dio cuenta que no sentía ningún cansancio; pero sí cierto desasosiego, tal vez causado por los pesados pensamientos que habían venido a distraerlo.

Las cartas fueron cayendo y volvieron a caer, precipitando más en desgracia a Dionisio Pinzón, quien, desconcertado, había perdido el control de sus nervios. Por su cara corría el sudor frío de la desesperación que lo comenzaba a invadir. Ahora jugaba ciegamente sin ganar. Volvía a jugar y volvía a perder. No quería apartarse un momento de la baraja, la cual ponía debajo del codo en cuanto acababa de repartir las cartas.

—No puedo perder —decía—. No puedo perder —y murmuraba otras frases incoherentes.

El ganadero del Bajío y su médico, despiertos ya, así como el otro licenciado que estaba de mirón, lo contemplaban impávidos, no dando crédito a sus ojos ni a su razón los desatinos que estaba cometiendo aquel hombre, momentos antes tan sereno, tan dueño de sí mismo, y ahora dando a puños todo lo que parecía poseer sobre la tierra.

—Se está usted jugando su destino, don Dionisio. No tiene caso que juegue usted así —se atrevió a decir el ganadero.

Pero el Pinzón no oía.

Había amanecido. La luz que entraba por las enormes ventanas dio de lleno en el parche verde de la mesa, iluminando los rostros agotados por el desvelo de los jugadores.

Dionisio Pinzón apostaba en esos momentos el último documento que le quedaba. Dejó sus cartas boca abajo, mientras el otro revisaba las suyas. Cuando le pidieron dos cartas más, las dio y volvió a esperar. Miró hacia Bernarda Cutiño, su rostro pálido, apacible dentro del sueño. Luego miró hacia su contrario, tratando de adivinar alguna señal, algún ligero rastro de desaliento. Sólo hasta entonces desmadejó sus cartas. Sus manos estaban temblorosas y de sus ojos salía un brillo metálico. Dejó caer tres y tomó otras tres; pero ni siquiera las cotejó. Su contrincante le exhibía ya su juego, contra el que no tenía nada. Ni el par del honor.

—¡Bernarda! —llamó—. ¡Bernarda! ¡Despiera, Bernarda! ¡Lo hemos perdido todo! ¿Me oyes?

Fue hasta donde estaba su mujer. La sacudió por los hombros:

—¿Me oyes, Bernarda? ¡Lo hemos perdido todo! ¡Hasta esto! Y arrancó de un fuerte tirón el collar de perlas que Bernarda

Cutiño tenía en el cuello, haciendo que se desgranara y rodaran las cuentas por el suelo. Todavía gritó:

—¡Despierta ya, Bernarda!

El médico allí presente se acercó hasta ellos. Hizo a un lado a Dionisio Pinzón y levantando con sus dedos los párpados de la mujer, mientras que le auscultaba el corazón, dijo:

—No puede despertar... Está muerta.

Entonces se notó el extravío de aquel hombre que seguía sacudiendo a su mujer y reclamándole:

—¿Por qué no me avisaste que estabas muerta, Bernarda?

A los gritos acudió su hija, Bernarda *la Pinzona*. Y sólo al ver a ésta Dionisio Pinzón pareció calmarse:

—Ven a despedirte de tu madre —le dijo a la muchacha.

Ella, comprendiendo lo que había pasado, se precipitó, arrojándose en el regazo de su madre muerta.

En tanto, Dionisio se encaró con quien le había ganado esa noche todo cuanto tenía.

—En ese cuarto tengo guardado un ataúd —dijo señalando una pequeña puerta de un lado de la sala—. Eso no entró en el juego... Todo, menos el ataúd.

En seguida abandonó la sala. Se oyeron por un rato sus pasos al recorrer el largo corredor de aquel caserón. Después sonó un disparo seco, como si hubieran golpeado con una vara una vaqueta de cuero. □

Esa misma tarde los enterraron en el pequeño camposanto de Santa Gertrudis. A ella en un cajón negro, de madera corriente, hecho a prisa. A él, en el féretro gris con molduras de plata que había conservado oculto desde el tiempo en que no pudo utilizarlo para guardar los restos de su madre.

Sólo dos personas acompañaron los cadáveres al camposanto: Secundino Colmenero y Bernarda Pinzón. De los invitados, que habían vivido y convivido muchas veces en Santa Gertrudis, ninguno se presentó, y los que allí estaban se fueron sin despedirse como si tuvieran miedo de hacerse solidarios de aquella doble muerte. Hasta los enterradores, luego que terminaron su maniobra, desaparecieron por diversos caminos.

Cuando estuvieron los dos solos, frente a las cruces cuatas que habían clavado sobre la misma tumba, Secundino Colmenero preguntó:

—¿Y ahora qué va a ser de ti, Bernarda?

Ella, que mostraba una cara triste, compungida, como si no sólo sintiera aquellas muertes, sino el peso de su propia culpa, alzó los hombros y con voz llena de amargura dijo:

—Al fin y al cabo aquí no podría vivir. . . Seguiré el destino de mi madre. Así le cumpliré su voluntad. □

Pocos días después, aquella muchacha que había llegado a tenerlo todo y ahora no poseía sino su voz para sostenerse en la vida, cantaba desde un tablado en la plaza de gallos de Cocotlán, un pueblo arrumbado en los rincones más aislados de México. Cantaba como comenzó a cantar su madre allá en sus primeros tiempos, echando fuera en sus canciones todo el sentimiento de su desamparo:

> Pavo real que eres correo
> y que vas pal Real del Oro,
> si te preguntan qué hago,
> pavo real diles que lloro
> lagrimitas de mi sangre
> por una mujer que adoro. . .

—¡Cierren las puertas! —pregonó el gritón al dar comienzo la pelea. ■

La fórmula secreta

NOTA*

EL REVOLOTEO de un águila enloquecida que sobrevuela el Zócalo de la ciudad de México, el crecimiento sin fin del *hot-dog* que desborda la cocina de un restaurante *taste-freeze* para enlazar y arrastrar bípedos domésticos como río incontenible que llega hasta los llanos, el jubiloso linchamiento de un cura ensotanado por niños seminaristas vueltos feroces cuervos, la épica persecución a través de calles céntricas de un pacífico hombre medio con maletín de compañía aérea por gallardo charro a caballo que termina lazándolo para azotarlo contra el pavimento, y el recorrido, desde el punto de vista de un enterrado vivo, de una lápida colosal que lleva inscritas un sinnúmero de marcas transnacionales, son algunos de los diez intensos episodios sin ilación argumental que forman *La fórmula secreta* de Rubén Gámez. Avasallantes ráfagas de lirismo, sucesión de fantasías sobre la norteamericanización de la vida nacional, aullido de protesta contra la opresión obrero-campesina que sustenta al milagro de la expansión neocolonial, delirante trabazón de visiones que asaltan la conciencia de un mexicano agonizante a quien se le está haciendo una transfusión de coca-cola en vez de sangre.

El filme se acompaña con texto de Juan Rulfo sólo en dos de esos diez episodios. Pero son dos episodios claves. En ambas ocasiones la acusación airada se plantea cara a cara al espectador, transpuesta por el lenguaje rulfiano y en plena heterodoxia cinematográfica. Invadiendo el agreste fondo, imponiendo por la fuerza su presencia en un devastado paisaje lleno de grietas como de fin del mundo, aparecen figuras de campesinos indígenas mirando con persistencia, enigmáticamente, a la cámara

* Publicada en Juan Rulfo: *"El gallo de oro" y otros textos para cine*, presentación y notas de Jorge Ayala Blanco, Ediciones Era, S. A. El Libro de Bolsillo, Alianza Editorial, S. A., Madrid, 1982, 1985, pp. 121-124.

(este procedimiento determinaría, dos lustros más tarde, cierta dimensión brechtiana, de falso cine directo, tanto de *Canoa* de Felipe Cazals como de *Etnocidio, notas sobre el Mezquital* de Paul Leduc).

En el primer episodio con texto de Rulfo, los campesinos se encuentran de pie, impasibles, como dominados por una inmovilidad casi hierática dentro de la cual parecen palpitar con dificultad, después de insistir demasiado, luchando en silencio porque los lentos movimientos de la cámara sobre su eje no los deje fuera del encuadre.

En el segundo, más allá de la mitad del filme, los campesinos suben en hilera por una ladera montañosa y en seguida, vuelven a aparecer, rendidos por el cansancio de la agotadora jornada física, desfallecidos sobre la tierra estéril, formando con sus cuerpos una monstruosa serpiente con veinte eslabones a lo largo de una grieta, o yacen inanimados individualmente, con los brazos cruzados sobre el pecho, boca arriba sobre las rocas que los doblegan, mientras irrumpen imágenes invocadoras de cúpulas abigarradas y cabezas de angelotes desorbitados de la iglesia churrigueresca de Tonanzintla.

El texto de Rulfo, tan exasperado como las imágenes a las que hace resonar, se escucha siempre en medio de un rabioso, incesante resoplar del viento.

Para ofrecer una versión poética de ese texto, única que en nuestra opinión puede respetar su ritmo interno, hemos procurado respetar las pausas e inflexiones que hace en la banda sonora del filme la voz enfática del poeta Jaime Sabines al decirlo, con reverberaciones minerales en su locución coreada hacia el final por un conjunto de voces con acentos provincianos que responden la letanía sacrílega.

Justo es señalar que la idea de elaborar una versión rítmica de este singular texto rulfiano fue de Carlos Monsiváis, cuando publicamos una primera versión en el suplemento *La cultura en México* (30-III-76), y que para el pulimento de esta segunda versión recurrimos a la asesoría de José Emilio Pacheco.

330

En lo que respecta al siguiente texto de Rulfo que también recopilamos, intento de sinopsis de una película irresumible, podemos afirmar que es mínimamente conocido y se hallaba perdido por completo. Ello se debe a su índole circunstancial y anónima. Fue escrito de una sentada y en reunión de amigos, a petición del productor de *La fórmula secreta*, Salvador López O., quien temía el desconcierto del público ante un producto que rompía con todos los hábitos de intelección fílmica en México. Se imprimió en una especie de programa de mano, sin firma, y se repartió a la entrada del cine Regis en noviembre de 1965 durante el estreno normal del filme.

Aparte de cumplir con la función de propiciar la comprensión de los espectadores desprevenidos y ayudar a conjurar un eventual rechazo, hoy el texto ha adquirido valores no previstos. Representa a la distancia una prolongación de las agresivas imágenes de Gámez en el espíritu de su colaborador literario. Constituye un ordenamiento original y una personalísima interpretación rulfiana del filme, que alcanza resonancias filosóficas y estéticas con admirable sequedad.

JORGE AYALA BLANCO

I

Ustedes dirán que es pura necedad la mía,
que es un desatino lamentarse de la suerte,
y cuantimás de esta tierra pasmada
donde nos olvidó el destino.

La verdad es que cuesta trabajo aclimatarse al hambre.

Y aunque digan que el hambre
repartida entre muchos
toca a menos,
lo único cierto es que todos
aquí
estamos a medio morir
y no tenemos ni siquiera
dónde caernos muertos.

Según parece
ya nos viene de a derecho la de malas.

Nada de que hay que echarle nudo ciego a este asunto.
Nada de eso.
Desde que el mundo es mundo
hemos echado a andar con el ombligo pegado al espinazo
y agarrándonos del viento con las uñas.

Se nos regatea hasta la sombra,
y a pesar de todo así seguimos:
medio aturdidos por el maldecido sol
que nos cunde a diario a despedazos,
siempre con la misma jeringa,

como si quisiera revivir más el rescoldo.
Aunque bien sabemos
que ni ardiendo en brasas
se nos prenderá la suerte.

Pero somos porfiados.
Tal vez esto tenga compostura.

El mundo está inundado de gente como nosotros,
de mucha gente como nosotros.
Y alguien tiene que oírnos,
alguien y algunos más,
aunque les revienten o reboten nuestros gritos.

No es que seamos alzados,
ni es que le estemos pidiendo limosnas a la luna.
Ni está en nuestro camino buscar de prisa la covacha,
o arrancar pa'l monte
cada vez que nos cuchilean los perros.

Alguien tendrá que oírnos.

Cuando dejemos de gruñir como avispas en enjambre,
o nos volvamos cola de remolino,
o cuando terminemos por escurrirnos sobre la tierra
como un relámpago de muertos,
entonces
tal vez llegue a todos el remedio.

II

Cola de relámpago,
    remolino de muertos.
Con el vuelo que llevan,
    poco les durará el esfuerzo.
Tal vez acaben deshechos en espuma
    o se los trague este aire lleno de cenizas.

Y hasta pueden perderse
  yendo a tientas
    entre la revuelta oscuridad.
Al fin y al cabo ya son puro escombro.
El alma se ha de haber partido
  de tanto darle potreones a la vida.
Puede que se acalambren
  entre las hebras heladas de la noche.
O el miedo los liquide
    borrándoles hasta el resuello.

San Mateo amaneció desde ayer con la cara ensombrecida.
Ruega por nosotros.

Ánimas benditas del purgatorio.
Ruega por nosotros.

Tan alta que está la noche y ni con qué velarlos.
Ruega por nosotros.

Santo Dios, Santo Inmortal.
Ruega por nosotros.

Ya están todos pachiches de tanto que el sol
  les ha sorbido el jugo.
Ruega por nosotros.

Santo san Antoñito.
Ruega por nosotros.

Atajo de malvados, retahíla de vagos.
Ruega por nosotros.

Cáfila de bandidos.
Ruega por nosotros.

Al menos éstos ya no vivirán calados por el hambre.

SINOPSIS

NUNCA ANTES SE HABÍA HECHO EN MÉXICO
UNA PELÍCULA TAN IMPRESIONANTE Y POÉTICA

AUN cuando esta película contiene una serie de escenas aparentemente desligadas, el conjunto es consecuencia de la enajenación producida en un enfermo al cual le es aplicado, mediante el procedimiento clásico intravenoso, un líquido cuya FÓRMULA SECRETA en lugar de reanimarlo, lo hunde más en la postración y lo lleva por túneles oscuros donde sólo aflora un mundo de miseria, de dolor, de angustia y de pánico.

Unos cuantos y débiles flamazos indican que todavía palpita en el enfermo algo de vida; pero esta ligera percepción es de pesadilla.

Así pues, cada flama corresponde a una secuencia distinta, a una pesadilla diferente.

Por otra parte, se trata de un experimento. Y al presentar, por medio de imágenes, determinadas situaciones en las que predomina la sátira, la soledad y las fuerzas compulsivas a que es arrastrado cualquier hombre lleno de carencias en un país influido por el automatismo y la técnica maquinista, este hombre, pobre e ignorante, lógicamente tiene que sentirse desplazado.

Dentro del túnel por el cual es conducido, surgen sueños incoherentes, algunas veces a un ritmo violento, como si hubiera caído en la sonda de un remolino; en otras, la oscuridad le hace percibir luces donde sólo hay sombras.

De pronto, hay un sentimiento de lástima hacia los seres humanos y también de crueldad, casi de castigo por culpas consecutivas. Luego viene la burla, la ironía o la frustración.

Un sueño acarrea otro sueño. Y la lápida cae poco después de que el hombre recurre a los ángeles, a Dios mismo, cuando ya no puede recurrir a ningún amparo terrenal.

La única tesis es la de la verdad. Aunque cualquier espectador de estas imágenes puede encontrar las implicaciones que siempre están contenidas en la verdad. ∎

ÍNDICE

LA FÓRMULA SECRETA

Este libro se terminó de imprimir el día
7 de mayo de 1987 en los talleres de
Lito Ediciones Olimpia, S.A. Sevilla 109,
y se encuardernó en Encuadernación Pro-
greso, S.A. Municipio Libre 188, México
03300, D.F. Se tiraron 5,000 ejemplares.